CONTRE-ATTAQUE

Diplômé de la London University en sociologie, psychologie sociale et économie, également expert en plongée sous-marine et tireur d'élite, Jack Higgins vit sur l'île de Jersey. Il est l'auteur de plus de cinquante romans. Depuis *L'aigle s'est envolé*, tous ses livres sont des best-sellers internationaux.

Paru dans Le Livre de Poche :

L'Ange de la mort

L'Année du Tigre

Danger imminent

Le Festin du diable

L'Homme du bunker

Le jour où il faudra payer

Les Justiciers

Midnight Runner

La Nuit des fossoyeurs *(inédit)*

Opération Cornouailles

Opération Virgin

Pas de pitié

Le Secret du président

Une taupe à la Maison-Blanche

Le Vol des aigles

JACK HIGGINS

Contre-attaque

ROMAN TRADUIT DE L'ANGLAIS PAR PIERRE REIGNIER

ALBIN MICHEL

Titre original :

THE KILLING GROUND

ISBN : 978-2-253-15858-5 – 1re publication LGF

Pour Henrietta, affectueusement.

« Sur le champ de bataille, désormais, il n'y a que des cadavres debout. Ceux qui sont déterminés à mourir garderont la vie sauve. Ceux qui espèrent en réchapper périront. »

Wu Ch'i.

Ambassade des États-Unis, Londres

1

Blake Johnson fut accueilli avec courtoisie à l'ambassade des États-Unis, à Grosvenor Square, comme il convenait à un homme qui était à la fois le plus proche conseiller du président Jake Cazalet sur les questions de sécurité et le directeur d'un service ultrasecret de la Maison Blanche que les initiés appelaient le Sous-Sol. Un assistant l'accompagna jusqu'au bureau de l'ambassadeur : un jeune et fringant capitaine du Marine Corps dont l'uniforme de cérémonie arborait des médailles reçues en Bosnie, en Irak et en Afghanistan.

— L'ambassadeur vous rejoint dans quelques minutes, expliqua-t-il. Il est encore à la réception organisée pour ceux qui n'ont pas été invités à la conférence de Bruxelles.

— Et qui sont-ils, ceux-là ? demanda Blake.

— La lie de toutes les ambassades de Londres, commandant.

— Hmm... Je vois. Par contre ne m'appelez pas commandant. Le Viêtnam, ça remonte à loin.

— Qui a été marine le restera toute sa vie, commandant. Mon paternel était au Viêtnam. Mon grand-père était en Afrique du Nord, puis en Normandie pour le débarquement.

— Ils doivent être fiers de vous. La Navy Cross que je vois sur votre poitrine, pour ne citer qu'elle, est éloquente.

— Merci, monsieur. Je vais prévenir l'ambassadeur.

Le capitaine sortit. Blake se servit un verre de whisky pur malt de la carafe qui se trouvait sur la console, puis franchit la porte-fenêtre entrouverte. La terrasse donnait sur Grosvenor Square, où la chaussée humide de l'avenue brillait sous la lumière des réverbères.

Protégé de la pluie par l'avant-toit, il savourait le scotch et inspirait profondément l'air frais de la capitale britannique, lorsque la porte du bureau s'ouvrit derrière son dos. Frank Mars et Blake étaient amis de longue date. À peine sortis de l'adolescence, ils avaient combattu ensemble au Viêtnam. Ils se serrèrent la main avec chaleur.

— Je suis très heureux de te voir, Blake. Mais je suis aussi un peu surpris. Je te croyais à Bruxelles avec le Président.

— À l'origine, il n'était pas question que j'y aille. Puis le Président a décidé que ses discussions avec le Premier ministre britannique et le président Poutine étaient susceptibles de m'intéresser. Alors oui, finalement il me veut à Bruxelles. Je retrouve Charles Ferguson dans un moment. Nous prenons l'avion ensemble.

Le général Ferguson dirigeait un groupe d'agents

très spéciaux que certains appelaient l'Armée privée du Premier ministre. Blake et lui menaient de plus en plus souvent des opérations conjointes.

Mars et Johnson trinquèrent. Ils burent en silence, observant Grosvenor Square.

— Je connais cette place depuis plusieurs dizaines d'années, dit l'ambassadeur. Aujourd'hui, je dois supporter la vue de ces affreux blocs de béton qu'on a mis là pour nous protéger. Les terroristes ont réussi ce que deux guerres mondiales n'avaient jamais pu accomplir.

— Sans parler de la guerre froide, renchérit Blake. N'empêche, c'est quand même tout ça qui nous a conduits là où nous sommes aujourd'hui. Toutes ces années de conflit, je veux dire. Et les sous-marins nucléaires, le cancer du communisme, l'Est contre l'Ouest...

— Nous avons fait une erreur, en 1945, quand nous avons laissé les Russes s'emparer de Berlin. C'est à ce moment-là qu'ils ont compris qu'ils pouvaient se retourner contre nous. Je n'oublierai jamais mon premier voyage de l'autre côté du Mur. Le spectacle m'a glacé les sangs.

De la main, Blake désigna l'angle gauche de la place où la statue du président Eisenhower se dressait sur son socle.

— Aujourd'hui, qu'est-ce qu'il penserait à ton avis ? À l'époque, c'est lui, Roosevelt et Churchill qui ont pris toutes les décisions.

— N'oublie pas que Joseph Staline a aussi quelque chose à voir dans cette histoire, observa Mars.

Blake hocha la tête, songeur.

— Et maintenant nous avons Vladimir Poutine. Penses-tu que c'est le retour de la guerre froide ?

Frank Mars posa une main sur l'épaule de Blake.

— Son *retour*, mon ami ? Elle n'a jamais vraiment cessé. Elle est là ! Dès qu'il a pris la tête de la Fédération de Russie, Poutine avait en tête un programme bien précis. Nous l'avons vu le mettre en place petit à petit. Avec tout le gaz et le pétrole qu'il a au bout des doigts, il a l'argent nécessaire pour arriver à ses fins. Je le crois capable de n'importe quoi. Et il y a autre chose, chez lui, qui est vraiment très dangereux.

— Quoi donc ?

— Poutine est un patriote, dit Mars, et il vida son verre avant d'ajouter : Mais laissons tomber ces histoires. Viens, je vais te présenter mes invités.

La plupart des invités en question ne valaient guère le déplacement : des attachés d'ambassade de second rang, des diplomates spécialisés dans ceci ou dans cela. Les gros poissons étaient soit déjà à Bruxelles, soit dans l'avion ou le train. Après avoir salué quelques personnes, Blake s'isola dans le coin de la salle avec son verre. Mars le rejoignit bientôt.

— Si tu prends l'avion ce soir, tu ne t'installes donc pas à la résidence de l'ambassade de South Audley Street...

— En effet, confirma Blake. Mais j'y ai laissé mon bagage. Sean Dillon et Billy Salter doivent passer me prendre là-bas pour me conduire à Farley Field. Le général nous rejoindra à l'avion.

— Ferguson a promu le jeune Salter, ai-je cru comprendre... Maintenant, il est officiellement agent des services de renseignements britanniques.

— Oui. Mais attention, précisa Blake en souriant. Pour le faire entrer dans l'équipe, Ferguson a dû effacer son casier judiciaire. Jusqu'à la moindre trace. Et c'est une bonne décision. Billy et Dillon forment une belle équipe.

— On peut dire ça, ouais... Un gangster de l'East End et le plus redoutable tueur que l'IRA Provisoire ait jamais eu dans ses rangs. Sacré duo.

Pendant qu'ils bavardaient, Blake remarqua qu'un homme les observait discrètement : un type aux traits slaves, vêtu d'un costume de marque, qui affichait un sourire engageant. Et qui ne lésinait pas sur la vodka. Blake le désigna à Mars au moment où il happait un énième petit verre d'alcool sur le plateau d'un serveur.

— Colonel Boris Luzhkov, dit l'ambassadeur à voix basse. Principal attaché commercial à l'ambassade de la Fédération de Russie. En réalité, bien entendu, il est chef de station pour le GRU. Dans cette ambassade, ils sont tous *quelque chose* d'autre. C'est-à-dire espions, pour la plupart. Veux-tu que je te le présente ?

— S'il le faut.

Mars fit un signe à l'intention de Luzhkov qui vida sa vodka d'un trait avant de venir vers eux. Ils se serrèrent la main.

— Très heureux de vous revoir, monsieur l'ambassadeur, dit-il d'un ton mielleux.

— Eh bien, quoi, Boris ? Je pensais que vous seriez à Bruxelles.

— Ce voyage est réservé à des gens beaucoup plus importants que moi, répondit Luzhkov, puis il jeta un regard interrogateur en direction de Blake.

— Monsieur Johnson part là-bas tout à l'heure, dit Mars. Le président Cazalet ne peut se passer de lui, semble-t-il, quand il doit s'entretenir avec votre patron.

— Blake Johnson ? Oh ! Monsieur Johnson, votre réputation vous précède.

Luzhkov et Blake se serrèrent la main. Celle du Russe était moite et tremblotait.

— Hmm, fit Blake qui se lassait déjà de leur petit jeu. J'ai déjà entendu cela. Maintenant, veuillez m'excuser. Frank, je vous remercie de m'avoir offert la résidence de l'ambassade. J'y coucherai une autre fois.

— Aucun problème.

Luzhkov regarda Blake traverser la salle et récupérer son manteau au vestiaire, puis il s'isola pour composer un numéro sur son téléphone portable.

— Il est en route. Oui ! La maison de South Audley Street ! Agissez immédiatement.

Il raccrocha et passa à son tour au vestiaire.

Blake refusa de se faire conduire en limousine à South Audley Street, mais il accepta un parapluie. Au pied du perron de l'ambassade il sortit son téléphone pour appeler Sean Dillon, qui était à ce moment-là sur le siège passager de l'Aston Martin de Harry Salter. Billy conduisait.

— Où es-tu ? demanda Dillon d'une voix grave.

— Je marche en direction de la résidence de l'ambassade. J'avais envie d'une petite balade sous la pluie. Le romantisme de la grande ville européenne, tu vois...

— Idiot ! Tu sais pourtant que tu es la cible de sales gens. As-tu vu quelqu'un de particulier à l'ambassade ?

— À vrai dire, oui. Un certain Boris Luzhkov. Chef de station du GRU à Londres, d'après Frank Mars.

— Idiot, répéta Dillon. Dès que tu as posé le pied en Angleterre, le GRU était sur tes talons. Nous t'avons prévenu, oui ou non ?

Sans attendre de réponse de Blake, il raccrocha.

— Où est-il ? demanda Billy en retirant la casquette qu'il avait sur la tête.

— Il arrive à la résidence de l'ambassade. Appuie sur le champignon ! Dépasse Blake, va tout droit jusqu'à la petite ruelle qui est un petit peu plus loin et caches-y la voiture. Les gars qui trament un mauvais coup, s'ils sont là, sont sans doute garés à proximité de la maison. Je sauterai dehors en marche et tu me rejoindras le plus vite possible. Tu as un flingue ? conclut Dillon en sortant de sa poche d'imperméable un Walther PKK muni d'un silencieux.

— D'après toi ? répliqua Billy sur le ton de l'évidence.

Il tourna dans South Audley Street, longea quelques

voitures en stationnement : ils virent bientôt Blake qui marchait sur le trottoir à l'abri du parapluie de l'ambassade. Ils continuèrent en direction de la maison et aperçurent une petite berline noire indéniablement suspecte. Dès qu'il l'eut dépassée, Billy ralentit pour permettre à Dillon d'ouvrir sa portière et de sauter en roulé-boulé sur la chaussée.

L'Aston Martin continua sur sa lancée. Accroupi, Dillon s'approcha de la berline noire. Il se redressa tout à coup et ouvrit la portière passager en pointant son arme sur les deux hommes assis à l'intérieur. Le conducteur avait les mains sur le volant, mais son complice tenait un Browning que Dillon lui arracha prestement des mains. Billy arriva en courant quelques instants plus tard ; il ouvrit l'autre portière pour soulager le conducteur d'un Colt .25 glissé dans sa ceinture.

Les bravades habituelles commencèrent alors :

— Hé ! s'exclama le conducteur d'un air outré. Qui êtes-vous ? Que nous voulez-vous ?

— J'ai horreur des mecs qui jouent les imbéciles, dit Billy. Pas toi ?

— Bien d'accord, acquiesça Dillon.

À ce moment-là, Blake arriva à hauteur de la voiture.

— Que se passe-t-il ? demanda-t-il, stupéfait.

— Va chercher tes affaires, dit Dillon. Il faut filer d'ici en vitesse. Allez, imbécile ! Grouille-toi !

Blake éclata de rire.

— Ces messieurs prévoyaient-ils de me tenir compagnie ? Hmm... Je savais bien que je pouvais compter sur Billy et toi, dit-il, et il se dirigea vers la porte de la maison.

— Sortez de la bagnole et tournez-vous, les mains sur le toit, ordonna Dillon.

Les deux hommes obtempérèrent, la mine déconfite. Billy s'assura qu'ils n'avaient pas d'autres armes, puis fouilla leurs poches. Il trouva une liasse de billets de cinquante livres sterling.

— Deux mille, dit-il après les avoir comptés. Ils ont pourtant dû en recevoir davantage. C'est obligé.

Dillon colla son arme contre l'oreille du passager de la berline.

— Qui vous a envoyés ici ?

— Va te faire foutre, répondit le type qui avait un très fort accent londonien.

Le conducteur garda le silence.

— Il joue au con, et en plus il est arrogant, dit Dillon. Ça, c'est un mélange fatal.

Il pressa la détente. L'homme jura et poussa un gémissement aigu lorsque la moitié supérieure de son oreille s'envola.

— Si tu veux que je m'occupe de l'autre, ça ne me pose aucun problème, dit Dillon.

Il prit les deux mille livres à Billy pour les fourrer dans la poche de sa victime.

— Ce fric, tu peux le garder. Dis-moi juste qui vous a donné ce boulot.

— George Moon, dit l'homme d'une voix entrecoupée. Il a un pub. Le Harvest Moon, dans Trenchard Street, à Soho. C'est lui qui nous met sur les coups !

— De bien vilains coups, tu ne crois pas ? Alors comme ça, ce fumier est encore dans la partie...

— Et Moon, pour qui il travaille ? demanda Billy au conducteur. Tu n'as pas intérêt à mentir.

— Un Russe. Moon dit qu'il s'appelle Luzhkov. Il nous avait donné rendez-vous dans un pub de Kensington, dans High Street, en face de l'ambassade de Russie.

— La mission c'était éliminer Blake Johnson, c'est bien ça ?

— Ouais.

Dillon donna son mouchoir au blessé.

— Il est propre, précisa-t-il. Maintenant, foutez le camp. Trouve-toi un docteur.

Les deux hommes grimpèrent précipitamment dans la voiture et disparurent.

— C'est sympa de leur avoir laissé les deux mille livres, observa Billy. Très généreux de ta part.

— Ça aide à huiler la mécanique, tu comprends. La carotte et le bâton.

La porte de la maison claqua derrière eux. Blake les rejoignit. Il portait un bagage à main et une sacoche qu'il mit dans le coffre de l'Aston Martin.

— Y a des cadavres ? demanda-t-il.

— Ce n'est pas notre genre, dit Billy en souriant.

— Qui c'était, ces deux types ? demanda encore Blake.

— Des petits truands. Engagés par Luzhkov.

— Intéressant. Mais Luzhkov n'aurait pas décidé de son propre chef de m'éliminer.

— Ne vous inquiétez pas, dit Billy. Nous allons éclaircir ce mystère. C'est un plaisir.

Ils montèrent dans la voiture. Dillon alluma une cigarette et se carra contre le dossier du siège.

— Mets les gaz, Billy. Faut aller dare-dare à Farley Field. Ferguson ne sera pas content si Blake est en retard.

La pluie tombait dru sur Farley Field. Le général Ferguson buvait une tasse de café accompagnée d'un verre de Bushmills, pendant que ses pilotes, le commandant Lacey et le capitaine Parry, préparaient l'avion. Il observait l'aérodrome sous l'averse à travers les baies vitrées du petit salon.

Et effectivement, il n'était pas très content.

— Vous êtes en retard, marmonna-t-il quand les trois hommes le rejoignirent.

— Dites donc, général de mon cœur, répliqua Dillon. Si vous aviez l'obligeance de perdre cette vilaine grimace, j'aurais des choses à vous raconter.

Ferguson fronça les sourcils.

— De quoi s'agit-il ?

— Deux messieurs bien mal intentionnés ont essayé d'envoyer Blake dans un monde meilleur.

— Expliquez-moi tout. Billy ! Il me faut un autre whiskey.

Il écouta le récit de Dillon en sirotant le Bushmills. Blake les regardait d'un air amusé.

— Nom de Dieu, grommela ensuite le général. À quoi riment ces enfantillages ? Un colonel du renseignement militaire russe veut abattre l'homme clé de la sécurité du président des États-Unis, et tout ce qu'il trouve à faire c'est recruter ces incompétents ? Il y a une tête qui va rouler sur le plancher.

— Peut-être, dit Billy. Mais de notre côté, qu'allons-nous faire ?

— Naturellement, il faut découvrir qui a chargé Luzhkov de ce mauvais coup. Mais cela attendra mon retour. Dans deux ou trois jours. Après Bruxelles, Poutine doit théoriquement se rendre en visite officielle en Allemagne, et notre Premier ministre et le président américain comptent marteler quelques arguments chocs dans la tête du président français pour lui faire enfin entendre raison.

— Je suis volontaire pour m'occuper du truc en France, dit Billy.

— Très drôle. J'ai une autre mission pour vous. D'après plusieurs rapports du renseignement, nous risquons de voir quelques vilains personnages débarquer sur le territoire anglais dans les prochaines vingt-quatre heures. Nous ne savons pas qui, nous ne savons pas d'où ils arriveront, mais cela vaut le coup d'y jeter un œil. Sean, vous connaissez les visages de beaucoup d'entre eux. Allez à Heathrow, Billy et vous, et traînez un peu du côté du contrôle des passeports. Voyez donc qui nous arrive des plus méchants coins du monde. Nous avons des hommes sur place, bien sûr, mais ils n'ont pas votre expérience.

Dillon acquiesça.

— Quant à nous, intervint Blake, il est temps de nous envoler. Allons-y, général.

Ils marchèrent tous ensemble jusqu'à l'avion. Au pied de l'escalier, Ferguson se tourna vers Dillon.

— Je vous renvoie le Gulfstream. Utilisez-le à votre guise, en cas d'urgence. Je vous conseille aussi de passer à la propriété de Holland Park. Le commandant Roper vient de recevoir du matériel informatique flambant neuf. Des machines très puissantes, en ligne directe avec nos meilleurs satellites. Ça devrait vous intéresser. Et Greta est là-bas. J'ai pensé qu'un petit séjour en compagnie de Roper constituerait une bonne expérience pour elle.

Il faisait référence à Greta Novikova, ex-commandant de l'armée russe qui avait servi en Tchétchénie et en Irak. L'évolution de sa situation personnelle l'avait conduite à juger raisonnable de changer d'allégeance pour travailler avec Ferguson.

Parry ferma la porte de l'avion qui commença peu après à rouler en direction de la piste d'envol. Dillon et Billy retournèrent à l'Aston et se mirent en route. Dillon appela Harry Salter, le père adoptif de Billy – son oncle, en réalité. Harry se trouvait au Dark Man, le pub qu'il possédait dans le quartier de Wapping.

— Tu es seul ?

— Roper et Greta sont ici. Sinon c'est calme. Nous mangeons des steaks avec des petits légumes. Les sergents Henderson et Doyle dévorent du poisson frit et des frites dans le box d'à côté. Ils portent leurs plus beaux blazers et des pantalons de flanelle, et ils essaient très fort de ne pas avoir l'air de mecs de la police militaire, mais... je ne peux pas dire qu'ils aient beaucoup de succès de ce côté-là. Tu viens ?

— Non, mais si tu peux me rendre un petit service...

— Tout ce que tu veux.

— Dis à Roper que Luzhkov était à l'ambassade américaine. Il picolait dur.

— Tu m'étonnes. Approche une allumette de ce gars-là et la vodka prendra feu aussitôt. Quel clown !

— Ouais. Ce clown s'était tout de même organisé pour qu'un duo de petits malfrats essaient de descendre Blake. Lequel a fait la bêtise de se balader tout seul sous la pluie dans South Audley Street. C'est idiot de sa part, parce qu'il sait très bien qu'il est menacé en ce moment.

— C'est inacceptable. Que s'est-il passé, pour finir ?

— Billy et moi nous avons réglé le problème en nous montrant méchamment persuasifs. L'un des gars a perdu la moitié d'une oreille. C'est Luzhkov qui a lancé l'opération, et c'est notre vieil ami George Moon qui a recruté les tueurs. Apparemment, il les a payés deux mille livres.

Dillon livra les derniers détails de l'histoire à Harry, qui dit alors :

— George Moon... Je ne savais pas qu'il était encore en vie. Il a une gentille petite épouse. Ruby. Elle est réglo, contrairement à lui. Bon, on fera ce qu'il faut. Vous ne venez pas au pub, Billy et toi ?

— Non. Ferguson nous a confié une petite mission.

— Alors amusez-vous bien.

Harry posa le portable sur la table et fit signe à ses deux gardes du corps, Joe Baxter et Sam Hall.

— Je crois qu'il me faut un grand scotch. Vodka, Greta ?

Vêtue d'une chemise en soie noire de Russie, d'un pantalon noir et de bottes hautes, les cheveux attachés derrière la nuque, Greta Novikova était splendide.

— Pourquoi pas ?

— Double ?

— Peut-on proposer moins à une Russe ?

— Hmm, sans doute pas. Et pour le commandant ?

Roper, assis dans son fauteuil roulant ultraperfectionné, portait un caban marine dont le col était relevé autour de ses joues ravagées par les cicatrices. Il n'eut pas le loisir de refuser. Dora apportait déjà les boissons sur un plateau.

— Gentille fille, dit Harry tandis qu'elle répartissait les verres. Ah, ma Dora ! Qu'allons-nous devenir sans toi ? Savez-vous qu'elle nous quitte dans une semaine ? Elle part en Australie. Sa fille vit là-bas avec ses deux gosses. Dora veut goûter la température de l'eau. Et elle risque bien de ne jamais revenir. Trinquons à sa santé.

Greta but la vodka et regarda Roper.

— Avalez donc ce whisky. Je sais que vous avez hâte de retourner à vos machines, dit-elle, puis, s'adressant à Harry : Il ne fait que ça. Il se nourrit de sandwiches, boit une bouteille de scotch par nuit, dort à peine, et s'amuse sans discontinuer sur ces foutus ordinateurs.

— Eh oui ! fit Roper. C'est la belle vie.

— En route, messieurs, lança Greta à l'intention

des deux sergents de la police militaire. À plus tard, Harry.

Henderson et Doyle aidèrent Roper à embarquer le fauteuil roulant dans le monospace spécialement aménagé ; ils démarrèrent quelques instants plus tard pour regagner Holland Park.

— Un autre verre, patron ? demanda Baxter dans le pub.

Harry secoua la tête.

— Non. J'ai envie de m'offrir un peu d'action. Vous vous souvenez de George Moon, vous deux ?

— Bien sûr. Moon et son jules, le Grand Harold.

— Il y a deux ans, ils ont essayé de pousser Roper au milieu de la circulation, dans son fauteuil roulant.

Sam Hall pouffa de rire.

— Je m'en souviens. Le commandant a logé une balle dans le genou de Harold, et une autre dans la cuisse de Moon. D'après la police, ils ont été attaqués par des gangsters noirs. Les flics n'ont jamais cherché à savoir si c'était vrai. Ils n'auraient pas demandé mieux que s'occuper eux-mêmes de Moon et de Harold.

— Aujourd'hui qu'est-ce qui se passe ? demanda Baxter.

— Pour faire plaisir à un Russe qui n'est pas vraiment un ami de Dillon et de Billy, George Moon a dégoté deux lascars, des minables, qui ont essayé de descendre Blake Johnson. Pour deux mille livres.

— Y a des victimes ?

— Un des agresseurs a perdu la moitié d'une oreille. L'autre a craché le morceau.

— George Moon mérite d'avoir de sérieux ennuis.

— C'est aussi mon avis, approuva Harry en se levant. Allons faire une petite visite au Harvest Moon, le pub qui sert la pire pinte de bière de tout Londres. N'oubliez pas vos joujoux.

Trenchard Street, avec ses pavés ronds et ses bâtiments du XIXe siècle, avait un certain cachet victorien. La Bentley s'arrêta sous l'enseigne en croissant de lune du Harvest Moon.

— Attends près de la voiture, dit Harry à Sam Hall. Dans ce trou à rats, tout peut arriver.

Hall hocha la tête en allumant une cigarette. Au même instant, la porte du pub s'ouvrit et une voix rauque hurla :

— Je t'ai dit de t'occuper de la fermeture !

Ruby Moon sortit précipitamment sous la pluie, vêtue d'un simple chemisier. Le Grand Harold apparut derrière elle et l'attrapa par les cheveux. Elle poussa un cri de douleur.

— Tu chouines ? Je vais te faire chouiner, moi ! grogna-t-il, et il lui donna deux violentes claques sur les joues. T'as besoin d'apprendre la discipline. Je demande pas mieux que de t'éduquer.

Harry s'adressa à Joe Baxter :

— Regarde ce spectacle ! L'homme de Néanderthal qui nous revient tout droit de l'âge de pierre. Et il frappe les femmes, par-dessus le marché.

Harold donna une brusque bourrade à Ruby, qui éclata en sanglots furieux et désespérés.

— Inacceptable, dit Harry.

Il retira son élégant trench-coat militaire, s'approcha de Ruby et le glissa autour de ses épaules.

— Sais-tu qui je suis, ma jolie ?

— Oh mon Dieu ! s'exclama-t-elle. Oui, je crois...

— Tu connais peut-être mon neveu, le jeune Billy ?

— Oui, dit-elle en séchant ses larmes. Si c'est bien l'homme à qui je pense.

— Parfait. Monte dans ta chambre. Fourre quelques affaires dans une valise et redescends. Le reste, tu viendras le récupérer demain. Dans huit jours, je perds Dora, la responsable du bar à mon pub, le Dark Man. Tu peux prendre sa place. Allons, dépêche-toi.

— Mais..., objecta-t-elle, l'air apeuré. Et ce monstre ? Que va-t-il faire ? Il ne me laissera jamais partir.

— Mazette. Je l'avais oublié, celui-là.

Harry tendit la main vers Baxter, qui lui passa un Colt .25 muni d'un silencieux. Le Grand Harold tenta de reculer vers la porte du pub. Harry lui logea une balle dans le gras de la cuisse, puis le poussa pour le faire trébucher sur les marches du perron.

— Trouve-toi une serviette derrière le bar, dit Harry. Et toi, ma jolie, va faire ta valise en vitesse.

Elle rentra précipitamment dans le pub. Salter et Baxter lui emboîtèrent le pas.

À l'intérieur, George Moon se tenait dans l'embrasure d'une porte derrière laquelle Harry aperçut une pièce dont deux murs étaient couverts de rayonnages de livres. Moon était petit, presque chauve, peu ragoûtant de manière générale – et à cette minute il suait à grosses gouttes. Il recula dans la pièce et se laissa choir dans le fauteuil derrière sa table de travail.

— Harry, mon vieil ami ! C'est donc toi ?

— Vieil ami ? Sacrée bonne blague.

Salter posa le pistolet sur la table et désigna le buffet au fond de la pièce.

— Scotch. Double. Sers-toi ce qui te plaira, Joe.

— Entendu, répondit Baxter.

Moon n'avait pas le courage d'ouvrir le tiroir de la table, juste devant lui, pour y saisir son arme.

— George, *mon vieil ami*, je suis assez pressé, dit Harry. Ce soir, deux gus ont essayé de faire la peau à l'un de mes amis. Un *véritable* ami. Mais Dillon et mon petit Billy ont réussi à renverser la vapeur.

— Sur ma vie, Harry, je jure...

— Que dalle ! Me casse pas les pieds. Contente-toi de confirmer qu'un Russe qui s'appelle Luzhkov t'a demandé de recruter deux salopards.

— D'accord. C'est vrai. Oui ! Il m'a offert deux mille livres. Je lui ai présenté deux hommes. Des bons. Mais je n'étais qu'un intermédiaire.

— Deux mille livres ? De nos jours, c'est des clopinettes. Raconte-moi la vérité.

Harry prit le Colt et s'en servit pour frapper le visage en sueur de Moon.

— Si tu ne causes pas, je te promets que je m'occupe de toi.

— Seigneur... D'accord, je vais tout te dire. Ils m'ont donné rendez-vous dans une Daimler à Hyde Park. Luzhkov était au volant. Le passager était russe, lui aussi. Il fumait un cigare et il buvait de la vodka dans une flasque. Il riait tout le temps. Il avait une vilaine cicatrice de l'œil gauche jusqu'au coin de la bouche. Il m'a donné un attaché-case. Dedans... il y avait dix mille livres.

— T'en as empoché huit et tu n'en as donné que deux à ces pauvres gars ? C'est très vilain.

— Harry, je ne savais pas bien comment réagir, répliqua Moon qui essayait désespérément de sauver la face. Mais... Mais je sais qui était l'autre Russe ! Je l'ai vu au bar du Dorchester, un soir, et j'ai demandé son nom au serveur. Il s'appelle Max Chekov.

— OK. Dix mille biffetons, ça paraît plus logique, dit Harry, et il fit signe à Baxter. Regarde si le coffre-fort sert à quelque chose.

Moon gémit.

— Je t'en prie...

Le coffre servait bel et bien à quelque chose – et en plus la clé était sur la porte. Baxter en sortit un attaché-case dont le contenu parlait de soi.

— Formidable, dit Harry. Ruby va pouvoir s'acheter des jolies choses. Va la chercher, installe-la dans la voiture.

— Oui, patron.

Baxter sortit. Harry se dirigea vers la porte, puis se retourna tout à coup en levant son arme.

— Pauvre de moi, j'allais oublier ! Ruby te quitte ce soir. Définitivement.

Il tira une balle dans la cuisse de Moon, avant d'ajouter :

— Tu devrais vite consulter un docteur. De nos jours, il arrive des choses terribles. On se fait canarder dans la rue, agresser par des inconnus... Quelle honte ! dit-il d'un air faussement chagriné. Tu me suis ?

Harry Salter sortit. Le silence retomba sur le pub. Dehors, la Bentley démarra et s'éloigna sur les pavés. Moon poussa un gémissement, puis décrocha le téléphone.

Dans la voiture, Harry tendit l'attaché-case à Ruby.

— Il faudra que tu ouvres un compte d'épargne, ma belle.

— Mon Dieu, dit-elle en découvrant les huit mille livres. Dites-moi que je rêve.

— Non. C'est bien réel. Tu vas prendre les rênes du pub, et tu feras ça magnifiquement. Je suis très psychologue. Je ne me trompe jamais. Pour toi, c'est une vie meilleure qui démarre ce soir.

À Heathrow, l'ambiance était relativement calme – peut-être à cause de l'heure avancée. Les agents des douanes et du contrôle des passeports considéraient Dillon et Billy avec méfiance, mais ils savaient qu'ils n'avaient pas intérêt à manifester la moindre objection à leur présence.

Dillon et Billy étaient sur place depuis deux heures, et aucun individu particulièrement intéressant n'avait débarqué lorsqu'une nouvelle annonce attira l'attention de Dillon sur l'écran des arrivées.

— Tiens donc... Regarde un peu ça, Billy. Notre vieil ami le Hazar.

Billy fit la grimace. Il ne risquait pas d'oublier les terribles épreuves qu'ils avaient connues dans ce pays désespérant du Moyen-Orient.

— Seigneur. Ayons une petite pensée pour Kate Rashid, d'heureuse mémoire...

— C'est comme ça que tu te souviens d'elle ?

— C'était une sacrée nana.

Billy eut un sourire désabusé en songeant à la femme qui avait juré de le tuer. Et qui avait bien failli réussir.

— J'espère ne jamais remettre les pieds dans cet endroit, ajouta-t-il. Je ne m'en porterai que mieux.

— Ça remonte à loin, tout de même, dit Dillon. Mais puisqu'on parle d'elle... Ça me donne envie de jeter un œil sur les gens qui nous arrivent de la bonne ville de Hazar, tard le soir, à cette période de l'année.

Quand les passagers du vol en question parvinrent au contrôle de passeports, les haut-parleurs les invitèrent à se regrouper dans une section particulière du hall. Bizarrement, ils obtempérèrent sans trop manifester de mauvaise humeur.

Caspar Rashid était l'un de ces passagers. C'était un homme grand, séduisant, à la peau relativement claire, aux joues et au menton couverts d'une barbe presque blonde. Il avait une petite valise et un attaché-case à la main.

— On dirait un Bédouin, dit Billy.

— Parce que c'en est un, mon ami. Allons voir ça.

Ils s'approchèrent du comptoir. L'agent de l'immigration était déjà en train d'examiner le passeport de l'homme qui les intéressait.

— Monsieur Caspar Rashid... Votre adresse ?

— Gulf Road, dans le quartier de Hampstead.

— Pays de naissance ?

— Angleterre.

— Voulez-vous y jeter un œil ? proposa l'agent à Dillon en lui tendant le document.

Rashid patienta, le visage impénétrable, tandis que Dillon feuilletait le passeport.

— Ça va, dit-il finalement.

Il rendit son passeport à Rashid, qui lui offrit un sourire éblouissant, avant de s'éloigner sans un mot.

— Il faut reconnaître qu'il a un sourire magnifique, observa Dillon. Tu ne trouves pas ?

— Ouais, c'est juste. Mais bon, il a aussi une belle gueule.

— Ce n'est pas à cause de sa belle gueule qu'il sourit. Il sourit parce qu'il pense qu'il s'en est bien tiré. Et moi je souris parce que je l'ai épinglé. Ce monsieur cache quelque chose, Billy. Je ne sais pas quoi, mais il cache un truc. Allons-y.

Rashid était fatigué par le voyage. Trop las, sans doute, pour se montrer aussi prudent qu'il aurait dû. Sa voiture l'attendait au rez-de-chaussée du parking situé en face de la sortie du terminal. Il déverrouilla les portières, puis ouvrit le coffre. Dillon et Billy, dissimulés derrière un pilier, le virent rabattre le tapis et soulever la roue de secours à l'intérieur de son logement.

— Attrape-le, Billy !

Ils fondirent sur Rashid qui se retourna d'un bond. Dillon le tint en joue avec son Walther.

— Les mains derrière la nuque, ordonna-t-il. Billy, regarde ce qu'il y a là-dedans.

Le jeune homme trouva aussitôt le bon filon. Sous la roue de secours, il y avait quelques outils – et un pistolet automatique enveloppé dans un tissu.

— Smith & Wesson, calibre 38. Chargé, dit-il en le présentant à Dillon.

— Mets-lui les menottes.

Billy s'exécuta.

— On le conduit chez les flics ?

— Non. Il m'intéresse.

— Pourquoi ?

— Pas besoin d'être Sherlock Holmes pour deviner qu'il trempe dans de vilaines affaires. D'après son passeport, il a pris l'avion de Londres, la semaine dernière, à destination du Caire. De là il a pris un train jusqu'à Mombassa, puis un ferry de Mombassa jusqu'à Hazar. Mais il n'est même pas resté un jour entier là-bas avant de remonter dans l'avion de Londres. Pourquoi un tel périple ? Pourquoi n'avoir pas simplement fait l'aller-retour en avion entre Londres et Hazar ?

— Je vois ce que tu veux dire, acquiesça Billy. Il voulait sans doute essayer de passer inaperçu.

— Et pour ça, il vaut toujours mieux prendre des chemins détournés.

— Alors, monsieur le voyageur ? dit Billy. Pourquoi donc vouliez-vous passer inaperçu ?

— Parce que..., bafouilla Rashid, visiblement très

ému. Parce qu'il le fallait ! Ils risquaient de me tuer. Ils risquaient de la tuer, elle ! Je n'avais pas le choix.

— Attendez une minute. « Ils » ? De qui parlez-vous ?

— Des gens d'Al-Qaida. Et de l'Armée de Dieu.

L'évocation des deux organisations terroristes glaça les sangs de Dillon et de Billy.

— Pourquoi ? Que vous veulent-ils ? demanda Dillon.

— Un homme m'a téléphoné. Il parlait un anglais excellent et un arabe parfait. Il m'a dit que j'étais surveillé. Susceptible d'être abattu à n'importe quel moment. Il m'a dit que je devais l'appeler le Courtier, et toujours faire référence à lui sous ce nom. Il ne m'a pas donné son vrai nom. Il ne m'a pas donné de numéro où le joindre. Il a juste dit que ses amis voulaient me rencontrer pour me parler. C'est pour cela que je suis allé à Hazar. C'est pour cela que j'ai fait un si long voyage. Il a précisé que personne ne devait être informé de mon parcours. Le pistolet... ils me l'ont donné ici, à Londres. Il est apparu un jour dans le tiroir de ma table de travail. Comme je ne savais pas quoi en faire, je l'ai mis dans ce tissu et fourré sous la roue de secours. Je ne suis pas un terroriste. Vous devez me croire.

— Mais pourquoi cet homme, le Courtier, vous a-t-il contacté ?

Une grimace de dépit tordit le visage de Rashid.

— Pour me parler de ma fille. Sara, ma magnifique petite fille de treize ans. Des hommes sont venus. C'est mon père qui les a envoyés ! Il est très attaché aux anciennes coutumes. Quand il nous a dit, à ma femme et à moi, qu'il avait l'intention de marier Sara à l'un de ses cousins, nous avons catégoriquement refusé. Marier ma fille ! Elle n'a que treize ans ! Ma femme est anglaise. Chirurgienne. Comme nous refusions, ils l'ont kidnappée et sortie du pays. Aujourd'hui, Sara est en Irak.

— Putain de merde, marmonna Billy.

— Je vous en prie... J'ignore qui vous êtes, mais vous travaillez sans doute pour le gouvernement, n'est-ce pas ? Pouvez-vous m'aider ? Je ne suis pas un terroriste, mais j'ai appris beaucoup de choses sur l'Armée de Dieu. Je peux vous dire tout ce que je sais, si vous m'aidez à récupérer ma fille. S'il vous plaît !

— Retire les menottes, dit Dillon en allumant une cigarette. Il laisse sa voiture ici. On l'emmène dans l'Aston Martin.

Billy s'exécuta.

— Où va-t-on ?

— Voir Roper.

Londres, Bruxelles

2

À Holland Park, ils furent accueillis par le sergent Doyle qui était de garde pour la nuit.

— Un invité imprévu, dit Dillon. Allez réveiller Henderson. Billy, tu installes Rashid en salle d'interrogatoire, et tu le laisses seul. Je vais voir si Roper dort.

Roper ne dormait pas. Comme d'habitude, il rôdait à travers le cyberespace en fredonnant une musique de Cole Porter jouée en sourdine par le lecteur CD. Greta, assise dans un fauteuil près de la fenêtre, feuilletait le *New Statesman*.

— Venez tous les deux en salle d'observation.

Ils se rassemblèrent rapidement dans la petite pièce. De l'autre côté du miroir sans tain, Rashid patientait en silence sur une chaise.

— Voici monsieur Caspar Rashid. Quarante-deux ans. Né à Londres. Docteur en électronique à l'université de Londres. Sa femme Molly est médecin. J'espère que vous prenez des notes, Roper. J'aimerais avoir une analyse complète de l'entretien. Nous avons besoin de votre aide.

— Bien entendu. Mais montrons-nous un peu plus accueillants...

Roper alluma les lumières des deux côtés du miroir, afin que Rashid pût les voir.

— Docteur Rashid, nous formons un groupe mixte de personnels militaires et d'agents des services de renseignements. Je suis le commandant Roper. La dame que vous voyez ici est le commandant Greta Novikova, détachée du GRU. Vous connaissez déjà Dillon et Billy Salter.

— Je suis très impressionné.

— Notre groupe ne répond qu'aux ordres du Premier ministre, précisa Dillon. Les règles et les lois ordinaires ne s'appliquent pas à nous. Il est donc essentiel que vous soyez totalement honnête envers nous. C'est dans votre intérêt comme dans le nôtre.

Billy pouffa de rire, avant d'ajouter :

— La seule règle que nous connaissons, c'est de n'avoir aucune règle. Ça permet de gagner pas mal de temps.

— Je comprends, dit Rashid.

Greta prit la parole, pour déclarer en arabe d'un ton agressif :

— À quoi rime cette mascarade, monsieur Rashid ? L'analyse de votre profil, que je vois ici sur l'écran du commandant Roper, ne correspond à aucun profil arabe que nous ayons jamais étudié. Tout est là, sous mes yeux. Que nous cachez-vous ?

— Oh, je suis bel et bien arabe, répondit Rashid sans se laisser démonter – et dans un russe très convenable. Mais je préfère me considérer comme bédouin. Je suis membre de la tribu Rashid, qui a ses racines dans le Quartier Vide.

Il marqua une pause, soutenant le regard de Greta, avant de poursuivre en anglais :

— Mon père était autrefois cardiologue à Londres. Il appartient à une riche famille de Bagdad. Pour lui, l'argent n'a aucune importance.

— Et après ? Vous avez abjuré votre foi ? Renoncé à l'Islam ? répliqua Greta. Je ne peux pas y croire.

— Mes parents sont retournés à Bagdad il y a treize ans. Mon mariage avec une femme de religion chrétienne leur a fait terriblement honte. Hélas pour eux, j'avais déjà hérité d'une assez grosse fortune par ma grand-mère. J'étais donc indépendant. Elle m'a même laissé la maison de Hampstead où nous vivons aujourd'hui et dans laquelle je suis né.

— Et tout cela sans provoquer de représailles de la part de votre famille ? De vos frères musulmans ? demanda Dillon d'un air sceptique.

— Oh, si ! Des représailles répétées. D'autant que l'Islam ne compte pas beaucoup dans ma vie quotidienne. Je suis un peu comme tant de chrétiens qui pensent à Jésus une fois par an, le jour de Noël, dit Rashid avec un sourire désabusé. Dans mon domaine, l'ingénierie électronique, je travaille sur de nombreuses applications dédiées aux chemins de fer. À travers le monde entier. Je suis très connu dans ma spécialité et souvent consulté en tant qu'expert. Je me rends dans de nombreux pays musulmans. Et... Oui, à de nombreuses occasions déjà, j'ai subi les pressions de certains collègues. Des extrémistes. Aussi bien durant mes voyages à l'étranger, d'ailleurs, qu'ici à l'université. Je suis au courant de certaines choses qui vous troubleraient sans doute beaucoup si je vous les racontais.

— Par exemple ? demanda Roper.

— Je ne vous dirai rien tout de suite. Pas avant que vous ayez accepté mes conditions. Il y a huit mois, alors que j'étais parti une semaine à Alger et que ma femme était à l'hôpital, où elle avait un très lourd programme d'opérations, notre fille a été kidnappée à la sortie de son école privée à l'heure du déjeuner. Elle a été conduite jusqu'à un aérodrome discret à la sortie de Londres et sortie du pays par des agents de l'Armée de Dieu liés à Al-Qaida. Elle a été emmenée en Irak et livrée à mon père, dans sa villa d'Amara, au nord de Bagdad.

— Mon Dieu, dit Greta. C'est la guerre, là-bas ! Pourquoi un homme de son rang reste-t-il à Bagdad ? Il devrait ficher le camp.

— Il a vu la lumière, m'a-t-il dit. Et il veut servir Oussama. Il a autorisé Sara à nous parler au téléphone une seule fois. Et il m'a assuré que je ne la reverrais jamais. Depuis, j'ai tout essayé... Sans le moindre succès.

— C'est là que nous entrons dans la partie, dit Roper.

— Personne ne peut m'aider, insista Rashid. En tout cas pas à titre officiel. Le pays que nous appelons l'Irak est un enfer.

— Le commandant Novikova a raison, dit Roper. Je serais curieux de savoir pourquoi votre père, un homme si riche, sans doute très influent, reste dans cette zone de guerre.

— Il a décidé de se dévouer à la cause de... de l'autre camp. Je ne vous en dirai pas davantage pour le moment. Mais les informations que je détiens au sujet de l'Armée de Dieu, de ses activités au cours des derniers mois et de ses liens et projets en cours avec Al-Qaida dans de nombreuses régions du Moyen-Orient et du nord de l'Afrique – tout cela vous intéresserait beaucoup, j'en suis certain. Surtout vous qui êtes irlandais, monsieur Dillon, conclut Rashid d'un air mystérieux.

— Nom de Dieu ! s'exclama Roper. Là, vous poussez le bouchon un peu loin. Qu'est-ce que vous nous chantez ?

— Pas maintenant. Vous savez ce que je veux.

— Et votre femme ? demanda Greta.

— Molly ne craquera jamais. Elle est très forte. C'est une grande chirurgienne. Elle est spécialisée en cardiologie pédiatrique.

— Était-elle au courant de vos ennuis avec les islamistes et l'Armée de Dieu ?

— Je pensais avoir réussi à la protéger, mais l'enlèvement de Sara a tout changé. Heureusement, elle a son travail. C'est ce qui lui permet de tenir le coup.

Le silence tomba sur les deux petites pièces séparées par le miroir sans tain. Personne ne parla pendant près d'une minute.

— C'est réalisable ? demanda enfin Dillon à Roper.

— Hmm... À Bagdad la guerre fait rage. C'est tout de même un petit problème. Mais nous allons voir ce que nous pouvons faire. Heureusement que Ferguson est à Bruxelles. Ça nous permet de ne pas lui parler de cette histoire pour le moment. Laissez donc Henderson emmener ce pauvre diable à sa chambre. Qu'il prenne une douche et quitte ses vêtements de voyage.

Rashid s'était mis debout et approché de la fenêtre donnant sur le jardin. Roper l'apostropha :

— Votre voyage à Hazar. Vous pensiez qu'il aurait une utilité quelconque... Mais les gens de l'Armée de Dieu se sont fichus de vous, n'est-ce pas ?

— Je n'ai rien à ajouter.

— Bien, dit Roper, le sourire aux lèvres. C'est toujours agréable d'être rassuré.

Assis devant ses ordinateurs, Roper, qui aimait se considérer comme le plus grand génie de l'organisation de tous les temps, but un double scotch et fuma une cigarette en méditant son plan de travail.

Pour commencer, il se renseigna sur les allées et venues de Molly Rashid. Professeur de cardiologie pédiatrique, elle travaillait dans plusieurs hôpitaux. Ce soir, elle avait effectué une opération à l'hôpital pour enfants de Great Ormond Street, et elle était rentrée chez elle à minuit.

Il chercha ensuite du côté de la famille Rashid en Irak. D'après certaines sources américaines, la propriété, située au nord de Bagdad à la sortie du village d'Amara, était intacte. Le maître de maison était Abdul Rashid, le père de Caspar, âgé de quatre-vingts ans. Sur les images satellite, Roper aperçut deux ou trois vieilles femmes, cinq ou six hommes aux visages patibulaires – le genre qui se trimballe en permanence avec un AK-47 en bandoulière – et de nombreux réfugiés chassés de chez eux par les bombes. Il eut aussi la satisfaction de trouver mention de la présence d'une fillette de treize ans prénommée Sara. Elle était donc toujours là-bas. Roper fit ramener Caspar Rashid en salle d'interrogatoire.

— Que voulez-vous ?

— Je vais téléphoner à votre femme.

— Ah, d'accord ! fit Rashid en perdant l'expression maussade qu'il avait en entrant dans la pièce. Puis-je lui parler ?

— Bien sûr. J'insiste pour que vous lui parliez. Mais il faudra mettre le téléphone sur haut-parleur. Et je vous suggère de tout lui dire. Ce que je vous soupçonne de ne pas avoir encore fait.

Le bruit très amplifié d'une sonnerie de téléphone s'éleva dans la pièce, puis une voix de femme agréable et sophistiquée demanda :

— Caspar ? C'est toi ?

— Docteur Molly Rashid ? dit Roper.

— Oui..., répondit-elle d'un ton hésitant. Qui est à l'appareil ?

— Je suis le commandant Giles Roper et...

Elle l'interrompit en s'exclamant soudain :

— Mon Dieu ! Je vous connais. Nous nous sommes rencontrés à un déjeuner de charité à l'hôpital de Great Ormond Street. Vous êtes ce monsieur extraordinaire qui a eu tant de médailles pour avoir désamorcé des bombes...

Elle se tut. Roper conclut à sa place :

— Oui. Le monsieur dans le fauteuil roulant.

— C'est cela. Pourquoi me téléphonez-vous à une heure pareille ?

— Dr Rashid, je suis avec votre époux.

Caspar Rashid prit la parole :

— C'est la vérité. Je rentre tout juste de Hazar. Écoute-moi bien, Molly. Le commandant Roper et son équipe vont peut-être pouvoir nous aider à récupérer Sara.

Quand Rashid eut terminé son explication, le silence tomba sur la pièce.

— Qu'en pensez-vous, docteur Rashid ? demanda Roper.

— Eh bien... Je suis stupéfaite. Mais je dois dire que j'en savais davantage que mon mari ne le supposait au sujet des pressions qu'il a subies de la part de certains groupes islamistes radicaux. Il ne voulait pas que je sois au courant de ces histoires, j'en suis certaine, et je le laissais croire à mon ignorance. Pour une épouse, c'est un peu dans l'ordre des choses, n'est-ce pas ? Mais... L'enlèvement de Sara a tout changé. L'impossibilité d'avoir le moindre recours légal pour la récupérer dans cette abominable zone de guerre a été très dure pour nous.

— Votre mari nous a proposé un marché. Si nous réussissons à sauver votre fille, il nous livrera ce qu'il prétend être des informations extrêmement importantes au sujet d'Al-Qaida et de l'Armée de Dieu. À votre avis, dois-je le croire ?

— Commandant Roper, Caspar ne m'a jamais

menti. C'est un Bédouin. L'honneur est sa vertu cardinale.

— Cela signifierait qu'il resterait ici, sous notre garde, pendant toute la durée de l'opération. Quant à vous, docteur Rashid, peut-être vaudrait-il mieux que vous vous mettiez aussi sous notre protection. Nous vivons dans un monde difficile et dangereux.

— Merci, mais non. Mon programme à l'hôpital exclut d'envisager une telle hypothèse.

— Vu ce que votre mari nous a laissé entendre au sujet des gens dont il ne veut pas parler pour le moment, dit Dillon, je crois quand même devoir suggérer un compromis. Greta Novikova, notre estimée collègue russe, est un officier très expérimenté, qui a connu plusieurs guerres. Elle pourrait vous accompagner dans vos déplacements. Pour assurer votre sécurité.

À l'autre bout du fil, Molly Rashid poussa un soupir d'hésitation.

— Accepte cette proposition, dit son mari. Je t'en prie, cela vaut mieux.

— D'accord. Puis-je voir Caspar ?

— Vous pouvez lui rendre visite ici, bien entendu. Le commandant Novikova va s'organiser pour passer vous prendre.

Roper raccrocha et fit signe à Henderson.

— Le spectacle est terminé pour ce soir. Ramenez M. Rashid à sa chambre.

Un petit moment plus tard, ils se rassemblèrent autour de Roper pour parler de l'affaire. Greta servit du thé et de la vodka pour tout le monde, à la russe.

— Bon, voilà où nous en sommes, dit Dillon. Roper, vous assurerez la logistique devant vos ordinateurs. Henderson et Doyle s'occuperont de Rashid. De toute façon, je sais bien qu'ils me diront qu'ils ne supportent pas de voir d'autres hommes de la police militaire dans cette maison. Greta, vous veillerez sur Molly Rashid.

— Elle m'a fait bonne impression, dit Greta qui achevait de distribuer les verres de vodka.

— Donc... Il reste nous deux, mon cher Billy, pour aller en Irak, conclut Dillon.

— Et pour sauver le monde. Une fois de plus.

— C'est le boulot de tous les grands hommes, dit Dillon avec un haussement d'épaules. Maintenant, Roper, dites-moi comment vous envisagez l'opération.

— Eh bien... Je suppose que vous prenez l'avion pour Bagdad, et puis à un moment ou un autre vous défoncez la porte de la villa, le flingue à la main...

— Très drôle.

Le Codex 4 de Roper sonna. Il vit sur l'écran le nom de Harry Salter.

— Harry ! lança-t-il en prenant l'appel. Quoi de neuf ?

— Vous êtes avec tout le monde ?

— Plus pour très longtemps.

— Mettez le haut-parleur et je vous raconte quoi de neuf.

Harry patienta quelques secondes, avant de reprendre :

— Vous souvenez-vous de George Moon et de son lascar, le Grand Harold ?

— Je ne les oublierai jamais, répondit Roper d'un ton ironique.

— Écoutez bien et prenez-en de la graine, les enfants.

Par la voix grave de Harry qui s'élevait du haut-parleur, ils furent bientôt tous au courant des événements survenus au Harvest Moon.

— Ruby ? marmonna Billy. Ruby Moon au Dark Man ?

— Maintenant elle est en sécurité, précisa Harry. Elle est couchée là-haut. Ça pourrait être pire, Billy. Ça va te donner du poil aux pattes, comme on dit.

— On ne dit pas ce genre de choses là où j'ai fait ma scolarité.

— Et c'était une des meilleures écoles privées de Londres ! s'exclama Harry. Je voulais en faire un gentleman, savez-vous ? Qu'il apprenne à bien se tenir. Et regardez ce qu'il est devenu.

— En effet, dit Roper en riant. Vous avez fabriqué un gentleman gangster. Un bandit de grands chemins. Mais ça lui va bien, à notre Billy.

— Bon, reprit Harry. Billy, rentre vite à la maison. Je sens qu'il se trame quelque chose à Holland Park. Donne un peu de bonheur à ton vieil oncle en venant lui raconter tout ça.

— Je serai au pub dans vingt minutes.

Roper coupa la communication.

— Alors, comment s'organise-t-on ? demanda Billy à Roper et à Dillon.

— Tenons Ferguson à l'écart de cette affaire, dit Roper. Je prépare les faux papiers. Je pense que vous serez correspondants de guerre, une fois de plus. J'organise aussi le décollage de Farley Field. Dillon se charge de la corvée d'expliquer à Lacey et à Parry que c'est un voyage imprévu, ultrasecret, etc. Les armes nous seront fournies par l'intendant militaire à l'aérodrome. À Bagdad, je connais une société privée, Recovery, qui devrait pouvoir nous aider. Je dois passer un coup de fil pour m'en assurer. Je vous parlerai de tout ça demain. Fichez le camp.

— Seigneur tout-puissant, murmura Billy. Et c'est reparti avec les gilets pare-balles en titane !

Il sortit. Dillon et Greta l'accompagnèrent dehors ; ils attendirent sur le perron que Henderson ait refermé le portail électronique derrière sa voiture.

— Je crois que je vais dormir ici, dans une chambre du personnel, dit Greta au moment où ils entraient dans la pièce de Roper.

Au même instant, la voix de Ferguson s'éleva du haut-parleur d'un des ordinateurs. Il semblait agacé.

— Il y a quelqu'un, oui ou non ?

Greta fronça les sourcils. Roper porta un doigt devant ses lèvres pour qu'elle garde le silence. Dillon prit la bouteille qui se trouvait sur la table et se servit un grand verre.

— Je suis là, patron, dit Roper. Vous connaissez la maison. Nous ne fermons jamais.

— Comment ça se passe à Bruxelles ? demanda Dillon.

— Je m'ennuie à mourir. Mais la politique, vous

savez ce que c'est ! D'après le Premier ministre, cependant, nous sommes dans l'impasse.

— Une seconde guerre froide ? demanda Dillon.

— Je crois que nous savons déjà cela depuis un moment. Le général Volkov ne quitte pas Poutine d'une semelle. Bon, la situation est tranquille, de votre côté ?

— Absolument, Votre Honneur. Nous aussi, on s'enquiquine.

— L'humour de l'ex-acteur irlandais, Dillon, ça fait carrément périmé. Très bien. S'il n'y a rien d'autre, je vous dis bonne nuit. Je vous rappellerai demain.

Ferguson raccrocha.

— Je vais m'allonger un moment, dit Dillon. Vous connaissant, je suppose que vous allez travailler sur les faux papiers dès maintenant.

— Rien de tel qu'un petit exercice de contrefaçon pour occuper une nuit solitaire, dit Roper en souriant. Et puis cette activité a un côté romanesque qui me plaît bien.

Il se tourna vers les écrans de ses chers ordinateurs.

— Sean, dites-moi... L'homme mystère d'Al-Qaida. Le Courtier. Vous y croyez ?

— Absolument, répondit Dillon.

— Vous me faites plaisir, dit Roper. Moi aussi, j'y crois beaucoup.

À Bruxelles, à l'ambassade de Russie, Vladimir Poutine était assis en compagnie du général Volkov, son plus proche conseiller sur les questions de sécurité, et de Max Chekov.

— Alors ? demanda Poutine. Quelle est la situation de Belov International ?

— Tout va bien, monsieur le président. Grâce à la disparition prématurée de Josef Belov, nous contrôlons des gisements pétroliers et des gazoducs de Sibérie jusqu'en Norvège, et au-delà de la mer du Nord jusqu'en Angleterre, expliqua Volkov – avant de préciser avec un haussement d'épaules : Et nous pouvons fermer la plupart de ces pipelines à n'importe quel moment. À notre guise.

— Distribution, pénurie, distribution, pénurie. Nous pouvons jouer avec eux comme nous le voulons, ajouta Chekov. Bon sang ! Quand on pense à tous les efforts qu'il fallait produire, autrefois, pour jouer la menace de la bombe atomique. Aujourd'hui, il suffit d'ouvrir ou de fermer quelques vannes pour obtenir des résultats qui dépassent toutes nos espérances.

— C'est vrai, acquiesça Poutine. La mort de Belov en mer d'Irlande a été pour nous un merveilleux cadeau. Il faudrait presque remercier les hommes de Ferguson.

— Qu'est devenue sa propriété en Irlande ? demanda Volkov.

— Drumore Place, dit Chekov. Je m'y suis rendu à deux reprises. Il y a un château, des installations agricoles et quelques usines. Il y a aussi une piste d'atterrissage pour les avions privés et une hélistation. C'est une propriété qu'il nous est bien utile d'avoir à notre compte. Le village abrite un gentil petit port.

Il sourit avant d'ajouter :

— Et si vous voulez prendre un verre là-bas, il y a un pub formidable qui s'appelle le Royal George.

— Quel nom étrange, dit Poutine, ancien colonel du KGB, qui connaissait bien l'histoire européenne. C'est le roi George, au XVIIIe siècle, qui a opprimé la paysannerie irlandaise pour la punir de sa fidélité à l'Église catholique. Les Irlandais le détestent. Pourquoi donner son nom à un de leurs pubs ?

— J'ai posé la même question au patron du pub, dit Chekov. Un gars qui s'appelle Ryan. Il m'a répondu que les gens du village aimaient leur pub avec le nom qu'il avait, voilà tout. Mais permettez-moi d'ajouter : ils sont peut-être tous catholiques, là-bas, mais leur véritable religion c'est l'IRA Provisoire.

— Oui, fit Poutine après avoir bu une gorgée de vodka. Ces anciens de l'IRA... Tellement violents. Et tellement utiles pour certaines opérations, n'est-ce pas ?

Il fit un signe en direction de Chekov.

— Buvons à l'avenir de Belov International et à la santé de son président-directeur général.

Les trois hommes vidèrent leurs verres, puis se resservirent et trinquèrent de nouveau. Chekov annonça alors qu'il devait sortir pour une affaire ; il quitta la pièce.

— Que pensez-vous de lui ? demanda Poutine.

— Chekov est l'homme qu'il nous faut, dit Volkov. Il a un bon dossier militaire. C'est un dur. Le genre qui peut tuer un homme en éclatant de rire, vous voyez. Et il a une telle fortune personnelle que je le crois complètement digne de confiance. Il est peu probable qu'il devienne trop gourmand.

— Bien. Maintenant, Volkov, parlons de cette regrettable histoire de Londres. Blake Johnson. Vous devez faire attention à employer des gens de qualité. Viser une cible aussi prestigieuse, ça ne vaut le coup que si le succès de l'opération est garanti. L'échec est inadmissible. Et je n'arrête pas de voir ce fichu Dillon s'interposer à tout bout de champ !

— Bien sûr, monsieur le président, je comprends. Mais Dillon... C'est un homme exceptionnel.

— Vous voulez dire que nous n'avons pas ce genre d'homme de notre côté ? Qu'est devenu Igor Levin, à propos ?

Volkov hésita.

— Il... Il n'est plus aussi fiable qu'autrefois, monsieur le président. À la fin de l'affaire Belov, il a décampé à Dublin avec deux sergents du GRU, Chomsky et Popov. Chomsky, je crois, fait des études de droit au Trinity College de Dublin. Il est... difficile de les rattraper.

— Vous avez tort, répliqua Poutine. C'est très simple. Dites-leur que leur président a besoin d'eux. Que la Russie a besoin d'eux. Et si cela ne suffit pas, eh bien... nous savons comment traiter les gens qui « décampent », n'est-ce pas ? Quant à Ferguson et compagnie, ils m'exaspèrent. Il est temps d'en finir avec cette équipe. Chaque fois que nous allons dans la bonne direction, ils s'ingèrent dans nos affaires. Le désordre, le chaos, l'anarchie qui doivent mener à la destruction du tissu social occidental : voilà notre objectif ! Cultivez de bonnes relations avec nos amis arabes. Qu'ils fassent le sale boulot. Leur arme de prédilection, c'est le kamikaze qui se fait exploser en public. Cela entraîne d'innombrables victimes civiles et cela contribue à attiser la haine contre les musulmans et leur mode de vie à travers l'Europe entière. Je vous donne toutes les autorisations nécessaires.

Volkov força un sourire.

— Je vous en suis très reconnaissant, monsieur le président. Merci.

— Buvons ensemble une dernière vodka, à présent, et puis je vous laisse partir.

— Avec plaisir.

Volkov alla à la console pour remplir les verres.

— Encore une chose, dit Poutine. J'ai pensé à cet Arabe, à Londres, que vous avez dans votre poche. Le professeur Dreq Khan, l'homme de l'Armée de Dieu. Avec toutes les commissions parlementaires dont il est membre, tous les politiciens qu'il connaît, il est presque intouchable. Il pourrait sans doute tuer quelqu'un sans jamais être inquiété.

Poutine rit et prit le verre que lui tendait le général.

— Vous n'êtes pas d'accord ? demanda-t-il. À la victoire, et à la Mère Russie !

Il avala la vodka d'un trait.

Appelée à une heure et demie du matin par l'hôpital Warley, dont les urgences avaient cruellement besoin de deux chirurgiens supplémentaires pour la nuit, Molly fut confrontée à un nombre désespérant d'alcooliques et de victimes d'agressions violentes, dont beaucoup de femmes. Par-dessus le marché, certains patients se bagarraient.

De service cette nuit-là, il y avait aussi un brancardier dénommé Abu Hassim. Bien que petit, il était puissant et nerveux, et tout à fait capable de se défendre dans une rixe. Il avait les traits arabes, mais il était né dans la banlieue multi-ethnique de Streatham et parlait avec l'accent populaire de Londres.

Il connaissait Molly. Et Molly le connaissait de vue, car il vivait dans la petite épicerie de quartier que son oncle et sa tante tenaient à quelques centaines de mètres de la maison des Rashid. Elle le saluait d'un signe de tête quand ils se croisaient.

À trois heures, Molly décida de rentrer chez elle. Elle était éreintée. Elle se frayait un chemin au milieu des malades qui patientaient dans le couloir, lorsqu'elle fut prise à partie par un homme d'une trentaine d'années, complètement ivre, qui braillait et réclamait un docteur à cor et à cri.

— En voilà une jolie poupée ! s'exclama-t-il. T'es qui, toi ?

Il agrippa le bras de Molly et l'attira vers lui pour essayer de l'embrasser.

— Lâchez-moi ! protesta-t-elle en le repoussant.

Il la gifla.

— Salope !

Plusieurs personnes se levèrent, indignées. Une main se posa sur l'épaule de Molly pour la tirer doucement en arrière.

— On ne parle pas comme ça à une dame, dit Abu Hassim.

Il fit un pas en avant et donna un violent coup de tête à l'homme saoul qui bascula en arrière. Il le rattrapa par les revers de sa veste pour l'asseoir sur une chaise.

Molly s'essuya le visage avec un mouchoir.

— Ce... Ce n'était pas du tout réglementaire, mais merci beaucoup. Vous êtes Abu Hassim, n'est-ce pas ?

— Oui, docteur Rashid. Je regrette ce qui vient de se passer. Heureusement que je passais par là.

— En effet. Merci encore.

— Il n'y a pas de quoi. Je vous dis à demain matin...

— Non. J'ai la matinée de libre.

— Vous avez de la chance.

Abu sortit de l'hôpital sous la pluie battante. Il n'y avait personne à l'arrêt du bus de nuit. Il patienta. Quelques minutes plus tard, Molly sortit du parking au volant d'une Land Rover. Elle s'arrêta à sa hauteur et ouvrit la portière passager.

— Montez ! C'est le moins que je puisse faire pour vous.

— Ah, merci, répondit Abu avec toutes les apparences de la gratitude.

— Je vous ai vu dans la boutique de Delamere Road, dit-elle.

— Oui. Elle appartient à mon oncle et à ma tante.

— D'où êtes-vous originaire ?

— De Londres. Fils d'immigré musulman, né en Angleterre... Vous connaissez la chanson.

— Je suis désolée, dit-elle en souriant.

— Vous n'avez aucune raison d'être désolée. Je suis heureux tel que je suis.

— Et vos parents ?

— Ils sont décédés. Ils étaient originaires d'Irak. Il y a deux ans ils sont retournés là-bas pour des raisons familiales. Ils sont morts dans l'explosion d'une bombe. Sur un marché.

— Oh, Abu, fit Molly, choquée. C'est affreux.

— Tant de chemin à parcourir, et si peu de temps pour le voyage, dit-il d'un air très digne. Mais comme vous le savez : *Inch Allah !* Si Dieu le veut...

— Oui. Sans doute.

Elle s'arrêta peu après devant l'épicerie des Hassim.

— À bientôt.

Abu sourit. Cette femme était vraiment gentille ; il l'appréciait beaucoup. Dommage qu'elle soit Molly Rashid, épouse de Caspar. Mais il avait une mission ; il répondait aux ordres d'Allah. Il ouvrit la portière pour descendre de la voiture.

— Bonne nuit, docteur Rashid. Allah vous protège.

Il se dirigea vers la boutique. Molly redémarra. Il y avait longtemps qu'elle ne s'était sentie aussi fatiguée. Le portail automatique de la propriété s'ouvrit devant la Land Rover. Enfin, elle allait pouvoir dormir.

Dans la boutique, Abu embrassa son oncle.

— Une vilaine nuit. Tu es mouillé. Tiens, change-toi, dit le vieil homme en lui tendant une djellaba. Je te prépare du thé. Ta tante a dû partir à Birmingham. Sa nièce va accoucher.

Quand ils furent assis autour de la théière, l'oncle d'Abu ordonna :

— Maintenant, raconte-moi ce qui s'est passé.

Abu saisit sa tasse à deux mains.

— Notre proie, le mari du Dr Molly, le Bédouin Rashid, est arrivé de Hazar par avion. Il a été appréhendé dans l'aéroport. Nous avions deux techniciens de surface qui travaillaient à proximité. Ils ont vu toute la scène. Après le contrôle des passeports, Rashid a été suivi par deux hommes. Des agents du gouvernement. L'information a été confirmée par un frère qui travaille au service de l'immigration. Il sait qu'ils s'appellent Dillon et Salter. Dans le parking, nos hommes les ont vus embarquer Rashid dans une Aston Martin.

— Ensuite ?

— Rien. Mais ils ont noté le numéro de la plaque d'immatriculation.

— Et à l'hôpital ?

— Comme convenu, j'ai observé l'épouse Rashid. La police va sans doute la contacter, dit Abu et il secoua la tête. J'aime bien Molly Rashid. C'est une femme qui a du cœur. Pourquoi faut-il qu'elle soit dans leur camp ?

Au lieu de tenter de répondre à cette question, son oncle répliqua d'une voix ferme :

— Ta détermination n'est-elle plus ce qu'elle était ?

— Ce n'est pas le problème. Rien n'a changé. Je le jure devant Allah, répondit Abu, et il haussa les épaules. Je vais me coucher. Elle ne travaille pas demain matin. Ce sera donc difficile de visiter la maison à ce moment-là. Nous verrons plus tard.

Son oncle se leva et le prit dans ses bras.

— Tu es un bon garçon. Dors bien.

À son âge, l'oncle d'Abu avait le sommeil difficile et léger. Il s'allongea sur le canapé devant la cheminée et se reposa en réfléchissant à Caspar Rashid. Il songea aussi qu'il avait beaucoup de chance, aujourd'hui que la vieillesse confirmait sa foi, qu'Allah lui donne tant de forces.

Le téléphone sonna.

— Ali, mon frère, vous ne dormez pas encore...

— Non. Que puis-je pour vous ?

— Abu a eu raison d'intervenir en faveur de la femme de Rashid et de lier connaissance. Dites-lui de prendre une journée de congé, demain, pour la suivre. Un de mes agents a pu filer Caspar Rashid à partir de Heathrow. Il a été emmené dans une propriété gouvernementale de haute sécurité. Dans le quartier de Holland Park.

L'homme qui parlait était le professeur Dreq Khan, un universitaire renommé, spécialiste des religions comparées, tenu en très haute estime dans de nombreux pays – en particulier en Angleterre où il collaborait à de nombreux comités gouvernementaux et interconfessionnels. Il avait pour grand secret une rencontre décisive avec Oussama Ben Laden, en Afghanistan, plusieurs années auparavant. Un événement qui avait profondément influencé sa pensée et qui l'avait conduit à fonder l'Armée de Dieu.

— Nous allons nous renseigner sur cette propriété, mais à mon avis nous perdrions notre temps à essayer d'y pénétrer. Mes informaticiens ont retrouvé le propriétaire de l'Aston Martin. Il s'agit d'un certain Harry Salter qui était autrefois un criminel londonien très réputé. Aujourd'hui ses affaires sont légales. Il est incroyablement riche. D'après l'un de mes hommes, cependant, il n'a pas renoncé à certains de ses anciens trafics. Savez-vous ce qu'il dit à son entourage ? Que la contrebande de cigarettes rapporte autant que l'héroïne, mais ne se paie que de six mois de prison en cas d'arrestation.

— Londres est décidément une ville extraordinaire.

— Il a un neveu qui s'appelle Billy Salter. Curieusement, on ne trouve rien à son sujet dans les ordinateurs. Je vais quand même faire passer le mot. Peut-être les autorités ont-elles effacé les renseignements qui le concernent. De votre côté, continuez à bien travailler. Allah soit avec vous, conclut le professeur Khan avant de raccrocher.

Ali Hassim soupira, posa le téléphone et se rallongea sur le canapé en joignant les mains sur la poitrine.

Billy était arrivé en voiture au Dark Man une heure plus tôt. Sachant la porte principale verrouillée, il était passé par la ruelle latérale pour entrer par la porte de service et gagner le salon. Harry était assis devant la cheminée. Ruby était en train de lui servir du café.

Ils levèrent tous les deux les yeux. Ruby se força à sourire. Elle était embarrassée car elle savait que Billy risquait de désapprouver son installation au Dark Man. D'un autre côté... cette femme était indéniablement belle et séduisante.

Le jeune homme la rassura aussitôt :

— Ruby, tu as eu tort de tolérer tout ça aussi longtemps. Moon est un crapaud et il est aussi appétissant qu'un cadavre. Maintenant je dois annoncer de mauvaises nouvelles à mon oncle. Tu peux rester pour écouter, si tu veux, puisque tu viens d'entrer dans l'équipe et que tu vas vivre ici. De toute façon, précisa-t-il avec un sourire, tout homme bien fait de sa personne ne demanderait pas mieux que de te livrer ces informations.

— Dois-je prendre ça comme un compliment ?

— Absolument. Maintenant ferme-la, dit Billy, puis il se tourna vers Harry. Nous retournons à Bagdad.

— Formidable. Nos troupes rentrent à la maison, mais mon neveu et un cinglé d'Irlandais font le contraire.

— Ça en vaut la peine, dit Billy.

Il lui raconta toute l'histoire en détail, avant d'ajouter :

— La fillette n'a que treize ans, nom de Dieu ! C'est une gamine. Si Roper réussit à organiser l'opération de façon que nous ayons de bonnes chances de réussir, je suis partant. Franchement, plus je pense à cette gosse et à l'avenir que lui réservent les enfoirés qui l'ont enlevée, plus j'ai envie d'y aller. Mais pour le moment, conclut-il avec un soupir las, je vais me coucher. J'ai besoin de repos. Demain, je dois être au top.

Billy sortit. Le silence tomba sur la pièce.

— Il est très entêté, mon neveu, marmonna Harry. Qu'en penses-tu ?

— Je pense qu'il a besoin d'une bonne nuit de sommeil, comme il le dit lui-même, répondit Ruby en saisissant le plateau sur la table pour repartir vers le bar. Je dois aussi dire que je le trouve épatant. Et sur ce, je vais me mettre au lit à mon tour.

Six heures du matin. Greta Novikova traversait les rues luisantes de pluie et quasi désertes de Hampstead au volant de sa nouvelle Mini Cooper bleu marine. C'était sa voiture préférée. Le moteur était terrible. Elle n'eut aucune difficulté à trouver la propriété, ceinte d'une haute grille d'époque. Elle appela Roper.

— Je suis arrivée.

— Je la préviens.

Quelques instants plus tard les battants du portail commencèrent à s'écarter devant la Mini. Greta entendit la voix de Molly Rashid dans le haut-parleur de l'interphone :

— Voilà, c'est ouvert.

Elle découvrit une allée bordée de peupliers qui menait à une élégante maison du début du XXe siècle. Les portes-fenêtres de la façade donnaient sur une vaste terrasse.

Greta, qui était encore en ligne avec Roper, observa :

— Sacrée baraque. Elle doit facilement valoir quatre ou cinq millions.

— Bravo, madame. Quatre millions et demi. Mais quand l'arrière-grand-père de Rashid l'a achetée, il ne l'a payée que cent soixante-quinze mille livres. Oui, vous pouvez pousser un cri de surprise. C'est ça l'inflation sur le marché de l'immobilier !

Molly Rashid l'accueillit sur le perron. Elle tendit la main.

— Commandant Novikova. Bienvenue.

— Votre maison est magnifique.

— Oui, merci. Nous sommes très heureux ici. Mon mari adore cette propriété, et ma fille tout autant.

À l'intérieur, l'atmosphère était paisible. Comme si la vie suivait son cours normalement. Regardant autour d'elle, Greta aperçut quelques tableaux de prix sur les murs. Au sol, il y avait un dallage en pierre du Yorkshire sous lequel passait le chauffage.

— La cuisine est au fond du couloir, dit Molly. Je vais préparer du thé. À moins que vous ne préfériez du café ?

— Je suis russe, souvenez-vous. Accro au thé.

— C'est très utile d'avoir un mari bédouin. Les Rashid sont de grands buveurs de thé. Promenez-vous donc un peu dans la maison. Mettez le nez où vous voulez. Voyez si vous réussissez à comprendre pourquoi il n'y a pas de salle de bains dans la plus grande chambre.

Greta inspecta rapidement le rez-de-chaussée, puis

monta à l'étage où elle visita sans s'attarder plusieurs chambres, salles de bains, dressings et autres pièces. La décoration était partout magnifique. Un énorme ours en peluche au sourire joyeux trônait sur le palier.

Enfin, elle fit le tour de la chambre de Caspar et de Molly. Un véritable chef-d'œuvre de décoration intérieure que jouxtait un somptueux dressing. Elle contempla, songeuse, les portes en miroir de la penderie. Elle les ouvrait l'une après l'autre, lorsque tout à coup un battant cliqueta et s'écarta devant ses yeux sur une salle de bains « secrète », entièrement dallée de marbres de plusieurs teintes – un régal pour les yeux. Elle redescendit au rez-de-chaussée. Molly était dans la cuisine. Assise sur un tabouret de l'îlot central, elle servait le thé.

— Alors ? demanda-t-elle.

— J'ai trouvé la salle de bains après un examen approfondi des lieux. C'est un refuge, je présume ?

— Voilà. Heureusement, je n'ai jamais eu à utiliser la pièce dans ce but. La simple idée de devoir me... me planquer là fait froid dans le dos, précisa Molly d'un air las. Pourquoi faut-il que ce soit nous ?

— Votre mari est un homme important. En tout cas dans son univers professionnel. Par conséquent, il pourrait jouer un rôle très utile pour la face obscure du monde musulman. S'il soutenait les extrémistes, il leur apporterait beaucoup. Mais il a tourné le dos à sa religion. Il la rejette presque. Les fondamentalistes le considèrent donc comme un traître. Vous savez, n'est-ce pas, que beaucoup d'entre eux refusent de reconnaître qu'ils sont britanniques, même quand ils sont nés ici en Angleterre.

Molly hocha la tête en soupirant. Greta but son thé et se leva.

— Je crois que nous devrions nous mettre en route.

Quelques minutes plus tard, la Mini Cooper franchissait le portail.

— La boutique où vit cet homme dont vous nous avez parlé..., dit Greta. Abu Hassim. Où se trouve-t-elle, au juste ?

— Là-bas, un peu plus loin dans la rue. Je vais vous la montrer. Nous y serons dans un instant, puisqu'il n'y a aucune circulation.

Greta s'arrêta bientôt en face de l'épicerie de l'oncle d'Abu. Une camionnette jaune qui portait l'inscription « Services sanitaires » était garée devant. Les portes arrière étaient grandes ouvertes. Deux hommes aux traits moyen-orientaux, vêtus de cirés jaunes qui les protégeaient de la pluie battante, bavardaient à proximité. C'est alors qu'un troisième homme, lui aussi en ciré jaune, sortit de la boutique. Il poussait un chariot à roulettes plein de matériel de nettoyage qu'il hissa dans le véhicule avec l'aide de ses compagnons. Puis ils s'assirent tous les trois à l'avant et le conducteur démarra.

— Ça c'est étonnant..., dit Molly.

— Quoi donc ?

— Le troisième homme, c'était Abu. Ce matin il est censé être à l'hôpital. Il m'a dit qu'il était de service.

— Peut-être a-t-il deux emplois, suggéra Greta

– mais elle n'y croyait pas une seconde. Je dois appeler Roper.

Roper était occupé ; il la rappela dix minutes plus tard.

— Vous vous faites du mauvais sang pour rien, mesdames. Les services sanitaires ont une demi-douzaine de camionnettes dans le secteur. Ils vérifient des canalisations. C'est assez courant. Vous comprenez, Greta ?

— Je comprends. Nous arrivons bientôt. Comment faites-vous, pour le petit déjeuner ?

— C'est réglé. Nous avons fait appel à un établissement du quartier qui s'appelle Tony's Café. Il livre à domicile. Œufs brouillés déshydratés, bacon et toasts périmés, mais il faudra s'en contenter. J'aimerais engager quelqu'un pour nous faire la cuisine, mais je ne suis pas habilité à le faire. D'ailleurs, je n'ai pas le génie du général Charles Ferguson pour dénicher des femmes d'âge mûr aux joues roses qui sont capables de préparer une cuisine délicieuse pour toute une cantine. Comme le faisait Mme Grant, n'est-ce pas, qui est malheureusement partie pour des cieux plus cléments. Enfin... si c'était bien à ses obsèques que je me suis rendu il y a trois semaines !

— Vous êtes fou, Roper, dit Greta.

— Je suis fou depuis que j'ai fait votre connaissance, ma chère fille. C'est un privilège de vous servir. D'ici là...

Greta riait aux éclats quand elle raccrocha.

— Quel idiot ! s'exclama-t-elle.

— C'est une façade, dit Molly.

— Oh, bien sûr. Au fond Roper est un homme désespéré. Pensez à toutes les vies que son travail de démineur, autrefois, a permis de sauver. Et qu'a-t-il gagné en échange ? Un visage ravagé par les brûlures et une colonne vertébrale bousillée. Il a encore cinq éclats d'obus dans le corps. Et sa femme qui l'a abandonné ! Je ne vous dis pas de bêtises. Dillon m'a tout raconté, un soir que nous avions trop bu. Apparemment, elle n'a pas tenu le choc.

— Elle était peut-être... encore trop jeune. Vulnérable. Ça peut arriver, dit Molly. N'empêche, pour avoir fait tout ce qu'il a fait par la suite, je veux dire après son accident, le commandant Roper est nécessairement un homme extraordinaire. Je ne pense pas qu'en lui-même il n'y ait qu'un homme accablé par ses souffrances. Il aime la vie. Il est capable de résister à tout.

— Croyez-vous ? Vous êtes si gentille, Molly. Vous avez tellement bon cœur. Moi, par contre... Est-ce que je peux résister à tout ? J'ai servi en Tchétchénie, en Afghanistan, en Irak, et je n'ai toujours pas découvert ce que cela raconte à mon sujet, dit Greta, l'air grave. Quand je le saurai, nous pourrons peut-être en reparler.

— Je suis désolée pour vous.

— Non, vous n'avez aucune raison d'être désolée. C'est peut-être étrange, mais ma carrière m'a apporté beaucoup de satisfactions. Je me demande juste ce que cela signifie.

Elle ralentit pour tourner vers le portail de la maison de Holland Park, qui s'ouvrit aussitôt.

Le petit déjeuner du Tony's Café fut livré au sergent Doyle dans divers emballages sous vide rangés dans un carton. Molly fut autorisée à rejoindre son mari dans sa chambre sécurisée. Les autres se réunirent autour de la grande table de la salle de conférences pour se restaurer.

Un peu plus tard, Roper demanda aux Rashid de les rejoindre.

— Nous allons d'abord terminer notre café tous ensemble, comme des gens civilisés, puis je vous mettrai au courant de la situation, expliqua-t-il. J'attends l'arrivée de deux personnes essentielles pour le décollage de cette affaire, si je puis dire.

Un moment plus tard, la sonnette retentit. Le sergent Doyle fit entrer deux hommes fringants, vêtus de vestes d'aviateurs en cuir. Leurs moustaches typiques de la RAF en disaient long. Tout le monde les salua, puis Roper fit les présentations :

— Voici le commandant Lacey et le capitaine Parry. Tous deux détenteurs de l'Air Force Cross. Ils piloteront le Gulfstream. Il y a déjà plusieurs années qu'ils sont associés aux opérations spéciales de notre groupe.

— Nous sommes prêts à tout, dit Lacey avec le sourire.

Dillon sortit la flasque de Bushmills qu'il avait presque toujours dans une poche, dévissa le bouchon et la leva comme pour porter un toast.

— Une petite précision, avant d'aller plus loin. Nos distingués pilotes n'ont pas une Air Force Cross chacun, semble-t-il, mais *deux*.

Lacey et Parry le regardèrent d'un air sidéré. Billy prit la parole :

— Mon oncle Harry lit chaque matin le *Times*. Aujourd'hui, apparemment, on y parle de vous. Et de vos soi-disant « missions secrètes ». Je me demande d'où le journaliste a pu sortir une info pareille.

— Que l'avenir vous apporte encore bien des atterrissages heureux ! dit Dillon, et il but une gorgée de whiskey.

Tout le monde félicita chaudement Lacey et Parry. Puis Roper ouvrit devant lui un épais porte-documents.

— Commandant, voici pour vous, dit-il en tendant une enveloppe à Lacey. Tous les détails de votre prochain vol. Destination Bagdad. Ça devrait ressembler à la mission que nous avons effectuée là-bas il y a un an et demi. Vos passagers sont Billy et Dillon. L'objectif du voyage est précisé dans le dossier. Vous les attendrez à l'aéroport. Au retour, il y aura un voyageur supplémentaire. Une adolescente de treize ans qui est retenue captive en Irak. Dillon et Billy la libéreront pour la ramener chez elle.

— À Bagdad, la situation est très délicate, dit Lacey. Rien que ces deux dernières semaines, sept hélicoptères ont été abattus. Mais naturellement, nous ferons de notre mieux.

— Vous avez toute notre confiance.

— Quand partons-nous, commandant Roper ?

— Tenez-vous prêts à décoller à tout moment durant les prochaines vingt-quatre heures.

— Très bien. Autre chose ?

Roper prit une voix quelque peu mystérieuse :

— Commandant Lacey... Vous avez sans doute vu de nombreux films de guerre où le héros s'entend dire que la mission audacieuse qui lui est confiée pourrait décider de l'issue de la guerre. Eh bien... notre nouvelle opération est de ce calibre-là. Si elle réussit, cela pourrait avoir des conséquences extraordinairement favorables pour nous.

Les deux pilotes prirent la remarque très au sérieux.

— En ce cas, ne nous retenez pas davantage, dit Lacey. Nous allons tout de suite à Farley Field pour nous préparer.

Ils quittèrent la pièce. Dillon se tourna vers Rashid :

— Caspar, il y a quelque chose que vous devez savoir. Billy et moi, nous avons déjà eu maille à partir avec la tribu Rashid. Avec Paul, le comte de Loch Dhu et sa sœur, Lady Kate, qui ont tous les deux été à la tête de la tribu.

— Quand ils étaient encore en vie, bien sûr, précisa Billy d'un ton ironique.

Caspar se crispa.

— Avez-vous le moindre rapport avec leur disparition ? Ces événements ont beaucoup choqué la tribu.

— Ces événements lui ont presque coûté un pont ferroviaire très important, dit Billy. Le pont de Bacu – vous le connaissez sans doute ? Il enjambe une gorge de cent cinquante mètres de profondeur, large de cent vingt mètres. Il a été construit pendant la Seconde Guerre mondiale. Une énorme explosion a bien failli le détruire.

L'air troublé, Rashid répliqua :

— Le comte et sa sœur ont été tués. C'était vous ?

— Mon cher ami, dit Dillon, vous refusez de nous livrer vos petits secrets. Pourquoi devrions-nous vous confier les nôtres ?

— La vue du pont est assez spectaculaire, ajouta Billy.

— Cherchez-vous à nous faire comprendre que vous les avez exécutés ? demanda Molly.

Dillon sourit.

— Avez-vous remarqué la cicatrice assez intéressante qui traverse la joue de Billy ? C'est un cadeau de Kate Rashid. En plus de ça, elle lui a offert deux balles dans le bassin et une dans la nuque. Je sais que dans ce genre d'histoire il est difficile de faire la part des crimes et des actes de bravoure des uns et des autres, mais... je vous assure que c'est ainsi que les choses se sont passées. Croyez-moi quand je vous dis que ces deux individus étaient extrêmement néfastes et dangereux. Peut-être devriez-vous vous retirer dans la chambre de Caspar, tous les deux, pour prendre le temps d'assimiler ce que vous venez d'entendre.

Roper ajouta :

— Les mecs bien, c'est *nous*, docteur Rashid. Il n'y a aucun doute là-dessus. C'est troublant, n'est-ce pas ?

Doyle les fit sortir de la salle de conférences. Roper invita les autres à l'accompagner dans sa pièce de travail. Il prit place devant ses ordinateurs.

— Greta, il vaut mieux que vous suiviez tout ça avec nous, dit-il en préambule. Bon... La propriété Rashid est juste au nord de Bagdad, dans le village d'Amara. Grâce à mon extraordinaire matériel informatique, je peux vous la montrer ici et maintenant, en temps réel, sur les écrans. Nous devons beaucoup aux satellites. Ouvrez de grands yeux et soyez émerveillés, mes enfants !

La propriété était manifestement celle d'un homme très fortuné. On n'y voyait aucune trace des ravages de la guerre, si évidents partout ailleurs dans Bagdad et ses environs. La maison, très imposante, était entourée de jardins entrecoupés de groupes de palmiers. Il y avait aussi une orangeraie assez importante, ainsi que des oliviers et des citronniers. Le domaine était au bord du Tigre, sur lequel de nombreux bateaux de toutes tailles circulaient dans les deux sens.

— Ça paraît vraiment paisible, n'est-ce pas ? observa Roper.

— Ouais. On ne dirait pas que c'est la guerre, dit Billy. Regardez... Il y a des femmes sur la terrasse de la maison. Dans les orangers et les citronniers, je vois au moins une demi-douzaine d'ouvriers. Tous des hommes. Et le portail principal de la propriété est fortifié. Trois hommes pour monter la garde. Je parie que les armes qu'ils ont en bandoulière sont des AK. Il y a aussi quelques tentes plantées à côté de la maison.

— Ça va être difficile de rentrer, observa Dillon.

— Difficile, mais pas impossible, dit Roper.

Sur le fleuve, une grosse vedette passa à toute allure devant le ponton privé de la propriété.

— À cause de la situation dans la capitale, l'activité fluviale est en plein boom. Le Tigre permet d'éviter les routes, et donc les bombes. Beaucoup d'anciens militaires – marines, SAS, bérets verts – travaillent dans ce domaine.

— Qui avez-vous trouvé pour nous ?

— Un véritable voyou qui s'appelle Jack Savage. Autrefois sergent-major dans les forces spéciales de la Royal Navy. À l'époque des troubles de l'Irlande, il menait des opérations contre l'IRA. Il coulait des chalutiers et d'autres navires qui importaient des armes via la mer d'Irlande. Je lui ai offert une somme très généreuse. Il va tout organiser. Vous le rencontrerez dès votre arrivée à Bagdad.

— À quel endroit ?

— Il vous accueillera à l'aéroport. Il vous emmènera sans doute chez lui. Il possède un bar de nuit au bord du fleuve. Il en est propriétaire avec sa femme, une Druze qui s'appelle Rawan Feleyah. Il a baptisé l'endroit le River Room. Il dit que ça lui rappelle le Savoy. Je lui ai expliqué la situation. Il va mijoter un plan d'action. Il a tout de suite parlé d'utiliser son bateau.

— Vous voulez dire qu'on approcherait de la propriété par le fleuve ?

— Il a l'habitude de circuler sur le Tigre, en particulier la nuit. Pour certaines affaires honnêtes... et d'autres un peu moins.

Dillon hocha la tête et regarda Billy.

— Conduis-moi à Wapping. Il faut mettre Harry au courant. Tu sais que ça lui fera plaisir.

— Il risque de vouloir nous accompagner, marmonna Billy. Comme d'habitude.

— Tu m'en diras tant, répondit Dillon, puis il

s'adressa à Greta : Vous devriez essayer d'arracher la bonne doctoresse à son époux.

Greta se rendit à la chambre de Caspar. Molly et lui se levèrent pour l'accueillir.

— Il est l'heure de partir, dit-elle. Vous ne vous reverrez pas avant la fin de cette mission. Cela vous convient-il ?

— Qu'il en soit fait selon la volonté d'Allah, répondit Caspar.

— Pour un homme qui ne respecte guère les préceptes de sa religion, vous faites beaucoup référence à Allah.

— Vous avez sans doute raison. Mais... nous sommes tous à la merci des événements, n'est-ce pas ? La mission sera-t-elle violente ?

— Si tout se passe bien... non, il n'y aura pas forcément beaucoup de violence.

— Et si ça se passe mal, des gens mourront. Sara elle-même risque d'être tuée.

— Il y a toujours des risques. Mais laissez-moi vous dire une chose au sujet de l'homme qui travaille pour vous. Sean Dillon. Autrefois, c'était un tueur redoutable. Le plus terrible que l'IRA Provisoire ait jamais eu.

— Et ensuite ? Que lui est-il arrivé ?

— Pendant la guerre de Bosnie, il a pris un jour les commandes d'un avion pour livrer des médicaments à des enfants en Serbie. Il a été abattu, capturé, et il était presque devant le peloton d'exécution quand le général Charles Ferguson est entré en scène. Il a fait du chantage à Dillon pour le convaincre d'entrer dans son organisation, puis il a négocié avec les gens qui le détenaient.

— Mon Dieu, dit Molly Rashid d'un air horrifié. Quel genre de gens habitent votre monde ?

— Des gens qui n'ont pas froid aux yeux. Maintenant, en route. Vous voulez aller à l'hôpital, n'est-ce pas ?

— Oui, c'est juste.

— Avez-vous besoin de repasser chez vous ?

— Non. J'ai tout ce qu'il me faut.

— Bien. Je vous déposerai donc à l'hôpital, puis je reviendrai ici m'assurer que tout est en ordre. Je vous retrouverai en fin d'après-midi. J'ai votre numéro de portable.

Elles ne se parlèrent guère pendant le trajet en voiture. Devant l'hôpital, Molly Rashid prit le parapluie que lui offrait Greta, l'ouvrit en descendant de la Mini, puis se pencha à l'intérieur pour dire :

— Vous aussi, vous avez dû tuer des gens...

— Trop souvent, dit Greta d'un air serein. La mort est mon métier. Mais bon ! C'est pareil pour vous. Vous avez pas mal d'expérience en la matière, n'est-ce pas ?

Molly Rashid la regarda avec un sourire désabusé.

— Et moi qui croyais que la *vie* était mon métier. Apparemment, j'étais mal renseignée.

Elle se retourna. Au même instant Abu Hassim apparut à la porte de l'hôpital.

— Abu ! Bonjour. Où allez-vous ? Vous n'êtes pas de service ?

Il sourit à Molly, puis à Greta.

— Mesdames. Non, je suis libre cet après-midi. Un ami doit passer me prendre. Tiens, le voilà...

La camionnette jaune que les deux femmes avaient vue à Hampstead s'arrêta derrière la Mini de Greta. Il y avait un seul homme à l'intérieur : un Arabe au visage couvert de cicatrices de variole. Il descendit du véhicule.

— Je vous présente Jamal, dit Abu. Je lui donne un coup de main de temps en temps.

Jamal, qui avait la tête d'un homme perpétuellement en colère, hocha la tête d'un air contrarié. Abu grimpa dans la camionnette à côté de lui ; ils disparurent.

— À plus tard, dit Greta à Molly, et elle démarra à son tour.

La circulation était fluide. Suivant son intuition, Greta décida de ne pas retourner à Holland Park. Elle se rendit à la propriété Rashid où elle gara la voiture à l'intérieur du garage et verrouilla la porte. Montée à l'étage, elle se posta près d'une fenêtre donnant sur la rue. Elle n'eut pas à attendre bien longtemps. La camionnette jaune s'arrêta au bord du trottoir. Abu en descendit et marcha vers la maison. La camionnette redémarra puis stationna un peu plus loin sous les arbres.

Greta plissa les yeux. Il valait mieux qu'elle laisse Abu entrer par effraction. Sans doute cherchait-il des informations sur Caspar Rashid. Elle entendit bientôt le bruit d'une fenêtre qui se brisait à l'arrière de la maison. Marchant sur la pointe des pieds, elle gagna la chambre des Rashid et se cacha dans le « refuge » dont elle laissa la porte entrouverte.

Elle entendit Abu se déplacer à travers la maison, puis pénétrer finalement dans la chambre. Il sortit son téléphone portable et appela Jamal. Greta, qui avait passé plusieurs années en Irak, parlait très correctement l'arabe.

— Il n'y a personne dans la maison, dit-il en ressortant dans le couloir. Non, tu m'attends comme tu en as reçu l'ordre. Je vais fouiller le bureau, pour voir si je trouve quelque chose pour le professeur Khan. Attends-moi près du canal.

Greta sortit le Walther de son holster et y vissa un silencieux Carswell, quitta le « refuge » et traversa la chambre sans bruit. Abu était au fond du couloir, un pistolet dans la main droite.

— Surprise, surprise ! dit-elle en arabe. C'est tellement gentil à vous d'être passé nous voir. Le Dr Molly Rashid n'est pas à la maison. Mais je veille sur elle.

Il fit volte-face et se pétrifia, stupéfait. Elle ajouta en anglais :

— Caspar Rashid n'est pas ici non plus. Il est avec nous, sous notre protection. J'imagine que ça doit vous rendre dingues, vous et vos amis de l'Armée de Dieu. Mais qui est donc le professeur Khan ?

Une grimace haineuse tordit la bouche d'Abu. Il leva la main. Greta tira la première. Le silencieux poussa un cri étouffé. Une balle dans le front, Abu tomba en arrière.

Elle suivit la procédure réglementaire en appelant Roper sur son Codex 4.

— Où êtes-vous ? demanda-t-il. Que se passe-t-il ?

— Il me faut une équipe de nettoyage. Je suis à la

maison de Caspar Rashid. Seule. Le jeune Abu Hassim est entré par effraction. Je n'avais pas le choix.

— Je vous envoie les nettoyeurs. Abu ira droit au crématorium, et en un rien de temps il sera transformé en trois kilos de cendres grises.

— Dois-je en parler à Molly Rashid quand je la retrouverai à l'hôpital ?

— D'après ce que je sais d'elle, il ne vaut mieux pas. Elle n'est pas comme nous. C'est une femme bien.

Les hommes en costume sombre étaient parfaits. D'authentiques croque-morts. La tête d'Abu fut enveloppée dans un linge, puis il fut placé dans une housse mortuaire. Un des hommes nettoya le couloir, dont le parquet était heureusement vitrifié.

— Personne ne pourra se douter de ce qui s'est passé ici, commandant Novikova, dit-il après avoir remis un dernier bibelot à sa place sur une console. Voilà, c'est terminé.

Elle les raccompagna à la porte, puis sortit dans la rue pour marcher jusqu'au canal. Jamal était au volant de la camionnette. Elle ouvrit la portière.

Il sursauta. Elle le tint en joue avec le Walther.

— Ne bougez pas, dit-elle en arabe. L'Armée de Dieu compte un homme de moins. J'ai tué Abu. Mes gens l'ont emporté pour le faire disparaître. S'il a de la chance, une flopée de vierges l'attendent au paradis. Sinon, c'est qu'on vous raconte des salades.

— Qui êtes-vous ? demanda-t-il en anglais.

— Renseignement britannique. Vous allez transmettre un message. Dites à votre patron, le professeur Khan, que nous sommes sur son dos. Si sa petite armée ne met pas la clé sous la porte dès aujourd'hui, vous prendrez tous le même chemin qu'Abu. C'est clair ?

Jamal hocha la tête. Il avait le front en sueur. Greta recula et claqua la portière. La camionnette démarra dans un brusque crissement de pneus ; elle disparut au coin de la rue.

Le Codex sonna.

— Tout est réglé, dit Roper. Nous avons même remplacé la vitre et nettoyé le verre. Il ne reste aucune trace de l'incident. De votre côté, ça va ?

— Oui. Dites-moi... Le nom de Khan vous dit-il quelque chose ? *Professeur* Khan. C'est un ami, manifestement, d'Abu Hassim et du conducteur de la camionnette.

— Non, je ne le connais pas.

— Je crois que si vous balancez son nom dans vos machines, vous aurez des surprises.

— C'est bien ce que je compte faire.

Il était près de vingt heures lorsque Molly Rashid ressortit de l'hôpital. Il pleuvait, et elle se sentait déprimée. Elle grimpa dans la voiture.

— Je suis vannée.

— La journée a été difficile ? demanda Greta.

— Je n'ai pas arrêté d'enchaîner les opérations.

Tout ce que je veux, c'est un sandwich et me mettre au lit. Et de votre côté ?

— Oh, rien d'extraordinaire. Une journée assez barbante, à vrai dire, répondit Greta, et elle éclata de rire. Allez, je vous ramène à la maison.

Bagdad

3

Le contrat proposé par Roper intéressait et stimulait beaucoup Jack Savage, d'autant que le paiement se ferait en dollars américains. Ils s'étaient bien connus à l'époque des « troubles » en Irlande. Roper désamorçait des bombes à tour de bras, Savage pourchassait des contrebandiers d'armes, la nuit, en mer d'Irlande. Roper lui avait parlé de la mission en détail : Dillon, Billy Salter, leur intention de récupérer la jeune Sara Rashid pour la ramener en Angleterre. Mais, en définitive, Savage se fichait bien de la raison de leur venue à Bagdad ; l'affaire était tout simplement trop alléchante pour qu'il la refuse.

Sa femme, Rawan, ne voyait pas les choses du même œil. Quelques années plus tôt, Abdul Rashid avait usé de son influence pour faire sortir les parents de Rawan d'Irak et les envoyer en Jordanie, après que des extrémistes avaient brûlé leur péniche sur le fleuve. Elle avait une dette envers lui.

Quand Jack lui parla de l'opération à laquelle il allait participer, elle ne cacha pas sa désapprobation.

— Écoute, répliqua-t-il. Je ne vais pas passer à côté

d'un tel pactole. Et travailler de cette façon avec les services secrets britanniques, ça pourrait me rapporter encore plus gros à l'avenir. Rentre-toi ça dans le crâne, d'accord ?

— Enfoiré ! Le fric, le fric, tu ne penses qu'à ça ! Hors de ma vue ! Ce soir, tu n'as qu'à dormir sur le bateau.

— Ouais. De toute façon, je ne rate pas grand-chose.

Il prit deux tapis, une bouteille de scotch et sortit du bar pour s'installer sur le pont de la vedette.

Le commandant Roper s'était trompé sur un seul point : Sara Rashid ne risquait pas de prendre la fuite. En tout cas plus maintenant. Elle avait si souvent essayé de se faire la belle que son grand-père, Abdul Rashid, lui avait mis des fers aux pieds.

Elle passait en outre la plus grande partie de ses journées enfermée dans sa chambre. Pour qu'elle s'aère et fasse un minimum d'exercice, elle était autorisée à se promener dans les jardins de la propriété et dans l'orangeraie – mais toujours accompagnée d'hommes armés de fusils d'assaut. Souvent, l'un d'eux était son cousin Hussein, qui deviendrait un jour son époux.

Elle était traitée avec respect par ses gardes, de même que par tous les serviteurs, car son grand-père n'était pas seulement riche, il était aussi très puissant. Ses liens étroits avec Oussama Ben Laden et l'Armée de Dieu étaient bien connus.

Il aimait Sara d'un amour sincère, très profond, surtout depuis le décès de sa femme, tuée en même temps que soixante-douze autres personnes dans l'explosion d'une bombe au centre de Bagdad. Il acceptait le fait que Sara soit métisse. Mais que son fils ait rejeté leur religion... Ça, c'était abominable.

Sara, qui était très mûre pour son âge, avait fini par accepter de passer l'essentiel de son temps cloîtrée dans une chambre. N'ayant pas grand-chose à faire, elle apprenait l'arabe et lisait le Coran. Elle réfléchissait parfois à ce que son grand-père lui avait dit : la famille serait bientôt contrainte de se joindre à l'exode des Irakiens relativement aisés qui fuyaient Bagdad. Ils se rendraient dans le Hazar pour s'installer chez le frère de son grand-père, Jemal, chef de la tribu dans ce pays. La plupart des Bédouins Rashid vivaient dans le Quartier Vide, l'un des déserts les plus terribles du monde. Ils étaient aussi immensément riches. Là-bas, avait promis Abdul, elle ne risquerait plus rien.

Voilà donc l'avenir qui m'est réservé, se dit-elle en soupirant, cet après-midi-là, tandis qu'elle se promenait dans les jardins à proximité du Tigre. La brise du fleuve agitait le magnifique foulard en soie dont elle s'était enveloppé la tête. Sans dissimuler son visage. Elle n'ignorait pas qu'elle était jolie. Hussein l'adorait, il ne cachait pas ses sentiments, et elle savait en profiter.

— Veux-tu retourner à ta chambre ? demanda-t-il.

— Pas encore. Oh, regarde ! Qui est-ce ? s'exclama-t-elle en désignant une petite vedette qui approchait de la propriété.

Le bateau accosta le ponton. Sara vit que le pilote était une femme vêtue à l'occidentale. Elle portait un pantalon et une saharienne kaki, et elle avait un holster sous le bras gauche. Ses cheveux étaient attachés derrière la nuque. Elle jeta l'amarre qu'un homme attrapa pour l'attacher. La vedette avait un nom anglais : *Eagle*.

— Bonjour, Hussein, dit-elle en sautant à terre. Comment allez-vous ?

— Je préférerais être en train de terminer mes études de médecine, mais vous savez ce que c'est. La guerre, encore et toujours, cette fichue guerre. Voici Sara, ma cousine. Sara, je te présente Rawan Savage.

— Je savais que tu étais à la villa, dit Rawan à la jeune fille, mais je n'ai jamais eu l'occasion de te saluer. Eh bien... c'est fait ! Et tu es drôlement jolie !

— Êtes-vous originaire de Bagdad ? demanda Sara. Vous parlez si bien l'anglais...

— Oui, je suis d'ici. Mais ma famille est druze, répondit Rawan, puis elle se tourna vers Hussein pour ajouter : Il faut que je voie votre oncle immédiatement. Puis-je monter ?

— Bien sûr. Vous le trouverez à l'orangeraie.

— À bientôt, dit-elle à Sara.

Elle grimpa l'escalier quatre à quatre et se dirigea vers les orangers. Elle trouva Rashid assis dans un fauteuil au milieu d'une tonnelle ombragée.

Il l'accueillit avec courtoisie et inclina le buste vers elle, attentif, tandis qu'elle lui parlait à voix basse. Quand elle se tut, il posa la main sur sa tête pour lui donner sa bénédiction. Elle regagna le bateau.

Abdul Rashid fit appeler Hussein.

— Attends-moi ici, dit ce dernier à Sara.

Il rejoignit le vieil homme au milieu des orangers.

— Mon oncle ?

— Fais conduire Sara à sa chambre. Tout de suite. J'envoie des femmes pour l'aider à faire ses bagages.

— Ses bagages ?

— Il y a des semaines que je prépare ce voyage. Il est temps de partir. Tous ensemble. Mais tu pars le premier avec Sara. Elle aura besoin d'une femme à ses côtés. Prends donc Jasmine. Il te faudra deux Land Rover, je pense, et trois hommes pour assurer votre sécurité. Tu es responsable de la bonne marche de l'opération.

— Où allons-nous ?

— Au Koweït, pour commencer. Six cents kilomètres par la route. Je te donnerai une mallette dans laquelle tu trouveras toutes les instructions dont tu auras besoin. Des amis, là-bas, organiseront la suite de ton voyage. Tu prendras l'avion pour aller à Hazar, chez mon frère Jemal.

— Mais pourquoi, mon oncle ?

— Rawan vient de m'annoncer une nouvelle troublante. Son mari s'est associé à deux hommes qui arriveront sous peu d'Angleterre. Ils s'appellent Dillon et Salter. Ils prévoient de kidnapper Sara et de la ramener à mon fils.

— Impossible ! s'exclama Hussein.

— Je vais faire le nécessaire pour qu'ils soient accueillis comme ils le méritent. D'après Rawan, ils devraient être ici en fin de journée, ou demain matin.

— Je veux m'occuper d'eux moi-même.

— Non. J'espère régler ça facilement. Sara est aujourd'hui mon bien le plus précieux. Et tu es le seul en qui j'aie absolument confiance. Jure-moi que tu la protégeras toujours, quitte à y laisser ta vie.

— Au nom d'Allah, je te le jure.

— Maintenant, va ! Et qu'Allah te vienne en aide.

Le vieil homme se leva et se dirigea vers la maison. Il était satisfait. Hussein Rashid n'était pas un personnage ordinaire. À vingt-trois ans, avec ses cheveux bruns et ses yeux bleus, il pouvait passer pour un Européen. Il était mince, mais très musclé. Il était supérieurement intelligent. Et quand la colère envahissait son regard, il se transformait : il devenait le guerrier farouche et implacable que peu de gens savaient qu'il était.

Hussein étudiait la médecine à Harvard lorsque la guerre du Golfe avait éclaté. Il avait aussitôt fait ses bagages pour rentrer chez lui... mais il avait été arrêté à l'aéroport Logan, à Boston, avant même de monter dans l'avion. Les avocats avaient mis six mois à le faire libérer. Quand il était enfin arrivé chez lui, il avait appris que ses parents avaient été tués quelques semaines plus tôt au cours d'un raid aérien.

Abdul Rashid l'avait aidé à surmonter cette période difficile et à garder la tête froide. Il lui avait fourni de l'argent, des comptes bancaires à Paris et à Londres, des appartements, il l'avait mis en relation avec de nombreux personnages importants. Et puis un jour, il l'avait fait « disparaître » : voyager secrètement jusqu'au camp d'entraînement, dans le désert algérien, où

Hussein avait entamé sa métamorphose pour devenir l'homme qui était désormais connu sous le nom de Marteau de Dieu. C'était aussi là-bas que le jeune guerrier s'était laissé pousser les cheveux et la barbe pour avoir le visage qui le définissait aujourd'hui.

Hussein n'était pas un fanatique religieux. À vrai dire, il se souciait même assez peu de religion. Mais en Algérie il avait découvert sa véritable vocation : la vie de soldat. Il avait poussé sa formation à fond. En quittant le camp, il maîtrisait tous les aspects de sa nouvelle carrière : les armes, les explosifs, le combat à mains nues, les véhicules de toutes sortes et l'art délicat du meurtre. Il savait même piloter un avion. Sa formation médicale n'était qu'un atout parmi d'autres.

Il avait ensuite travaillé en Tchétchénie, au Kosovo et ailleurs – pour diverses organisations parfois qualifiées de « terroristes ». Sa spécialité, c'était l'assassinat, un domaine dans lequel il était le meilleur. De retour dans le bourbier qu'était devenu l'Irak, il s'était installé chez Abdul et avait commencé à frapper l'ennemi, le plus souvent comme sniper indépendant. Son score s'élevait déjà à vingt-sept soldats américains ou britanniques et politiciens irakiens. À ses yeux, ils se valaient tous.

Puis son oncle avait fait enlever Sara, et tout avait changé.

À Londres, Roper observait Dillon et Billy achever leurs préparatifs.

— Vous avez tout ? demanda-t-il, le sourire aux lèvres.

— Bien sûr, dit Billy en tirant la fermeture éclair de son sac de voyage. Que pourrait-on bien avoir oublié ?

— Votre Codex 4, peut-être ?

— Très drôle.

— Écoutez, Billy. Vous partez sur le champ de bataille, et vous avez assez d'expérience pour savoir que rien ne vaut une gentille petite guerre. Mais... essayez de ne pas vous faire exploser la tête, d'accord ?

— Ouais, ça roule. Et vous, n'oubliez pas Ferguson. Que ferez-vous s'il téléphone pour réclamer son avion ?

— Vous voulez dire qu'il risque de me mettre à la porte ? répondit Roper, et il pouffa de rire. Aucun danger ! Je vis dans un fauteuil roulant et j'ai une ribambelle de médailles. Quant au Gulfstream, n'a-t-il pas dit lui-même qu'il le renvoyait ici au cas où nous en aurions besoin ?

— C'est juste. Mais Bagdad, tout de même... Il pourrait nous reprocher de pousser le bouchon un peu loin.

— Nous nous tracasserons pour ça le moment venu. Maintenant, en route. Le sergent Doyle vous conduit à Farley avec la Land Rover. En Irak, essayez de ne pas déclencher l'apocalypse.

— Comme si c'était notre genre, répliqua Billy en riant.

Dillon et lui sortirent. Dix minutes plus tard, Ferguson téléphona à Roper.

— Comment ça va ? demanda-t-il.

— Sur le front, monsieur, vous voulez dire ?

— Est-ce un reproche voilé, Roper ?

— Voyons, général ! Jamais je n'oserais sous-entendre que vous n'êtes pas en train de vous creuser durement la cervelle pour régler les problèmes du monde.

— Hmm... Nous avons pourtant bel et bien passé la moitié de la nuit debout, et je retourne à la conférence dans cinq minutes. Quelque chose à signaler ?

— Que couic, monsieur. C'est à croire que tous les terroristes du pays ont rendu l'âme. Nos garçons sont chez la manucure.

— Vous êtes incorrigible, Roper.

Un carillon se fit entendre derrière Ferguson, qui ajouta :

— Je dois y aller. On se rappelle bientôt.

— Bien sûr. J'ai hâte de réentendre votre voix.

Roper se servit un grand scotch, alluma une cigarette et se replongea dans son enquête sur le réseau au sujet du mystérieux professeur Khan.

À Farley Field, l'intendant militaire avait préparé les armes et les fournitures : deux AK, des Colt .25 avec des balles à tête creuse, des étuis de cheville, des gilets pare-balles en titane, etc.

— Je vois qu'on ne laisse rien au hasard, sergent-major.

— Ce ne serait pas très sage, monsieur Dillon. Il y

a une certaine façon de faire les choses. Bonne chance, messieurs.

Parry, en combinaison de vol, les attendait sur les marches du Gulfstream. Un coup de klaxon les fit se retourner. L'Aston Martin de Harry arrivait à toute allure. Il pila près de l'avion, se précipita vers Billy et le prit dans ses bras.

— Fais attention à toi.

Dillon sourit.

— J'ai toujours su que tu étais un grand sentimental.

— Pense ce que tu veux. Mais ramène Billy !

Ils montèrent dans l'avion, Parry ferma la porte et rejoignit Lacey dans le cockpit. Billy et Dillon s'installèrent. Quelques minutes plus tard, le Gulfstream était dans le ciel.

Roper les appela au bout de deux heures de vol.

— Tout va bien ?

— Ça baigne. Et de votre côté ? demanda Dillon.

— Le fameux professeur Khan se révèle très prometteur. Il s'appelle Dreq Khan. Brillant jeune homme, autrefois, qui a d'abord décroché un diplôme universitaire au Pakistan avant d'obtenir une bourse pour Oxford. Aujourd'hui il est totalement *british*, et il dispose apparemment de ressources financières inépuisables. Il a commencé par enseigner la théologie morale à l'université de Leeds.

Billy éclata de rire.

— Pardon. Prof de théologie morale, je ne savais pas que ça existait.

— Ça existe, apparemment, répondit Roper d'une voix amusée. Il est parti de Leeds au bout d'un an pour s'installer en Amérique à l'université de Chicago, et un an plus tard il est passé à l'université de Berkeley en Californie.

— Tu vois, Billy, dit Dillon. L'appel de Hollywood est plus fort que tout.

— Un peu plus tard, il est revenu sur la côte Est pour occuper un poste aux Nations unies. Secrétaire du Comité international pour l'harmonie religieuse.

— Laissez-moi deviner, dit Dillon. Après ça, il est enfin revenu dans sa bonne vieille Angleterre. Au Londristan.

— Tout juste. Et il n'a pas perdu de temps pour faire son trou dans le monde politique. Le Comité pour les valeurs socialistes. Voilà ce qui l'a vraiment lancé dans la capitale, en lui permettant de se mettre en cheville avec beaucoup de gens de gauche. Il est aussi devenu membre du Comité interconfessionnel à la Chambre des communes, et il est copain avec plusieurs évêques anglicans. Il a mis une sourdine au soutien qu'il apporte à l'Armée de Dieu depuis que trois membres de cette organisation ont été arrêtés dans le Yorshire pour l'attentat à la bombe qui a tué trois personnes et en a blessé quatorze autres dans un bus. Mais il affirme que ces trois terroristes appartenaient à un groupe dissident, et que l'institution qu'il défend, la *véritable* Armée de Dieu, n'a que des prétentions éducatives d'obédience musulmane.

— Que pensez-vous de lui ? demanda Billy.

Ce fut Dillon qui répondit :

— Je pense qu'il est extrêmement dangereux. Et que tous ces comités ne font que dissimuler sa vraie personnalité.

— Je suis bien d'accord, dit Roper. J'ai même rarement été aussi certain de quoi que ce soit de toute ma vie. Mais il n'y a aucune preuve contre lui. Pas le moindre indice pour l'associer à une quelconque activité terroriste. Rien qui permette de lancer une enquête de l'unité antiterroriste de la police.

— N'empêche, observa Dillon, quand Greta a évoqué le professeur Khan devant le chauffeur arabe à qui elle a annoncé qu'elle avait tué Abu, il était terrifié.

— Il n'a même pas essayé de nier, ajouta Billy.

— Oui, mais ça ne suffit pas, dit Roper. Je continue mes recherches. J'ai eu des nouvelles de Ferguson, à propos.

— Et ?

— Il passe tout son temps à la conférence. Avec le Premier ministre et d'autres puissants de ce monde.

— A-t-il dit quand il compte rentrer ?

— Pas précisément. Dans deux jours maximum, je pense. Maintenant, messieurs, à vous de jouer. On garde le contact, conclut Roper avant de raccrocher.

À une heure de Bagdad, peu avant l'aube, l'avion descendit à neuf mille mètres d'altitude. Le trafic aérien était très dense. Parry sortit du cockpit pour les informer de la situation.

— Nous allons atterrir de nuit. C'est mieux. Les enfoirés qui essaient de nous canarder depuis le sol n'y voient pas aussi bien. Ils sont doués, malheureusement, surtout avec les missiles épaulés. Des tas d'hélicoptères se font abattre au-dessus de la ville.

— Alors quelle est la solution pour leur échapper ? demanda Billy.

— Une petite manœuvre que les Yankees ont ressuscitée pendant la guerre du Viêtnam. Nous descendons à quatre mille cinq cents mètres... et subitement nous plongeons à toute vitesse. Nous redressons le nez au dernier moment. Le plus tard possible, évidemment.

— C'est un peu flippant, non ? marmonna Billy.

— Mais ça fonctionne. La RAF faisait la même chose au Kosovo. Avec des avions plus gros que le nôtre, par-dessus le marché. Bon, quant à ce qui vous attend en bas, messieurs, sachant que vous avez déjà visité la ville, je vous dirais juste que c'est encore pire que la dernière fois. L'Enfer est une ville, paraît-il. En ce moment, je doute qu'il puisse y avoir meilleure prétendante au titre que Bagdad. Soyez très prudents à tout instant. Et souvenez-vous : ici vous ne pouvez faire confiance à personne, même pas à votre grand-mère.

— La dernière fois, dit Dillon, nous avons été pris en charge par un certain capitaine Robson, de la police militaire.

— Toujours au poste. Maintenant il est commandant. Nous l'avons déjà eu en ligne. Tout est prêt pour votre arrivée.

— Nous avions aussi une voiture blindée, un « taxi-sûreté », comme ils disaient, conduite par un sergent de la RAF qui s'appelait Parker. Un type formidable. Il nous a beaucoup aidés lors d'une certaine fusillade. Allons-nous le revoir ?

— Malheureusement non. Il a été tué par une bombe le mois dernier. Bon, je dois rejoindre Lacey.

— Nom de Dieu, grogna Billy en regardant la ville par le hublot. Quel endroit horrible.

Il vit tout à coup une explosion, quelque part dans le centre, suivie d'un nuage de fumée noire qui s'éleva rapidement dans le ciel.

— Te bile pas, Billy. Tu as déjà vu pire.

Dillon dévissa le bouchon de sa flasque pour boire une généreuse lampée de Bushmills.

— Non, répondit Billy. Je ne crois pas avoir vu pire.

Il se renversa contre le dossier du fauteuil et ferma les yeux tandis que l'avion entamait sa descente.

À Bagdad, ils furent accueillis par Robson au mess des officiers. Un serveur en tunique blanche leur apporta du thé.

— Avec cette putain de chaleur, dit Robson, le thé c'est le truc idéal. Les gars de l'époque coloniale l'avaient bien compris.

Il sourit à Lacey et à Parry.

— En tout cas je vois qu'il vous arrive de bien

bonnes choses. Une deuxième Air Force Cross chacun ! C'est quoi votre secret ? Vous essayez de gagner la guerre à vous tout seuls ?

— Ouais, quelque chose comme ça, acquiesça Lacey.

Quand le serveur s'éloigna, Robson s'adressa à Dillon et à Billy :

— Je ne vous demanderai pas dans quelle affaire vous êtes embarqués. Je n'en sais rien et je ne veux rien savoir. Comme la dernière fois, le Gulfstream vous attendra en bord de piste, prêt à décoller à n'importe quel moment. J'ai un Marqueur rouge, sécurité niveau un, pour chacun de vous. Ça vous met prioritaires sur tous les plans. Vous êtes sans doute des gars très importants. Même le chef de la base n'est pas en niveau un.

— Je regrette d'avoir appris la mort du sergent Parker.

— C'est très triste. Et malheureusement, il y a des décès tout le temps. Quoi qu'il en soit vous n'aurez pas besoin de chauffeur cette fois-ci. Jack Savage doit venir vous chercher, paraît-il. Nous connaissons bien ce monsieur.

— Quelqu'un serait-il en train de salir mon nom ?

Ils se tournèrent et virent Savage dans l'embrasure de la porte du mess. C'était un homme de taille moyenne, aux cheveux blonds en bataille, au nez cassé. Il portait une veste en cuir en travers du bras.

— Entrez donc, vieux salopard, dit Robson en riant. Et c'est un ordre, sergent-major !

Quelqu'un a dit autrefois qu'à Bagdad il semblait y avoir dans chaque rue un marché quelconque. C'était encore le cas, même si de nombreuses rues n'avaient plus la chance d'être bordées du moindre bâtiment. Les paysans étaient toujours là, eux aussi, comme autrefois, sauf que leurs ânes trimballaient non seulement les produits agricoles des provinces irakiennes, mais aussi toutes sortes d'appareils et rebuts de la guerre – y compris télévisions et ordinateurs portables.

La voiture sillonna un labyrinthe de ruelles pour gagner le fleuve et franchit le mur d'enceinte d'une vieille maison coloniale. Au centre de la cour, il y avait une fontaine. Une enseigne constituée d'ampoules nues, au-dessus de la porte, annonçait : The River Room. Savage claqua des doigts à l'attention de deux serviteurs ; il leur fit signe de prendre les bagages de ses invités pour les porter à l'intérieur.

— L'enseigne, dit Billy. Elle s'allume encore ?

— Il y a une bonne demi-douzaine d'ampoules à remplacer. Elles sont difficiles à trouver. Mais ça me rappelle Londres. Le Savoy et le vieux River Room.

— Pourquoi restez-vous à Bagdad ? demanda Dillon. Aujourd'hui, il n'y a sans doute aucune autre ville au monde où vivre à tel point sur le fil du rasoir.

— C'est bien ce qui me plaît. Ici, en plus, on gagne du pognon comme nulle part ailleurs. Entrons.

Dillon et Billy découvrirent une salle plutôt sombre, un sol dallé orné d'arabesques, des tables et des chaises en rotin. Même le comptoir était en rotin. Derrière, d'innombrables bouteilles d'alcool s'alignaient contre le miroir mural. Le barman, un type grand et gras vêtu d'une chemise et d'un pantalon blancs, la taille ceinte d'un large tissu rouge, était en train d'essuyer des verres.

— Qu'est-ce qui vous ferait plaisir ? demanda Savage.

— Rien pour Billy. Il n'a aucun vice. Moi, je veux bien un whiskey. Du Bushmills.

— Deux, Farouk. Ça me rappelle l'Irlande du Nord à l'époque des troubles. Alors comme ça, vous êtes le grand Sean Dillon...

— Et vous êtes le vilain Jack Savage, dit Dillon, qui ajouta à l'intention de Billy : Il avait mis en place un joli petit trafic. Il attrapait les contrebandiers d'une main et, de l'autre, il revendait le butin à l'IRA Provisoire.

— Mais je n'ai jamais fait ça tant que j'étais dans les Royal Marines. Agir de la sorte quand je servais mon pays, ç'aurait été un déshonneur.

— Pour Jack, l'honneur c'est très important ! s'exclama une voix féminine.

C'était Rawan Savage. Elle s'avança dans la pièce.

— Je vais boire une vodka. Une triple, Farouk, ajouta-t-elle d'un ton plus calme. Dieu qu'il fait chaud...

Elle sortit sur la terrasse en bois qui donnait sur le fleuve. Les hommes la suivirent. Quelques instants plus tard, le barman apporta les verres.

— À la santé de nos nouveaux amis, dit Rawan en levant son verre.

Elle le porta à ses lèvres et sembla le vider d'un trait – mais ce n'était qu'une illusion. Elle le tendit à

Farouk, qui tourna les talons sans un mot et disparut dans la salle.

À cette heure, la circulation n'était pas très importante sur le fleuve. Le bateau des Savage, l'*Eagle*, était amarré au ponton.

— La propriété d'Abdul Rashid est par là-bas, dit Rawan en pointant un doigt vers le nord. Avec la vedette, il ne faut que quelques minutes pour y aller. Voulez-vous partir tout de suite, monsieur Dillon ?

— Tais-toi, Rawan, ordonna son mari.

— À vos ordres, répondit-elle d'un ton narquois.

— Je ne te le dirai pas deux fois. Ferme-la ou fiche le camp. Tu choisis.

— Ah ouais ? rétorqua-t-elle, et elle s'adressa de nouveau à Dillon : Je sais pourquoi vous êtes ici. Et je n'ai aucune admiration pour vous.

— Tiens donc ? répondit calmement Dillon.

— Arracher une fillette de treize ans à son grand-père...

— Arrêtez votre délire, l'interrompit Billy. La fillette en question a d'abord été kidnappée à Londres. Enlevée à ses propres parents.

Mais Rawan ne voulait rien entendre. Elle fit volte-face et rentra dans la salle. Farouk avait repris place derrière le comptoir – un calme étrange, presque menaçant, se dégageait de sa personne. Quatre hommes venaient de s'asseoir autour d'une table. L'un d'eux avait posé un AK devant lui, son voisin portait la même arme en bandoulière, les deux autres gardaient la main droite dans la poche de leur veste.

Billy, Dillon et Savage les observaient avec attention, lorsque tout à coup une femme apparut à la porte. Les mains crispées sur sa poitrine, elle jetait autour d'elle des regards anxieux.

— Ah, j'ai l'impression que nous allons entendre des mauvaises nouvelles ! s'exclama Rawan. Messieurs, voici Bibi. Une des femmes de la maison Rashid. Elle fait partie de celles qui veillent sur la jeune Sara. Que se passe-t-il, Bibi ? Ils sont partis sans toi ?

La femme poussa un cri amer et se laissa tomber à genoux. Un flot de paroles en arabe jaillit d'entre ses lèvres. Intrigués, Dillon, Billy et Savage revinrent dans la salle.

— Formidable ! Manifestement, messieurs, quelqu'un a voulu vous gâcher la fête en donnant l'alerte. Il y a déjà plusieurs heures, Abdul Rashid a fait partir Sara avec Hussein Rashid, l'homme qu'elle doit épouser. Ils se rendent au Koweït par la route. Là-bas, des amis les mettront dans un avion à destination de Hazar, où vit le reste du clan Rashid. C'est la vérité. Bibi a entendu Hussein parler du voyage. Quant à vous... vous êtes déjà morts. Abdul Rashid a fait le nécessaire.

Un lourd silence tomba sur la pièce.

— Qui a vendu la mèche ? demanda Savage.

— À ton avis ? répliqua Rawan. Je ne peux plus te supporter, Jack. Et ça fait déjà trop longtemps. Je te souhaite de pourrir en enfer !

Une explosion violente retentit du côté du fleuve – au nord de la ville. Tout le monde baissa la tête par réflexe. Le bruit de la détonation résonna longtemps à leurs oreilles.

Ils se regardaient, interloqués, lorsque le téléphone sonna sur le comptoir. Farouk décrocha, écouta son interlocuteur, puis reposa le combiné en disant à Savage :

— C'était Omar, le garçon que vous avez chargé de surveiller la villa Rashid. Il y a quelques heures, il a vu les Land Rover de Hussein Rashid partir pour le Koweït.

— Et il me prévient seulement maintenant, grogna Savage.

— Ce n'est pas tout. L'explosion, il y a deux minutes. Le vieux Rashid venait de prendre le volant de sa Mercedes. Il était avec deux gardes du corps. Elle a explosé au moment où ils quittaient la propriété.

Farouk regarda tour à tour Dillon, Billy et Savage.

— Tout ça, c'est à cause de gens comme vous. Vous venez ici, chez nous, et vous détruisez tout ce que vous touchez...

Sa voix était très calme. Mais sans doute y eut-il quelque chose dans son expression qui alerta Dillon – un léger tressaillement du visage, une lueur menaçante dans l'œil. Dillon se baissa, saisit le Colt .25 dans son étui de cheville et se redressa en faisant feu. La balle à tête creuse atteignit Farouk entre les yeux et lui pulvérisa le cerveau. L'instant d'après, Dillon tira le Walther équipé d'un silencieux qu'il portait sous sa ceinture dans le dos et tua l'un des quatre hommes, celui dont l'AK était posé sur la table.

Billy utilisa son Walther au moment où l'un des autres gars sortait un Browning de la poche de sa veste. Touché en plein cœur, il fut projeté contre son voisin – celui qui avait l'AK en bandoulière –, qu'il tua par accident en pressant la détente de son arme avant de rendre l'âme.

— Ne tirez plus, pour l'amour du ciel ! cria le quatrième homme.

Il avait un accent irlandais des plus authentiques. Billy hésita. L'homme leva son Browning pour l'abattre. Dillon tira le premier, deux balles qui l'atteignirent à la poitrine et à la tête.

— Ne refais jamais ça, Billy. Le doute, ça ne peut te valoir que des emmerdes.

— Nom de Dieu ! J'ai cru qu'il était irlandais.

Billy se pencha sur le cadavre pour fouiller ses poches. Il trouva un passeport ornée de la harpe dorée de l'Irlande et quelques autres documents.

— Emporte tout, ordonna Dillon.

— Soyez maudits ! cria tout à coup Rawan Savage. Soyez maudits, tous autant que vous êtes ! Et maudit ce sale pays de barbares ! Adieu, Jack.

Elle se précipita vers la terrasse et courut jusqu'au ponton, détacha l'amarre de l'*Eagle* et monta à bord en donnant une poussée pour écarter la vedette du rivage. Savage s'élança après elle ; il sauta sur le pont juste à temps.

— Rawan ! Écoute-moi...

— Non. C'est terminé. Fiche le camp !

Elle appuya sur le bouton de démarrage. Le moteur toussa deux fois. Une énorme explosion pulvérisa le bateau, qui disparut dans une boule de feu.

Billy, au bord de la terrasse, fut projeté en arrière par le souffle. Il bascula contre une chaise en rotin.

— On se tire d'ici en vitesse, dit Dillon en l'aidant à se redresser. Les militaires seront là très vite. On retourne à l'aéroport avec la Land Rover de Savage.

Ils récupérèrent leurs sacs et se précipitèrent jusqu'au véhicule. Billy prit le volant. Il sortit de la cour. Deux Scimitar, des blindés britanniques, arrivaient à toute allure dans la rue. Une foule assez nombreuse d'Irakiens accourait déjà vers le fleuve. Dans la confusion générale, personne ne prêta attention à la Land Rover. Billy s'éclipsa rapidement.

Dillon appela Roper.

— Écoutez-moi bien, dit-il – et il lui fit un bref récit de la scène qu'ils venaient de vivre.

— Mon Dieu, répondit Roper. Avec vous, on ne manque jamais d'action. Pourquoi vous arrive-t-il systématiquement ce genre de chose, Dillon ?

— Dites à Robson de prévenir les garçons, qu'ils se tiennent prêts à décoller. Quant à la destination... Dieu seul sait où nous devons aller. Si j'écoutais le fou furieux qui est en moi, je suivrais Hussein et la petite jusqu'à Hazar. Mais je ne suis pas sûr que le général serait d'accord.

La voix de Ferguson s'éleva dans l'écouteur :

— Non, il ne serait sûrement pas d'accord ! Je suis scandalisé que mon avion ait pu être détourné de cette façon. Rentrez au bercail sur-le-champ, voulez-vous ?

Ils furent admis dans l'enceinte de l'aéroport de Bagdad par une entrée discrète. Lacey et Robson les attendaient dans une Jeep.

— Suivez-nous, dit Lacey à Billy.

Le Gulfstream stationnait au bord de la piste d'envol.

— Adieu, dit Robson. Pour ce qui nous concerne, vous n'avez jamais mis les pieds ici.

Ils embarquèrent dans l'avion. Lacey verrouilla la porte.

— Merci beaucoup, les gars, grogna-t-il. Vous êtes vraiment de beaux enfoirés. Le général a appelé pour que nous allions le chercher à Bruxelles. Il n'était pas très enthousiaste d'apprendre que son avion était au Moyen-Orient. Nom de Dieu, Dillon, vous ne l'aviez même pas prévenu ! À quoi vous jouez ?

— Je ne vous l'ai pas dit ? Nous essayons de gagner la guerre.

L'avion décolla et grimpa très rapidement dans le ciel. Dillon sortit sa flasque. Elle était vide. Quand l'appareil se stabilisa à douze mille mètres d'altitude, il regarda par le hublot.

— Adieu à Bagdad, ville de l'amour, de l'aventure et du suspense.

— Ouais. Tous les trucs dont on peut se passer, dit Billy. Je n'arrive pas à comprendre ce qui nous est arrivé. Rawan ne supporte plus Jack, elle crache le morceau à notre sujet devant le vieux Rashid... Et lui, il la récompense en faisant sauter leur bateau ?

— C'est nous trois qui devions sauter. Savage, toi et moi. Rawan, c'est juste un coup de malchance.

— Et l'explosion de la Mercedes ?

— À Bagdad, il y a des attentats tous les jours. Un

homme comme Abdul Rashid devait avoir plus d'ennemis qu'il ne pouvait en compter.

Dillon se leva. Il entra dans le cockpit, ouvrit le placard du matériel de premiers soins et y prit la demi-bouteille de cognac qui se trouvait là.

— À usage purement thérapeutique, dit-il à Parry qui s'était tourné pour l'observer.

— Comme toujours en ce qui vous concerne.

Dillon retourna à son siège. Billy était en train d'examiner le passeport irlandais qu'il avait récupéré sur le cadavre de l'un des quatre tueurs du bar.

— Terence O'Malley. Quarante-deux ans. Domicile : Bangor, en Irlande du Nord...

— Un très joli coin, dit Dillon.

Il se servit du cognac dans un verre en plastique.

— Quoi d'autre ?

— Ce gars était instituteur.

— Hmm..., fit Dillon, dubitatif. Sans doute plus depuis de longues années.

— Un ancien de l'IRA ?

— Probablement. Nous savons que beaucoup de ces types se sont reconvertis dans la mafia ou comme mercenaires. C'est un tout petit pas à franchir, tu sais, par rapport à ce qu'ils faisaient autrefois. Les « Oies sauvages » – c'est comme ça qu'ont toujours été appelés les Irlandais qui vendent leurs services aux armées étrangères. Et pour ces gars-là, qui ont été avec l'IRA pendant tant et tant d'années... Difficile de trouver un boulot régulier quand tout est terminé. Qu'est-ce que tu as d'autre, comme papiers ?

— Une facture de loyer à Dublin, une lettre d'un

dénommé Tom, et une autre lettre signée « Ta mère qui t'aime ». Elle lui demande de rentrer à la maison. L'adresse est à Bangor. Il y a aussi un peu de liquide, cinq billets de cent dollars.

Billy leva les yeux vers Dillon.

— Qu'est-ce qu'on fait ? Pour sa mère, je veux dire ?

— Il vaut mieux ne rien faire, Billy. Tant qu'elle n'a pas de nouvelles de lui, elle peut garder un minimum d'espoir. Bon, je vais roupiller un moment, conclut Dillon, et il inclina le dossier de son fauteuil.

La route de Bagdad au Koweït offrait un spectacle lugubre : des deux côtés, le désert était parsemé de carcasses carbonisées de camions, de blindés militaires et autres véhicules datant de la première guerre du Golfe. À l'époque, on appelait cette route l'autoroute de la Mort. Le paysage contenait aussi les restes de plusieurs milliers de réfugiés. Et puis l'essence étant le produit dont la région ne manquait pas, il y avait très souvent des stations-service, ouvertes vingt-quatre heures sur vingt-quatre, où il était aussi possible de boire du café correct, de manger rapidement et de téléphoner.

Trois hommes armés jusqu'aux dents se trouvaient dans la première Land Rover. Des compagnons de Hussein, spécialistes de la guérilla urbaine. Des gars coriaces – comme le prouvait tout simplement le fait qu'ils étaient toujours en vie.

Dans le second 4 × 4, conduit par Hussein, il y avait

Sara et Jasmine, une lointaine cousine qui lui était entièrement dévouée. À quatre-vingts kilomètres de Bagdad, les véhicules s'arrêtèrent sur le parking d'une station-service. Hussein reçut un appel, sur son téléphone satellite, de l'homme qui se faisait appeler le Courtier. Il ne lui connaissait pas d'autre nom. Ils avaient été mis en relation près de trois ans auparavant par le biais d'Al-Qaida. Ils parlaient parfois en arabe et en anglais chaque fois que c'était préférable. Dans ces moments-là le Courtier avait l'intonation d'un professeur d'Oxford.

— Où êtes-vous ? demanda-t-il sans préambule.

Hussein lui expliqua la situation.

— C'est mieux comme ça, dit le Courtier. De toute façon, vous étiez dans l'impasse. D'autres personnes m'ont raconté ce qui vient de se passer à Bagdad. C'est effectivement Abdul Rashid qui avait fait placer une bombe sur le bateau de Jack Savage.

— Et lui ? Pourquoi est-il mort ?

— Il a été tué par un groupe ennemi. Des sunnites avec qui il avait un vieux compte à régler. Comment Sara a-t-elle pris la nouvelle ?

Le Courtier semblait sincèrement inquiet pour la jeune fille.

— Je ne lui ai encore rien dit, répondit Hussein. J'ai d'autres informations pour vous. D'après la femme qui a prévenu mon oncle au sujet de la tentative d'enlèvement de Sara, les hommes qui sont venus à Bagdad s'appellent Dillon et Salter. Les connaissez-vous ?

— Non, mais je les connaîtrai bientôt. Je vous

contacte dès que j'en saurai davantage. Prenez grand soin de Sara. J'ai tout organisé pour vous au Koweït. Un Hawk vous attend. Je crois que vous aurez plaisir à le piloter.

Hussein rangea le téléphone et retourna vers les Land Rover.

— Vous auriez dû aller manger quelque chose et boire un café, observa-t-il.

— Pas avec les fers aux pieds, cousin, répliqua Sara. Nous ne sommes plus à la villa. Tu as trois hommes pour me surveiller. Faut-il vraiment que je supporte une telle humiliation ?

— Pardonne-moi, cousine, répondit-il sans hésitation. Il s'est passé tellement de choses...

Il sortit une clé de sa poche et libéra Sara de ses chaînes, qu'il déposa dans le coffre de la voiture. Puis il annonça au groupe :

— J'ai de terribles nouvelles de Bagdad.

Il marqua une pause. Hamid, Hassim et Khazid, ses hommes, le regardèrent avec attention. Ils étaient habitués aux mauvaises nouvelles, mais ils sentaient que celle-ci devait être particulièrement grave. Hussein glissa un bras autour des épaules de la jeune fille.

— Mon oncle, le grand-père de Sara, nous a été enlevé. Une bombe a fait exploser sa Mercedes au moment où il quittait la propriété.

Jasmine éclata en sanglots. Sara semblait stupéfaite.

— Les sunnites ? demanda Hassim.

— Apparemment.

— Qu'ils pourrissent en enfer ! cria Hamid. Qu'ils soient maudits pendant mille ans.

— Deux mille, renchérit Khazid.

— Venez, dit Hussein. Nous sommes tous du même avis. Et nous avons encore une longue route devant nous. Maintenant, il faut que nous mangions quelque chose.

Sara hocha la tête. Elle se sentait déchirée entre des émotions contradictoires. Il y avait ses parents, qui lui manquaient par-dessus tout... et il y avait aussi ce vieil homme entêté, qui lui avait fait beaucoup de tort, mais qui l'aimait profondément.

— Oui, dit-elle. Tu as raison.

Elle prit le bras de Hussein. Ils se dirigèrent vers la cafétéria de la station-service.

Londres,
Dublin,
Koweït

4

À Farley Field, quand le Gulfstream se posa, Dillon vit Ferguson au bord de la piste, abrité sous un parapluie, en train de fumer une cigarette.

— Qu'est-ce que t'en penses ? demanda Billy, lui aussi penché vers le hublot. Il va nous embêter ?

— Oh, je ne sais pas. Tu risques d'être étonné.

Parry ouvrit la porte. Dillon et Billy descendirent de l'appareil, suivit de Lacey qui observa d'un ton grognon :

— Tout de même, Sean, quelle fichue perte de temps ! Tout ce voyage pour rien...

— Pour rien ? Vous vous trompez. Savage et sa femme sont morts dans l'explosion de leur bateau sur le fleuve. Abdul Rashid a été tué dans un attentat...

— Et des mecs très, très déplaisants ont essayé de nous faire la peau chez Savage, enchaîna Billy. Quand nous sommes partis, l'endroit ressemblait au Saloon de la dernière chance dans un mauvais western.

— Combien étaient-ils ? demanda Lacey, intrigué.

— Cinq avec le barman, dit Dillon. Alors non, vous n'avez pas perdu votre temps. Et mon petit doigt me dit que nous aurons très bientôt besoin de vous.

— Pour aller où ? demanda Lacey.

— Un endroit où nous sommes déjà allés tous ensemble : Hazar.

— Seigneur, marmonna Parry. Billy a failli y laisser la vie.

— Hmm... Ouais, mais je m'en suis tiré. Et je n'ai pas l'intention de me laisser buter si j'y retourne.

Ils rejoignirent Ferguson qui dit :

— Dépêchez-vous, messieurs. Montez à l'arrière de la Daimler et expliquez-vous. Votre décompte de cadavres est impressionnant.

Dillon lui raconta l'opération de Bagdad en détail, avant d'ajouter :

— N'oubliez pas, général : vous aviez dit que nous pouvions nous servir du Gulfstream en cas d'urgence.

— Certes. Mais je n'envisageais pas une telle aventure.

— Elle a pourtant commencé à cause de vous, dit Billy. C'est vous qui nous avez envoyés à Heathrow pour traîner du côté du contrôle des passeports.

— Où nous sommes tombés sur Caspar Rashid, ajouta Dillon.

— D'accord, d'accord, répliqua Ferguson avec impatience, tandis que la voiture sillonnait Londres en direction de Holland Park. Je suis le premier à reconnaître que ce monsieur pourrait nous être très utile.

— Sait-il que nous n'avons pas réussi à récupérer Sara ?

— Pas encore. J'ai pensé qu'il fallait aussi prendre sa femme en considération. Elle est en salle d'opération, mais le commandant Novikova la préviendra dès que possible, et nous l'amènera. Vers onze heures, d'après nos estimations.

— Formidable, dit Billy. En attendant, offrons-nous un bon petit déjeuner typiquement anglais.

— Nous n'avons pas de cuisinière, observa Dillon.

— Qui a dit cela ? rétorqua Ferguson avec un haussement d'épaules. Il m'a suffit de passer un coup de fil à l'administration. Une Mme Hall nous a été envoyée sur-le-champ. Elle se fait appeler Maggie. Cependant, elle est originaire de la Jamaïque. Alors pour le petit déjeuner typiquement anglais, je ne sais pas ce que ça donnera.

— Que dites-vous là, général ! s'exclama Billy en riant. Le petit déjeuner anglais, c'est la Jamaïque qui l'a inventé.

— Ils n'ont pas réussi ? Vraiment ?...

Molly Rashid était livide ; le sang semblait avoir quitté ses joues. Ses yeux se creusaient. Elle avait l'air épuisée. Greta remarqua aussi que ses mains tremblaient.

— Vous avez besoin d'un remontant.

— Non, répondit Molly en se passant une main dans les cheveux. J'ai une autre opération prévue cet après-midi.

— Impossible. Vous tremblez comme une feuille. Vous n'êtes absolument pas en état de retourner au bloc aujourd'hui.

Molly se mordit la lèvre, l'air désemparé.

— Que vais-je faire ?

Greta sortit une bouteille de vodka du petit réfrigérateur. Elle en remplit un verre.

— Tenez. Buvez ça d'une traite. Ça engourdit le cerveau et ça fait beaucoup de bien.

Molly hésita, puis suivit le conseil de Greta. Quand elle eut avalé tout l'alcool, elle eut un haut-le-cœur. Elle se précipita vers l'évier, croyant qu'elle allait être malade, mais elle prit plusieurs profondes inspirations et réussit à se ressaisir.

— Mon Dieu. Ça fait son petit effet, vous avez raison, dit-elle en se tournant vers Greta, un sourire désabusé sur les lèvres. Maintenant il faut aller à Holland Park, je suppose, et affronter la situation.

— Oui, acquiesça Greta. C'est la meilleure solution.

— Vous avez *échoué* ? Comment ? Pourquoi ?! demanda Rashid en s'écartant de la fenêtre pour regarder Dillon.

— Nous n'avons même pas eu la possibilité d'approcher Sara.

— Oh, cher ami ! Vous n'avez pas eu cette possibilité, répliqua Caspar avec ironie. Mon père doit être enchanté.

— Monsieur Rashid... Votre père est mort.

Caspar Rashid blêmit et sembla tout à coup vieillir de dix ans. Hébété, il fit un pas en avant, chancela, tendit la main vers une chaise pour s'y appuyer.

— Vous devriez vous asseoir, dit Dillon.

Rashid obtempéra.

— Comment est-il mort ? Vous l'avez tué ?

— Absolument pas. Il a été tué en sortant de la villa au volant de sa Mercedes. Une bombe était cachée à l'intérieur. Les responsables sont sunnites, paraît-il.

— Y a-t-il eu d'autres victimes ?

— Dans la voiture ? Ses gardes du corps. Et de notre côté... Cinq hommes qui essayaient de nous tuer.

Rashid redressa la tête, une étincelle de curiosité dans le regard.

— Comme vous êtes en vie, je présume que vous les avez éliminés.

— En effet. Votre femme a été prévenue. Le commandant Novikova lui a appris la mauvaise nouvelle au sujet de Sara. Elle la ramène ici pour que nous ayons une réunion tous ensemble.

— Une réunion ? répéta Caspar d'une voix sourde, comme s'il avait de la peine à suivre la conversation.

Il soupira, se prit le visage entre les mains quelques secondes, puis sortit une cigarette d'un paquet qu'il avait dans sa poche de chemise et l'alluma. Il en tira une longue bouffée.

— Voilà, c'est mieux, dit Dillon. Allons-y, et essayons de trouver un moyen de régler cette histoire.

Ils se rassemblèrent dans la salle de conférences. Ferguson s'assit en bout de table. Caspar et Molly, côte à côte, se tenaient par la main. Greta servit le café. Dillon et Billy se postèrent près de la fenêtre. Roper positionna son fauteuil roulant à l'autre extrémité de la table.

— Je vais aller droit au but, dit le général. Vous avez conclu un marché avec mes hommes...

— Qui n'ont pas fait leur travail, l'interrompit Rashid. Je ne vois pas ma fille dans cette pièce.

— Des circonstances défavorables nous ont empêchés de la sauver, dit Dillon. Le chapelet de cadavres que nous avons laissés derrière nous à Bagdad le prouve sans ambiguïté. La question, maintenant, c'est : quelle suite donner à cette affaire ?

— Une suite ? répéta Rashid.

— Bien sûr, dit Ferguson. Fondamentalement, rien n'a changé. Vous voulez récupérer votre fille. Nous aussi. Et nous savons où elle a été emmenée. Au Hazar. Un pays et une ville, Hazar, que nous connaissons bien. Nous y avons déjà travaillé.

— Vous-même, Caspar, vous y étiez très récemment, dit Dillon. Pour quelle raison ?

Rashid ne répondit pas, mais de violentes émotions se lisaient sur son visage. Sa femme intervint :

— Pour l'amour du ciel, parle-leur. Ils ne sont pas responsables de ce qui s'est passé. Nous n'avons aucune raison de tergiverser. Des hommes sont morts, Caspar ! Je veux retrouver ma fille. Dis-leur ce qu'ils doivent entendre pour qu'ils puissent enfin nous ramener Sara.

Il soupira.

— On m'a trompé en me faisant croire que mon oncle Jemal, à Hazar, interviendrait en ma faveur auprès de mon père.

— Comment vous ont-ils convaincus ?

— Peu importe les raisons invoquées. Ce qui

compte, c'est *qui* m'a trompé. C'était le Courtier. Il m'a contacté pour la première fois il y a environ un an, au moment où les fanatiques de l'Armée de Dieu faisaient pression sur moi pour que j'entre dans leur organisation. C'était un collègue, je veux dire un universitaire, le professeur Dreq Khan, qui en était le principal homme d'influence. Au début, je l'avoue, l'Armée de Dieu m'a paru relativement inoffensive. J'ai vraiment cru que c'était une simple organisation caritative. Et puis au cours de mes voyages à travers le monde, j'ai été approché par un certain nombre de gens... aux idées très radicales. Quand j'ai voulu me retirer, quand j'ai dit que je ne souhaitais plus avoir de rapport avec l'organisation, Dreq Khan m'a prévenu que je risquais d'être considéré comme un traître. Que je serais pris pour cible par les islamistes. Et puis il y a eu l'enlèvement de ma fille.

» Quant à mon voyage à Hazar, eh bien... Le Courtier a dit que si je suivais ses instructions, il veillerait à ce que Jemal intervienne auprès de mon père. Je n'avais pas le choix. J'ai donc obéi, et j'ai transmis à Khan des informations techniques pointues, dans divers domaines. Khan les communiquait ensuite à d'autres personnes. Puis le jour est venu où le Courtier m'a dit que je devais me rendre à Hazar. Que là-bas, on était prêt à discuter de Sara. Mais ce n'était qu'un mensonge. En réalité, ils voulaient que je jette un coup d'œil sur une vieille voie ferrée qu'Al-Qaida a l'intention de remettre en état. J'étais désespéré. C'est à ce moment-là que vous m'avez rencontré.

— Et nous voici réunis autour de cette table ce matin, dit Ferguson.

— Oui, fit Rashid, le regard dans le vide. Le Courtier ne m'a pas envoyé qu'au Moyen-Orient, savez-vous... J'ai dû aussi aller en Irlande, où je suis professeur associé au Trinity College de Dublin.

— Seigneur ! Êtes-vous en train de nous dire que Trinity abrite un foyer de l'extrémisme musulman ?

— Non. Mais... j'ai dû servir d'intermédiaire entre l'Armée de Dieu et certaines... organisations implantées là-bas.

— Quelles organisations ?

— Des boîtes qui se font passer pour des entreprises de sécurité. Quand la paix est arrivée en Irlande du Nord, de nombreux anciens de l'IRA Provisoire se sont retrouvés sur le carreau. Et beaucoup d'entre eux n'ont pas d'états d'âme. Pour s'en sortir, ils se lancent dans la carrière criminelle. C'est un secret de polichinelle. Rien que l'année dernière, d'après ce que je sais, il y a eu plus de soixante-dix fusillades, dans Dublin et ses alentours, dont tout indique qu'elles ont été commises par des professionnels.

— Oui, et alors ? répliqua Dillon. Qu'attendre d'autre de leur part ? Pendant trente ans, ces hommes ont mené leur propre guerre.

— Je comprends bien. Mais là, je vous parle de sociétés qui prétendent faire des affaires légitimes dans le secteur de la sécurité, mais dont la véritable raison d'être est de fournir des mercenaires au plus offrant. Des mercenaires et des instructeurs. Des gens qui forment des jeunes dans les camps d'entraînement de l'Afrique du Nord, par exemple. Surtout en Algérie.

L'une d'elles s'appelle Scamrock Security. Elle est dirigée par un certain Michael Flynn.

— Avez-vous des renseignements précis sur ces camps ? demanda Roper.

— Sur certains, oui. Je peux ajouter qu'il y en a aussi un ou deux dans le Quartier Vide.

Le silence se fit dans la salle. Pendant un moment, personne ne reprit la parole. Ferguson pianotait des doigts sur la table. Enfin, il dit :

— Vous nous avez déjà donné pas mal de choses à digérer. Pendant que Roper analyse ces informations, nous devons réfléchir à la suite des opérations en ce qui concerne votre fille. J'envisage une intervention à Hazar. Seriez-vous d'accord ?

Ce fut Molly Rashid qui répondit :

— Oh, Seigneur, bien sûr ! Je veux retrouver ma fille, c'est la chose la plus importante. Mais pouvez-vous mener une opération pareille ?

— Comme je le disais, nous avons déjà travaillé à Hazar. Depuis trois ans, mon cousin, le professeur Hal Stone, qui enseigne au Corpus Christi College de Cambridge, effectue des plongées sur une épave phénicienne à l'entrée d'un petit port tout proche de Hazar. Il loge et travaille sur un vieux boutre, un voilier arabe, avec du personnel arabe. C'est une opération à tout petit budget. Et je sais que la saison des plongées commence très bientôt. Dillon et Billy sont eux-mêmes plongeurs professionnels. Je peux aussi vous assurer que mon cousin nous accueillerait à bras ouverts. Nous formerions un groupe tout à fait crédible d'archéologues britanniques un peu zinzins. Cela vous paraît-il acceptable ? Vous pourriez nous accompagner...

— Non, pas moi, répondit Molly en secouant la tête. Je suis engagée dans certains des travaux les plus importants de ma carrière. Mais...

Elle regarda son mari.

— Caspar ?

— Bien sûr, dit-il. Je dois absolument y aller.

— Ne craignez-vous pas d'être reconnu, à Hazar ? demanda Billy.

— Non. Je porterai une djellaba et je tirerai mon keffieh sur le visage. Je parlerai arabe. Ça marchera.

Une expression déterminée, presque farouche, se peignit sur le visage de Rashid.

— Ça *doit* marcher.

— C'est entendu, dit Ferguson en se mettant debout. Répartition des tâches : Moi, j'appelle mon cousin. Vous, docteur Rashid, vous me faites le plaisir de vous épancher auprès de Roper. Quant à vous, Dillon : l'avion et le programme du voyage.

Molly Rashid se leva.

— Je dois retourner à l'hôpital.

Ferguson s'approcha d'elle et glissa un bras autour de ses épaules.

— Ne vous inquiétez pas, ma chère. Cette fois nous réussirons. Je vous le promets.

— Je vous raccompagne, dit Greta à Molly.

Elles sortirent. Quand la porte se referma, Caspar dit :

— J'ai une dernière chose très importante à vous dire.

— Tiens donc, répondit Ferguson. De quoi s'agit-il ?

— L'homme que Sara doit épouser à sa majorité. Son cousin...

— Hussein Rashid ? dit Roper. Il est, ou *était* étudiant en médecine, n'est-ce pas ?

— Avez-vous entendu parler d'un personnage bien réel qui s'appelle le Marteau de Dieu ?

— Non, jamais, répondit Roper.

— La dernière fois qu'on m'a parlé de lui, il avait déjà tué vingt-sept soldats alliés en Irak et commis quelques assassinats politiques en Europe. Le Marteau de Dieu, c'est Hussein.

— Mon Dieu, dit Ferguson. Racontez-nous tout ce que vous savez à son sujet.

Caspar Rashid s'exécuta.

— Eh bien, fit Dillon, l'air désabusé. Maintenant nous savons à quoi nous en tenir avec ce garçon. En route, Billy.

Avant de quitter la pièce, il lança à Roper :

— Michael Flynn. Ancien chef d'état-major de l'IRA. Il a fini à la prison de Maze, je crois. Renseignez-vous.

Assis dans le salon de sa suite, à Paris, Volkov réfléchissait à sa dernière conversation avec Vladimir Poutine. L'élimination de Ferguson et de son équipe paraissait logique. Il fallait poursuivre ce qui avait été entamé un an plus tôt avec l'assassinat de Hannah Bernstein, la commissaire de la Special Branch.

Igor Levin posait un problème plus épineux, en un sens, car il possédait une fortune de plusieurs millions de livres sterling dans diverses banques londoniennes et suisses. Impossible de l'acheter. Chomsky, l'un des deux hommes qui l'avaient accompagné à Dublin, était très intelligent – mais il se montrait bizarrement loyal envers Levin. Popov, l'autre garçon... C'était sans doute lui le maillon faible.

Volkov prit son carnet d'adresses et composa le numéro de portable de Popov à Dublin. Il le trouva en train de se promener du côté de Wellington Quay, le long de la rivière Liffey. Il pleuvait dans la capitale irlandaise. Popov tenait un parapluie au-dessus de sa tête et de celle de la jeune femme qui marchait à son bras, Mary O'Toole.

— Mon cher Popov, dit Volkov en russe après s'être présenté. Comment allez-vous ? Ça fait un bail, n'est-ce pas ?

Popov, stupéfait, se mit à bredouiller :

— Général ! Je n'arrive pas à y croire. Il y a tellement longtemps, en effet...

— Je suis content de garder le contact.

Popov et la jeune femme arrivaient en vue de l'hôtel où ils avaient prévu de déjeuner. Il lui donna une poussée au creux des reins.

— Mary, mon cœur, entre donc et prends une table au bar. Je dois parler au téléphone. C'est important.

Elle s'éloigna. Il reprit en russe :

— Général, je ne sais pas quoi dire.

— Eh bien... Dites simplement que vous êtes heureux d'avoir de mes nouvelles. Comment va le travail ? Vous êtes toujours chez Scamrock Security, n'est-ce pas ? Et comment va donc *mon vieil ami*, M. Flynn ?

Popov déglutit, la gorge serrée.

— Mon Dieu, je ne savais pas...

— Que c'était grâce à moi que vous aviez décroché ce travail ? Mais oui ! Flynn et moi, il y a des années que nous nous connaissons. Cela remonte au début de son engagement dans l'IRA. Le fait qu'il ne vous ait jamais parlé de moi prouve que c'est un homme digne de confiance. Je présume que vous avez remarqué que votre expérience dans le domaine du renseignement militaire a beaucoup de valeur dans votre nouvelle carrière.

— Absolument, général.

— Récemment, vous avez dû entendre parler de Belov International. Savez-vous que Max Chekov en est le nouveau président ? Avez-vous jamais servi sous ses ordres ?

— Non. Je n'ai pas eu ce privilège.

— Il se peut que vous ayez ce plaisir dans un proche avenir. J'espère que je peux toujours compter sur vous ?

— Bien entendu, général.

— Splendide. Comment va Chomsky ?

— Il a brillamment réussi ses études de droit, et il travaille comme assistant dans un cabinet d'avocats de la ville.

— Et Levin ?

— Il prend du bon temps. Il est très riche, n'est-ce pas...

— Je sais. Bon, je suis heureux de vous avoir parlé. Je vous recontacterai bientôt. Mais s'il vous plaît : ne parlez à personne de notre conversation.

Sans trop savoir pourquoi, Popov se sentait fou de joie.

— Bien entendu, général.

La communication fut coupée. Il monta deux à deux les marches du perron de l'hôtel. Le bar était à moitié vide. Mary était assise dans un box près de la fenêtre. Elle travaillait comme secrétaire chez Scamrock Security, et elle avait déjà entendu Popov s'exprimer en français et en allemand, deux langues qu'il maîtrisait parfaitement. Mais elle ignorait tout de ses véritables origines.

— Aujourd'hui le russe, dit-elle sans cacher son admiration. Tu m'étonneras toujours.

Popov avait grandi à Moscou, mais sa mère était anglaise et il avait parlé sa langue durant toute son enfance. Il était parfaitement à même de se faire passer pour un Anglais, comme c'était le cas depuis son installation à Dublin.

— Un coup de fil pour les affaires, dit-il. On ne peut jamais être tranquille. Que veux-tu commander à boire ?

Chomsky, c'était une autre histoire. Il avait la tête sur les épaules, une éducation universitaire de première classe, et une foi inébranlable en lui-même. Il ne craignait rien ni personne : la médaille pour bravoure qu'il avait acquise en Tchétchénie le prouvait.

Il avait achevé son diplôme de droit en un peu plus d'un an à Trinity College – une prouesse phénoménale – et il avait aussitôt été recruté dans un prestigieux cabinet d'avocats. Il était très heureux. Cependant, il n'aimait guère rester enfermé au bureau et il se baladait chaque fois qu'il en avait l'occasion.

Cet après-midi-là, il déambulait dans Temple Bar, un quartier de bars, de restaurants, de boutiques et de galeries d'art qu'il adorait. Il venait de bifurquer en direction de Crown Alley, lorsque le téléphone sonna. Il avait prévu de retrouver Levin pour prendre un verre dans un troquet qu'ils aimaient bien tous les deux, puis d'aller au cinéma et de dîner.

Quand il entendit la voix de Volkov, il ne fut pas ému comme l'avait été Popov. Il avait l'habitude de se maîtriser face à ses interlocuteurs – surtout dans les situations susceptibles de le stresser. De toute façon, plus rien ne le surprenait guère.

La pluie commençait à tomber. Il se réfugia sous un porche.

— Général Volkov. Quelle surprise, dit-il poliment.

— Je voulais avoir de vos nouvelles. D'après mes espions, vous avez brillamment réussi vos études de droit.

— C'est la vérité, je le dis en toute modestie.

— Et vous travaillez pour le cabinet Riley. C'est très intéressant.

Chomsky éclata de rire.

— Général, vous êtes drôlement bien renseigné !

— Mon cher garçon, n'oubliez pas que nous avons une ambassade à Dublin. Et le GRU y est dûment représenté. Quand ils vous surveillent, nos agents cessent un peu de se tourner les pouces.

— J'imagine.

— Comment va Levin ?

— Allons, général Volkov ! répondit Chomsky d'un ton amusé. Je suis certain que vous savez très bien comment il va. Il a un splendide appartement avec vue sur la Liffey, plusieurs très jolies compagnes, et il adore la vie qu'il mène.

— Mouais. Pour un homme de son calibre, c'est tout de même une existence un peu lassante. Vous ne croyez pas ?

— Je ne sais pas. Je ne peux faire aucun commentaire.

— La société pour laquelle travaille Popov, Scamrock Security... D'après mes informations, elle propose des mercenaires sous contrat. Maintenant que l'Irlande est en paix, de nombreux anciens de l'IRA Provisoire sont prêts à n'importe quoi pour gagner leur vie correctement.

— Là, général... Si je répondais à la police, je serais obligé de dire que je ne sais pas de quoi vous parlez.

— Bien entendu. Ravi de vous avoir parlé. Au revoir et à bientôt, dit Volkov, et il raccrocha.

— À quoi ça rime, ce coup de fil ? marmonna Chomsky pour lui-même.

Il haussa les épaules et reprit son chemin.

Volkov devait contacter Levin quelques minutes plus tard – peu après l'arrivée de Levin chez Kelly, un bar tranquille, très ancien, où l'on trouvait des box confortables pour discuter dans l'intimité. Il fut accueilli avec chaleur par le barman, Mick, qui lui servit rapidement un double Bushmills.

Chomsky entra dans l'établissement trois minutes après.

— La même chose pour moi, Mick, lança-t-il en retirant son imperméable, et il sourit à Levin. Devine qui vient de m'appeler au téléphone.

— J'adore les surprises.

— Volkov.

Ce fut à ce moment-là que le portable de Levin sonna. Il prit l'appel, sourit et se pencha vers Chomsky pour que celui-ci entende la voix de Volkov.

— Général. C'est un plaisir, dit Levin d'un ton agréable.

— Ah ! Chomsky vous a déjà rejoint, si je comprends bien. Vous êtes très proches, vous deux ?

— Comme des frères siamois.

— Tant mieux. Comment allez-vous, Igor ?

— Comme le plus heureux des hommes. La pluie est étrangement rafraîchissante et les filles de Dublin sont magnifiques. Elles ont le charme de l'Irlande. La vie ne pourrait être plus délicieuse. Où êtes-vous ? À Moscou ?

— À Paris. J'étais avec le président Poutine à la conférence de Bruxelles. Il a demandé après vous.

— Tiens donc ?

— Oui. Charles Ferguson était lui aussi à Bruxelles, avec le Premier ministre britannique. La réunion a ravivé de vilains souvenirs dans l'esprit de notre président. Le travail de l'équipe de Ferguson nuit beaucoup à nos intérêts...

— Oui, cela peut se comprendre.

— Et puis il y a Blake Johnson. J'ai reçu l'ordre de nous débarrasser de tout le groupe. Pour le moment, nous n'avons réussi qu'à éliminer la commissaire Hannah Bernstein.

Comme d'habitude, l'évocation de ce meurtre mit Levin mal à l'aise. Même si son propre rôle n'avait consisté qu'à conduire un tueur de l'IRA à l'aéroport de Heathrow, il regrettait profondément cette histoire.

— Où voulez-vous en venir ? demanda-t-il.

— Vos précieuses aptitudes me manquent. Les vôtres, et celles des deux garçons. Le Président vous réclame. Je lui ai dit que vous aviez décampé à Dublin, et qu'il serait difficile de vous récupérer.

— Qu'a-t-il répondu ?

— Il m'a chargé de vous dire que votre président a besoin de vous, et que la Russie a besoin de vous. Réfléchissez. Il est difficile de trouver des hommes doués. Et vous êtes les meilleurs. Il y a tant de gens qui se révèlent décevants, en définitive.

— Que voulez-vous dire ? insista Levin, perplexe.

— Je vous donne un exemple. Récemment, Blake Johnson était à Londres. Il marchait seul dans la rue. Une cible facile. Luzhkov et Max Chekov avaient engagé deux soi-disant assassins pour lui régler son compte. Mais ce sont eux qui se sont fait avoir ! Par Dillon et Salter. C'était ridicule. Vous, Levin, vous n'auriez jamais cafouillé de cette façon.

— Comme vous disiez, il est difficile de trouver

des hommes doués. Mais peu importe, général. Si vous ne réussissez pas du premier coup... Retentez votre chance !

— Mon pauvre Levin, ironisa Volkov. Vous devez trouver la vie terriblement ennuyeuse, maintenant que vous n'êtes plus dans la partie. Réfléchissez. Et reparlons-nous bientôt.

Volkov raccrocha.

— Vieux salopard, dit Chomsky, et il fit signe au barman. Mick, une autre tournée !

— Il a tout de même dit des choses intéressantes, observa Levin. Un imbécile comme Max Chekov à la tête de Belov International... Celui-là, il faudrait le suivre de près.

— Rien ne change. Mais je me demande : crois-tu qu'il ait appelé Popov ?

— Bonne question. Ne dis pas à Popov que Volkov nous a téléphoné. Vois s'il t'en parle lui-même. D'ailleurs, pourquoi ne pas l'appeler tout de suite ?

Chomsky prit son portable ; il trouva Popov en compagnie de Mary au bar de l'hôtel.

— Bonjour. C'est moi, dit Chomsky en anglais. Je suis un train de boire un verre avec Igor, et puis nous allons au cinéma. Tu veux venir ?

— Pas aujourd'hui, désolé, répondit Popov. Je passe la soirée avec Mary.

— Pas de souci. De ton côté, quoi de neuf ?

— Rien. La routine.

— OK, je vois. Amusez-vous bien, conclut Chomsky, puis il remit l'appareil dans sa poche en soutenant le regard de Levin. Il dîne une fois de plus avec la fille de Scamrock.

— Ça devient sérieux, non ?

— Sans doute pas. Je l'ai déjà entendu parler de ses conquêtes féminines. Ça ne dure jamais bien longtemps.

— En tout cas il n'a pas parlé de Volkov, n'est-ce pas ? Difficile d'imaginer que le général nous ait appelés, toi et moi, et pas lui.

— En ce cas, il est stupide. Il devrait se douter que nous supposons qu'il a parlé au général, dit Chomsky, puis il haussa les épaules. Mais bon, qu'est-ce que ça prouve ?

— Ça prouve peut-être – disons juste *peut-être* – que l'ami Popov est dans les petits papiers de Volkov. Et que c'est le cas depuis que nous avons quitté Londres. Je savais que l'un de vous deux était susceptible de me trahir. Je suis content que ce ne soit pas toi. Certaines circonstances m'avaient un peu donné l'impression du contraire.

— Merci, dit Chomsky d'un ton ironique. Mais tout ça, au fond, quelle importance ?

— Je crois que la prise de contact de Volkov montre qu'il va se passer quelque chose d'ici peu de temps. Mais oublions ça pour le moment, dit Levin en se levant. Les délices de James Bond nous attendent. Et ensuite, un bon dîner.

Michael Flynn mesurait un mètre quatre-vingts, il avait une silhouette d'athlète et, à l'âge de cinquante ans, il avait le visage d'un homme déterminé, calculateur et servi par une longue expérience de la vie. Le visage, aussi, d'un homme qui ne gaspille pas son temps pour des riens. Chez Scamrock Security, son bureau était lambrissé de chêne, il y avait des rideaux de velours vert sapin aux fenêtres, un tapis de velours vert, et le mobilier était celui d'un individu travailleur et appliqué, qui aimait la précision en toutes choses. À la grande époque de l'IRA Provisoire, il avait été pendant un temps chef d'état-major – un poste qui avait fini par le conduire en prison.

Tout cela, c'était le passé. Désormais Michael Flynn était un entrepreneur couronné de succès, qui dirigeait une société d'envergure internationale spécialisée dans le domaine de la sécurité.

Vêtu d'un excellent costume de tweed du Donegal, il sifflotait joyeusement en regardant la pluie tomber derrière la fenêtre. Les affaires marchaient bien. La mort était un marché florissant. Avec toutes ces guerres, et toutes ces *rumeurs* de guerre qui agitaient le monde, sa société ne pouvait que faire de superbes bénéfices. Il se tourna vers sa table de travail, déboucha une carafe en cristal taillé et versa du whiskey dans un verre.

C'est alors que son portable sonna. Le portable spécial, qu'il gardait dans sa poche intérieure.

— Oui ?

— Monsieur Flynn. Volkov à l'appareil.

— Bonté divine...

Flynn vida le whiskey d'un trait, puis se resservit.

— Il y a un moment que je n'ai pas eu de vos nouvelles, dit-il en posant les fesses sur le bord de la table. Qu'y a-t-il pour votre service ?

— Je veux juste vous mettre au courant de certaines choses. Vous savez que je suis en relation avec Al-Qaida...

— Par le biais du Courtier, n'est-ce pas ?

— Oui. Il vient de m'informer qu'un de mes associés, Abdul Rashid, a été tué à Bagdad dans l'explosion d'une bombe. Une opération menée par les sunnites.

— En quoi cela me concerne-t-il ?

— Un des hommes qui travaillaient pour lui venait de chez vous. Terence O'Malley. Un ancien de l'IRA Provisoire.

— Oui. L'instituteur. Un mec formidable. Originaire de Bangor. Que s'est-il passé ?

— Il a été tué dans une fusillade par un certain Sean Dillon et par un gangster londonien qui s'appelle Billy Salter. Les connaissez-vous ?

— Et comment ! Dillon et moi nous étions camarades, autrefois. Salter, je ne le connais que de réputation. Mais pourquoi cette fusillade ?

— Drame familial, pour ainsi dire. Le vieux Rashid avait kidnappé sa propre petite-fille en Angleterre. Apparemment, Dillon et Salter sont allés à Bagdad pour tenter de la récupérer. Une bonne action dans un monde mauvais...

— Ça va bien à Dillon. Fou à lier, celui-là.

— Peut-être. En tout cas, j'ai pensé qu'il fallait vous parler de cette histoire.

— Je vous en suis reconnaissant. Dites-moi... La

compagnie Belov International a-t-elle besoin des services d'une entreprise de sécurité ?

— À vrai dire, la réponse est très probablement oui. Surtout du côté irlandais, à Drumore Place. C'est une bonne idée, Flynn. Nous en reparlerons bientôt. Au revoir.

Flynn resta assis contre le bord de la table, songeant à ce que Volkov venait de lui dire. Il avait de la peine pour O'Malley. Un bon camarade, autrefois, et un fervent partisan de la Cause. Mais comme tant d'autres gars, incapable de gérer correctement sa reconversion post-IRA.

Il se servit un autre whiskey et leva le verre.

— À la tienne, Terence ! Puisses-tu reposer en paix.

Il but l'alcool, enfila son trench-coat et quitta le bureau.

Koweït,
Le Quartier Vide,
Londres

5

Le Koweït n'avait pas changé : les puits de pétrole s'étendaient à perte de vue. Les stigmates de la guerre avaient disparu. L'opération Tempête du désert, c'était déjà de l'histoire ancienne. Peu avant d'arriver à destination, Hussein avait passé un coup de fil avec le téléphone satellite : on lui avait ordonné de se rendre dans un secteur isolé de l'aéroport, à bonne distance des terminaux des gros-porteurs et autres avions de ligne.

Les Land Rover traversèrent une zone où stationnaient d'énormes avions-cargos, avant de découvrir des petits hangars individuels devant lesquels étaient alignés des jets privés.

Le dernier d'entre eux était un vieux Hawk à huit places. Un homme vêtu d'une combinaison graisseuse en descendit les marches et vint à leur rencontre. Un Américain, d'après son accent.

— Je m'appelle Grant. Monsieur Rashid ?

— C'est bien moi.

— Voilà, il est à vous. Avez-vous déjà piloté cet appareil ?

— Je connais de nombreux avions. Dois-je m'occuper de la paperasse ?

— Non. Tout est arrangé.

Grant ouvrit une chemise dont il tira un document. Il sourit.

— Tenez, je vous rends votre licence de pilote.

Hussein y jeta un coup d'œil et l'empocha sans commentaire. C'était une excellente contrefaçon.

— Je vous remercie. Avec cet avion, à votre avis, combien de temps me faut-il pour descendre jusqu'à Hazar ?

— Hmm... Deux heures et demie, peut-être trois heures. Quelle expérience avez-vous du pilotage au-dessus du désert ?

— J'ai très souvent volé au Maroc et en Algérie. Je connais bien le Sahara.

— Aujourd'hui vous allez survoler le Quartier Vide. Des vents très puissants sont susceptibles de se lever à n'importe quel moment, et dans n'importe quelle direction. Soyez prudent.

— D'accord. J'ai déjà volé dans le sud du Quartier Vide. Je connais le paysage et l'aéroport de Hazar.

— Bien. J'ai photocopié une partie de la carte de la région, au cas où vous en auriez besoin, dit Grant en lui tendant la chemise cartonnée. J'ai aussi imprimé un agrandissement de la zone qui va de l'aéroport de Hazar au petit village côtier de Kafkar.

— Merci encore, dit Hussein, et il se tourna vers Jasmine et Sara. En route !

Elles montèrent à bord, suivies de Khazid à qui Hamid et Hassim passèrent les sacs, plusieurs fusils AK, des pistolets-mitrailleurs Uzi et des sacoches pleines de munitions et de grenades. Il y avait aussi trois ou quatre missiles épaulés.

— Vous partez en guerre, les gars, ou quoi ? demanda Grant.

— Dans le Quartier Vide, on ne sait jamais ce qui peut arriver, répondit Hussein avec le sourire.

— Ce n'est pas faux, concéda l'Américain.

— La société Rashid Shipping appartient à ma famille. Comme vous devez le savoir, les actes de piraterie ne sont pas rares.

— Vous m'en direz tant. Maintenant, si vous voulez bien signer le manifeste, je vous laisse partir.

Hussein embarqua le dernier dans le Hawk. Il releva les marches et ferma la porte.

Jasmine et Sara examinaient le contenu d'un gros panier à provisions qu'elles avaient découvert sur un siège.

— Il y a plein de choses à manger, dit Jasmine. Et du bon pain.

Sara brandit une bouteille.

— On voit bien que ce type est américain. Il y a du vin rouge et du vin blanc, du whisky et du cognac, dit-elle avec ironie. Le Prophète – que son nom soit loué – ne conseillerait sûrement pas ce genre de boissons pour le voyage.

— J'ai toujours trouvé le Prophète très compréhensif, observa le jeune Hamid, qui avait entamé une carrière d'artiste avant de prendre les armes.

— Hmm, chaque homme s'arrange avec la religion comme il l'entend, dit Hussein en prenant place sur le siège du pilote.

Il déplia la carte que Grant lui avait donnée.

— Je peux être ton copilote ? demanda Sara.

— Pourquoi pas ?

Elle s'assit à côté de lui.

— Tu vas m'aider pour la navigation, dit-il. Tu n'as qu'à suivre la ligne rouge que l'Américain a tracée ici pour nous. Tu vois ?

— C'est quoi, ça ? demanda-t-elle en posant le doigt sur un symbole, près de la ligne rouge, à cent cinquante ou deux cents kilomètres de leur destination.

— L'hospice Saint-Antoine. C'est un monastère chrétien qui existait avant l'apparition de l'Islam. Depuis toujours, il accueille les voyageurs du désert. Aujourd'hui il n'y a plus que vingt ou trente hommes, des orthodoxes grecs en soutane noire.

Hussein désigna un autre symbole le long de la ligne rouge.

— Ici, quatre-vingts kilomètres plus loin, il y a l'oasis de Fuad et le puits de Saint-Antoine. Jadis, les voyageurs de toutes les religions s'y retrouvaient.

Il mit des lunettes noires d'aviateur et appuya sur le starter. Le moteur gauche démarra en grésillant, puis le droit partit à son tour.

— Attachez vos ceintures, ordonna-t-il tandis que l'avion roulait sur le tarmac.

En bout de piste, il poussa les gaz. Les moteurs rugirent, le Hawk accéléra brusquement. Sara, très excitée, agrippa le bras de Hussein.

— C'est super !

Ils décollèrent et grimpèrent dans le ciel. Elle

découvrit bientôt des dunes de sable énormes, semblables à des collines, qui s'étendaient à perte de vue.

— Ça change de Bagdad, n'est-ce pas ? dit-il.

— Oh oui ! C'est très différent. Adieu la guerre !

Hussein stabilisa l'appareil à trois mille mètres et activa le pilote automatique. L'habitacle était climatisé, mais dans un avion de cet âge le système était loin d'être parfait. Hussein, qui portait un costume brun clair de lin égyptien, retira sa veste. Sous l'aisselle gauche, il portait un Beretta dans un holster.

Sara le dévisagea. Pendant les mois qu'elle avait passés à la propriété de son grand-père, Hussein s'était toujours montré très discret en sa présence. Elle n'était rien censée savoir à son sujet, sinon qu'il était à Harvard en fac de médecine lorsque la guerre l'avait rappelé en Irak.

Mais Sara était une jeune dame remarquablement astucieuse – qui allait sur ses quatorze ans, comme elle aimait le faire remarquer à ses interlocuteurs. Elle avait bien vu que tous les interlocuteurs de Hussein lui manifestaient un respect considérable. Et pas seulement dans la famille Rashid. Même les politiciens importants et les imams qui venaient à la villa le traitaient avec des égards particuliers.

Sara aimait profondément son père, qui restait l'homme le plus important de sa vie. Caspar Rashid avait de grands principes. Il estimait aussi que tout ce qu'il faisait pour elle était toujours ce qu'il y avait de *mieux* pour elle. Et Hussein... Hussein était exactement pareil, songea-t-elle en contemplant les dunes devant l'avion.

Sur le plan religieux, elle avait été baptisée et élevée comme chrétienne. Elle n'avait aucune intention de changer cela. Cependant, elle ne s'était jamais disputée à ce sujet avec son grand-père, car elle était assez perspicace pour se rendre compte qu'un tel conflit ne la mènerait nulle part. Elle était aussi assez intelligente pour comprendre qu'elle était mêlée à un problème familial très délicat. Quant au mariage... Elle aimait beaucoup Hussein en tant que cousin, mais l'idée qu'à un certain âge, au moment « approprié », elle serait obligée de devenir sa femme – ça, c'était un projet qu'elle n'avait aucune intention de prendre au sérieux. Son père trouverait une solution. Elle n'avait qu'à être patiente.

Sara poussa un petit soupir de dépit. Elle se demandait parfois si son séjour à Bagdad ne l'avait pas horriblement endurcie. Peut-être était-ce à cause de la guerre. Sara se trouvait dans une position étrange. La guerre était à la télévision chaque fois qu'elle l'allumait, elle était aussi dans les rues et sur les marchés, elle était juste derrière le mur d'enceinte de la villa, terrible et incessante. De nombreux domestiques et membres de la famille avaient été tués pendant son séjour à Bagdad. Et pourtant... elle avait l'impression de ne rien éprouver, ou pas grand-chose, à ce sujet. Même la mort de son grand-père n'avait pas réussi à la choquer. Elle l'avait étonnée, oui, mais pas vraiment bouleversée. Et le vieil homme ne lui manquait pas.

Derrière son dos, Hassim et ses compagnons commençaient à goûter le vin. Hussein refusa le verre qu'ils lui offraient, faisant remarquer d'un ton agacé qu'il était en train de piloter un avion. Mais il accepta un sandwich aux crudités. Sara mangea elle aussi. À un moment, il replia la jambe pour décontracter ses muscles et le bas de son pantalon se souleva. Sara remarqua qu'il portait un étui de cheville dans lequel était logé un Colt. Elle lui demanda pourquoi il avait une deuxième arme en plus du Beretta. Il haussa les épaules et marmonna que s'il était très peu probable qu'ils aient des ennuis avant leur arrivée à Hazar, il y avait quand même des Arabes, dans le Quartier Vide, qui ne respectaient pas grand-chose.

Il omit de préciser qu'un étui de cheville était la marque du vrai professionnel.

Sara ne le questionna pas davantage. Pour le moment elle était satisfaite et très contente de la balade. Peu à peu, sa tête bascula contre l'appuie-tête ; elle s'endormit.

Le professeur Hal Stone, cousin de Charles Ferguson, professeur au Corpus Christi College de Cambridge et spécialiste d'archéologie marine, avait le même problème que la plupart des chercheurs universitaires de son acabit : un grave manque de fonds avec lesquels effectuer des fouilles dignes de ce nom.

À Hazar, Stone avait découvert les restes d'un navire de commerce phénicien de l'époque d'Hannibal, enfoui dans le sable sous l'épave d'un cargo coulé pendant la Seconde Guerre mondiale. Le professeur ne pouvait s'offrir qu'un ou deux séjours annuels sur place. Il employait des Arabes locaux comme main-d'œuvre et il plongeait à partir d'un vieux boutre baptisé *Sultan*. Dillon et Billy, tous deux plongeurs professionnels, l'avaient bien aidé lors de leur précédente visite.

Le coup de téléphone de Ferguson l'avait rendu fou de joie. Durant les longs mois où il n'était pas à Hazar, Stone confiait l'entretien du bateau et du site à son assistant arabe, Selim. Il l'appela pour lui annoncer son arrivée, puis se dépêcha de faire ses bagages.

Il y avait longtemps qu'il ne s'était senti aussi enthousiaste. Et ce n'était pas seulement parce qu'il allait bientôt replonger sur le navire phénicien. Hal Stone avait un secret : dans sa jeunesse il avait travaillé pour les Services secrets britanniques. Il savait aussi très bien à quel genre d'activités Ferguson et ses hommes se livraient. Rien ne pouvait lui faire davantage plaisir que d'être invité à y participer.

— Pour le voyage, comment ça se passe ? demanda-t-il à son cousin quand il l'eut de nouveau au bout du fil.

— Tout est prévu. Aujourd'hui nous avons un Gulfstream. Les garçons doivent juste le débarrasser des cocardes de la Royal Air Force. Officiellement, nous dirons que c'est l'avion, heu... d'une mission d'étude océanique pour les Nations unies. Oui ! Ça sonne bien, n'est-ce pas ?

— Splendide. Et donc, la raison pour laquelle tes gars vont à Hazar... De quoi s'agit-il, cette fois ?

— Passe chez moi ce soir. Je t'expliquerai tout ça.

Stone raccrocha et se regarda dans le miroir de la penderie. L'homme qui le dévisageait avait une soixantaine d'années, une barbe blanche sur un visage halé, il portait une saharienne, une chemise et un pantalon kaki, et un chapeau assorti qui avait pas mal bourlingué. Il saisit des lunettes de soleil Rayban sur le lit pour les mettre sur son nez.

— Voilà, c'est mieux, dit-il en souriant. Pas tout à fait Indiana Jones, mais... bonne dégaine quand même. Allez, c'est parti !

Il ouvrit la porte de la chambre, attrapa ses deux sacs de voyage et descendit au rez-de-chaussée.

Roper avait eu quelque difficulté à retrouver l'avion privé à bord duquel Hussein et son groupe avaient quitté le Koweït. L'Américain, Grant, fut finalement questionné par un certain capitaine Jackson, chargé du renseignement militaire à l'ambassade britannique du Koweït, qui était enchanté de rendre service au général Charles Ferguson. Sa visite eut une conclusion des plus heureuses, car il découvrit une caméra de surveillance, au coin du hangar, qui avait dûment filmé tous les membres du groupe. En un rien de temps, les images parvinrent à Londres sur les écrans de Roper.

— Hussein Rashid en gros plan ! Ça, c'est vraiment formidable, observa Ferguson.

— Que pensez-vous de la gosse ? demanda Roper.

— L'obliger à s'habiller de la sorte, c'est typique de ces zozos-là, observa Ferguson sans humour. Et vous, à votre avis ?

Roper but une gorgée de whisky.

— Elle a le visage calme. Fermé. Le genre d'adolescente qui ne laisse pas voir grand-chose de ses émotions.

— Je me demande si elle ressemble beaucoup à son père. Qu'en pensez-vous ?

Caspar Rashid entra à cet instant dans la pièce avec le sergent Doyle.

— Vous avez des images, paraît-il ? De quoi s'agit-il ?

— Regardez, dit Roper en lui tendant une liasse de clichés qu'il venait d'imprimer. Elles arrivent tout juste du Koweït.

Caspar les examina avec attention, en s'attardant sur ceux de sa fille.

— C'est incroyable, murmura-t-il. Il y a si longtemps que je ne l'ai pas vue. Et là, ces photos toutes récentes...

— Quelle impression vous donne Sara ? demanda Ferguson.

— Heu... Je ne sais pas très bien, bafouilla Rashid. Cela peut vous paraître étrange, mais ces vêtements qu'ils lui ont mis, ce foulard... Ils changent sa personnalité, dirait-on. Ma femme a-t-elle le droit de voir ces photos ?

— Bien évidemment ! Pour nous, c'est un vrai coup de chance que d'avoir ces images de Hussein et de ses joyeux drilles.

Caspar observa Hussein sur l'un des clichés.

— Je le reconnais à peine. Il y a plusieurs années que je ne l'ai pas vu. Et puis il a été retenu dans une prison américaine pendant six mois. Il a tellement changé ! Je me souviens que lorsqu'il était adolescent, c'était un garçon tout à fait agréable.

Dillon, qui venait de les rejoindre, observait les images sur les écrans.

— Les gens changent. Et les circonstances de leur vie les changent encore plus. Six mois de prison, sa mère et son père tués dans un bombardement aérien... Il a dû trouver le monde cruel et impitoyable, dit-il en se servant un whisky avec la bouteille de Roper. Dieu sait si j'en ai vu assez, en Irlande, pendant les Troubles, pour savoir à quel point les gens sont susceptibles de changer en profondeur.

— Oui, Sean, vous savez de quoi vous parlez, souligna Roper. Mais Hussein Rashid, je crois que ce n'est pas un monsieur ordinaire. Vu ses exploits, il faut sans doute penser qu'il est presque aussi doué que vous.

Le silence se fit dans la pièce, car après cela il n'y avait rien à ajouter.

Sara, qui tenait la carte entre ses mains, aperçut la première les palmiers et les bâtiments de l'hospice Saint-Antoine. Elle pointa un doigt en apostrophant Jasmine et les hommes, qui se penchèrent vers les hublots pour regarder le paysage. Hussein fit descendre l'avion à six cents mètres d'altitude et vira au-dessus des antiques constructions. Dans la cour principale, ils aperçurent plusieurs moines en soutane noire, coiffés de chapeaux noirs, qui les saluèrent de la main. Hussein répondit en faisant osciller les ailes, avant de repartir vers le sud.

Une dizaine de minutes plus tard, la malchance

frappa. Une fumée noire, graisseuse, se mit à jaillir du moteur gauche. Jasmine, qui la vit la première, poussa un cri d'effroi. La panique saisit momentanément les passagers du petit avion. Sara, qui avait recommencé à s'assoupir, se redressa en sursaut lorsque Hussein cria :

— Calmez-vous ! Et ne bougez pas !

Aucune flamme n'apparaissait sur le moteur. Il n'y avait que l'épaisse fumée noire. Hussein coupa le contact et alluma l'extincteur du moteur gauche. Le liquide pulvérisé se mêla à la fumée. Et toujours pas de flammes.

— Je crois savoir ce qui se passe. Des joints sont morts, et il y a de l'huile qui fuit sur le moteur brûlant. C'est ça qui produit la fumée. Attachez vos ceintures. Nous allons nous poser.

Il désigna la carte que Sara avait encore entre les mains.

— Repère bien notre position par rapport à la ligne rouge tracée par Grant. Nous devrions bientôt voir l'oasis de Fuad et le puits de Saint-Antoine.

Hussein fit perdre de l'altitude à l'avion, derrière lequel le nuage de fumée noire sembla s'étirer à l'infini.

— Là-bas, un peu à droite, l'oasis, dit calmement Sara en pointant un doigt.

— Bravo, tu es une gentille fille.

Ils continuèrent de descendre et survolèrent le sable du désert à quelques dizaines de mètres de hauteur. L'oasis se rapprocha à toute allure. Sara vit un bouquet de palmiers, un petit bâtiment à toit plat, et la ligne claire de la route marquée par les innombrables voyageurs qui l'empruntaient depuis des temps immémoriaux.

Il y avait aussi un vaste bassin auquel s'abreuvaient six chevaux, et des Bédouins en djellabas rassemblés autour d'un feu sur lequel ils cuisaient leur repas. Entendant l'avion, ils levèrent la tête vers le ciel, une main sur les yeux pour se protéger du soleil.

Plus surprenant, un homme en soutane noire était attaché, les bras tendus au-dessus de la tête, à un poteau planté dans le sable à côté du bâtiment.

Hussein vira, posa le Hawk sur la route et s'arrêta à une centaine de mètres de l'oasis.

— Dehors, très vite, ordonna-t-il à ses hommes. Avec les armes !

L'un des Bédouins qui se tenaient près du bassin s'était levé. La cravache à la main, il s'approcha du moine, tira la soutane par le col pour la faire tomber autour de sa taille, et le fouetta. Ce n'était manifestement pas la première fois : l'homme avait déjà le dos en sang.

— Ils ne peuvent pas faire ça, dit Sara. C'est un prêtre !

— Du calme, ordonna Hussein.

Le téléphone satellite sonna. Il prit l'appel tandis que ses hommes descendaient de l'appareil. C'était le Courtier.

— Vous tombez bien, dit Hussein. J'avais justement besoin de vous parler. Notre avion est en panne.

Il raconta ce qui s'était passé et communiqua ses coordonnées géographiques au Courtier, qui répondit :

— J'appelle Hazar et je vous organise un sauvetage très rapide. Sans doute par hélicoptère. Je vous rappelle dès que j'ai du neuf.

Hussein coupa la communication.

— Allons-y, dit-il, et il sourit à Sara pour ajouter : Passe-moi donc ma veste, veux-tu ?

Quand elle saisit le vêtement, elle remarqua qu'il portait une étiquette du couturier Armani. Elle songea que c'était la veste la plus élégante qu'elle eût jamais vue – et qu'elle allait merveilleusement bien à Hussein.

— Soyez prêts à tout, les garçons, dit-il. Ces hommes m'ont l'air de vrais salopards. Et souvenez-vous : vous êtes avant tout des Rashid.

— Nous sommes avec toi, cousin, dit Khazid.

Jasmine et Sara prirent chacune un bras de Hussein. Ils marchèrent lentement sur la route.

Les six hommes, près du bassin, portaient tous une djellaba noire, avec un keffieh noir et blanc autour de la tête. Cinq d'entre eux tenaient un fusil entre les mains. Le sixième, un type très grand, barbu, avait gardé sa cravache qu'il tapotait contre sa cuisse droite.

— Qui êtes-vous ? lança-t-il d'une voix autoritaire.

— Qui pose la question ? répliqua Hussein avec calme.

L'air détaché, il s'assit sur un tronc de palmier couché sur le sable.

— Prends garde, joli garçon ! Je suis Ali Ben Levi. Ici, c'est moi qui décide du sort de tout le monde. Le puits m'appartient. Et ce n'est pas ce chien qui me contredira.

Il leva la cravache et fouetta une nouvelle fois le prêtre.

— Non ! protesta Sara.

— Reste à ta place, fillette. Ce n'est qu'un chrétien.

— Et moi aussi je suis chrétienne, répliqua-t-elle en arabe. Oseriez-vous me fouetter ?

Elle se jeta vers lui, les poings serrés. Il lui agrippa les bras et éclata de rire.

— Je vais avoir grand plaisir à te donner une leçon, puisque tu la réclames.

Il la jeta à terre et leva la cravache. La main de Hussein se referma sur le Colt .25 de l'étui de cheville ; il se redressa et pressa la détente. La balle à tête creuse pénétra entre les yeux de Ben Levi et traversa son cerveau en faisant exploser l'arrière de la boîte crânienne ; il tomba à la renverse dans le bassin.

L'un des hommes en djellaba noire brandit son arme. Hassim le tua d'une courte salve d'AK. Un silence tendu tomba sur l'oasis. Hussein rangea son Colt.

— Pour cette fois, je vous laisse la vie sauve. Emportez vos morts et fichez le camp. Immédiatement !

Les quatre hommes de Ben Levi se dépêchèrent de rassembler les chevaux, attachèrent les cadavres sur le dos de deux d'entre eux et enfourchèrent leurs montures. Ils attendirent le signal de Hussein.

— Je suis Hussein Rashid ! Je suis le Marteau de

Dieu ! Je suis prêt à recevoir tout homme de la tribu Ben Levi qui chercherait à obtenir réparation.

Aucun des hommes en noir ne semblait vouloir l'affronter. Ils s'éloignèrent au trot sur la route.

— Je vais détacher le prêtre, dit Sara, très calme, et elle se dirigea vers lui.

Jasmine, qui tremblait de peur, l'accompagna. Le téléphone satellite sonna. La communication était mauvaise.

— C'est moi ! Le Courtier ! Il y a beaucoup de parasites.

— Je vous entends.

— L'hélicoptère arrive. Tout va bien, de votre côté ?

— Nous avons eu un petit incident, mais c'est réglé.

— Bien. Hussein, nous aurons très vite besoin de vous. Il y a beaucoup à faire, vous le savez. Oussama lui-même m'a demandé de vos nouvelles, la dernière fois que nous nous sommes parlé. Il vous envoie sa bénédiction.

— Et je l'en remercie. Au revoir, à présent.

Près du bassin, Sara et Jasmine s'occupaient du prêtre. Sara lui épongeait doucement le dos avec un tissu humide.

— Êtes-vous réellement chrétienne, mon enfant ? demanda-t-il.

— Ma mère est anglaise. Mon père est un Rashid. Je suis baptisée.

— Mais vous portez l'habit d'une femme musulmane...

Hussein et ses hommes, qui s'étaient assis pour fumer une cigarette, l'entendirent répondre :

— Dans le Coran, il n'y a que deux mères des prophètes. La première est la mère de Mahomet, dont le nom soit loué, et la deuxième est Marie, mère du prophète Jésus. Il y a du bien en toute chose. Je pense que c'est vrai de la Bible comme du Coran.

— Si jeune et déjà si sage, observa le prêtre.

Il se mit à prier en égrenant son chapelet. Sara se leva pour rejoindre Hussein. Quand elle s'assit à côté de lui, les trois hommes se mirent debout et s'éloignèrent en signe de respect.

— Je ne savais pas, dit-elle en anglais. Ton surnom...

— Bien sûr. Il ne fallait pas que tu saches.

— Le Marteau de Dieu. Je pensais te connaître. Maintenant, je vois que je ne te connaissais absolument pas.

Elle secoua la tête, prononça le nom en arabe, puis reprit en anglais :

— À la propriété, les domestiques parlaient de toi. Et parfois il y avait un article à ton sujet dans les journaux. C'est tellement étrange ! Je lisais les nouvelles pour apprendre l'arabe... sans me rendre compte que je lisais des choses sur toi et sur tes activités.

Elle soutint quelques instants le regard de Hussein, avant d'ajouter en arabe :

— Tu es un grand guerrier. Jamais la télévision n'a montré ton visage mais, quand tu parles à la radio, tu te présentes toujours sous ce nom. Le Marteau de Dieu. Et tu le dis en général en anglais. Même les enfants entendent parler de toi dans cette langue. Il y a aussi des t-shirts qui portent ton surnom. Pourquoi laisses-tu faire cela ?

— Par arrogance. Pour me moquer de mes ennemis, si tu préfères. Dans les journaux anglais, l'étiquette serait assez différente. On ne dirait pas « grand guerrier », je pense, mais « terroriste ».

— En effet. C'est étonnant, n'est-ce pas ? Tout n'est que question de point de vue.

— Comme tu es sage et avisée, murmura-t-il. Tant d'intelligence dans une tête si jeune...

L'immanquable ronronnement rythmé d'un hélicoptère se fit entendre dans le lointain.

— Allons, il est temps de boucler notre voyage, dit-il en l'aidant à se redresser. Dis au revoir au bon prêtre. Nous devons partir sans tarder.

Le port de Hazar était bordé de ruelles étroites et de maisons blanches qui contrastaient avec le bleu intense de la mer. La baie était très fréquentée : navires caboteurs de toutes sortes, chalutiers, antiques boutres et canots à moteur sillonnaient les eaux.

Arrivant du désert, l'hélicoptère décrivit un demi-cercle dans le ciel au-dessus de la ville. À deux ou trois kilomètres de Hazar, le long de la côte, Sara aperçut un minuscule village de pêcheurs surmonté par une colline au sommet de laquelle se dressait une impressionnante villa. En bas, amarré à la sortie du port, elle désigna un boutre immense et manifestement très ancien.

— Il a l'air splendide, ce bateau.

— Il l'est, acquiesça Hussein. Il s'appelle le *Sultan*. Il est utilisé comme bateau d'exploration et de plongée. Il est amarré au-dessus de deux épaves très intéressantes. Il y a quelques années, des archéologues ont d'abord découvert l'épave d'un cargo, à trente mètres de profondeur, coulé par un sous-marin allemand pendant la Seconde Guerre mondiale. Quand ils ont commencé à l'examiner, ils ont trouvé dans le sable des poteries qui datent de deux cents ans avant Jésus-Christ. Le cargo repose sur les restes d'un navire phénicien !

— Et il y a quelqu'un qui s'en occupe ?

— À Hazar, tu veux dire ? Non, les gens d'ici s'en fichent complètement. Mais un professeur de l'université de Cambridge a obtenu la permission de plonger sur l'épave. Il vient de temps en temps. Seulement deux ou trois fois par an, je crois, car il manque d'argent pour mener ses recherches. Autant que je sache, il emploie des plongeurs locaux. Il s'amuse bien.

— Ça paraît chouette. Tu as déjà plongé, toi ?

— Oui, très souvent, quand j'étais adolescent. Le monde sous-marin, c'est merveilleux.

L'hélicoptère survola la ville de Hazar, tourna au-dessus du complexe de l'aéroport, puis repartit vers le village et la propriété au sommet de la colline. Hussein désigna la maison, bordée de terrasses étagées, entourée de jardins somptueux.

— Voici Kafkar, le joyau de la famille Rashid. Cette maison est ici depuis trois cents ans. Le village, en bas, porte aussi son nom.

L'hélicoptère descendit vers une aire d'atterrissage. Une petite foule attendait là. Hommes et femmes portaient tous l'habit traditionnel. Un très vieil homme vêtu d'un costume en lin blanc, un keffieh autour de la tête, se tenait devant le groupe. Il s'appuyait sur une canne, sa santé semblait fragile, mais son visage était celui d'un personnage puissant et autoritaire.

— Voici Jemal, ton grand-oncle, dit Hussein quand le moteur de l'hélicoptère s'arrêta. Tu dois descendre la première.

Il ouvrit la porte et fit basculer les marches. Sara sortit de l'appareil et s'immobilisa. Personne ne parlait. Enfin, Jemal fit un geste de la main.

— Sara. Viens, mon enfant.

Elle s'avança vers lui et la foule se mit à applaudir.

Un peu plus tard, ils s'assirent sur une vaste terrasse, la plus haute de la maison, bordée de palmiers et de plantes exotiques. En bas, dans les jardins et sur les autres terrasses, on entendait l'eau couler dans des rigoles et passer d'un niveau à l'autre par de petites cascades. Jemal et Hussein fumaient tranquillement. La nouvelle de la fusillade à l'oasis avait déjà atteint Hazar.

— Cet incident avec Ben Levi n'a aucune importance. Cet homme n'était qu'un bandit de mauvaise réputation. Il n'y aura aucun problème, ne te fais pas de souci. Personne n'est déshonoré, et personne ne cherchera à se venger.

— Je ne suis pas inquiet, dit Hussein. Ces hommes avaient besoin de recevoir une leçon.

— Et tu leur as donnée. Quels sont tes projets, dans l'immédiat ?

— Je vais rester ici quelques jours, puis te confier Sara et m'en aller. J'ai du travail, des projets importants avec Al-Qaida. Oussama m'a fait passer un message aujourd'hui même.

— Bien sûr. Tu as été désigné pour accomplir de grandes choses. Tu es l'élu d'Allah. Ici, la jeune fille sera en sécurité. Les événements de Bagdad sont une véritable tragédie. La mort de mon frère est la volonté d'Allah et l'œuvre des sunnites. Mais la présence de ces diables de Londres qui prévoyaient d'enlever Sara... Cela me tracasse beaucoup.

— Moi aussi.

— Mon frère était inquiet, car il craignait qu'elle ne soit malheureuse.

— En effet, acquiesça Hussein. Durant les premières semaines, elle a paraît-il essayé de s'échapper.

— Oui. J'en avais parlé avec mon frère. Nous avions pris la décision de lui mettre des chaînes aux pieds. Je suis étonné de voir qu'elle est libre.

— Elle m'a juré qu'elle n'essaierait pas de nous fausser compagnie. Avec les chaînes, le voyage aurait été difficile.

— Mais le voyage est terminé.

Hussein savait qu'il était en terrain miné. Il devait négocier avec précaution.

— Pour une jeune femme... avoir les fers aux pieds, c'est difficile et perturbant, dit-il, espérant que son oncle se montrerait raisonnable. Et pour nous ce n'est pas recommandé. Après tout, Sara est une Rashid. Si tout le monde la voit avec des chaînes, cela nous fera honte. Il faut penser à ta réputation, mon oncle.

— Tu n'as pas tort. Nous serions tous humiliés si elle était vue ainsi en public.

— Cette honte te toucherait particulièrement, mon oncle, dit Hussein pour enfoncer le clou en titillant l'orgueil de Jemal.

— C'est vrai. Bien ! Il n'est donc pas question de lui remettre les chaînes. La femme qui s'appelle Jasmine restera en permanence avec elle quand elle sera à l'extérieur de la maison. Avec deux hommes armés, précisa le vieil homme. Nous l'avons installée dans la chambre bleue. Les portes et les fenêtres sont verrouillées. Il n'y a pas de téléphone.

— Cela devrait aller, dit Hussein, et il inclina la tête. Comme toujours, ta sagesse est immense.

Sara apparut dans l'escalier suivie de Jasmine. Elles venaient de changer de tenue après le long voyage.

— Te voilà, mon enfant. Viens me voir, dit Jemal en tendant la main vers elle.

Elle jeta un coup d'œil vers Hussein qui hocha la tête. Elle s'approcha du vieil homme et s'agenouilla devant lui.

— Je suis heureux de faire ta connaissance, Sara, dit-il, et il lui donna un baiser sur le front.

— Moi aussi, mon oncle, je suis heureuse, répondit-elle en embrassant sa main. Je te présente mes condoléances pour la disparition de ma tante l'année dernière. Je regrette de ne pas avoir eu le privilège de la connaître.

— Ce n'est pas ta faute, mais celle de ton père.

Mais ne parlons plus de cette regrettable affaire. Viens, accompagne-moi donc dans le jardin. Parle-moi de Bagdad.

Il se redressa en prenant appui sur sa canne. Sara lui donna le bras. Ils déambulèrent dans les allées, s'arrêtant ici et là quand Jemal voulait dire un mot aux jardiniers. Hussein les observa en fumant une cigarette. Sara était intelligente ; elle apprendrait vite à négocier avec le vieil homme. Carré contre le dossier de sa chaise, il regarda la mer, le petit port de pêche au pied de la colline et le *Sultan*. Le spectacle était magnifique. Il aurait aimé rester ici un bon moment pour se reposer, mais c'était impossible. Il avait beaucoup de travail devant lui. Le téléphone satellite sonna. C'était le Courtier.

— Êtes-vous arrivés ?

— Oui, grâce à Allah.

— Bien. Maintenant, Hussein... Comme je disais, nous avons besoin de vous.

— Je sais. Je sais ! Donnez-moi un peu de temps.

— Le temps, c'est justement ce qui nous manque, répliqua le Courtier, puis il soupira. Une semaine. Prenez une semaine, et puis j'ai besoin de vous à Londres.

— Dix jours, rectifia Hussein. Avez-vous une mission à me confier ?

— Dix jours, entendu. L'homme qui s'occupe de la sécurité du Premier ministre britannique est un certain général Charles Ferguson. Je dois rendre service aux Russes. Ils veulent qu'il disparaisse. Pouvez-vous vous en charger ?

— Avec un minimum de bonne volonté, on peut tuer n'importe qui.

— Parfait. Je vous rappellerai bientôt. Lisez vos e-mails. Je vous envoie tous les renseignements dont vous aurez besoin.

Le Courtier prit sa tasse de thé et se renversa dans le fauteuil. De temps en temps, les choses allaient dans le bon sens. La volonté d'Allah était une réalité incontestable. Prenez l'affaire actuelle : Ferguson et le Premier ministre, Blake Johnson et le président Cazalet, Volkov et Poutine. Et puis Hussein Rashid et cette histoire absurde avec Sara Rashid. Et Dillon, Harry Salter, Flynn à Dublin, Levin, Chomsky et Popov...

Pas un ne lui échappait. C'était extrêmement satisfaisant.

LONDRES, HAZAR

6

Ils se rassemblèrent à Holland Park pour un dernier briefing : le couple Rashid, Harry et Billy Salter, Ferguson et Hal Stone, Dillon, Greta, Roper, Doyle et Henderson, Lacey et Parry.

— Je laisse la parole à Roper qui a tout organisé, dit le général.

Roper fit pivoter son fauteuil roulant vers le groupe.

— Pour que l'opération soit un succès, notre principal atout c'est la rapidité d'exécution. Vous savez ce qui s'est passé à Hazar la dernière fois – comment notre avion à réussi à décoller de justesse et tout ce qui a précédé. Bien. J'ai découvert qu'un Learjet de la compagnie Rashid Shipping a réservé un créneau de décollage dans sept jours. Nous pouvons raisonnablement supposer qu'il est pour Hussein Rashid.

— Pourquoi ? demanda Molly. Cet avion pourrait aussi être pour Sara. Ils ont peut-être l'intention de l'emmener quelque part.

— C'est peu probable, ma chère, dit Ferguson. Ils se sont donné beaucoup de mal pour la conduire à Hazar. Pourquoi voudraient-ils la déplacer maintenant ?

— Et tant mieux pour nous, ajouta Roper. Elle vient à peine d'arriver à Hazar. Qui irait s'imaginer que nous envisageons de l'enlever dès maintenant ? De leur point de vue, c'est impensable.

Caspar Rashid, qui paraissait très nerveux depuis le début de la réunion, s'écria :

— Justement ! Pourquoi sommes-nous ici à bavasser, alors que nous devrions déjà être partis ?

— Décollage demain au lever du jour, dit calmement Roper. Le vol prend neuf ou dix heures.

— Et vous préférez que je n'y aille pas, c'est cela ?

— Au contraire ! répondit Ferguson. Si Sara avait l'opportunité de reconnaître son père au moment où nous l'enlèverons, cela pourrait jouer en notre faveur. L'idée a beaucoup de mérite.

— Vous avez eu une excellente idée, ajouta Roper, quand vous avez proposé de porter la djellaba et de vous cacher le visage pour vous faire passer pour un Bédouin du désert. Vous serez avec le professeur Stone, qui doit évidemment se joindre à l'opération, puisque c'est son projet archéologique, et avec Billy et Dillon, qui justifieront leur présence en se faisant passer pour des plongeurs aux ordres du professeur. Lacey et Parry resteront à l'aéroport et feront semblant de réparer l'appareil.

— Et moi ? demanda Greta.

— Vous continuez d'assurer la sécurité de Molly, si vous voulez bien.

— Parfait.

Ferguson regarda Rashid d'un air attentif.

— Êtes-vous satisfait ?

Caspar hocha la tête, mais il semblait encore mal à l'aise.

— Revoyons la situation sur place, dit Roper. Vous ne récupérerez pas votre fille en frappant à la porte de la villa de votre oncle et en demandant à la voir. Je crois que pour l'attraper, il faudra profiter de la première occasion favorable. Quand Sara se promènera en ville, par exemple, ou quand elle ira à la mer. Nous verrons bien !

— Je suppose que vous avez raison, convint Rashid d'un air maussade.

— Il a raison, mon chéri, dit Molly.

— L'essentiel, enchaîna Roper, c'est que lorsqu'une occasion se présentera, il faudra agir très rapidement. Voilà pourquoi les pilotes resteront auprès de l'avion, prêts à décoller à tout moment.

— Parfait, dit Ferguson. Je crois que nous avons fait le tour de la question. Notre nouvelle cuisinière nous a promis de faire le dîner de bonne heure. Allons-y.

Roper leva la main.

— Une dernière chose. J'ai une image à vous montrer..., dit-il, et il fit pivoter son fauteuil vers les ordinateurs. J'espère de tout cœur que l'opération sera un succès. Mais il y a une grosse inconnue. Le Marteau de Dieu lui-même. Le voici...

Une image de Hussein, prise au Koweït par la caméra de sécurité de l'aéroport, s'afficha sur tous les écrans de Roper. Hussein avait retiré ses Rayban et tournait son visage barbu vers l'objectif. Il ressemblait de façon troublante à Che Guevara.

— Qu'avez-vous en tête ? demanda Ferguson.

— À la minute où le Gulfstream repartira de Hazar, je transmettrai cette image de Hussein Rashid, alias le Marteau de Dieu, complice d'Oussama Ben Laden, à tous les médias du Royaume-Uni. D'après nos informations, ce terroriste très dangereux serait en Angleterre. De cette façon, Hussein aura beaucoup de mal à se lancer à notre poursuite.

— Mon Dieu ! Roper, vous êtes un merveilleux salopard ! s'exclama Ferguson en riant. En effet, il n'osera pas venir ici.

Le général sourit à Molly Rashid, tandis que la cloche de la salle à manger retentissait à travers la maison.

— Et ce sera peut-être la fin de vos ennuis, dit-il en lui offrant son bras. Accompagnez-moi, voulez-vous ?

Une chaleur accablante régnait à Hazar. Sara n'était pas heureuse. Si la vie avait été difficile à la villa de son grand-père en Irak, elle était bien pire dans la grande maison de Kafkar. Pour commencer, son oncle avait décrété qu'elle devait partager sa chambre non seulement avec Jasmine, mais aussi avec deux autres femmes de la famille, des veuves ridées et maussades. Et les hommes armés d'AK qui la suivaient partout lui tapaient sur les nerfs.

— C'est intolérable, dit-elle à Hussein qu'elle venait de retrouver sur la grande terrasse. J'ai l'impression d'être avalée tout entière !

— Attends que ça se tasse, dit-il d'un ton apaisant.

Après tout ce qui vient de se passer, Jemal est un peu à cran.

— Je n'ai même pas le droit de manger avec toi, protesta-t-elle. Je suis enfermée en permanence avec ces femmes dont la plupart sont assez âgées pour être mes grands-mères. Et je ne peux pas me baigner dans la piscine si je ne suis pas habillée comme les filles musulmanes. J'ai l'impression d'être à Brighton à l'époque édouardienne.

— Tu es bel et bien une fille musulmane, affirma sèchement Hussein. Et avant de me faire perdre mon temps en me contredisant, rappelle-toi que ton oncle est un homme très attaché aux valeurs traditionnelles.

— Tu m'en diras tant ! s'exclama-t-elle avec colère, puis elle désigna la baie au pied de la colline. Regarde ! La plage, les touristes, le ski nautique, les bateaux ! Et ici, qu'est-ce que j'ai ? Des mitrailleuses et des gens qui me surveillent à tout instant. C'est un monde parallèle.

— Tu dis des bêtises.

— Même toi tu te fiches de moi. Tu me laisses seule la plupart du temps.

— J'ai des affaires importantes à régler.

— Ça, j'imagine ! Tu repars en guerre, n'est-ce pas ? Tu mijotes quelque chose. Je t'ai vu accroché à ton téléphone satellite, à organiser ceci et cela avec ton ami le « courtier ».

— Quoi ? s'écria Hussein, stupéfait. Que dis-tu ?

— À l'oasis de Fuad. La liaison était mauvaise. Je l'ai entendu crier dans le téléphone.

Hussein la dévisagea quelques instants, puis haussa les épaules.

— Hmm... C'est mon conseiller en investissements. Un courtier, comme tu l'as entendu dire.

— D'accord, marmonna Sara, puis elle demanda d'un ton radouci : Est-ce que je peux aller en ville faire du shopping, au moins ? Ou un tour en bateau dans la baie ?

— Nous verrons, dit Hussein. Je dois te laisser...

— Et la mosquée ? insista-t-elle. Je voudrais aller à la mosquée. Ton oncle ne pourra pas me refuser ça.

Il sourit, amusé de la voir jouer à l'ingénue pour parvenir à ses fins. Et puis tout à coup, il se rappela la promesse solennelle qu'il avait faite à Abdul, le grand-père de Sara.

— Tout ce qui se passe en ce moment, c'est pour ton bien, affirma-t-il. N'aie aucun doute là-dessus. Mais je vais voir ce que je peux faire.

— Et s'il te plaît, demande à ce que je sois gardée par Hassim et Hamid. Eux, au moins, ce sont des amis. Et ils ont connu la guerre, comme toi et Khazid. Vous savez ce que ça signifie. Les bonshommes d'ici ne comprennent pas tout cela.

Cette remarque toucha profondément Hussein. Sara n'aurait pu lui faire davantage plaisir. Et c'était exactement la raison pour laquelle elle avait prononcé ces mots.

— Je te promets d'arranger les choses dans la mesure du possible. En attendant, tiens-toi bien.

Il s'éloigna, la laissant à Jasmine et aux autres femmes qui étaient assises au bout de la terrasse.

Sara s'approcha de la balustrade et observa le port au pied de la colline. Là-bas il y avait de l'activité. De la vie. Le *Sultan*, amarré à la sortie de la baie, était pittoresque et agrémentait le paysage. Des hommes s'activaient à bord : ils déchargeaient un canot pneumatique, semblait-il – des bouteilles d'air comprimé et du matériel qu'ils montaient sur le pont du boutre. Mais à cette distance, Sara ne les voyait pas très bien.

Hamid et Hassim apparurent à côté d'elle. Le fusil AK en bandoulière, ils portaient chacun un treillis, un t-shirt vert et des lunettes de soleil. Ils étaient indiscutablement séduisants ; les femmes de la maison les admiraient beaucoup.

— C'est Hussein qui nous envoie, petite cousine, dit Hamid. Il paraît que tu t'ennuies.

Il parlait en anglais, car il voulait faire des progrès dans cette langue. Sara vit qu'il avait une paire de jumelles Zeiss autour du cou.

— Très bien, dit-elle. Pour commencer, tu peux me prêter tes jumelles.

Il les lui tendit avec le sourire. Elle fit la mise au point sur le *Sultan*. Il y avait un Arabe sur le pont, et un autre homme, un Bédouin du désert, superbe avec sa djellaba noire et son keffieh noir et blanc dont un pan lui couvrait intégralement le visage, ne laissant qu'une fente pour les yeux.

Sara ignorait que son père était en train d'aider Selim, le gardien du boutre, à ranger les bouteilles d'air comprimé que Dillon et Billy, à bord du canot pneumatique, leur passaient une à une. Dans les jumelles, la jeune fille vit un cinquième homme – Hal Stone – sortir de la cabine et traverser le pont.

— Qu'est-ce que tu regardes ? demanda Hamid.

— Le grand boutre, en bas. Hussein m'en a parlé. Un professeur de Cambridge s'en sert de bateau de plongée et d'exploration. Juste en dessous, il y a une très vieille épave – phénicienne, je crois. Tu connais ça ?

— Et comment ! répondit Hamid avec enthousiasme. J'ai appris l'histoire des Phéniciens à l'école. Laisse-moi regarder.

Elle lui tendit les jumelles. Il observa la scène quelques instants, puis dit :

— Oui, c'est bien du matériel de plongée qu'ils sont en train de monter à bord. C'est super. J'aimerais bien essayer.

Il passa les jumelles à Hassim.

— Si nous avions l'autorisation de faire une balade en bateau, dit Sara, nous pourrions leur rendre visite.

— Il faudra poser la question à Jemal, dit Hassim.

Il prit la cigarette que lui tendait Hamid, et ils s'assirent tous les trois sur un banc pour regarder la mer.

Le voyage s'était passé sans problème. Pendant que le Gulfstream filait à travers le ciel, ils avaient parlé et reparlé de l'opération dans ses moindres détails. Le récent voyage de Caspar Rashid à Hazar était le premier qu'il avait effectué là-bas depuis sa petite enfance. Son visage n'était pas connu dans la région, et sûrement pas du gardien du *Sultan*.

Roper avait remis deux photographies petit format à chaque membre de l'équipe. La première montrait Sara en uniforme d'écolière, quelques mois plus tôt, en compagnie de son père et de sa mère. Ensuite il y avait une photo de groupe de Dillon, Billy et Hal Stone avec Caspar et Molly. Elles serviraient, le cas échéant, à informer Sara de leurs intentions et à la rassurer – même s'ils ignoraient toujours de quelle façon ils réussiraient à prendre contact avec elle.

Ils venaient de terminer de charger le matériel sur le pont, lorsque Selim fut appelé au téléphone pour apprendre une mauvaise nouvelle : quelque part au cœur du Quartier Vide, un membre de sa famille venait de mourir. Il était obligé d'y aller ; il devait s'absenter cinq jours. D'une certaine façon, ce n'était pas plus mal pour Hal Stone et ses amis : si Selim n'était plus avec eux, Caspar risquait encore moins d'attirer l'attention des gens de la région. Le professeur donna sa bénédiction et cent dollars à son employé, s'assura qu'il avait bien rempli les placards de la coquerie, puis le conduisit à la gare routière, en fin d'après-midi, dans le vieux break cabossé qu'il retrouvait chaque fois qu'il venait à Hazar. Dillon et Billy allèrent sur le port louer des jet-skis. Quand ils revinrent au *Sultan*, Hal Stone et Caspar scrutaient la villa Rashid avec des jumelles.

— Les jet-skis, c'est une bonne idée, dit Stone. Beaucoup de touristes en utilisent. Vous passerez inaperçus.

— C'est bien notre intention, renchérit Dillon, les yeux levés vers la colline. Billy, que dirais-tu de mettre une combinaison et d'aller jeter un œil aux épaves ? Hé ! Vous voyez ça ?

Il désigna la maison.

— Il y a deux gars avec des fusils sur la terrasse du haut. Nom de Dieu... Et deux autres, juste dessous. Et un troisième sur la droite !

— Cette baraque est une forteresse, dit Billy. Te soucie pas de ça pour le moment. Viens dans l'eau.

— D'accord. Et souviens-toi : nous plongeons pour un petit tour de reconnaissance, sans rien faire d'extraordinaire.

À l'aéroport, la chaleur était infernale. Mais comme le leur avait dit Saïd, le lieutenant de police mal rasé, à l'uniforme maculé, qui les avait accueillis, c'était la période creuse de l'année. Le vol British Airways qui assurait la liaison entre Londres et Hazar n'avait lieu que trois fois par semaine. Le reste du trafic aérien était assuré par plusieurs petites compagnies régionales. En plus, il y avait quelques jets privés d'entreprises locales ou de riches particuliers. Lacey lui donna des cigarettes et lui glissa cinq cents dollars pour le remercier de sa munificence : Saïd leur avait fourni un hangar vide pour le Gulfstream, correctement équipé, où personne ne les dérangerait. Il y faisait nettement plus frais qu'à l'extérieur, et il y avait même deux petites chambres avec quatre lits superposés, une salle de douche et des toilettes. Tout était en mauvais état et plutôt sale, mais comme Lacey l'avait fait remarquer à Parry, avec un peu de chance ils ne resteraient pas bien longtemps.

Leur première priorité fut de remplir les réservoirs de l'avion. Ensuite, ils stationnèrent le Gulfstream dans le hangar et retirèrent le capotage du moteur gauche. Saïd revint les voir à ce moment-là.

— Êtes-vous sûrs de vouloir dormir ici ? Je peux vous conduire dans un bon hôtel. Mon cousin...

Lacey l'interrompit :

— Nous avons des petits ennuis avec ce moteur. Nous devons l'examiner et faire les réparations nécessaires.

— Vous savez, ajouta Parry, c'est formidable de travailler pour les Nations unies. Non seulement nous touchons un salaire royal, mais le défraiement journalier est très généreux. Nous dépenserons cet argent plus tard. Et dans un endroit plus agréable. Dubaï, par exemple.

— Ou dans le sud de la France, dit Lacey avec un sourire rêveur. Les filles sont tellement intéressantes, là-bas...

— Je comprends, dit Saïd. Vous êtes déjà venus à Hazar, d'après ce que j'ai vu dans les dossiers ?

— Oui. Il y a deux ans, dit calmement Lacey.

— Pour les Nations unies ?

— Heu... Pour le professeur Stone, en réalité. Il est financé par la mission d'études océanique des Nations unies.

— Ah oui, fit Saïd, visiblement peu impressionné. Tout ça pour un vieux rafiot qui repose à trente mètres de profondeur. Autrefois, vous savez, il y avait des éponges dans ce coin-là. Quand mon père était gosse, ses copains et lui plongeaient au-dessus de ce bateau. Ils sautaient en agrippant une grosse pierre qui les emmenait tout droit au fond.

— Mon Dieu, dit Parry. Et les accidents de décompression, ils n'y pensaient pas ?

Saïd haussa les épaules.

— Ils descendaient, ils attrapaient une éponge et ils remontaient aussitôt à la surface. Ils étaient jeunes. Ils étaient très admirés pour leur courage.

— Ils le méritaient, marmonna Lacey.

— Bon, je vous laisse. Le restaurant du terminal reste toujours ouvert, même quand les affaires ne sont pas bonnes. La cuisinière est excellente. C'est une cousine de ma mère.

— Nous allons voir comment se comporte le moteur, dit Lacey. Il faudra sans doute que nous fassions un vol d'essai. Cela vous pose-t-il un problème ?

— Pas du tout. Décollez quand vous voulez. Regardez l'aéroport ! Tranquille comme un cimetière.

Saïd s'éloigna. Lacey sourit à Parry.

— L'affaire se présente bien. Et je vote pour que nous allions essayer ce restaurant.

Parry regarda la piste d'envol qui scintillait sous le soleil, puis les montagnes, au loin, qui délimitaient le Quartier Vide.

— Un truc dont je suis sûr, dit-il tandis qu'ils marchaient vers le terminal, c'est que cet endroit est le dernier que Dieu a créé sur la Terre.

— Je suis bien de ton avis.

— Je me demande comment ça se passe sur le *Sultan*.

— Nous les appellerons plus tard. Laissons-leur le temps de s'installer.

Il n'y avait aucun passager en vue dans le petit terminal. Seulement quelques Arabes, ici et là, qui faisaient manifestement partie du personnel de l'aéroport. Le restaurant était ouvert. Et les odeurs de cuisine très alléchantes.

— Hmm... Allons nous régaler, dit Lacey avec enthousiasme.

Un vent de terre chaud et musqué, qui portait du sable du désert, soufflait au visage de Dillon et de Billy pendant qu'ils préparaient leur matériel de plongée. Billy avait hâte d'être dans l'eau. Il avait déjà enfilé une combinaison verte, fixé une bouteille sur son gilet stabilisateur et attaché un ordinateur Orca à son poignet. Il cracha dans son masque, l'enfila, joignit l'index et le pouce pour signaler que tout allait bien – et se laissa basculer en arrière vers l'eau transparente.

Dillon sauta juste après lui. Il était immensément heureux de retrouver la grande voûte bleutée de la mer et les nuées de poissons multicolores. Pendant qu'il descendait, il jeta de temps en temps un coup d'œil sur l'ordinateur de plongée, qui indiquait sa profondeur, le temps qu'il avait déjà passé sous l'eau et, surtout, le temps qui lui restait avant de devoir remonter.

À trente mètres, le vieux cargo était bien visible :

couvert de bernaches et de toutes sortes de plantes marines, hanté par des myriades de poissons qui y circulaient par toutes ses ouvertures. Billy s'aventura à l'intérieur par la béance déchiquetée provoquée par la torpille allemande. Dillon le suivit. Ils jouèrent un peu à cache-cache dans les couloirs obscurs et les cabines du bateau, avant d'en ressortir à la poupe et de nager calmement au-dessus du sable et des algues où reposaient les restes de l'antique navire de commerce phénicien. Lors de son précédent voyage, Billy avait trouvé ici une statuette votive qui représentait une femme au ventre rond et aux yeux écarquillés. À Hazar, un peu plus tard, il avait frôlé la mort – mais il avait survécu, se disait-il parfois, parce qu'il avait son porte-bonheur dans la poche. Il avait baptisé la petite figurine *Sam*. Un peu plus tard, néanmoins, il l'avait confiée à un vieux conservateur du British Museum qui avait poussé des cris d'admiration dès qu'il l'avait vue. Billy connaissait bien le présentoir en verre dans lequel Sam résidait désormais, et il savait qu'il pouvait lui rendre visite chaque fois qu'il le souhaitait.

La main sur un morceau de bastingage du bateau antique, il se tourna vers Dillon qui tendit le pouce vers le haut. Ils remontèrent lentement vers la plate-forme d'accès immergée du *Sultan*. Au moment où ils arrivaient à la surface, un gros canot pneumatique s'approcha du boutre après avoir tracé une large courbe dans la baie. Sara Rashid était assise sur le banc du centre, à côté d'une femme arabe. Devant elles, il y avait un homme avec un AK sur les genoux.

Derrière, un autre homme manœuvrait le moteur hors-bord.

Cette excursion s'était décidée un peu par hasard. Hussein et le vieux Jemal avaient été appelés sur la côte, dans un endroit qu'on appelait Port Sud, où se trouvait le terminal des cargos en provenance d'Inde, ainsi que le départ de la principale voie ferrée du Quartier Vide et le vieil oléoduc. Ils devaient partir sans perdre une minute. Quand Sara avait demandé l'autorisation de faire un tour en bateau en leur absence, le vieil homme, à moitié sourd, pressé et stressé, avait accepté en disant simplement à Hamid qu'il était responsable de la jeune fille et qu'il ne devait pas trop s'éloigner de la côte.

— Mercredi matin, je t'emmènerai à la mosquée pour rencontrer l'imam, avait-il dit à Sara avant de la quitter. Étudie le Coran. Je veux que tu l'impressionnes.

— Bien sûr, mon oncle.

Les affaires qui les appelaient à Port Sud étaient importantes. Il s'agissait d'organiser le transport de divers chargements illégaux de matériels pour les milices que Jemal et Hussein soutenaient en Irak.

Les jeunes gens étaient bientôt montés dans le canot, dont le puissant moteur hors-bord leur avait permis de sillonner la baie d'un bout à l'autre. Puis Sara avait exhorté Hamid à se rapprocher du boutre sur lequel elle avait vu des hommes se préparer à plonger.

— Allons les voir ! C'est tellement amusant ! avait-elle insisté.

Hamid avait dirigé le canot vers le *Sultan*. Hassim, l'AK serré contre le ventre, s'était penché pour scruter l'eau incroyablement claire.

— On voit tout, Sara ! Même le cargo de la Seconde Guerre mondiale. Regarde, petite cousine. Les plongeurs sont en train de remonter.

Il avait parlé en anglais. Ravie, elle lui répondit dans la même langue :

— Comme c'est beau ! J'adore ça !

Sur le pont, à côté de Hal Stone, Caspar Rashid entendit la voix de sa fille et poussa un gémissement. Il fit un pas vers le bastingage. Enveloppé dans sa djellaba comme il l'était, la tête couverte par le keffieh qui lui masquait aussi le visage, Sara ne risquait pas de le reconnaître. Mais son émotion pouvait le trahir. Hal Stone lui agrippa fermement le bras ; il sentit Caspar se crisper, puis céder à son injonction silencieuse.

Le canot accosta le *Sultan*. Sara dit alors exactement ce que les deux hommes avaient besoin d'entendre :

— Ne seriez-vous pas le professeur Hal Stone, de Cambridge ?

— Eh oui, c'est bien moi. Mais comment se fait-il que vous me connaissiez ?

— On m'a parlé de vous et du vieux cargo qui est là-dessous, avec l'ancien navire phénicien. Je vis dans la grande maison qui est là-haut sur la colline. Je m'appelle Sara Rashid. Mon histoire est assez romanesque, je dois dire.

Dillon et Billy, agrippés à la plate-forme d'accès à l'arrière du boutre, invisibles, écoutèrent la conversation en silence.

Hal Stone réfléchit très vite. Il sortit la main de sa poche de saharienne : au creux de la paume il tenait les deux petites photos fournies par Roper.

— Vous savez bien des choses à mon sujet, dit-il à Sara d'un ton amusé. Mais tout n'est pas complètement exact. Je suis bel et bien professeur à Cambridge, mais mon domicile est dans Gulf Road, à Hampstead. Au numéro 15. Jeune fille, je suis enchanté de faire votre connaissance.

Il s'accroupit au bord du pont, tendit le bras et serra vigoureusement la main de Sara – en lui plaquant les deux photographies dans la paume.

Elle fronça les sourcils. Pendant quelques instants, elle faillit tout gâcher. Heureusement elle ne répondit rien.

— Nous restons ici quelques jours, s'empressa d'ajouter Hal Stone. Peut-être pourrions-nous vous accueillir sur le bateau en bonne et due forme, qu'en pensez-vous ? Oh ! Où donc ai-je la tête ? Je ne fais guère preuve d'hospitalité envers vous. Caspar, apportez donc de l'eau fraîche pour nos invités !

Caspar Rashid acquiesça en silence et se tourna pour s'éloigner. Une chose des plus étrange se produisit alors : le visage de Sara perdit toute expression pendant une seconde ou deux – et puis elle sourit. Elle sourit du plus beau sourire que Hal Stone eût jamais vu de toute sa vie.

— Merci de votre accueil, intervint Hamid. Mais nous devons repartir tout de suite.

— J'espère bien vous revoir, professeur Stone, dit Sara. Demain, plongerez-vous ? Je ne pourrai pas venir mercredi. Je dois rendre visite à l'imam à la mosquée.

— Venez donc demain, aucun problème ! Vous verrez les plongeurs au travail. L'eau est parfaitement claire. Nous avons toujours l'espoir de mettre la main sur quelque chose d'exceptionnel.

— Et même sur la perle rare..., murmura Caspar.

Le canot s'écarta du *Sultan*. Sara glissa la main dans sa poche. Son cœur battait la chamade. Elle se força à respirer profondément, pour reprendre son calme.

— L'Arabe, qui était-ce ? demanda-t-elle à Hamid.

— Un Bédouin, d'après sa tenue. Sans doute le gardien du bateau. Un homme du désert qui arrive droit du Quartier Vide. Ça va, Sara ? Tu es pâle.

— Ça va bien. Très bien ! Mais je suis fatiguée. Assez pour aujourd'hui. Ramène-moi à la maison.

Dès qu'ils arrivèrent à la villa, Sara se réfugia dans la salle de bains pour échapper à ses chaperons. Elle examina les photographies. La première la montrait en uniforme d'écolière, avec sa mère et son père. Sur la seconde elle vit Hal Stone, Dillon, Billy, son père en tenue de Bédouin – sans keffieh sur le visage...

Les larmes lui envahirent les yeux. Les mains tremblantes, elle contempla encore et encore la photo de Hal Stone et de son groupe, pour en mémoriser les moindres détails. Au bout d'un moment, une des femmes frappa à la porte de la salle de bains pour lui demander si elle était malade. Sara secoua la tête. Elle ne s'était pas sentie aussi bien depuis longtemps. Tout à coup, elle débordait d'énergie. Patiemment, elle coupa les photographies en tous petits morceaux avec des ciseaux à ongles, les jeta dans la cuvette des toilettes et tira la chasse d'eau trois fois de suite.

Les femmes l'attendaient dans la chambre.

— Mon oncle et Hussein sont-ils rentrés ?

— Pas encore, répondit Jasmine. Mais le dîner est bientôt prêt.

— Moi aussi je suis prête, alors, dit Sara avec un grand sourire. Allons dehors et prenons du bon temps.

Elles savourèrent un moment la douceur du soir sur la terrasse, puis les domestiques allumèrent des bougies et des flambeaux, disposèrent des coussins sur les tapis et chargèrent les tables basses de mets savoureux. Deux musiciens assis en tailleur tiraient des cordes de leurs instruments une mélodie plaintive et agréable, comme pour accompagner le coucher du soleil.

Sara s'approcha de la balustrade et regarda le *Sultan* au pied de la colline. Les lumières du pont étaient allumées. Jamais, de toute sa vie, elle n'avait été aussi excitée.

Sur le *Sultan*, les quatre hommes s'assirent autour d'une table, à la poupe, pour parler de la visite surprise de Sara.

— Je dois dire que vous avez réagi de façon sacrément intelligente, dit Caspar Rashid au professeur Stone. Moi, pendant un moment, je n'ai plus compris ce qui m'arrivait.

— Souvenez-vous de ce que Roper nous a dit. Pour réussir l'opération, nous avons besoin d'un peu de chance. Et surtout, il faut que nous sachions profiter des occasions qui se présentent à nous. C'est exactement ce qui s'est passé tout à l'heure. La scène s'est organisée d'elle-même. Il m'est soudain venu à l'esprit que ces deux jeunes Arabes ne pouvaient pas connaître votre adresse personnelle à Londres.

— Vous avez eu bien raison, dit Billy.

— Sara est une jeune fille remarquable, observa Dillon. Elle a du cran. Il en faut, pour avoir su attraper la balle au vol comme elle l'a fait. En particulier quand elle a entendu le prénom de son père.

— Elle est aussi très astucieuse de nous avoir glissé qu'elle irait à la mosquée mercredi, dit Hal Stone.

— Ouais, fit Billy. Mais nous, nous ne pouvons pas aller là-bas.

— Moi je peux, dit Caspar, qui était en train d'allumer une cigarette. Je peux même visiter la mosquée d'avance, pour repérer les lieux. À propos, messieurs... Vous n'avez plus aucun souci à vous faire à mon sujet. Tous mes doutes, toutes mes craintes se sont dissipés. Je suis très déterminé. L'opération va réussir. Je le sais. Il reste juste à trouver la meilleure solution.

— Je pense que la visite de Sara à la mosquée ne nous apportera rien de bon, dit Hal Stone. Ce sera une affaire familiale, ne pensez-vous pas ?

— Je le crains aussi, acquiesça Caspar. Ce sera une

sorte de visite officielle auprès de l'imam. Mon oncle et Hussein seront forcément là-bas avec elle. Sans parler des gardes armés.

— Roper a raison, souligna Dillon. En définitive, il s'agit de savoir saisir les bonnes occasions, quelles qu'elles soient. Tout à l'heure, d'une certaine façon, vous avez raté le coche.

— Pourquoi ? demanda Hal Stone.

— Billy et moi, nous sortions de l'eau et nous n'étions pas armés. Mais vous deux qui étiez sur le bateau... Il vous aurait suffi d'abattre les deux Arabes. Billy, qu'en penses-tu ?

Le jeune homme versa du Bushmills dans le verre de Dillon, avant de le lui tendre.

— Dillon a raison, malheureusement, dit-il en regardant Stone, puis Caspar. Nous sommes venus ici pour ça. Pour être encore plus impitoyables que les méchants de l'histoire. Ne vous faites pas d'illusions sur ces deux braves garçons. Ils sont arrivés de Bagdad avec Sara. Ils ont des Kalachnikov, et ils savent tuer. Ils ont commis leur part de meurtres.

Caspar prit une profonde inspiration.

— Comment faut-il procéder, alors ?

— Nous restons sur le qui-vive. Et nous espérons les voir revenir comme tout à l'heure, dit Dillon. Billy et moi, dans l'idéal, nous serons à l'eau avec nos gilets stabilisateurs. Le Walther fonctionne tout aussi bien dans l'eau qu'au sec. Même avec un silencieux.

— Et la femme qui accompagne Sara ?

— Vous la capturez, vous la descendez illico dans le bateau et vous l'enfermez dans une cabine, répondit

Dillon, puis il désigna le port de la main avant d'ajouter : Nous sautons dans le canot et nous filons jusqu'au break en avertissant Lacey de notre arrivée. Droit sur l'aéroport. Si le hasard veut que Hussein se pointe à son tour, nous le tuons aussi.

Il vida son verre d'un trait et le posa sur la table.

— Je descends dans la cabine principale pour appeler Lacey et Parry. Il faut les tenir au courant. Ensuite, Ferguson. Et puis dodo. On se voit demain matin.

Ferguson était déjà au lit. Il lisait des documents du ministère de la Défense en sirotant un brandy avant de s'endormir.

— Vous pensez vraiment réussir ? demanda-t-il après que Dillon lui eut raconté la visite surprise de Sara.

— S'ils reviennent comme aujourd'hui, oui. Et je peux vous dire une chose : Sara Rashid n'est pas une gamine de treize ans ordinaire.

— Mon cher Dillon, relisez donc Shakespeare. Juliette avait treize ans.

— Ah, général, en ce cas nous sommes presque au bout de nos peines, ironisa Dillon. Tout se passera bien. Et bonne nuit à vous, comme on dit à Belfast.

D'une certaine façon, le Courtier était parti en guerre. Ferguson tomberait entre les mains de Hussein Rashid. Dans l'immédiat, il était temps de régler des comptes ailleurs : chez Harry Salter. Il savait ce qui s'était passé avec George Moon et le Grand Harold, et il savait aussi que Ruby Moon était désormais responsable du bar au Dark Man.

Il réfléchit un moment. En plus du Dark Man, Harry Salter possédait un restaurant haut de gamme très florissant. Un établissement qui attirait une clientèle prestigieuse. Si un drame s'y produisait, Salter serait durement touché.

Il trouva le numéro de Chekov dans son carnet d'adresses.

— Qui est-ce, nom de Dieu ? grogna le Russe d'un ton agressif. Je suis au lit et je ne suis pas seul. Il est tard !

— Le Courtier à l'appareil.

Il entendit Chekov ordonner :

— Prends tes vêtements et tire-toi. En vitesse, ou je t'en colle deux !

Une femme grommela quelques mots incompréhensibles, il y eut un peu de remue-ménage, puis Chekov revint au bout du fil.

— Qu'y a-t-il pour votre service ? demanda-t-il, poli et attentif.

— Connaissez-vous Harry et Billy Salter ?

— Qui ne les connaît pas ? Le vieux salopard et son neveu. Harry est un vrai dur. Pourquoi ? Que voulez-vous ?

— Les faire disparaître une fois pour toutes. Harry Salter et ses hommes ont causé beaucoup de peine au général Volkov et au président Poutine.

— Hmm, c'est inacceptable.

— En effet. Je pense que c'est un travail pour

Stransky – le Gros Ivan. Vous connaissez le restaurant branché de Salter ?

— Harry's Place ? Oui, j'y suis déjà allé.

— Détruisez-le. Vous savez quoi faire.

— Et ?

— Salter a entamé sa vie comme rat d'égout. Qu'il la quitte de la même façon. Balancez-le dans la Tamise avec son neveu et ses hommes de main.

— Et Dillon ?

— Quoi, Dillon ?

— Les Salter et Dillon... Ils sont comme frères.

— En ce cas, qu'ils meurent comme des frères.

Chekov prit un taxi jusqu'à l'hôtel Dorchester, où il savait pouvoir trouver de nombreux représentants de la communauté russe à Londres. Beaucoup d'entre eux étaient millionnaires, certains milliardaires, et tous picolaient plus que de raison. Quand ils avaient besoin de protection ou voulaient éviter d'avoir des ennuis, ils faisaient appel à Ivan Stransky.

Le Gros Ivan mesurait un mètre quatre-vingt-quinze, il était bâti comme une armoire à glace, il avait les cheveux presque ras et il avait perdu la moitié de l'oreille gauche en Tchétchénie où il servait dans un régiment de la Garde nationale. Au bar du Dorchester, ce soir-là, il se tenait au bout du comptoir, vêtu d'un manteau de cuir noir trop étroit pour ses épaules, une cigarette entre les doigts. Il remarqua Chekov dès qu'il entra dans la salle.

Une serveuse passa à côté de Chekov, qui ordonna :

— Deux doubles whiskys, ma jolie. Du bon marché.

Il s'assit à une table d'angle. Stransky le rejoignit ; il prit place à côté de lui.

— Qu'y a-t-il pour votre service ?

— Connaissez-vous Harry Salter ? Et que savez-vous à son sujet ?

Stransky eut un sourire inquiétant.

— C'est un gangster. Un gars très costaud, paraît-il, reconverti dans divers business légaux. Casinos, immobilier de luxe dans d'anciens entrepôts réhabilités, ce genre de choses. On dit qu'il pèse quatre ou cinq cents millions.

— Mais je présume qu'il n'a pas totalement renoncé à ses anciennes habitudes. N'est-ce pas ?

— Sûrement pas. Pour un homme de son genre, la vie c'est l'action. Ce qui l'excite, c'est le jeu. Il est doué, il ne déconne jamais, il a des couilles et de la cervelle, et il a déjà tué des hommes. Il a un neveu, Billy, qui est son double en plus jeune. Pourquoi vous intéressez-vous à lui ?

— Je veux que vous commenciez à faire passer de mauvais moments à Salter. Pour rendre service à l'un de mes amis. Un courtier. Plus tard, nous l'éliminerons. Mais nous y viendrons petit à petit. Il faut lui donner le temps de réfléchir. Nous allons d'abord frapper ce restau luxueux dont il est propriétaire, Harry's Place. Des tas de gens fortunés y prennent du bon temps. Ils n'apprécieraient pas que leurs belles voitures soient abîmées sur le parking. Ce serait très mauvais pour le chiffre d'affaires du restaurant, vous voyez ce que je veux dire ?

— Quand voulez-vous agir ?

— Tout de suite. Nous devons entamer une guerre éclair, pour que Salter comprenne bien que l'agresseur ne plaisante pas. Un groupe réduit de bons chasseurs devrait suffire. Cinq ou six hommes de qualité.

— Avec plaisir.

Chekov vida son verre, puis dit :

— Prenons-en un autre.

— Non, dit Stransky. Il vaut mieux que j'y aille. Je veux contacter certaines personnes.

— Bien.

Ils n'avaient pas parlé d'argent. Ce n'était pas nécessaire. Stransky s'éloigna et Chekov fit signe à la serveuse.

— Un double whisky, mon cœur. Et cette fois je veux du très bon. Le Highland Special, à cent livres le verre.

Plusieurs limousines étaient garées devant l'hôtel, à gauche de l'entrée. Les chauffeurs bavardaient entre eux. Stransky marcha vers sa Mercedes. Son chauffeur, un jeune homme au visage dur qui s'appelait Bikov, fumait une cigarette, les fesses sur le capot.

— En route.

— Où va-t-on, patron ?

— Au Café Rosa. Makeev et les garçons seront-ils encore là-bas, à cette heure ?

— Bien sûr. Ils jouent aux cartes.

— J'ai besoin de cinq ou six hommes.

— Des ennuis ?

— Pas pour nous. Tu connais Harry Salter ?

— Bien sûr.

— Il a un restaurant, le Harry's Place. Chekov veut que nous ruinions sa réputation. Allons voir si Makeev et les garçons sont intéressés.

— Pour Chekov ? Ils seront forcément partants.

Au Dark Man, Ruby se tenait derrière le bar, Harry était assis dans son box habituel et Joe Baxter et Sam Hall tenaient le mur à proximité.

— La soirée est calme, dit Ruby. Nous pouvons y aller, Harry, si vous voulez. Rita fermera.

Elle s'avança vers lui. Elle venait de passer un corsage blanc très élégant, une jupe en velours noir et des chaussures de rêve.

— Splendide ! s'exclama Harry, et il se tourna vers ses gardes du corps. Vous ne la trouvez pas superbe ?

— Oh, oui ! répondirent-ils en chœur.

— Bien. Allons voir comment ça se passe au Harry's Place. Prenons le Shogun, pas l'Aston Martin.

Sur le parking, Harry ouvrit la portière de la voiture pour Ruby, puis monta avec elle sur la banquette arrière.

— Je suis tellement contente d'aller au Harry's Place, dit-elle. Je me demandais si vous tiendriez votre promesse.

— Ne dis pas de bêtises, ma jolie. Il suffisait d'attendre la bonne occasion. Aujourd'hui c'est parfait. Et tu as l'air d'une princesse. Vous ne trouvez pas qu'elle a l'air d'une princesse, les garçons ?

— D'une reine, Harry, rectifia Baxter.

— Va te faire foutre ! dit Ruby en riant, puis elle se renversa contre le dossier. Je me demande comment ça se passe à Hazar.

— Nous le saurons bien assez tôt, ma fille. Mais une chose est sûre : si quelqu'un peut réussir un coup pareil, c'est bien Dillon et mon petit Billy.

Il se pencha en avant pour demander à ses hommes :

— Nous avons des flingues ?

Baxter ouvrit la boîte à gants.

— Deux Colt .25, patron.

— Des armes ? demanda Ruby, l'air choqué. Est-ce vraiment nécessaire ?

— En ce moment, mon cœur, il y a de vilains loulous dans les parages. La mafia russe... les Albanais... des gosses de quatorze ans, armés de couteaux, qui poignardent le premier type qui les regarde de travers. J'ai des potes italiens, des gars de la mafia sicilienne. Aujourd'hui ce sont eux les gentils.

Sam Hall ralentit en arrivant devant l'entrepôt que Salter avait transformé en restaurant. L'enseigne au néon rouge annonçait : Harry's Place. Il y avait la queue devant la porte. Deux jeunes Noirs en costume anthracite assuraient la sécurité.

— Les jumeaux Harker, précisa Harry à l'intention de Ruby.

Ils sortirent du Shogun, que Baxter et Hall allèrent garer sur le parking. Ils remontèrent la file d'attente. Près de la porte, cinq jeunes vêtus de cuir noir jouaient des coudes et poussaient les autres clients, qui les regardaient avec des mines effarées.

— Des Russes, murmura Ruby à Harry. À l'autre pub, je servais beaucoup de petits voyous de ce genre.

De fait, il s'agissait de Makeev et de quatre de ses amis, engagés par Stransky comme Chekov en avait donné l'ordre.

— Hé, du calme ! ordonna Harry au groupe.

— T'es qui, toi ? répliqua l'un d'eux avec un accent typiquement londonien. C'est ta fille, la nana ?

Harry prit la main de Ruby pour monter les marches du perron.

— Désolé, patron, dit l'un des jumeaux Harker. Vraiment désolé. Et il y a une autre mauvaise nouvelle. Stransky, le Gros Ivan, et un autre gars sont arrivés juste avant ces lascars.

Baxter et Hall accoururent et se placèrent devant la porte avec les Harker. À quatre, ils formaient un rempart impressionnant.

— Ne les laissez pas entrer, dit Harry. Allons voir ce que mijote Stransky.

Il tendit la main, Baxter lui passa un Colt .25, puis il entra dans le restaurant avec Ruby. Fernando, le maître d'hôtel, s'approcha et lui présenta à son tour ses excuses.

— Ce n'est pas grave, dit Harry. Voici madame Moon. Conduisez-nous à ma table. Sam ! Joe ! Venez avec nous.

La décoration de la salle, de style Art déco, était magnifique. Il y avait un bar à cocktails, de nombreuses tables où l'on pouvait dîner dans l'intimité, une piste de danse et un trio de musiciens qui jouait du jazz. La table de Harry se trouvait dans un box aux parois ornées de miroirs. Baxter et Hall se postèrent à côté.

Un serveur vêtu d'un gilet blanc à boutons de cuivre apporta un cognac au ginger ale pour Harry, et un cocktail au champagne pour Ruby.

— J'ai pensé qu'il te fallait du champagne pour fêter ta première visite ici, dit Harry.

— C'est très gentil. Et vous, que buvez-vous ?

— Cognac et ginger ale. On appelle ça un Horse's Neck.

— Ah oui ? Je ne connais pas.

— Peu importe, Ruby. C'est un truc d'Anglais. Nous sommes un peu bizarres, tu sais bien. À ta santé ! Tu es magnifique.

Il avala son verre d'un trait et fit signe au serveur, puis croisa les bras sur la poitrine tandis que Stransky et Bikov, qu'il avait repérés près du bar, traversaient la piste de danse pour venir vers le box.

— Joli petit restaurant que vous avez là, Harry, dit Stransky.

— Toi, tu t'adresses à moi en disant : « Monsieur Salter », répliqua Harry. Alors, qu'y a-t-il pour ton service et celui du prince des tapettes qui t'accompagne ?

Bikov fit la grimace et porta une main à sa poche – mais Sam Hall glissa avant lui sa propre main dans cette poche.

— Bon sang de bonsoir ! Il est drôlement bien équipé, ce petit gars.

Hall posa sur la table le Smith & Wesson Bankers Special qu'il avait chipé à Bikov.

— Ouais, mais un peu démodé, dit Harry. Et c'est

très impoli de vouloir montrer ça ici. Surtout en présence d'une dame.

Stransky poussa un gloussement narquois en regardant autour de lui.

— Une dame ? Je ne vois aucune dame, dit-il, et il sourit à Ruby. Bien sûr, je ne compte pas la pute qui est ici.

— Elle en vaut dix comme toi, gros porc, répliqua Harry.

Stransky perdit son sourire.

— Vous regretterez d'avoir dit ça, Salter. Et quand vous ne serez plus là...

Il se pencha pour tapoter la joue de Ruby qui repoussa sa main.

— Nous verrons ça ensemble, hein, ma petite pute ?

— Dégage ! ordonna Harry. Sors d'ici !

— Bonne idée. Viens, dit Stransky à Bikov.

Ils s'éloignèrent.

— À votre avis, patron ? demanda Baxter.

— Ils vont probablement faire des saloperies dehors. Avec les voyous qu'ils ont amenés, répondit Harry, et il poussa un profond soupir. Je deviens trop vieux pour ce genre de truc. Mais il faut aller voir ce qu'ils fichent. Reste ici, Ruby.

— Pas question. Je vous accompagne.

— Comme tu veux. Mais tu restes près de la porte. Sois gentille. J'ai promis à Billy de veiller sur toi.

— Quel vilain menteur vous faites, Harry Salter, dit-elle en lui prenant le bras.

Harry, Ruby, Baxter et Hall se dirigèrent vers la porte du restaurant.

— J'ai entendu une histoire amusante à votre sujet, reprit-elle. Il y a deux ans, paraît-il, les jumeaux Franconi fichaient la pagaille à travers tout Londres. Et ils avaient engagé un expert de l'IRA pour planquer une bombe dans votre Jaguar.

— Dieu était dans mon camp, répondit Harry d'un ton enjoué. Le type avait mal réglé sa minuterie. La bombe a explosé quand la voiture était vide.

— Est-il vrai que les frères Franconi sont aujourd'hui dans le béton d'un pilier du périphérique nord ?

— Ruby, ma chérie ! protesta Harry d'un air innocent. Ai-je l'air d'un homme capable de ce genre de chose ?

Dehors, la file d'attente avait disparu ; le calme semblait revenu. Un haut-parleur diffusait à volume réduit la musique du trio, qui jouait en ce moment *Night and Day*.

— Alors, qu'est-ce que ça donne ? demanda Harry aux jumeaux Harker.

— Apparemment, les petits voyous russes ont fichu le camp. Stransky et son chauffeur sont partis récupérer leur voiture.

Harry, méfiant, fit signe à Hall et à Baxter de le suivre. Ils marchèrent vers le parking. Tout à coup, les Russes se matérialisèrent devant eux. Ils étaient armés de battes de base-ball avec lesquelles ils se mirent à taper de toutes leurs forces sur les voitures. Quelques vitres et phares volèrent en éclats.

Harry n'hésita pas. Le Colt à la main, il s'approcha

de Makeev en baissant la tête pour éviter la batte, lui planta le canon contre le genou et pressa la détente. Les autres Russes, stupéfaits, eurent un mouvement de recul. Baxter ramassa la batte de Makeev : il prit son élan et le frappa violemment sur le côté du visage, puis leva la batte et l'abattit sur son bras droit – assez fort pour casser l'os.

Les jumeaux Harker accoururent, suivis de Ruby. Harry tira un coup de pistolet en l'air. Les Russes se pétrifièrent. Makeev se tordait sur le sol, poussant d'horribles cris de douleur. Harry agrippa l'un des voyous par le col de sa veste.

— Vous êtes venus en voiture ? C'est laquelle ?

Terrifié, l'homme désigna une camionnette blanche.

— Foutez-le à l'intérieur et emmenez-le à l'hôpital St Mary. Évidemment vous fermerez votre gueule, tous les cinq, parce que je n'étais pas ici ce soir. Pigé ? J'étais ailleurs. Des tas de gens m'ont vu ailleurs. Maintenant dis-moi : pour qui était le contrat ? T'as intérêt à répondre, mon joli. Je ne te ferai aucun reproche.

— Stransky a dit que c'était pour Max Chekov.

— Ah oui ? L'oligarque ? Intéressant. Merci beaucoup.

Les Russes embarquèrent leur blessé dans la camionnette et disparurent. Stransky, assis dans la Mercedes garée tout près de là, murmura :

— Il vaut mieux s'en aller.

— Il faut que je fasse démarrer le moteur, protesta Bikov.

Dès qu'il tourna la clé de contact, Harry et ses

hommes s'approchèrent de la voiture. Harry tapota sur la portière passager.

— Baisse la vitre. À moins que tu ne veuilles avoir du verre brisé plein les jambes.

Stransky obéit.

— Allons, Harry...

— Je croyais t'avoir dit de m'appeler monsieur Salter. Qu'est-ce que j'ai fait à Chekov pour qu'il m'en veuille autant ?

— Il voulait rendre service à un ami. C'est tout ce que je sais. Un courtier, d'après ce qu'il m'a dit, qui lui a demandé de vous causer des problèmes.

Stransky ne se donna pas la peine d'ajouter que Chekov avait aussi d'autres projets concernant Harry.

— Bizarre, marmonna celui-ci. Mais ce n'est pas pour me déplaire. Aujourd'hui Londres est la destination préférée du monde entier. La capitale du monde ! Même pour les gangsters. Alors je crois qu'il est nécessaire que j'entretienne ma réputation de gangster *british*.

Il tendit le bras à l'intérieur de la voiture, planta le canon du pistolet sur la rotule gauche de Stransky et pressa la détente. Le Russe se mit à hurler comme un loup-garou.

— Fichez le camp, dit Harry.

Bikov écrasa l'accélérateur. Baxter et Hall applaudirent Harry tandis qu'il offrait son bras à Ruby.

— Seigneur, murmura-t-elle. Vous êtes tellement dur.

— Hmm... Retournons au restaurant. Champagne pour tout le monde !

Le lendemain matin, Chekov sortait de la douche dans son somptueux hôtel particulier de Park Lane, lorsque la sonnette de la rue retentit. Il poussa un juron, car la femme de ménage ne venait pas avant neuf heures, et marcha jusqu'à la fenêtre du salon en nouant une serviette autour de sa taille. Dehors, il vit un scooter arrêté au bord du trottoir, et un homme, sur les marches du perron, qui portait un blouson noir, un casque, et un gilet jaune marqué *Express Delivery*. Il tenait un carton entre les mains. Chekov enfila un peignoir, descendit au rez-de-chaussée et ouvrit la porte.

La visière teintée du casque dissimulait le visage du livreur.

— Monsieur Max Chekov ?

— C'est moi. Qu'est-ce que c'est ? demanda-t-il en prenant le carton à deux mains.

— Des fleurs, répondit le livreur. Des lis.

Il ouvrit l'arrière du carton, y saisit un fusil à double canon scié, le planta dans le genou de Chekov et tira.

Le Russe bascula en arrière dans le vestibule.

— Bonne journée, dit le livreur.

Il ferma la porte, descendit les marches, enfourcha son scooter et disparut.

7

À six heures du matin, tout était tranquille à l'aéroport de Hazar. Lacey et Parry venaient de se remettre à faire semblant de travailler sur le Gulfstream, dont ils avaient à nouveau retiré le capotage du moteur gauche. Un faucon pénétra dans le hangar, le traversa en décrivant une large courbe, puis ressortit pour fondre sur un petit animal qui courait dans l'herbe au bord de la piste. Saïd apparut à ce moment-là au volant de sa Land Rover.

— Avez-vous terminé vos réparations ? demanda-t-il après avoir salué les deux Britanniques.

— Bientôt, répondit Lacey. Nous avons commencé de bonne heure, vous voyez, tant qu'il ne fait pas encore trop chaud.

— Comme je vous comprends ! Je descends en ville tout de suite pour la même raison.

— C'est calme, observa Parry en désignant le terminal.

— Comme toujours. Il y a autant d'animation que dans une morgue. Un vieux Dakota doit atterrir vers onze heures avec une cargaison de marchandises du

Koweït. Plus tard, vers quinze heures, il y a le vol de British Airways. Ce sera tout pour aujourd'hui.

— Le British Airways devrait amener du monde...

— Même pas, l'interrompit Saïd d'un ton las. Soixante-treize passagers en comptant le personnel de bord. Vous voyez, pas de quoi se faire du souci. Je vous verrai plus tard. Je dois être revenu pour le Dakota.

— Il se peut que nous soyons prêts à faire notre vol d'essai dans la matinée.

— Aucun problème. Le trafic aérien est nul. Décollez quand vous voulez.

Saïd s'éloigna.

— Il est gentil, dit Parry.

— Ouais, mais restons sur nos gardes. Et maintenant, allons voir si la cousine de sa mère a ouvert le restaurant pour le petit déjeuner.

Vers sept heures, Caspar et Billy embarquèrent dans le canot à moteur pour se rendre jusqu'à la jetée. Le break y était garé. Billy prit le volant et alla faire le plein à la station-service. À son retour, Caspar lui passa deux sacs de voyage qu'il déposa dans le coffre. Billy avait mis son gilet de plongée, et il portait des lunettes de soleil noires. Caspar était habillé comme la veille, le keffieh en travers du visage. Le petit port de pêche se réveillait lentement.

— La température grimpe déjà, observa Billy.

— En effet. La journée va être terrible.

Ils remontèrent dans le canot. Billy démarra le moteur et s'écarta de la jetée.

— Comment vous sentez-vous ? demanda-t-il.

— Bien, répondit Caspar avec un haussement d'épaules. Comment devrais-je me sentir ?

— Vous êtes son père. À votre place, je serais sans doute très anxieux.

— Oui, mais dans la situation actuelle je me rends compte que je suis encore profondément musulman. Et comme disent les musulmans : *Inch Allah !* À la grâce de Dieu.

— Hmm... Si vous voulez, répondit Billy, dubitatif.

Il accéléra et rejoignit le *Sultan* en décrivant une large courbe à travers le port.

Sur le boutre, Hal Stone était assis dans un fauteuil en rotin, une tasse de café sur la table basse à côté de lui. Il tenait d'énormes jumelles avec lesquelles il scrutait en alternance la baie, le village et la grande maison au sommet de la colline.

— Il y a déjà de l'activité sur l'eau. Pêcheurs sur les chalutiers et touristes qui font du ski nautique, observa-t-il. La plage attire du monde. Et là-haut, les jardiniers sont au travail dans les massifs de la propriété.

Billy prit les jumelles que Stone lui tendait ; il observa la villa quelques instants.

— Je vois, dit-il. Où est Dillon ?

— En bas. Il prépare des œufs et du bacon.

— Parfait.

Billy descendit l'escalier et entra dans la coquerie. Dillon était en train de disposer les œufs brouillés sur des assiettes. Comme le jeune homme, il ne portait que son seul gilet de plongée.

— J'ai mis les armes sur la table, dans la cabine principale. Jettes-y un coup d'œil.

— Que fait-on de la femme qui accompagne Sara ? demanda Billy.

— Si les choses se passent bien, elle sera tellement terrifiée qu'elle ne réagira même pas. J'ai aussi sorti de quoi s'occuper d'elle.

Billy entra dans la cabine principale. Sur la table, il y avait deux Walther PPK munis de silencieux Carswell. Il les examina l'un après l'autre avec le soin du professionnel qu'il était, puis regarda les deux pistolets-mitrailleurs Uzi qui se trouvaient à côté. Il y avait également des menottes en plastique et un rouleau de gros ruban adhésif.

— Le petit déjeuner est prêt ! lança Dillon.

Billy le rejoignit, prit l'un des plateaux chargés d'assiettes et d'ustensiles qu'il avait préparés et remonta sur le pont. Dehors, le calme régnait. Quelques bateaux allaient et venaient sur l'eau. Ils s'assirent avec Hal et Caspar autour de la table.

— Maintenant qu'est-ce qu'on fait ? demanda Billy quand ils eurent presque terminé le repas.

— Nous nous activons sur le pont comme si nous avions des tas de choses à faire pour préparer une plongée d'exploration, dit Dillon. Au cas où quelqu'un nous observerait.

— Les Uzi qui sont sur la table, dans la cabine, dit Hal Stone. Je ne pense pas que Caspar et moi ayons besoin de...

— Une arme formidable, l'Uzi, l'interrompit Dillon en souriant. Je l'ai toujours beaucoup appréciée. Si vous le laissez tomber, il s'arrête automatiquement de tirer.

— Je sais. Je connais l'Uzi, dit le professeur. Mais il y a bien longtemps que je n'en ai pas eu un entre les mains. Et vous, Caspar ?

— Mon expérience des armes à feu est extrêmement limitée. J'espère ne pas avoir à m'en servir. Si les choses se passent comme nous le souhaitons, nous mettrons simplement les menottes à la femme qui accompagne Sara, nous la bâillonnerons et nous l'enfermerons en bas dans une cabine, n'est-ce pas ?

— C'est mieux que de lui loger une balle dans la tête. D'autres que nous n'hésiteraient pas à lui offrir ce genre de traitement. Surtout dans cette région, observa Dillon. Non, Caspar, vous n'aurez pas à tirer. Et nos amis de la villa trouveront la femme ici quand ils se lanceront à la recherche de Sara.

— Ils risquent de ne pas venir sur le *Sultan* avant longtemps, dit Hal Stone. Pourquoi pensez-vous qu'ils auront l'idée de chercher ici ?

— À mon avis, les femmes de la maison ont déjà entendu parler de la visite d'hier. Et Hussein Rashid est rusé. Il a le flair d'un prédateur. Il comprendra bien assez vite ce qui s'est passé. Voilà pourquoi nous devrons ficher le camp sans perdre une seconde.

Le silence se fit autour de la table. Billy se leva, prit la bouteille de Bushmills sur la desserte, en remplit un verre qu'il tendit à Dillon.

— Hmm, fit celui-ci. Si seulement je détestais l'alcool. Mais... à la vôtre !

Il leva son verre devant les trois hommes, puis le vida d'un trait.

— Allez, Billy, dit-il en se mettant debout. Faisons semblant d'être très occupés.

Caspar commença à rassembler la vaisselle sur les plateaux.

— Je m'occupe de ça.

— Remontez avec des armes, dit Hal Stone. Autant être prêts à accueillir nos visiteurs.

Dillon et Billy se penchèrent sur les bouteilles d'air comprimés alignées contre le bastingage. Caspar disparut dans l'escalier. Le professeur prit les jumelles pour scruter à nouveau la villa de la colline.

Ils l'ignoraient, mais ce matin-là personne ne prévoyait de quitter la villa pour quelque raison que ce fût – à part Sara, bien sûr. Assis sur une terrasse, Hussein buvait un dernier café, après le petit déjeuner, en lisant un journal arabe. Son oncle venait d'être appelé au téléphone.

Sara, qui se trouvait avec Jasmine sur la terrasse supérieure, l'observait en silence. Derrière elles, Hamid et Hassim fumaient une cigarette en bavardant.

La jeune fille se tourna finalement vers eux.

— Savez-vous s'ils vont à Port Sud ce matin ?

— Hmm, ils n'ont pas l'air décidés à sortir, répondit Hamid. Jemal n'en a pas parlé.

Elle s'efforça de cacher sa déception.

— Dommage, dit-elle d'un ton désinvolte. Moi qui espérais redescendre voir les plongeurs.

— Je ne crois pas que ce sera possible aujourd'hui.

C'est alors qu'un événement inattendu débloqua tout à coup la situation. Jemal sortit sur la terrasse, se pencha à la balustrade et cria à Hussein :

— Nous devons partir immédiatement ! Je viens de recevoir un coup de fil de Port Sud. Il y a des problèmes pour le chargement du *Kandara*.

Hussein monta aussitôt l'escalier pour le rejoindre.

— Que s'est-il passé ?

— Le train qui descendait de Bacu avec la fin du chargement a partiellement déraillé, il y a deux heures, dans le virage qui se trouve juste avant Réservoir Quatre.

— Mince ! Va-t-on quand même pouvoir amener les marchandises au port ?

— A priori, non. Il faudra sans doute retarder le départ du *Kandara* de plusieurs jours.

— C'est une catastrophe. Nos amis irakiens ont besoin de ces armes pour la grande offensive de Bassora le mois prochain.

— En route ! Nous devons trouver une solution.

— Bien sûr, dit Hussein, et il se tourna vers Sara et les deux hommes. Vous avez entendu ? Nous avons des ennuis. Nous partons sur-le-champ. Tiens-toi bien, chère cousine.

— Est-ce que nous avons le droit d'aller faire un tour en bateau ? demanda-t-elle.

— Heu... D'accord, répondit distraitement Hussein

qui prenait déjà le bras du vieil homme pour l'entraîner vers la porte. Mais ne sortez pas de la baie.

Hussein et Jemal disparurent.

— Bon ! dit Hassim avec un large sourire. Tu as obtenu ce que tu voulais. Nous allons revoir ces plongeurs.

Il prit les jumelles Zeiss pour scruter le *Sultan*.

— Oui, ils sont sur le pont. Le Bédouin, le vieux professeur... Les deux plongeurs sont en train de se préparer, me semble-t-il.

— Génial ! dit Sara. Je veux les voir travailler.

Elle se mordit la lèvre inférieure. Le dénouement approchait. Elle se sentait tout à coup extrêmement nerveuse. Son cœur battait à cent à l'heure, et elle avait même un petit peu la nausée. Elle s'efforça de se ressaisir.

— Allons nous préparer, Jasmine, dit-elle d'un ton léger.

Peu après, elle ressortit de la maison, prit une ombrelle qu'un domestique avait laissée sur un banc et entraîna Jasmine et les deux Arabes vers le canot à moteur amarré au petit ponton privé de la villa.

Hamid les aida, Jasmine et elle, à monter à bord. Hassim s'assit à l'avant, l'AK sur les genoux. Hamid largua l'amarre, monta dans le bateau et appuya sur le bouton de démarrage du moteur hors-bord.

Sara ouvrit l'ombrelle, Jasmine sourit, le bateau commença à filer rapidement sur l'eau.

Sur le *Sultan*, Hal Stone s'écria :

— Ils arrivent ! Sara tient une ombrelle au-dessus de sa tête. La femme qui l'accompagne est la même qu'hier. Les deux hommes sont aussi les mêmes. Comment procède-t-on ?

Dillon et Billy étaient prêts. Ils descendirent sur la plate-forme immergée. Dillon baissa la fermeture éclair de son gilet et y glissa le Walther qu'il avait à la main. Billy l'imita.

— Caspar, tenez-vous prêts à les accueillir et à amarrer leur canot ! Billy et moi nous nous mettons à l'eau. Nous allons passer sous le *Sultan* pour aborder le canot. Nous nous occuperons des deux hommes. Hal, soyez prêt à tout.

— Dieu me pardonne, se récria Caspar. Vous allez donc les tuer !

— Vous voulez récupérer votre fille, oui ou non ? répliqua Dillon d'une voix cassante. Reprenez-vous ! Viens, Billy.

Le bruit du canot à moteur se rapprocha. Et soudain, il cessa tout à fait : Hamid laissa dériver le bateau jusqu'au boutre.

— Bonjour, professeur Stone ! cria Sara. Nous revoilà, comme promis.

Dillon et Billy se laissèrent glisser dans l'eau, plongèrent à deux ou trois mètres de profondeur et nagèrent sous la proue du *Sultan* en direction du canot. Dillon fit signe à Billy qu'il allait en direction de l'homme qui manœuvrait le moteur. Billy nagea vers l'avant de la petite embarcation.

— L'eau est extrêmement claire, dit Hassim, penché en avant. Je vois bien le cargo coulé.

Le silencieux du Walther de Billy pointa à la surface. La première balle atteignit Hassim à la gorge, la seconde entre les yeux. Le jeune homme bascula contre Jasmine qui se débattit en poussant un hurlement d'effroi. Il tomba dans l'eau.

Hamid réagit bien – mais pas tout à fait assez vite. Son AK était posé sur le banc à côté de lui. Voyant qu'il n'aurait pas le temps de s'en emparer, il se jeta sur Dillon au moment où celui-ci émergeait près du moteur, et il essaya de le labourer de coups de poing. Dillon n'eut d'autre solution que de presser la détente plusieurs fois.

Jasmine cria de nouveau. Hal Stone et Caspar se penchèrent, l'agrippèrent par les bras et la hissèrent à bord du *Sultan*. Le professeur l'entraîna vers l'escalier.

— Mon Dieu, dit Sara d'une voix horrifiée.

Caspar retira le keffieh qui lui couvrait le visage.

— Sara, ma chérie !

Dillon et Billy sortirent de l'eau par la plate-forme. Hamid reparut à la surface, flottant sur le ventre. Hassim avait disparu.

— Papa ! cria Sara, bouleversée. Papa, c'est vraiment toi !

— Nous sommes venus te chercher, répondit-il en la rejoignant dans le canot. Dans un petit moment, nous serons dans le ciel à bord d'un jet privé. Ta mère t'attend à Londres.

Hal Stone reparut sur le pont. Sara le regarda d'un air horrifié.

— Jasmine... Où est-elle ?

— En sécurité dans une cabine, ma jolie, répondit Billy.

Dillon hocha la tête.

— Quand Hussein te cherchera, il trouvera Jasmine ici sans problème.

Ils embarquèrent dans le canot du *Sultan* avec leurs affaires. Dillon appuya sur le starter, le moteur démarra en toussant, ils glissèrent rapidement sur l'eau en direction de la jetée.

— Quand Hussein me cherchera, par contre, dit Sara d'une voix monocorde, Hamid et Hassim ne seront plus là. C'était vraiment nécessaire ?

— Je crains que oui, ma chère, répondit Hal Stone.

Il sortit une bouteille d'eau de son sac, puis un petit tube dont il tira deux comprimés. Il les lui tendit.

— Avale ça, Sara. Tu te sentiras moins anxieuse.

Elle regarda Caspar.

— Papa ?

— Prends-les, ma chérie. C'est mieux.

Elle obéit. Son père glissa un bras autour de ses épaules et elle se blottit contre lui. Peu après, ils parvinrent à la jetée.

Billy prit le volant du break. Tandis qu'ils roulaient vers l'aéroport, Dillon téléphona à Lacey.

— Nous arrivons. Un quart d'heure. Vous êtes prêts ?

— Le timing est parfait. Saïd n'est pas encore revenu, et il m'a donné l'autorisation de faire un vol d'essai. Venez directement au hangar. Parry vous attendra devant. Nous chargerons les bagages en deux minutes et nous décollerons aussitôt. Dois-je prévenir Ferguson ?

— Non. Je suis superstitieux. Je l'appellerai quand nous serons très haut dans le ciel.

C'était un peu étrange, d'une certaine façon, de constater qu'une opération si difficile et si pénible à préparer pût se terminer de façon aussi simple. Un moment plus tard, ils s'installèrent dans les confortables fauteuils du Gulfstream. Parry ferma la porte et rejoignit Lacey dans le cockpit.

Lacey échangea quelques mots avec un Arabe, à la tour de contrôle, qui parlait couramment l'anglais et qui était au courant du vol d'essai. Ils décollèrent. L'avion grimpa rapidement à quinze mille mètres d'altitude.

— Une fois de plus nous avons réussi, mon vieux, dit Lacey à Parry avec un grand sourire. Prends les commandes, je vais voir comment se portent nos passagers.

Si haut dans le ciel pur, Parry se sentait parfaitement serein. Le sourire aux lèvres, il vira à gauche pour se diriger vers la lointaine Égypte et, au-delà, la mer Méditerranée.

Caspar Rashid avait retiré sa djellaba pour en envelopper sa fille. Assoupie par les calmants, blottie dans ses bras, elle murmura :

— Et Hussein ? Quand il apprendra ma disparition,

il sera terriblement en colère. Hamid et Hassim étaient ses hommes. Pour lui ce sera une question d'honneur.

— Maintenant il ne peut plus rien faire, dit Caspar.

— Il y a des gens qui pensent qu'il est capable de tout, objecta Sara. Il est le Marteau de Dieu. Il a déjà tué vingt-sept soldats. Il a un ami, le Courtier, pour l'aider.

Caspar l'étreignit en lui murmurant des paroles apaisantes. Bientôt, elle s'endormit.

Les quatre hommes se regardèrent.

— Il faut admettre que ce monsieur a un tableau de chasse impressionnant, dit Hal Stone.

— Surtout pour un garçon qui faisait des études de médecine avant la guerre, ajouta Dillon.

— Je me demande qui est ce Courtier ? dit Stone, sourcils froncés.

— Un mystérieux personnage qui a des liens étroits avec Oussama Ben Laden, dit Caspar. J'ai été en contact avec lui. Je me souviens qu'en entendant pour la première fois sa voix au téléphone, je me suis dit que je n'aurais pas été surpris d'apprendre qu'il avait sa place à la table des professeurs dans un des grands collèges de l'université d'Oxford.

— Je vais annoncer la bonne nouvelle au général, dit Dillon.

Il alla s'asseoir au fond de l'avion avec le Codex 4. C'est peu dire que Ferguson était content. Il était extatique. Il exigea d'entendre toute l'histoire dans les moindres détails.

— Allons, Dillon, je vous écoute ! La mère de la

petite sera enchantée. Sans parler de Roper et de Greta.

Dillon lui raconta ce qui s'était passé à Hazar, sans rien omettre.

— La scène finale a été assez dure pour Sara. Elle a vu les deux jeunes Arabes se faire tuer. Mais nous n'avions pas d'autre solution.

— Je suis d'accord. Hussein Rashid va avoir un sacré choc.

— En effet. N'oubliez pas que vous avez prévu de faire publier sa photo dans les journaux du Royaume-Uni.

— Dans les commissariats également. Et quand Blake Johnson se sera occupé de son cas, Hussein ne pourra plus jamais mettre les pieds aux États-Unis. L'Irak aussi sera exclu, je pense. La gosse a-t-elle dit quelque chose de particulier à son sujet ?

— Elle a pris des calmants. Elle était un peu dans les vapes, mais elle sait que Hussein est un garçon très important. Avant de s'endormir, elle a fait allusion à son ami le Courtier.

— Encore lui. Le Courtier, cela veut dire Oussama. Roper va adorer cela. Bon, je vous retrouve à Farley dans quelques heures.

— S'est-il passé quelque chose d'intéressant en notre absence ?

— Ah, vous faites bien de poser la question. Hier soir la mafia russe a essayé de s'attaquer à Harry.

— Seigneur. Qu'est-il arrivé ?

Ferguson lui raconta la scène du Harry's Place, avant d'ajouter :

— Le vieux renard sait encore mordre. Naturellement, il a tout raconté à Roper, qui a aussitôt mené l'enquête. Croyez-le ou non, le Courtier fait aussi parler de lui dans cette histoire. Ainsi que notre vieil ami Chekov.

— Peut-être faudrait-il répliquer...

— C'est déjà réglé. Harry a fait porter des lis à Chekov. Un livreur à scooter.

— Oh, ma parole...

— Vous avez compris. Bon, je vous laisse, je vais semer la bonne parole.

Ce que fit Ferguson. Il appela d'abord Greta. Molly était en salle d'opération.

— Je voudrais que vous l'attendiez à l'hôpital et que vous la rameniez ici. Ils arriveront dans la soirée. Elle voudra voir sa fille.

— Entendu, je m'occupe d'elle, répondit Greta.

Ferguson alla ensuite trouver Roper, qui était assis devant ses ordinateurs comme d'habitude. Il lui raconta tout ce qu'il venait d'apprendre de la bouche de Dillon, avant de conclure :

— Je pense que nous avons droit à un verre.

— Je suis bien de votre avis.

Roper servit deux grands verres de scotch. Ils trinquèrent.

— À notre équipe ! dit le commandant. Une grande aventure, une fois de plus.

— Et à Harry, qui ne s'en est pas mal tiré lui aussi. Il a porté un vilain coup à la mafia russe de Londres, mais il a également touché le Courtier. Ce salopard est mêlé à beaucoup de choses.

— Oui, nous savons cela. Le problème, c'est que nous ignorons son identité. Et personne ne semble le connaître.

— Il serait grand temps que nous dénichions des informations à son sujet.

— À propos, dit Roper en posant la main sur la souris de son ordinateur. Voilà quelque chose qui devrait vous plaire. Regardez...

Une photographie en gros plan de Hussein apparut à l'écran. Dessous, une légende en majuscules annonçait : HUSSEIN RASHID, TERRORISTE LIÉ À OUSSAMA BEN LADEN.

Suivait une courte biographie du personnage. Avec quelques détails qui ne devaient pas avoir manqué de faire saliver les rédacteurs en chef des journaux – en particulier l'allusion au fait que Rashid avait tué plusieurs soldats britanniques. Cependant, le texte ne disait rien sur les événements récents.

— Bien. Et ensuite ? demanda Ferguson.

— La photo paraît ce matin dans la plupart des journaux du pays. Elle sera aussi affichée dans tous les commissariats. Et plusieurs chaînes de télévision vont la montrer.

— Parfait. Espérons que cette campagne de publicité dissuadera Hussein de remettre le pied en Angleterre. Je lui souhaite de retourner en Irak et de se faire exploser le crâne là-bas. Bon travail, Roper. Je vais à mon bureau.

Le silence tomba sur la salle de Roper, rompu par

le ronron paisible des ordinateurs et quelques grésillements d'électricité statique venus du cyberespace.

Il se resservit à boire, puis alluma une cigarette en contemplant la photo sur l'écran.

— Enfoiré, dit-il. Je parie que tu es déjà en route. Mais moi, je suis prêt à t'accueillir.

Il but le whisky d'une seule traite.

À la grande maison de Kafkar, il fallut un certain temps pour que quiconque prenne conscience qu'il y avait un problème. Khazid commença à s'inquiéter vers midi : Sara, Jasmine et les deux hommes partis faire un tour en bateau n'étaient pas rentrés pour déjeuner. Il scruta la baie avec des jumelles, puis observa le *Sultan*. Personne sur le pont, aucune activité alentour.

Il appela Hamid sur son portable. Pas de réponse. L'appareil ne sonnait même pas. Perplexe, il prit son AK, descendit au ponton, enfourcha un jet-ski et fila en direction du *Sultan*. Un petit chalutier se trouvait à proximité. Deux pêcheurs, penchés au-dessus du bastingage, tiraient quelque chose de l'eau dans leur filet.

De plus près, Khazid vit que c'était un cadavre. Il coupa le moteur du jet-ski et se laissa dériver jusqu'au chalutier. C'est alors que le corps se retourna dans le filet. Avec horreur, il reconnut Hamid.

Il appela la police de Hazar, qui n'avait pas la réputation d'être très efficace. La petite vedette des policiers mit vingt minutes pour arriver jusqu'à lui, car au milieu de la baie ils étaient tombés sur le cadavre de

Hassim, qui avait dérivé, et s'étaient arrêtés pour le sortir de l'eau. Les deux agents étaient des hommes simples. Khazid, malgré son jeune âge, était un combattant aguerri. Prenant la direction des opérations, il donna l'ordre aux policiers de le suivre et se dirigea vers le *Sultan* avec le jet-ski. Quand les agents le rejoignirent, il avait déjà fouillé le bateau abandonné, sorti Jasmine de la cabine où elle était enfermée, et entendu l'horrible histoire qu'elle avait à raconter : non seulement Sara avait été enlevée, mais le Bédouin en djellaba noire qui se trouvait à bord était son propre père ! Khazid appela Hussein Rashid sur son portable.

À ce moment-là, Hussein se trouvait à quelques kilomètres de Port Sud, près de la voie ferrée, pour superviser la récupération du chargement du train qui avait déraillé. Il eut du mal à encaisser le choc. L'énormité de la nouvelle que Khazid lui livrait le laissa quelques instants sans voix.

Cependant, les faits étaient incontestables : deux cadavres et plus de Sara. Il se ressaisit rapidement.

— Libère la ligne. Je dois passer un coup de fil très urgent. Nous rentrons le plus vite possible.

Il téléphona à l'aéroport et demanda la tour de contrôle. Ce fut Saïd qui prit l'appel.

— Hussein Rashid à l'appareil. Avez-vous eu un décollage, ce matin ?

— Oui ! Je n'y comprends rien. Depuis deux jours, nous avions un Gulfstream de la mission d'étude océanique des Nations unies. Il avait des problèmes de moteur. Les pilotes m'avaient demandé s'ils pouvaient faire un vol d'essai. Comme je devais passer la matinée en ville, je les ai autorisés à décoller à leur convenance. Mais ils ne sont pas encore revenus. Je m'inquiète. Où diable sont-ils passés ?

— Sans doute bien au-delà de la Corne de l'Afrique, à l'heure qu'il est, répliqua Hussein d'un ton amer, et il raccrocha pour aller chercher son oncle.

Le vieil homme fut tellement choqué par la nouvelle qu'il réclama son médecin personnel, le Dr Aziz. Celui-ci les attendait à la villa quand ils y arrivèrent. Deux serviteurs portèrent Jemal dans un fauteuil jusqu'à sa chambre ; ils l'aidèrent à s'allonger sur le lit.

Le Dr Aziz leur fit signe de quitter la pièce. Il prit le pouls du malade et l'examina. Hussein patientait au pied du lit, prêt à entendre le pire.

Le médecin le regarda d'un air grave.

— Il va très mal. Le choc l'a terrassé. Sa santé est de toute façon très fragile. Mais sans doute l'ignoriez-vous, n'est-ce pas ?

Hussein hocha la tête. Le Dr Aziz prit dans sa trousse une seringue hypodermique qu'il remplit d'un liquide transparent.

— Tenez son bras.

Hussein s'exécuta. Aziz fit l'injection. Le vieil homme poussa un râle de soulagement. Ses yeux hagards glissèrent sur le médecin, avant de se fixer sur Hussein.

— Pourquoi lui as-tu fait confiance ?

— Elle m'avait donné sa parole, répondit Hussein, morose.

— Ceux qui ont fait le coup... Ils n'auraient pas pu réussir sans l'aide de Sara. Son père, son propre père ! Et juste sous notre nez...

— Dillon et Salter, les hommes qui sont venus à Bagdad. Ce sont eux les responsables, j'en suis sûr.

— Mais c'est son père, le mécréant, le maudit, qui a tourné le dos à Allah ! Que tous les diables de l'enfer se jettent sur toi, Caspar Rashid, marmonna Jemal. Dire que cet homme porte le nom de notre famille... J'ai honte !

Il se mit à pleurer. Aziz, qui avait reculé au fond de la pièce pour passer un coup de fil, fit signe à Hussein.

— L'ambulance arrive.

— Vous pensez qu'il est si mal que ça ?

— Disons les choses ainsi : c'est une bonne chose que Rashid Shipping ait investi tant d'argent dans l'hôpital de Hazar depuis quelques années. Nous avons l'équipement nécessaire pour lui donner au moins une chance de se battre.

Le médecin tapota le bras de Hussein.

— C'est aussi une bonne chose que je sois indien, comme les infirmières. Cela nous permet d'éviter les sottises musulmanes qui risqueraient d'aggraver la situation.

— Les sottises musulmanes ? Oui, nous en avons eu assez pour aujourd'hui, acquiesça Hussein d'un ton las. Je viens de perdre deux amis. Des compagnons d'armes.

Il secoua tristement la tête.

— Pourquoi m'a-t-elle trahi ?

— Trahi ? C'est ainsi que vous voyez les choses ?

— Elle avait des chaînes aux pieds. Je l'ai libérée. Quand un chien qui s'appelait Ben Ali a levé la main sur elle, je l'ai tué. Mais plus important encore, j'ai juré la main sur le Coran que je serais un bon mari pour elle quand elle atteindrait l'âge d'être ma femme. Quelques heures avant de mourir, son grand-père l'a placée sous ma responsabilité. Il m'a chargé de la conduire jusqu'ici. Sur mon honneur, je lui ai juré de toujours la protéger.

— Êtes-vous certain, mon ami, que vous ne souffrez pas d'une vilaine blessure d'orgueil ?

— Blessure d'orgueil ? répéta Hussein, et il haussa les épaules. L'orgueil est une chose bien creuse. Quel rapport avec cette terrible et lamentable affaire ?

Le gémissement d'une sirène se fit entendre à l'extérieur. Aziz sortit pour accueillir les ambulanciers en tenue verte, qui étaient accompagnés de deux infirmières vêtues de saris. En quelques minutes, le vieil homme fut couché sur le brancard, mis sous perfusion et installé dans l'ambulance.

— Je viens avec vous, dit Hussein.

— Je préférerais que vous attendiez un peu, objecta le Dr Aziz. Venez à l'hôpital plus tard.

La petite colonne descendit les escaliers, accompagnée par des femmes de la maisonnée qui pleuraient bruyamment. De nombreux domestiques, bouleversés, s'étaient rassemblés à l'entrée de la propriété. Hussein s'adressa à eux :

— Priez pour lui, priez de toutes vos forces. Et dans l'immédiat, retournez au travail !

Khazid se tenait dans l'embrasure d'une porte-fenêtre, l'AK en bandoulière, le visage sombre. Hussein le rejoignit. Ils s'avancèrent sur la terrasse. Hussein sortit un paquet de cigarettes américaines. Ils fumèrent quelques instants en silence.

— L'expression que j'ai vu sur le visage de Hamid..., dit Khazid. Je crois qu'il était surpris.

— C'est normal, répondit Hussein. Allons, petit frère, tu as suffisamment vu la mort pour connaître tous les masques qu'elle peut donner à ses victimes. Ne t'attarde pas trop là-dessus.

— Tu as sans doute raison.

— Tu as parlé de nouveau à Saïd, à l'aéroport. Qu'avait-il à dire ?

— Le Gulfstream, comme tu le sais, était un avion des Nations unies. Il était arrivé avant-hier. En plus des deux pilotes, il y avait le fameux professeur Hal Stone, l'archéologue qui travaille depuis quelques années sur l'épave qui est dans la baie, et trois autres hommes. L'un d'eux était Caspar Rashid. Les deux autres étaient enregistrés comme plongeurs professionnels. Curieusement, les pilotes étaient déjà venus ici il y a deux ans.

— Et Hal Stone ?

— Lui aussi. Les pilotes en ont parlé avec Saïd. Et l'appareil était bel et bien au nom des Nations unies.

— Je ne crois pas une seconde à cette histoire. Je vais te dire ce que je pense. Dillon et Salter sont allés à Bagdad, et nous savons ce qui s'est passé là-bas. De retour à Londres, ils ont découvert que nous étions en route pour Hazar.

— Et... ?

— Tu as participé à suffisamment de mes exploits pour savoir que l'ingrédient essentiel de toute bonne opération commando, c'est la surprise. Et quelle meilleure surprise que d'essayer de nous piquer Sara sous le nez juste après notre arrivée ici ? Nom de Dieu ! Qui aurait pu imaginer un truc pareil ?

— Oui, mais il y a quand même des choses étranges. Ils ont dû réussir à communiquer avec elle, d'une façon ou d'une autre.

— En effet. Mais nous ne saurons peut-être jamais comment ils s'y sont pris. Maintenant, sois un bon soldat. Va à l'hôpital et monte la garde.

— Que vas-tu faire ?

— Cette histoire n'est pas terminée, affirma Hussein. Pas tant que je serai en mesure de répondre à nos ennemis. Va ! J'attends un coup de fil. Laisse-moi parler au seul homme au monde qui soit capable de m'aider.

Le Courtier eut peu de chose à répondre à Hussein pour le réconforter. Lui-même n'était pas de très bonne humeur. Volkov l'avait appelé un peu plus tôt au sujet de Max Chekov, grièvement blessé par le faux livreur. L'un des meilleurs chirurgiens de Londres essayait de sauver sa jambe.

— Nom de Dieu, comment une telle agression a-t-elle pu se produire ? avait demandé Volkov, péremptoire. Cela pourrait avoir des conséquences dramatiques sur nos projets d'avenir.

— Vous n'avez guère besoin de me le faire remarquer, avait répliqué le Courtier. J'ai maintenant la confirmation de mes soupçons. Salter et ses amis sont des gens impitoyables. Ils représentent une menace à prendre très au sérieux.

— Alors je vous suggère de prendre des mesures radicales. Ce genre de nouvelle ne risque guère de plaire au président Poutine.

Volkov avait raccroché. Maussade, le Courtier était resté assis pour réfléchir. Ce dont il avait besoin, à présent, c'était de réussir un assassinat prestigieux. Éliminer Harry Salter aurait été une bonne affaire... Mais le général Ferguson – ça, ce serait un coup exceptionnel. Et pour une telle opération, il avait besoin de Hussein. Poutine lui-même serait impressionné si Ferguson disparaissait.

Il avait téléphoné à Hussein, et celui-ci venait de lui apprendre l'enlèvement de Sara. La nouvelle était absolument stupéfiante. Quand Hussein eut terminé son récit, le Courtier demanda simplement :

— Que comptez-vous faire ?

— Vous vouliez que je vienne en Angleterre pour m'occuper de Ferguson, n'est-ce pas ? Cela me convient très bien. Mais je ne chercherai pas simplement à me venger de ces gens. Je refuse d'abandonner Sara. Où qu'elle soit, j'ai juré à son grand-père de m'occuper d'elle. J'ai bien l'intention de la récupérer.

— Entendu. Je vais tout organiser pour vous. Au Royaume-Uni, vous aurez le soutien du réseau d'espions et d'agents de l'Armée de Dieu. J'avais l'intention d'envoyer le professeur Dreq Khan à Hazar, mais je vais le rappeler immédiatement à Londres et le mettre au travail. Il vous sera très utile.

— Comment ferai-je le voyage ?

— Un avion jusqu'à Paris, et puis le train du tunnel sous la Manche. Avez-vous encore votre sac de voyage spécial – le noir, que je vous ai fait porter à Bagdad ?

— Bien sûr.

— Servez-vous du passeport britannique de Hugh Darcy. J'aime bien celui-là. Achetez-vous un blazer. Vous aurez l'air d'un jeune gentleman britannique qui rentre de vacances. Les tampons du passeport confirmeront votre goût des voyages. Et laissez-moi organiser la suite des opérations à Londres avec l'aide de Khan. Quand voulez-vous partir ?

— Demain, si possible, mais cela dépend de la santé de Jemal. Cette affaire lui a porté un coup terrible.

— Je vous rappelle très vite.

Ils coupèrent la communication. Le Courtier téléphona au professeur Khan à Bruxelles. Il le trouva à son hôtel, prêt à sortir déjeuner. Il le mit rapidement au courant de la situation à Hazar.

— Mon Dieu, dit Khan. Caspar a réussi à remettre la main sur sa fille. C'est incroyable !

— Aidé par des hommes impitoyables. Vous auriez intérêt à vous en souvenir. Il n'est plus nécessaire que vous alliez à Hazar. Vous avez l'ordre de rentrer à Londres.

— Ferguson risque de remuer ciel et terre pour m'attraper.

— Ferguson n'a rien qu'il puisse utiliser contre vous devant un juge. Vous le savez très bien. Il ne peut pas toucher un homme aussi important que vous. Quittez votre hôtel demain matin et prenez le premier avion pour Londres. Vous comprenez, n'est-ce pas ? Oussama lui-même est impliqué dans cette affaire.

Cette dernière phrase suffit à convaincre Khan.

— Bien sûr, dit-il. Je ferai tout ce que vous voulez.

— Arrivé à Londres, attendez de nouvelles instructions.

Tout se passait bien à bord du Gulfstream. Après avoir dormi quelques heures, Sara avait un peu mangé, puis elle avait beaucoup parlé avec son père et Hal Stone. Pour finir, Dillon et Billy l'avaient gentiment questionnée sur son expérience à Bagdad et à Hazar.

Elle semblait très calme. Sans doute parce qu'elle était solide. Mais Dillon se dit qu'elle était peut-être aussi sereine, au moins dans une certaine mesure, parce qu'elle n'avait pas encore pris la mesure de tout ce qui venait de lui arriver. Voire : elle était dans le déni pur et simple.

Les circonstances de sa vie durant ces derniers mois étaient proprement extraordinaires. L'enlèvement, l'installation dans un pays en guerre, la violence quotidienne à Bagdad – elle avait subi les pires abus. Et il ne fallait pas oublier, dans le registre des causes possibles de traumatisme psychologique, l'affection apparemment sincère, mais très calculée, de son grand-père. Et les fers aux pieds. Et la mort d'Ali Ben Levi quand il avait levé la main sur elle. Et la prise de conscience que Hussein Rashid était le Marteau de Dieu, cette personnalité extraordinaire dont elle entendait parler à la télévision et dans les journaux. Et, enfin, les événements survenus sur le *Sultan*, l'acte final de sa libération et les morts choquantes de Hamid et de Hassim, si proches d'elle à ce moment-là qu'elle avait leur sang sur ses vêtements.

Un adulte aurait eu grand-peine à surmonter tout ce que Sara avait vécu depuis quelques mois. Pour une jeune fille à peine sortie de l'enfance... Comment espérer la voir s'en tirer indemne ?

Elle finit par se rendormir. Comme il se tournait sur le siège pour se servir du Bushmills, Dillon s'aperçut que Hal Stone l'observait.

— À votre avis, demanda le professeur, comment va-t-elle pouvoir oublier tout ça ?

Caspar somnolait lui aussi, un bras autour des épaules de sa fille. Dillon les contempla quelques secondes, avant de répondre :

— La mère est une femme remarquable. Elle saura peut-être l'aider. Mais... au fond je ne sais pas, admit-il. La gosse a énormément de choses et de gens à se sortir de la tête.

— Hussein Rashid, pour commencer.

— Oui. Surtout lui, acquiesça Dillon.

— En tout cas, dit Stone d'un air fataliste, il y aura bientôt quelques milliers de kilomètres entre eux. Et il est très peu probable qu'elle soit jamais obligée de le revoir.

— Espérons-le.

La voix de Lacey s'éleva dans le haut-parleur :

— Farley Field dans une demi-heure. Il sera près de minuit en Angleterre, un nouveau jour va donc bientôt commencer, et si tu écoutes, Sara, Dieu te garde et bienvenue à la maison.

Elle se redressa à côté de son père, l'air quelque peu désorienté, tandis que l'avion entamait sa descente. Dans les minutes qui suivirent, elle éprouva une grande confusion. Étrangement, la scène semblait se jouer au ralenti : il y eut l'atterrissage, Parry qui ouvre la porte, des gens dehors sous la pluie battante, la descente de l'escalier avec son père, et puis sa mère qui crie son nom et l'enlace et la serre dans ses bras de toutes ses forces.

Ils furent conduits à la propriété de Holland Park. Assise en face de Charles Ferguson, un bras autour des épaules de sa fille, Molly Rashid demanda :

— Et maintenant, que va-t-il se passer ?

— Vous essayez de reprendre une vie de famille normale. Vous n'avez plus rien à craindre de cet homme. Nous avons fait le nécessaire. Voici l'édition de ce matin du *Times*, conclut Ferguson en lui tendant le journal.

En bas de la première page, il y avait la photo en gros plan de Hussein. Et la légende : *Hussein Rashid, terroriste lié à Oussama Ben Laden*.

— Mais c'est Hussein ! s'exclama Sara d'un air effrayé.

— Tu n'as pas à avoir peur, dit Ferguson. Sa photo est dans tous les journaux du pays. Il n'osera jamais venir en Angleterre.

— Oui, mais... Hussein est le Marteau de Dieu, murmura Sara d'une voix tremblante en se blottissant contre sa mère.

À plusieurs milliers de kilomètres de là, à l'hôpital de Hazar, Hussein et Khazid étaient sortis sur le balcon pour fumer une cigarette. Derrière la porte vitrée, dans le couloir, deux infirmières indiennes buvaient du thé assises à une petite table. Elles étaient prêtes à intervenir auprès de Jemal en cas d'urgence.

La porte de la chambre s'ouvrit sur le Dr Aziz. Derrière son dos, Hussein aperçut le vieil homme sur son lit, au milieu d'une nuée de tubes et de câbles. Deux autres infirmières se tenaient à son chevet.

— Comment va-t-il ?

— Nous sommes soumis à la volonté de Dieu, répondit Aziz. Je ne peux rien dire de plus.

Tout à coup, une sonnerie d'alarme retentit – discordante, agressive, terrifiante. Aziz se précipita dans la chambre, suivi par les deux infirmières du couloir. L'équipe de réanimation fut au travail en quelques secondes, sous le regard de Hussein et de Khazid. Mais cette fois les efforts des médecins ne servirent à rien.

— Heure du décès...

— Sans importance, coupa Hussein en s'approchant du lit.

Il contempla un moment le visage de son oncle, puis se pencha pour l'embrasser sur le front.

— Vous voyez, mon ami, dit-il au Dr Aziz. Ils ont tué Hamid et Hassim pour prendre Sara, et maintenant ils viennent de tuer mon oncle. Nous ne pouvons pas accepter ça. N'est-ce pas, Khazid ?

Il couvrit la tête de son oncle avec le drap, tourna les talons et sortit.

8

La religion musulmane exige des obsèques rapides. Même pour les personnages importants. Du point de vue de Hussein, c'était un avantage. Il avait besoin d'action, il fallait qu'il canalise sa fureur, il voulait se mettre en route le plus vite possible.

Le corps de Jemal fut ramené à la propriété et exposé dans le hall. Les préparatifs de l'enterrement furent assurés pendant la nuit. L'imam vint superviser les opérations. Il donna sa bénédiction à Hussein, et pas seulement pour ses exploits durant la guerre. Désormais le jeune homme était non seulement président de la société Rashid Shipping, mais aussi chef du clan Rashid. Et il héritait d'une fortune colossale. À la villa, tout le monde le traitait déjà avec beaucoup de déférence.

— Qu'allez-vous faire au sujet de la jeune fille ? demanda l'imam.

— Je respecterai la volonté d'Allah.

— Avez-vous réellement l'espoir de la récupérer ?

— Bien sûr. Elle nous a été enlevée de façon indigne.

— Quelles sont vos intentions, dans l'immédiat ? Retourner à Bagdad ?

— Soyez patient, répondit Hussein qui s'efforçait lui-même de suivre ce conseil. D'abord, les obsèques de mon oncle. Ensuite nous verrons.

L'imam s'éloigna. Hussein sortit sur la terrasse pour allumer une cigarette. Khazid, qui avait écouté la conversation, le suivit.

— Tu veux les poursuivre jusqu'en Angleterre, n'est-ce pas ?

Hussein sourit.

— Pourquoi voudrais-je faire une chose pareille ?

— Parce que tu es téméraire. Puis-je t'accompagner ?

— Pourquoi veux-tu venir ?

— Parce que nous sommes amis et parce que nous avons déjà connu bien des malheurs ensemble. Je me rends compte que tu pourrais sans doute effectuer cette mission en solo, mais tu as tout de même besoin d'un homme de confiance avec toi, conclut Khazid en posant une main sur l'épaule de Hussein.

— Et cet homme de confiance, c'est toi ?

— Comme toujours. Comment comptes-tu te rendre là-bas ?

— D'abord un avion jusqu'à Paris, puis le train de Londres.

— J'ai des passeports français et britanniques. D'excellentes contrefaçons. Et je parle très bien le français. Quel nom utiliseras-tu ?

— Hugh Darcy. Je serai ce que les Anglais appellent un dandy. Je me suis servi de ce passeport la dernière fois que j'étais à Londres. Dans ma valise, j'avais même trouvé la cravate de régiment d'un officier des Guards. C'était une plaisanterie du Courtier. Les Anglais ne peuvent pas s'empêcher de faire des courbettes devant un gentleman.

— Le petit-fils de la reine a servi dans un régiment des Guards en Afghanistan, fit remarquer Khazid.

— Ah ! Tu vois. Écoute, mon ami, tu peux venir avec moi jusqu'à Paris. Je ne te promets rien de plus pour le moment. Maintenant, va te reposer. Le jour se lèvera bientôt et nous avons trois hommes à enterrer.

— Nous avons l'habitude des enterrements. Nous savons régler ça vite et bien, n'est-ce pas ?

— Va, petit frère, et bonne nuit.

Khazid s'éloigna. Hussein resta un moment sur la terrasse, songeur, puis il descendit dans le hall, où les hommes avaient terminé les préparatifs pour son oncle. Il avait donné des ordres stricts. Pas de pleureuses. Uniquement des serviteurs masculins. Les membres de la famille seraient autorisés à venir le matin, mais pas tout de suite.

Il se sentait nerveux et anxieux. Il fit alors une chose étonnante : il entra dans le petit bureau de son oncle où il savait pouvoir trouver quelques bouteilles d'alcool réservées aux visiteurs non musulmans. Il ouvrit les portes laqués du placard et en examina le contenu ; il choisit finalement une bouteille de champagne Dom Pérignon qui se trouvait dans le petit réfrigérateur. Soudain étrangement excité, il prit un verre et sortit sur la terrasse après avoir fait sauter le bouchon.

Bien sûr c'était mal, bien sûr c'était interdit, mais la nuit était difficile et il avait deux camarades et son oncle à enterrer. Allah était miséricordieux. Allah comprendrait. Il leva son verre en l'honneur de Hamid et de Hassim, puis le vida d'un trait. De toutes ses forces, il jeta la bouteille vers la mer en criant :

— À votre santé, mes amis ! Et veillez sur moi en Angleterre !

Roper apprit par une chaîne de télévision de la péninsule Arabique que Jemal Rashid avait succombé à une crise cardiaque. Il regarda le reportage qui couvrait la procession funéraire de la propriété jusqu'à la mosquée. Hussein était en tête de cortège. Il appela Ferguson, qui était en train de prendre le petit déjeuner à son appartement de Cavendish Place.

— Hussein Rashid doit être furieux, observa le général. Il va nous mettre ce décès sur le dos. Le vieux bonhomme est probablement mort à cause de notre affaire.

— C'est bien possible.

— À quelle heure Doyle a-t-il conduit les Rashid à Hampstead ?

— Vers trois heures du matin. Nous devons les prévenir.

— Je sais. Bon, je m'en charge.

À la maison de Gulf Road, Caspar Rashid n'avait pas suivi sa femme au lit. Molly avait pris Sara avec elle. Il n'avait pas fermé l'œil de la nuit. Quand le *Daily Telegraph* arriva dans la boîte aux lettres, il découvrit la photo de Hussein en première page. C'est alors que le téléphone sonna.

— J'ai de mauvaises nouvelles, dit Ferguson, et il lui annonça la mort du vieil homme.

Caspar Rashid, choqué, garda le silence un moment.

— Seigneur tout-puissant, murmura-t-il. Cela ne s'arrêtera donc jamais ?

En attendant l'avion à l'aéroport de Bruxelles, Dreq Khan acheta le *Times* et faillit avoir une crise cardiaque. Il examina tous les journaux britanniques du kiosque : partout, le visage de Hussein était en première page. Dès que le Courtier lui téléphona, il s'exclama :

— Avez-vous vu les journaux anglais ?!

— Oui.

— Cela change tout. Manifestement Hussein Rashid ne peut pas venir à Londres. À vrai dire, je me demande où il peut encore aller.

— Cela ne change rien du tout. Vous rentrez à Londres, et vous attendez d'avoir de mes nouvelles. Croyez-vous au pouvoir d'Oussama ?

— Bien sûr.

— Alors prenez l'avion et retournez chez vous.

Le Courtier raccrocha et hésita à composer immédiatement le numéro de Hussein. Non, il devait être occupé pour les obsèques. Il le rappellerait plus tard.

Un événement étrange se produisit au cimetière de Hazar : soudain il se mit à pleuvoir – une véritable averse tropicale qui coupa court à l'atmosphère exubérante caractéristique des enterrements dans la région. Hassim et Hamid avaient été enveloppés dans le drapeau vert de l'Islam, comme il convenait à des soldats. Le vieil homme avait un simple cercueil. Sous la pluie battante, Hussein et Khazid prirent la pelle à tour de rôle pour jeter de la terre sur chaque cercueil. Ils dirent adieu à leurs amis. De retour à la propriété, Hussein reçut tous ceux qui voulaient lui présenter leurs condoléances. Vers trois heures de l'après-midi, enfin, le calme revint.

Khazid et Hussein buvaient du café sur la terrasse, lorsque le téléphone sonna. C'était le Courtier.

— Je n'ai pas essayé de vous joindre plus tôt car je savais que vous seriez aux obsèques. Nous avons des ennuis.

— Que se passe-t-il ?

— Ferguson a usé de son influence pour faire publier votre photo dans la plupart des journaux britanniques. Vous êtes présenté comme un terroriste et complice d'Oussama Ben Laden. Et soupçonné d'être en ce moment au Royaume-Uni.

— Ferguson est rusé. Il essaie de me barrer la route. Mais ça ne m'arrêtera pas.

— Vous ne pouvez plus voyager comme nous l'avions prévu. Il sera difficile, et très délicat, de trouver une solution pour vous conduire en Angleterre. Sans parler du prix...

— Ne me parlez pas d'argent, l'interrompit Hussein d'un ton sec. Je sais qu'Oussama en a plein les poches. Moi-même, je suis excessivement riche. Surtout maintenant que mon oncle est décédé. Je vais en Angleterre, avec ou sans votre aide, et j'emmène Khazid avec moi.

— D'accord, d'accord ! Je vais trouver quelque chose.

— J'ai hâte de partir. Vous devez vous en rendre compte.

— Je comprends. Je pense que nous vous ferons passer par l'Algérie. Ensuite, il y a de nombreux moyens de continuer le voyage. Tenez bon. Je vous rappelle très vite.

À Holland Park, Roper montra à Greta les images du cortège funéraire qu'il avait enregistrées sur son ordinateur.

— Que pense Ferguson de la mort de Jemal Rashid ? demanda-t-elle.

— Il suppose que Hussein va nous reprocher ce décès.

— Ça paraît logique.

— Oui. Il est parti au ministère de la Défense pour la journée. Passez-moi donc le scotch, très chère.

— Vous êtes pire que les Russes avec la vodka.

— Mais les Russes et moi, nous ne buvons pas pour la même raison. Que pensez-vous de tout ça ? Hussein ?

— Lui, il me paraît cuit. Impossible qu'il vienne en Angleterre. Même à Bagdad... S'il met le pied là-bas, il risque gros.

— Croyez-vous ? répondit Roper en allumant une

cigarette. J'ai une chose à vous dire. Après l'affaire Hannah Bernstein, l'année dernière, quand Igor Levin a laissé tomber ses maîtres russes et s'est installé dans la bonne ville de Dublin avec ses deux hommes... il m'a appelé pour me donner son numéro.

— Par provocation ?

— Oui, d'une certaine façon. À Dublin nous n'avons aucun recours légal contre lui. Depuis, nous nous sommes parlé plusieurs fois. De temps à autre, tard le soir, quand j'en ai ma claque, je lui téléphone.

— Vous avez bien gardé le secret.

— Je ne pense pas que Ferguson approuverait ma conduite. Quoi qu'il en soit, je lui ai parlé récemment de nos aventures actuelles avec nos amis russes. Il m'a fait l'honneur de me livrer son opinion personnelle. Il sait pas mal de choses sur les événements actuels. Y compris au sujet du Courtier.

— Connaît-il sa véritable identité ?

— Je vous ai déjà dit que personne ne la connaît.

— Est-il au courant de ce qui est arrivé à Chekov ?

— Je ne crois pas. Et j'ai bien envie de lui en parler.

— Hmm, ne vous en privez pas pour moi, dit Greta en souriant.

Et elle se leva pour se servir une vodka.

Levin venait d'arriver chez Kelly ; il avait pris place au comptoir en attendant Chomsky. Son téléphone sonna.

— C'est moi, dit Roper. Je vous appelle via le cyberespace, comme Spock.

— Que s'est-il passé à Bagdad ? L'opération a-t-elle réussi ?

— Laissez-moi vous raconter toute l'affaire.

Roper parla, et puis demanda :

— Qu'en pensez-vous ?

— Je pense que vous allez avoir des ennuis, mon ami. Hussein sera devant la porte de l'un d'entre vous avant que vous n'ayez eu le temps de dire ouf. Heureusement que Dillon et Billy font le poids.

— N'oublions pas Harry. Lui aussi, il sait encore donner des coups. Greta est à côté de moi. Écoutez-la vous raconter cette histoire. J'allume le haut-parleur.

— Bonjour, ma jolie, dit Levin. Alors tu veux bien me parler ?

— Espèce de voyou. Tu ne m'avais pas dit que je pouvais encore le faire.

— Tu m'aimes encore ?

— Naturellement.

— L'histoire de Harry ? De quoi s'agit-il ?

Elle lui raconta ce qui s'était passé au Harry's Place, la confrontation avec les Russes, la participation de Chekov. Levin était très amusé.

— Chekov sur des béquilles, et un bon coup de pied à la mafia moscovite de Londres. Splendide ! s'exclama-t-il en riant. Ah, Chomsky vient d'arriver. Il vous salue.

Roper reprit la parole :

— Dillon et Billy ne sont pas ici. Ils sont partis

voir Harry au Dark Man. Harry a mis Ruby Moon derrière le bar. Vous vous souvenez d'elle ?

— Comment l'oublier ? Maintenant, j'ai quelque chose d'intéressant à vous dire. Vous vous souvenez de l'ami Popov, n'est-ce pas ? Il travaille maintenant pour Michael Flynn dans une société qui s'appelle Scamrock Security.

— Oui. Flynn était autrefois chef d'état-major de l'IRA Provisoire. C'est un dur. Où voulez-vous en venir ?

— Le Courtier, l'homme mystérieux qui travaille avec Oussama, a aussi des liens avec Michael Flynn. Lequel, semble-t-il, est en réalité fournisseur de mercenaires.

— Pour les mercenaires, j'aurais pu vous en parler moi-même.

— Mais saviez-vous que le Courtier est lié à Volkov ? Et puis... J'ignore ce qui va se passer à Drumore pour Belov International, mais ils vont avoir besoin de gars costauds pour assurer la sécurité des lieux.

— Et ces costauds, ce seraient d'anciens membres de l'IRA Provisoire ?

— Je pense que vous découvrirez bientôt que Flynn est sur les rangs pour obtenir le contrat.

— Intéressant.

— Je sais aussi que Volkov est intervenu pour faire entrer Popov chez Scamrock. Et comme nous l'avons déjà dit, Volkov cela veut dire le Courtier, et le Courtier cela veut dire Oussama.

— Popov vous a-t-il dit lui-même qu'il a eu ce travail grâce à Volkov ?

La voix de Chomsky s'éleva dans le haut-parleur :

— Non, Roper, il n'a pas dit cela. J'ai l'oreille contre le téléphone d'Igor. Je m'occupe de Popov. C'est un bel enfoiré.

— Ne faites pas de bêtises, protesta Greta. Soyez patient, Chomsky. Avant de prendre une décision, il faut en découvrir davantage à son sujet. Nous ne savons pas encore s'il est mouillé avec Volkov.

— Pardonnez-moi, commandant, dit Chomsky. Vous avez raison.

— Bien sûr qu'elle a raison, renchérit Levin. Bien ! Prenez soin de vous, mes amis. On se rappelle.

Roper coupa la communication.

— Vous admettrez que c'était une conversation intéressante.

— Absolument ! lança Charles Ferguson.

Greta et Roper sursautèrent. Le général se tenait sur le seuil de la pièce.

— C'est insensé, tout de même ! Dès que je tourne le dos, vous en profitez pour magouiller.

— Oh, mon Dieu ! l'interrompit Roper d'un air faussement contrit. Je vous croyais au ministère pour la journée.

— N'est-ce pas ? grogna Ferguson – et tout à coup il sourit. Je vous félicite. Comme vous ne l'ignorez pas, j'ai toujours voulu mettre la main sur Levin. Il est trop bon pour rester chez lui à se tourner les pouces.

— Alors vous êtes servi. Quant à moi, j'ai besoin

d'une pause. Si le sergent Doyle est disponible, il peut m'emmener au Dark Man.

— Je vous accompagne, dit Greta.

— D'accord, vous m'avez convaincu, dit Ferguson. Allons-y tous ensemble.

Doyle passa un coup de fil au pub. À leur arrivée, un box les attendait. Ils prirent place autour de la table. Ruby supervisa le service. Baxter et Hall soutinrent le mur comme d'habitude.

— Harry, vous avez magnifiquement réglé leur compte à ces Russes, dit Ferguson. Surtout pendant la rixe du parking. Juste ciel ! Vous redevenez celui que vous étiez autrefois.

— Il n'a jamais cessé de l'être, dit Billy. Toujours vaillant, comme à la grande époque.

— Mais dans ma jeunesse j'étais quand même un très vilain garçon, précisa Harry. Ruby, ma douce, champagne pour tout le monde.

Il leva la main pour lui claquer les fesses – et arrêta son geste juste à temps. Elle sourit.

— Ça, c'est un gentil garçon, dit-elle avant de s'éloigner.

Roper alluma une cigarette.

— Que ferez-vous quand plus personne n'aura le droit de fumer ? demanda Greta.

— Je trouverai bien quelque chose, répondit Roper en haussant les épaules. Général, une petite nouvelle de Heathrow qui pourrait vous intéresser : le professeur

Dreq Khan est de retour. Il a pris l'avion à Bruxelles aujourd'hui.

— Intéressant.

— Ce fumier est intouchable, dit Dillon.

— Et il le sait, ajouta Roper.

— On se demande quand même pourquoi il est revenu, observa Greta.

— Vous voulez dire : est-il revenu dans un but précis ? Je suis certain que oui, dit Roper tandis que Ruby revenait avec le champagne et les verres sur un chariot.

Le professeur Khan gara son Audi devant la boutique d'Ali Hassim dans Delamere Road. Ali était derrière le comptoir, accompagné d'une jeune femme vêtue d'un nikab qui ne laissait voir que ses yeux.

— Professeur, dit-il en arabe lorsque Khan apparut sur le seuil. Quelle surprise !

Il fit un signe à son employée de rester au comptoir, puis ajouta :

— Venez donc avec moi, professeur.

Il l'entraîna dans l'arrière-boutique. Ils s'assirent l'un en face de l'autre.

— Ne deviez-vous pas aller à Hazar ? demanda Ali.

— Oui. Mais il s'est passé là-bas de terribles choses.

— J'ai entendu certaines rumeurs. Sont-elles donc vraies ?

— Absolument.

— La fille Rashid est donc revenue à la maison de Gulf Road ?

— Le père l'a enlevée à Hazar avec l'aide de plusieurs diables anglais. Elle était là-bas avec son cousin et futur mari, Hussein Rashid.

— Le Marteau de Dieu. Loué soit son nom !

— Loué soit-il, en effet. Ils venaient de quitter Bagdad, où le grand-père de la gamine a été tué dans l'explosion de sa Mercedes. Une bombe. Les chiens sunnites.

— Qu'ils soient maudits, marmonna Ali. Que s'est-il passé à Hazar ?

Khan lui livra un récit détaillé des événements.

— Et maintenant ? demanda Ali. Hussein Rashid est un grand homme, mais il n'y a pas que les photos dans la presse. Un de mes hommes a dû aller au commissariat de Hampstead pour une déclaration. Il y a vu la photo de Hussein sur le panneau des criminels les plus recherchés. Il ne peut plus venir en Angleterre.

— C'est l'impression que j'ai, dit Khan en se levant. Je dois partir.

Ali le raccompagna jusqu'à l'Audi.

— Avez-vous des nouvelles d'Abu ? demanda Khan.

En réalité, il savait très bien qu'Abu était mort, abattu par Greta Novikova, car Jamal le lui avait dit, mais il n'avait pas jugé utile d'en informer Ali Hassim. Il y avait des problèmes plus importants à régler. Il avait fait jurer à Jamal de garder le secret.

Ali Hassim répondit d'une voix très calme :

— Je pense qu'ils l'ont assassiné. C'est la seule

explication possible. S'il était vivant, s'il était quelque part, il aurait trouvé le moyen de nous le faire savoir.

— Puissiez-vous vous retrouver au Paradis. Je vous rappelle bientôt.

Khan s'assit dans la voiture. Avant qu'il ne referme la portière, Ali demanda :

— Les choses vont mal, n'est-ce pas ?

— Non. Ce n'est qu'un simple revers. Croyez en votre religion. Et ayez foi en Allah et en Oussama.

— Comme toujours, acquiesça Ali.

Khan démarra et s'éloigna.

Molly Rashid fut appelée à l'hôpital pour une urgence. Afin d'essayer de retrouver une vie normale, Caspar, Sara et elle avaient eu l'intention d'aller ensemble au cinéma – mais l'enfant à opérer n'avait que sept ans, un problème de valvule cardiaque, et Molly excellait dans ce genre d'intervention.

Quand elle fut sortie, Caspar proposa à Sara d'aller quand même au cinéma. La fillette répondit qu'elle préférait rester à la maison. Il essaya de la faire parler de Bagdad et de Hazar pendant qu'ils mangeaient la salade que Molly leur avait laissée pour le dîner, mais il n'obtint que des réponses évasives. Sara ne semblait pas disposée à aborder ces questions.

Plus tard, dans le salon, après avoir allumé un feu dans la cheminée, il tenta de nouveau d'engager la conversation avec sa fille. Sans succès. Quand il changea de sujet et voulut lui parler de son avenir, le résultat fut encore plus désastreux. Elle s'énerva lorsqu'il fit allusion à son éventuel retour à l'école. De fait, elle sortit tout à coup de sa bouderie pour répliquer :

— Tu crois vraiment que j'ai besoin de ça, papa ? Mon petit uniforme d'écolière, ma crosse de hockey et tout le tintouin ?

— Mais ma chérie, il faudra bien que tu reprennes l'école un jour. C'est obligatoire. La loi...

— La loi ! explosa-t-elle d'un ton acerbe. Qu'est-ce que tu racontes ? Tout ce que j'ai vu, pendant des mois et des mois, c'est des morts. Ta mère est morte avec soixante-douze autres personnes dans l'explosion d'une bombe sur un marché du centre de Bagdad. Ton père a été tué par les sunnites dans sa propre voiture.

— Je sais, mon amour...

Il essaya de lui saisir la main. Elle la retira.

— Tu parles des sunnites comme si tu les haïssais.

— Pourquoi pas ? À la villa, avec les domestiques, nous avions plus de quarante personnes. Des tas de gens qui avaient perdu leur logement venaient avec leurs familles. Beaucoup d'entre eux vivaient dans des tentes à côté de la maison. Et chaque semaine, immanquablement, plusieurs personnes étaient tuées. Il y avait toujours trois ou quatre morts. Je me souviens d'un week-end particulièrement terrible : dix personnes d'un coup dans un attentat à la bombe !

Sara haussa les épaules, avant d'ajouter d'une voix plus calme, presque détachée :

— Mais les morts étaient toujours remplacés par de nouveaux réfugiés. C'était un cycle infernal. Ça ne s'arrêtait jamais. L'école, papa ? Là-bas, on n'en parlait même pas. Et je ne crois pas que je retrouverai jamais l'envie d'y retourner.

— Ne parle pas comme cela.

Elle regarda fixement son père.

— Je pense que je vais aller me coucher.

— Ah ? Tu... Tu es sûre que ça va aller ? demanda-t-il un peu bêtement.

— Oh, oui ! Il suffit juste de regarder la vie du bon côté, n'est-ce pas ? dit-elle, et elle eut un sourire désabusé. Je pense à un truc sympa, tout à coup. À l'école, on doit apprendre des langues étrangères. Imagine ! Maintenant je vais pouvoir choisir l'arabe et avoir les meilleurs résultats de la classe sans même avoir à travailler ! Bonne nuit.

Caspar resta un moment près de la cheminée, songeur. Le plus terrible, c'était qu'en dépit de tout son savoir, de ses diplômes, des livres qu'il avait écrits, il ne pouvait rien faire du tout.

Il sortit du salon, s'immobilisa dans le hall quelques instants, puis monta l'escalier sur la pointe des pieds et s'approcha de la chambre de Sara. À travers la porte, il l'entendit sangloter. Elle pleurait toutes les larmes de son corps.

Accablé, il redescendit les marches. Jamais, de toute sa vie, il ne s'était senti aussi impuissant.

Hussein, impatient et mécontent, avait réservé un jet privé, un bimoteur qui nécessitait deux pilotes, à une compagnie koweitienne. Les propriétaires étaient de bons musulmans ; les questions d'argent passèrent au second plan quand ils découvrirent l'identité de leur client. L'avion, un Citation X, était connu pour être l'appareil civil le plus rapide du monde depuis la disparition du Concorde. Il se poserait à Hazar le lendemain. Hussein voulait en parler au Courtier, mais il n'avait aucun moyen d'entrer en contact avec lui. C'était toujours le Courtier qui l'appelait, jamais l'inverse. Il n'avait qu'une seule solution : attendre.

Enfin, le téléphone sonna.

— Pourquoi avez-vous tant tardé ? demanda Hussein avec irritation. J'ai réservé un avion. Il sera ici demain matin.

— Parfait. J'ai une destination pour vous.

— Laquelle ?

— L'Algérie, comme je vous l'avais dit. Vous connaissez le pays, bien sûr, puisque vous avez été formé là-bas dans un de nos camps. Dillon aussi est passé par l'Algérie, il y a trente ans, quand il est entré dans l'IRA. Il avait alors dix-neuf ans. Connaissez-vous une région qui s'appelle le Koufra, sur la côte ?

— J'en ai entendu parler. J'étais dans le désert, à trois cents kilomètres à l'ouest. Le Koufra avait mauvaise réputation. Pourquoi voulez-vous nous envoyer là-bas ?

— Par jeu. Pour faire passer un message au commandant Roper. Lui montrer que je ne le lâcherai pas. L'année dernière, les gens de Ferguson ont passé là-bas un très mauvais quart d'heure. Ils sont toujours recherchés par la police algérienne pour plusieurs meurtres. Quoi qu'il en soit, c'est effectivement un sale endroit. Des centaines de kilomètres de marais, des criques, des tas de bateaux et un véritable vivier de contrebandiers et de trafiquants de drogue. Il y a un aérodrome. Une piste d'atterrissage, de vieux hangars, une tour de contrôle rudimentaire.

— Que se passera-t-il, là-bas ?

— Vous serez accueilli par le commandant Hakim Mahmoud, de la police secrète algérienne. Il a la corruption dans le sang.

— Vous voulez dire que c'est un homme foncièrement immoral ?

— L'argent décide de tout, Hussein.

— Je n'ai rien contre les voleurs, mais il faut qu'ils soient honnêtes. Hélas, je n'aurai pas le temps de découvrir cela par moi-même.

— Ne vous tracassez pas. L'expérience que j'ai de cet homme est assez satisfaisante.

Hussein réfléchit quelques instants.

— Encore une chose. Je n'apprécie pas que ce soit toujours vous qui m'appeliez. Ce système à sens unique, ça ne va pas. J'ai besoin d'être en mesure de vous contacter si quelque chose va de travers.

— Non, répondit le Courtier, catégorique. Mon identité doit rester secrète. Ce n'est pas négociable. Même pour vous. Il en a toujours été ainsi, et cela ne changera pas.

— Alors je me débrouillerai seul.

— Impossible. Vous le savez bien.

— Écoutez... Parlons un peu de la situation actuelle. Avec ma photo dans tous les journaux, je n'ai aucun espoir de pouvoir aller en Angleterre par la

France, que ce soit en avion ou par le train. Vous devriez avoir une idée pour la suite du voyage...

— Oui, l'interrompit le Courtier. Un bateau que vous trouverez dans un port breton qui s'appelle Saint-Denis. Le propriétaire est un homme à nous. George Roman. Un Anglais qui était autrefois dans la Royal Navy. Il est spécialisé dans les clients fortunés qui ont besoin d'entrer en Angleterre à la faveur de la nuit.

— Aura-t-il des armes ?

— Je présume qu'il aura quelque chose. Mais de toute façon, vous trouverez toutes les armes que vous voudrez en Angleterre. C'est prévu. Dès votre arrivée, vous ferez la connaissance d'un homme qui s'appelle Darcus Wellington. Il a fait une longue carrière d'acteur. On le voit encore à la télévision dans quelques vieux films en noir et blanc. Mais son homosexualité lui a valu des problèmes avec la justice. Alors il s'est reconverti dans le crime. Il a un talent certain pour le maquillage. Vous devriez pouvoir en tirer parti. J'espère qu'il sera en mesure de transformer votre visage, d'une façon ou d'une autre.

— Excellent. Comment irons-nous de Koufra, en Algérie, à Saint-Denis en Bretagne ?

— Mahmoud est en train de régler cette question. Il a l'intention de vous faire embarquer dans un petit avion qui sert à des opérations de contrebande entre l'Algérie et la France. Vous serez déposé sur un terrain d'aviation privé. Une voiture vous y attendra. Vous prendrez la route jusqu'à Saint-Denis. Si Roper se renseigne sur les décollages au départ de Hazar, il se doutera que le Citation X est pour vous. Il le suivra jusqu'en Algérie, mais il perdra votre trace dès que l'avion aura repris les airs.

— Et personne ne connaîtra notre identité à partir de là...

— Voilà. Il n'y a pas de raison de s'inquiéter.

— Hmm, peut-être.

— Tout est réglé. Téléchargez le fichier que je vais vous envoyer. Vous y trouverez tous les renseignements nécessaires.

— Entendu. Autre chose ?

— Oui. Votre sac de voyage spécial. Le noir que vous avez apporté de Bagdad.

— Eh bien ?

— Au fond, dans la doublure du coin droit, vous trouverez une sorte de broche en or et en émail. À l'intérieur, il y a un petit bouton. Chaque fois que vous appuierez dessus, je vous appellerai immédiatement au téléphone. Vous êtes le seul à avoir cet appareil.

— Enfoiré.

— J'ai déjà entendu ça, dit le Courtier avec bonne humeur, et il coupa la communication.

Algérie,
France

9

Le Citation arriva à Hazar à l'heure prévue. Les deux pilotes, Selim et Ahmadi, vinrent à la villa et furent invités à prendre le café sur la terrasse avec Hussein et Khazid.

— Savez-vous qui je suis ? demanda Hussein.

— Oui, répondit Selim, le plus âgé des deux. Nous sommes ici pour vous servir. C'est un honneur. Connaissez-vous cet avion ?

— Non, mais j'ai entendu de grandes choses à son sujet. Moi-même je suis pilote.

— Excellent, dit Selim et, désireux de faire plaisir à Hussein, il ajouta : Vous prendrez les commandes, si vous le souhaitez. Croyez-moi, piloter cet avion c'est une magnifique expérience.

— Je n'en doute pas, mais nous ne sommes pas là pour nous amuser. Et vous, votre boulot c'est de nous emmener à destination, de nous déposer et de repartir aussitôt. C'est compris ?

Ahmadi semblait déçu, mais Selim comprenait que l'affaire était sérieuse.

— Quelle est la destination ?

— L'Algérie, répondit Hussein, et il ouvrit un dossier sur la table. Tous les renseignements nécessaires sont là-dedans. Je vous laisse définir votre plan de vol.

Il se leva et s'éloigna, suivi de Khazid.

Ils entrèrent dans le bureau de Jemal, s'assirent de part et d'autre de la table de travail. Hussein ouvrit le tiroir, sortit deux Walther avec silencieux et deux Colt .25. Il en poussa un de chaque vers son ami. Ils les examinèrent.

— Tu as dit que tu ne me promettais rien après Paris, dit Khazid.

— En effet.

— Pourtant, mon avenir semble tout tracé.

Hussein, après avoir téléchargé différents fichiers envoyés par le Courtier, avait longuement discuté de l'opération avec Khazid.

— Peut-être, répondit-il avec un haussement d'épaules. Cela te pose-t-il le moindre problème ?

— Pas du tout. Je suis fier de servir, répondit Khazid en posant le Colt devant lui. En fait, je pensais à la suite des événements. En Angleterre. Il faudra un armement plus costaud.

— Je t'ai déjà tout expliqué. Ce M. Darcus Wellington nous fournira les armes dont nous aurons besoin.

— Darcus Wellington... Quel nom ridicule. Je suis stupéfait qu'un tel individu puisse être mêlé aux affaires du Courtier.

— Oh, je ne sais pas... D'une certaine façon, Darcus joue la comédie comme il l'a fait autrefois au cinéma ou au théâtre. Sauf qu'il s'agit d'affaires plus sérieuses.

— Et de vraies balles.

Khazid glissa un chargeur dans la crosse du Walther.

— Dans l'immédiat, quel est le programme ?

— Fais tes bagages. N'oublie pas que nous devons voyager léger. Je vais dire encore quelques mots aux pilotes. Nous décollons... dans une heure ? Ça te convient ?

— Entendu.

Ils sortirent dans le hall.

— Et c'est reparti, dit Khazid. Sur le chemin de la guerre, une fois de plus. Pourquoi nous ?

Hussein glissa un bras autour de ses épaules.

— Parce que Allah nous l'ordonne, petit frère. Même si en réalité, pour être honnête, je ne considère plus la religion comme autrefois. Elle ne m'apporte aucun réconfort.

— Mais alors... toutes ces activités guerrières ? Pourquoi y sommes-nous mêlés ?

— Parce que c'est dans notre nature.

— Et tout est dit ?

— Je le crains. Maintenant, va te préparer.

Roper avait programmé une routine de surveillance du trafic aérien à Hazar, aussi limité qu'il fût. Le sergent Doyle venait de lui apporter des sandwiches au bacon et du thé, lorsqu'un signal sonore attira son attention.

— Allez me chercher Dillon, ordonna-t-il.

— Il est dans la salle à manger avec le commandant Novikova, répondit Doyle avant de quitter la pièce.

Roper examina les données apparues à l'écran. Dillon et Greta le rejoignirent bientôt.

— Quelle est la bonne nouvelle ? demanda Dillon.

— Un Citation X affrété par Rashid Shipping a atterri à Hazar il y a deux heures. Il arrivait du Koweït. Il vient de repartir. D'après le plan de vol annoncé, il se rend dans le Koufra en Algérie.

— Ah, non ! Pas ce trou, marmonna Dillon. Pourquoi diable veut-il aller là-bas ?

— Réfléchissons... Si Hussein a quitté Hazar pour aller quelque part, vous pouvez parier que c'est le Courtier qui a organisé le voyage. La location du Citation, c'est un moyen de dire : « C'est nous ! Qu'allez-vous faire, maintenant ? » Le Courtier et Hussein doivent bien se douter que nous les surveillons.

— Mais pourquoi le Koufra ? demanda Greta. Regardez ce qui nous est arrivé là-bas l'année dernière !

— Le Courtier est probablement au courant de cette histoire. Et il sait que je l'observe. Donc... je crois qu'il veut se payer ma tête. Vous connaissez la musique. Koufra est un nid de contrebandiers et de trafiquants de drogue qui mènent leurs affaires par bateau et par avion entre l'Afrique du Nord et l'Europe. C'est l'endroit idéal pour que Hussein disparaisse dans la nature. Je suis prêt à parier que le Citation va le déposer là-bas et repartir aussitôt.

— Et lui, que fera-t-il ? demanda Greta.

— Il trouvera le moyen de traverser la Méditerranée jusqu'en Espagne. C'est le pays le plus proche, idéal pour aborder l'Europe.

— Il ne peut pas venir en Angleterre, dit Greta. Pas avec son visage imprimé dans tous les journaux du pays.

— Hmm... Il ne restera pas en Algérie, objecta Dillon. Cela n'aurait pas de sens. La France ? C'est possible.

— Difficile, dit Roper. Certains journaux du continent ont repris la photo de Hussein.

Il manipula la souris : la page quatre de l'édition de la veille du *Monde* apparut à l'écran. La photo de Hussein y occupait une belle place.

— Voilà, dit-il. Il n'a pas les honneurs de la une, mais ça ne change pas grand-chose. Il risque autant en France que chez nous.

— Où ira-t-il après l'Algérie, en ce cas ? insista Dillon.

— Je pense qu'il se fera discret, dit Greta.

— Non. Je suis certain du contraire. S'il voyage à bord d'un Citation et s'il nous jette au visage qu'il se rend en Algérie, c'est qu'il a une raison. Il a un objectif. Tôt ou tard, nous verrons de quoi il s'agit. Attendons.

À la maison de Hampstead, Molly et Caspar parlaient de Sara dans la cuisine. Ils la voyaient par la fenêtre assise sur un banc dans le jardin, un livre entre les mains.

— Elle fait semblant de lire, dit-il. C'est évident.

— As-tu reparlé de l'école avec elle ? demanda Molly.

— Impossible, répondit-il en soupirant. Il est encore beaucoup trop tôt. De toute façon, je crois qu'elle aurait besoin d'une nouvelle école, de visages inconnus, d'un environnement différent. Un pensionnat, peut-être.

— Je ne sais pas. En tout cas, il faut affronter cette situation, dit Molly en se servant une tasse de café. Elle a besoin d'un traitement psychologique adapté à son cas.

Caspar fit la moue.

— Tu parles d'elle comme d'une de tes patientes. Mais bon, je suppose que c'est normal. Après tout tu es médecin. Personnellement, je pense que nous avons besoin de prendre ensemble des décisions fermes.

— Ça signifie quoi, ça ? répliqua Molly.

— Lui dire ensemble, par exemple, que nous avons décidé qu'elle n'a pas besoin de retourner dans son ancienne école. Et qu'elle n'a pas à reprendre l'école dans les six prochains mois. Laissons-la végéter. Donnons-lui le temps de se remettre sur ses jambes.

Il jeta un coup d'œil vers la fenêtre et s'aperçut que Sara n'était plus assise sur le banc dans le jardin. Elle était dans le couloir, près de la porte de la cuisine, mais il l'ignorait.

— Je ne suis pas sûre que ce soit une bonne idée, objecta Molly. Pour être franche, j'ai eu une longue discussion au téléphone, ce matin, avec le professeur Janet Hardcastle. Elle est très intéressée par le cas de Sara, et elle m'a proposé de la recevoir.

La dame en question était l'un des plus éminents psychiatres du pays. Mais Caspar n'était guère impressionné.

— Bon sang, Molly ! Et maintenant les psys ! Pourquoi pas simplement de l'amour, de l'affection et de la patience ? Nous devrions cesser d'essayer de comprendre les choses à sa place, et la laisser faire le travail comme elle l'entend. Elle en est tout à fait capable. C'est une fille extrêmement intelligente.

Sara entra dans la cuisine.

— Oh, ce n'est pas grave, papa, dit-elle d'un air détaché. Bavarder avec le professeur Hardcastle, ça ne m'ennuie pas. Par contre, tu as raison : il est hors de question que je retourne à l'école dans l'immédiat. Bon, j'ai besoin de me reposer. Je vais dans ma chambre.

Avant de s'éloigner, elle posa le livre qu'elle avait à la main sur le buffet. Caspar se leva pour le prendre. Il regarda sa femme d'un air peiné et lui tendit l'ouvrage sans un mot.

C'était le Coran en langue arabe.

Roper avait beaucoup apprécié sa dernière discussion avec Igor Levin, l'ancien jeune prodige du renseignement militaire russe, qui avait décroché des médailles dans toutes les guerres douteuses du Kremlin, qui avait connu des heures difficiles en Afghanistan, et qui avait même réussi à approcher un général tchétchène très protégé pour lui trancher la gorge. Avant de s'installer à Dublin, il travaillait à Londres comme « attaché commercial » à l'ambassade de la Fédération de Russie. Il était en réalité sous les ordres du colonel Boris Luzhkov, chef de station du GRU...

Sur une impulsion, Roper décrocha le téléphone et appela Luzhkov à son numéro privé à l'ambassade.

Le colonel répondit dès la première sonnerie – en russe. Roper, qui parlait assez correctement cette langue, répliqua en anglais :

— Parlons à Londres comme les Londoniens, Boris.

— Qui est-ce ?

— Roper.

— Mon Dieu. Qu'est-ce qui me vaut le plaisir ?...

— Il n'y a pas de raison particulière. Je discutais récemment avec Igor Levin, à Dublin, et j'ai pensé à vous.

Luzhkov était intrigué, car il n'avait pas réussi à contacter Levin depuis un bon moment.

— Comment va-t-il ?

— Il a la belle vie. Bien sûr, vous vous souvenez de ses hommes. Chomsky travaille pour un cabinet d'avocats, et Popov est dans une entreprise de sécurité. Mais bon, vous savez déjà tout cela.

— Croyez-vous ?

— Voyez-vous, Boris, je pensais que cette ridicule tentative d'assassinat contre Blake Johnson vous avait déjà servi de leçon. À vous tous, les Russes de Londres et d'ailleurs. Alors à quoi rime cette affaire avec Stransky et ses crétins au Harry's Place ? Et Chekov ? Je suis choqué. Ont-ils réussi à sauver sa jambe, à propos ?

— Mon cher Giles, je n'ai aucun commentaire à livrer à ce sujet.

— Je parie que vous n'avez rien à dire, en effet. Mais d'où sortez-vous ce « Giles » ? Comment avez-vous découvert mon prénom ? C'est un secret très protégé !

— Comme tout bon espion, j'ai mes sources. Puis-je me permettre une remarque ? Certaines personnes pensent que Boris Luzhkov est un abruti, un vieil empoté qui a depuis longtemps perdu son savoir-faire, si tant est qu'il ait jamais eu le moindre savoir-faire. Mais Ivan Stransky a le cerveau gros comme un pois chiche. Et Chekov... Chekov, son cerveau est entre ses jambes. S'ils avaient eu un minimum de jugeote, ils auraient réfléchi plus sérieusement avant de s'attaquer à Harry Salter. Un homme qui possède un tel empire et de telles ressources financières...

— Pour ma part, l'interrompit Roper, je n'ai jamais cru que vous étiez l'ahuri que vous faites parfois semblant d'être. Mais peu importe. Dites-moi : un nouveau président va-t-il être nommé à la tête de Belov International ? L'homme qui occupe le poste en ce moment ne peut guère que végéter sur la terrasse de Drumore Place dans son fauteuil roulant, un parapluie au-dessus de la tête, à regarder la pluie tomber. Quoique... Il profitera quand même des week-ends. En Irlande, il ne pleut que cinq jours par semaine.

Luzhkov partit d'un grand rire qu'il mit de longues secondes à contenir.

— Ah, Seigneur ! Bravo, Giles, vous m'aurez mis de très bonne humeur.

— Alors ? insista Roper. Chekov est hors service. Qui va mener la barque ? Vous pouvez me le dire.

— Bien sûr. Les chirurgiens ont réussi à sauver sa jambe, mais il faudra du temps, beaucoup de temps, pour qu'il revienne dans la partie. Je peux vous le dire, puisque vous le découvrirez de toute façon. Pour le moment, c'est le général Volkov qui prend les rênes de Belov International.

— Surprise, surprise ! Le bras droit du président Poutine à la tête de cette énorme entreprise...

— Tout juste. Autre chose ?

— Oui. Pour les oreilles de Volkov, et peut-être aussi celles de son ami le Courtier.

— Oui ? Quoi donc ? fit Luzhkov d'une voix méfiante.

— Avez-vous vu les journaux ? La photo de Hussein Rashid ?

— J'aurais difficilement pu l'éviter.

— Et connaissez-vous l'histoire de l'autre Rashid : la fille de treize ans kidnappée par des fanatiques de l'Armée de Dieu, conduite à son grand-père en Irak, et promise à Hussein comme future épouse ?

— J'ai entendu certaines rumeurs à ce sujet, répondit prudemment Luzhkov.

— Hussein a emmené la gosse à Hazar. Dillon, Billy et le père de la fillette sont aussitôt descendus là-bas. Ils l'ont enlevée et se sont envolés sans perdre une minute pour la ramener sur notre cher sol britannique. En laissant derrière eux les cadavres de deux des meilleurs hommes de Hussein.

— Oh, mon Dieu ! Permettez au brave imbécile que je suis de cogiter un peu. Cette photo dans les journaux... Elle est censée empêcher Hussein de venir en Angleterre, n'est-ce pas ?

— Quelque chose comme ça. En tout cas pour le moment. Elle permet aussi de donner une impression de sécurité à la famille de la gamine.

— Je ne suis pas sûr que vous obtiendrez le résultat voulu.

— Pourquoi ?

— Parce que le Marteau de Dieu ne voudra pas décevoir son public.

— C'est aussi mon avis, convint Roper.

— M'en voudrez-vous si je parle de tout ceci à Volkov ?

— Oh non ! C'est la raison pour laquelle je vous ai appelé.

Greta entra dans la pièce. Roper ajouta d'un ton enjoué :

— Greta Novikova vous salue bien. Elle se porte comme un charme.

— Ah ! Cette fille me manque tellement, dit Luzhkov d'un ton désolé. Une telle beauté.

Ils raccrochèrent.

— Qui était-ce ? demanda Greta.

— Luzhkov, répondit Roper, et il la regarda en souriant. Je me sentais un peu seul.

Le Citation traversa l'Arabie Saoudite, l'Égypte, puis le nord de la Libye dont il longea la côte à une vitesse extraordinaire, en volant la plupart du temps à quinze mille mètres d'altitude. Au-dessus de la Méditerranée, Selim invita de nouveau Hussein à le remplacer un moment. Hussein se laissa tenter et il prit un immense plaisir à piloter le Citation.

Un peu plus tard, quand ils furent presque à destination, Selim le rappela et lui dit :

— Je m'inquiète un peu pour le niveau de kérosène. Oran n'est qu'à quelques centaines de kilomètres du Koufra. Je crois que nous devrions nous arrêter pour faire le plein.

Hussein réfléchit rapidement. Les avions privés comme le Citation, du fait qu'ils transportaient des passagers forcément fortunés, avaient toujours un traitement de faveur dans les aéroports. S'ils se posaient à Oran, ils ne risquaient sans doute pas grand-chose.

— D'accord, répondit-il.

À l'atterrissage, il sortit son passeport britannique. Khazid prit un passeport français au nom de Henri Duval. Ils descendirent de l'avion pour faire quelques pas. Ahmadi emporta les passeports au bureau de l'immigration, mais l'agent lui fit signe en souriant qu'il n'avait pas besoin de les contrôler.

— C'est tellement simple, observa Khazid.

— Oui, convint Hussein. Mais dans ce pays il ne faut pas considérer que tout ira toujours aussi bien. La prochaine fois, ils pourraient tout autant nous tomber dessus et nous causer les pires ennuis.

— C'est à Allah de décider.

— Peut-être. Mais je me demande si notre sort ne dépend pas plutôt de nous-mêmes. Uniquement de nous-mêmes.

— Je suis un homme simple, mon ami, dit Khazid en souriant. J'accepte ce que je suis, et je fais ce qu'on me dit de faire.

— Et je te préfère comme ça.

Hussein remonta dans l'avion, Khazid le suivit, le Citation grimpa à trois mille mètres d'altitude et fila dans le ciel crépusculaire rougeoyant. Un moment plus tard, ils découvrirent les marais du Koufra qui s'étendaient entre la mer et le désert, un chapelet de criques rocheuses le long du littoral, et de nombreux bateaux : ici et là un boutre à la voile gonflée par le vent, des chalutiers, parfois un cargo.

L'avion descendit à trois cents mètres. Selim vit la piste d'atterrissage sur sa gauche, la tour de contrôle et deux hangars. Curieusement, il n'arrivait pas à établir le contact radio avec l'aérodrome. Il vira au-dessus de la ville et de son petit port niché au creux d'une baie. Un hydravion était amarré au bout d'un ponton en bois.

— C'est un Eagle Amphibian, dit-il. Il possède des roues qui peuvent se baisser sous les flotteurs pour lui permettre de sortir de l'eau. C'est un vieil avion, mais il est très solide. À l'origine, il a été conçu pour voler dans des régions difficiles comme le Grand Nord canadien.

Il ralentit le Citation, qui sembla presque s'immobiliser au-dessus de la côte. Hussein plissa les yeux. Il avait un mauvais pressentiment.

— Toujours pas de réponse de la tour, observa-t-il. C'est étrange. Voilà ce que vous allez faire : vous atterrissez, vous roulez jusqu'à l'extrême bout de la piste, et vous faites demi-tour pour repartir et décoller. Vous vous arrêtez juste assez longtemps pour que nous descendions. Ahmadi ferme la porte, et nous attendons quelques minutes. Si les gens que nous voulons voir sont ici, ils viendront à nous. S'il y a un problème, je tire en l'air et vous, vous décollez dare-dare.

— Nous ne pouvons pas vous abandonner, objecta Selim d'un air effaré. Ce serait nous couvrir de honte.

— C'est un ordre, mon ami. Ne discutez pas. Cette affaire ne concerne que nous, mon frère et moi, précisa Hussein en glissant un bras autour des épaules de Khazid. Ne vous tracassez pas. Nous sommes doués.

— D'accord, je vous obéis, dit Selim. Mais avec beaucoup de regret.

L'avion vira et passa une dernière fois au-dessus des hangars, dont les portes étaient ouvertes. Toujours personne en vue. Et pas le moindre véhicule.

La nuit tombait rapidement.

— On y va, dit Hussein. Tu prends les deux sacs de voyage.

— Heureusement que nous n'avons que très peu de bagages, dit Khazid en souriant.

— Si tu as besoin d'un costume, achète un costume. C'est ma devise. Allez ! C'est reparti, petit frère !

Le Citation descendit rapidement, se posa, roula jusqu'au bout de la piste et, comme convenu, fit demi-tour. Les réacteurs fouettaient les roseaux qui se dressaient au bord du tarmac. Ahmadi ouvrit la porte. Khazid descendit précipitamment les marches et s'accroupit pour échapper au souffle des réacteurs. Hussein le suivit. Il se tournait pour jeter un coup d'œil vers Ahmadi, lorsqu'il vit deux Land Rover surgir d'un des hangars pour venir vers l'avion à toute allure.

— Allez-y ! cria Hussein en agitant la main.

Ahmadi obéit. Le Walther à la main, Hussein tira en l'air. Selim mit les gaz. L'avion s'élança sur la piste, obligeant les Land Rover à se déporter précipitamment vers l'accotement. Il décolla quelques instants plus tard et s'éleva dans le ciel.

Khazid, armé, se préparait à accueillir les occupants des Land Rover.

— Cache-toi dans les roseaux ! ordonna Hussein. Allume ton téléphone. Je vais les retenir. Va !

Il visa avec précaution et creva le pneu avant gauche du premier véhicule, qui fit une violente embardée. L'homme assis à côté du conducteur fut éjecté de son siège et tomba en roulé-boulé sur la piste. L'autre véhicule continua sur sa lancée. À l'intérieur, Hussein aperçut quatre hommes en uniforme kaki : la police algérienne.

Quand la Land Rover fut à quelques mètres de lui, il tira de nouveau. Le pare-brise explosa et la voiture pila. Il recula, s'élança dans les roseaux – et trébucha aussitôt sur un câble rouillé enfoui dans la végétation. Il tomba la tête la première. Les hommes en kaki se jetèrent sur lui avant qu'il ait pu se relever. Ils le criblèrent de coups de pied et de coups de poing, puis le redressèrent. Un homme le fouilla et trouva le

Walther. Hussein avait laissé le Colt dans le sac de voyage emporté par Khazid.

Le chef du groupe était un capitaine barbu, gras et suant. Son subalterne lui tendit le Walther.

— Belle arme. Un petit cadeau, ça fait toujours plaisir.

— Très heureux de vous donner satisfaction, dit Hussein.

— Ah ! Un client compréhensif. Je suppose que vous êtes ici pour voir le commandant Hakim Mahmoud, de la police secrète ?

— S'il est disponible.

— Ah ! répondit le capitaine en s'esclaffant. Vous devez être un homme important. C'était un très bel avion.

Un de ses hommes émergea des roseaux.

— Alors ? Le deuxième passager ?

— Rien, capitaine. Il a disparu.

— Peu importe.

Il regarda la première Land Rover, dont les trois hommes étaient en train de changer la roue crevée.

— Ils nous rattraperont. Je passe au bureau, puis je veux rentrer rapidement au fort. Il va pleuvoir, dit-il, et il se tourna vers Hussein pour ajouter : Je suis le capitaine Ali. Je suis sûr que nous allons bien nous entendre.

Il lui donna une tape sur la joue.

— Vous êtes un jeune homme bien mignon.

Hussein s'assit sur la banquette arrière entre deux policiers, Ali à l'avant à côté du conducteur. La Land Rover démarra.

Dissimulé dans les roseaux, Khazid avait tout entendu. Il les laissa s'éloigner en observant les trois hommes de la première Land Rover. La roue de secours était presque en place. Celui qui avait été éjecté du véhicule avait des galons de sergent. Khazid vissa rapidement un silencieux Carswell sur le canon du Walther. Les deux autres hommes achevaient de visser les boulons de la roue.

— Bien, dit le sergent. Allons-y.

Khazid posa les sacs de voyage et sortit des roseaux, le Walther à la main. Il siffla. Les hommes se retournèrent. Il tua le sergent d'une balle entre les yeux. Les autres se figèrent, terrorisés.

— Le capitaine a dit qu'il allait passer au bureau. Où est-ce ?

— Au pied de la tour de contrôle, répondit l'un des hommes.

— Parfait. Et le fort dont il a parlé, qu'est-ce que c'est ?

— Le vieux fort de la Légion étrangère. Il est à huit cents mètres de l'aéroport, sur la gauche, dit l'homme.

Son collègue, tétanisé, semblait incapable d'ouvrir la bouche.

— Merci, dit Khazid.

Il les tua tous les deux d'une balle en plein front – non par cruauté, mais parce qu'il n'avait guère le choix s'il voulait avoir une chance de récupérer son ami vivant. Il mit les sacs de voyage sur le siège passager, puis prit le temps de tirer la capote en toile de la Land Rover pour être moins visible au volant comme pour se protéger de la pluie annoncée par le capitaine.

Il roula sans hâte en direction de la tour de contrôle. La seconde Land Rover n'était visible nulle part.

Il faisait maintenant très sombre. Khazid n'avait guère besoin de se montrer trop prudent. La porte n'était pas verrouillée ; il la poussa, trouva un interrupteur, découvrit une petite pièce avec un comptoir d'accueil. Derrière, une porte portait l'inscription : ADMINISTRATION. Il la franchit et alluma la lumière.

Derrière la table, un homme gisait dans un vieux fauteuil de bureau en cuir. Les mains menottées derrière le dos. Manifestement, il avait passé un très mauvais quart d'heure avant d'être achevé d'une balle dans la nuque. Khazid supposa qu'il s'agissait du commandant Hakim Mahmoud. Il regarda autour de lui. Il y avait une grosse torche électrique sur le classeur métallique. Elle fonctionnait. Il la saisit, éteignit le plafonnier et quitta la tour de contrôle pour reprendre le volant de la Land Rover. Prochain arrêt : le fort de la Légion.

Il faisait froid, étonnamment froid. Hussein frissonnait quand les trois policiers l'extirpèrent sans douceur de la Land Rover. Ils étaient arrêtés devant le mur d'enceinte du fort. Le drapeau vert et blanc de l'Algérie, avec son croissant et son étoile rouge, flottait au vent au-dessus de leurs têtes, éclairé par un projecteur. Ils franchirent un portail flanqué de braseros allumés près desquels se tenait des sentinelles armées.

Ils s'arrêtèrent au pied d'un escalier menant au sommet des remparts. Le capitaine Ali entra dans une petite pièce taillée dans l'épaisseur du mur, puis en ressortit avec une bouteille de whisky à la main. C'était donc un musulman de ce genre-là. Hussein le regarda sans dissimuler le mépris qu'il lui inspirait. Ali était comme le symptôme d'une maladie à éradiquer.

— Le commandant Hakim Mahmoud était un homme mauvais. Diabolique ! Il s'entendait avec les trafiquants de drogue, avec tous les bandits de la région, qui récompensaient sa cupidité. Si vous étiez de mèche avec Mahmoud, vous et votre ami disparu, vous êtes sans doute riches... et mauvais, vous aussi.

— Pas forcément.

— Je veux savoir qui vous êtes. Et qui sont les pilotes de votre avion.

— Désolé. C'est contraire au règlement.

— Contraire au règlement ? Je vois. Vous voulez donc jouer au plus fin. Et vous pensez sans doute que vous allez subir une vilaine épreuve physique, c'est cela ? Eh bien, ce n'est pas nécessaire. Dans ce fort, autrefois, on entraînait les légionnaires français. Des hommes durs qui avaient besoin d'être contrôlés, maîtrisés. Mais les Français étaient des gens pragmatiques.

Il pointa un index vers le bout du mur.

— Ils avaient ce qu'ils appelaient le Trou, là-bas. Un endroit très inconfortable.

— Je n'en doute pas.

— C'est infesté de rats, précisa Ali après avoir bu une longue gorgée de whisky. Soit on aime, soit on déteste...

— Ce sont des créatures intelligentes, dit calmement Hussein.

Ali lui agrippa le bras et l'entraîna vers le Trou, qui était en réalité un vieux puits. Au-dessus de l'ouverture, il y avait un treuil simple avec une manivelle et une corde.

— Donne-lui la lampe électrique ! ordonna Ali à l'un de ses hommes. Qu'il voie ce qui l'attend.

Un autre policier apporta une djellaba. Ils ordonnèrent à Hussein de glisser le pied dans une sorte d'étrier fixé à la corde, et le firent descendre dans le Trou. L'endroit était froid et humide. Au fond, il y avait trente centimètres d'eau. La pluie avait commencé à tomber ; elle ruisselait sur les parois. Les Algériens lui jetèrent la djellaba qu'il enfila sans protestation. Il entendit des petits animaux courir en tous sens autour de lui. La corde remonta.

Hussein s'assit sur un étroit rebord de pierre, juste au-dessus de l'eau, et alluma la lampe. Les yeux de deux rats brillèrent sous le faisceau. Ils semblaient le contempler d'un air curieusement amical.

— Soyez bien gentils, d'accord ? dit-il en arabe.

La pluie devint soudain plus forte.

— Khazid, où es-tu ? demanda-t-il en soupirant.

Khazid venait de s'arrêter au bord de la route, satisfait d'avoir tiré la capote pour se protéger de la pluie. Le fort se dressait devant lui. Le drapeau algérien pendait mollement à son mât. Les sentinelles, de part et d'autre du portail, n'avaient pas de guérite où s'abriter, mais de simples alcôves taillées dans le mur qui dataient sans doute de la période de gloire du fort. L'un des hommes était assis, la cigarette entre les lèvres. L'autre, debout, s'avança vers la Land Rover.

— Qui êtes-vous ? Que voulez-vous ?

— Police secrète. Où puis-je trouver le capitaine Ali et le prisonnier qu'il vient d'amener de l'aérodrome ?

Le policier saisit le fusil qu'il portait en bandoulière.

— Police secrète ? Je ne vous connais pas.

Khazid saisit le Walther sur le siège passager et tua le policier d'une balle en pleine tête. L'autre sentinelle poussa un cri.

— Ne bougez pas, dit Khazid en le tenant en joue. Je ne peux pas vous rater.

Terrifié, l'homme lâcha son arme.

— Allons, répondez-moi !

— Le capitaine a mis le prisonnier dans le Trou. C'est à l'intérieur, au bord des remparts. Je ne sais pas où le capitaine est en ce moment. Peut-être dans la salle commune.

Khazid descendit de la Land Rover et s'avança vers lui.

— Le Trou ? répéta-t-il. Montrez-moi le chemin.

L'homme obtempéra. Ils franchirent le portail et longèrent les remparts. Le capitaine avait disparu, mais il y avait de la lumière dans les baraquements, au fond de la cour, et on y entendait des rires bruyants.

Khazid découvrit le puits, avec son treuil, que l'homme avait appelé le Trou.

— Es-tu en un seul morceau, mon frère ? lança-t-il.

— Les rats essaient de me grignoter, mais à part ça je vais bien, répondit Hussein en haussant la voix. Tu m'as manqué, petit frère.

— Je n'en doute pas, dit Khazid, et il fit signe à la sentinelle. Sortez-le d'ici.

L'homme lança l'étrier dans le vide en le retenant avec la corde.

— C'est bon, je l'ai, cria Hussein, et il ajouta un ton plus bas pour les rats : Adieu mes amis.

Le treuil grinça, le policier tira de toutes ses forces, Hussein apparut bientôt au bord de l'ouverture.

— Je pue comme une vieille truie.

— Mais tu es vivant, ce qui n'est pas le cas de notre ami le commandant Hakim Mahmoud.

— Qu'il aille en paix. Rappelle-moi de prévenir le Courtier.

— Il aurait dû déjà le savoir.

Une porte claqua au fond de la cour. Le capitaine Ali, abrité sous un parapluie multicolore, vint dans leur direction les yeux au sol. Il s'immobilisa quand il vit Hussein.

— Oh, c'est vous, dit-il assez stupidement.

— Eh oui.

Hussein fouilla ses poches et trouva le Walther. Curieusement, le gros homme ne semblait pas avoir peur. Mais c'était peut-être l'ivresse qui lui donnait du courage. Il tenait encore la bouteille de whisky à la main.

— Je savais que vous étiez quelqu'un de spécial ! s'exclama-t-il tout à coup. Il suffisait de voir votre avion. Si vous comptez me tuer, dites-moi au moins qui vous êtes.

— Je m'appelle Hussein Rashid. Je suis connu à Bagdad.

— Bonté miséricordieuse ! Vous êtes connu dans tout le monde arabe.

— Je devrais vous tuer. Mais j'ai été formé ici, dans des camps algériens...

— Alors nous sommes frères ! dit Ali d'un ton plein d'espoir.

— Sûrement pas. Allons... Les rats vous attendent.

— Merci mille fois. Vous êtes un grand homme.

Ali glissa un pied dans l'étrier. Khazid dut aider la sentinelle, qui n'avait pas assez de force pour retenir le poids du gros capitaine pendant la descente.

Sa voix s'éleva du fond du Trou :

— Les rats ! Je comprends ce que vous voulez dire. Je ne sais pas ce que vous êtes venu faire par chez nous, mon ami, mais je vous souhaite d'aller à une mort heureuse.

— Fichons le camp, dit Hussein à Khazid, et il désigna la sentinelle. Amène-le avec nous.

Ils regagnèrent la Land Rover. L'Algérien, ivre de frayeur, s'attendait à être tué à tout instant.

— Par où est la ville ? demanda Hussein.

L'homme pointa un doigt.

— Il y a eu assez de morts pour la soirée, dit Hussein. Cours aussi vite que tu peux.

L'homme détala sans demander son reste.

— Je crois que nous sommes dans de sales draps,

dit Khazid. Nous devons partir d'ici au plus vite. Et la Bretagne est bien loin.

Hussein monta dans la Land Rover à côté de lui.

— J'ai une idée. Que dirais-tu de partir en avion ?

— Nous n'avons pas d'avion, dit Khazid en démarrant.

— Ah oui ? Tu es sûr ?

Ils s'éloignèrent rapidement du fort sous la pluie battante.

La pancarte, sur le bâtiment voisin du ponton, portait l'inscription CAN-AIR – le nom d'une société, peut-être. À l'intérieur il faisait sombre ; l'endroit semblait désert. Quelques lumières brillaient sur les bateaux amarrés dans le port. De temps en temps ils entendaient des rires dans les cafés des ruelles qui débouchaient sur le port.

Khazid avait apporté la torche électrique de la tour de contrôle. Ils examinèrent l'avion, qui était si vieux qu'il possédait une jauge d'essence manuelle. Celle-ci indiquait que les réservoirs étaient pleins aux deux tiers.

— Pas mal, dit Hussein.

— Tu ne m'as toujours pas dit où nous allons.

— Aux îles Baléares. Majorque, la plus grande, est à mon avis la destination idéale. L'aéroport de Palma de Majorque accueille des dizaines de vols internationaux par jour, bondés de touristes. Il y a des vols pour toutes les destinations imaginables.

— Tu veux essayer d'aller directement en Angleterre ?

— Non, ce serait trop risqué. Mais il y a des tas de vols vers la France. Des avions bourrés de vacanciers qui rentrent chez eux. C'est déjà beaucoup mieux.

Une voiture de police apparut de l'autre côté du port. Elle s'arrêta et deux agents en descendirent. Quelques instants plus tard, une seconde voiture déboucha d'une ruelle un peu plus éloignée.

— Des ennuis ? s'interrogea Khazid. Le capitaine veut peut-être se couvrir. Nous avons tout de même laissé plusieurs morts derrière nous.

— Je n'ai pas l'intention d'attendre pour savoir ce qu'ils veulent. On embarque !

Il ouvrit la porte du petit hydravion. Khazid détacha l'amarre, la jeta à l'intérieur et monta derrière Hussein. Dès qu'ils furent assis, Hussein fit démarrer les moteurs et éloigna l'appareil du ponton. Il avança dans l'obscurité en direction de l'entrée du port, bien signalée par les bouées. Au-delà, par contre, la nuit était d'encre.

Khazid vit une des voitures de police démarrer pour longer le port à toute allure.

— Je crois qu'ils s'intéressent à nous.

— Quelles que soient leurs intention à notre égard, il est trop tard.

Hussein tourna l'avion face au vent et poussa les gaz. Il tira le manche au bon moment : l'Eagle s'éleva sans effort au-dessus de la mer et les quelques bateaux qui naviguaient au bord de la côte.

— Combien de temps faut-il pour aller jusqu'à Majorque ? demanda Khazid.

— Je ne vais pas me presser. Si je ne pousse pas trop ce vieux coucou, il consommera moins de kérosène. En plus, la balade me plaît bien. Disons... environ trois heures et demie. Ensuite, nous verrons bien ce que nous trouverons à Palma de Majorque. Je suis optimiste. Depuis Hazar, les choses se passent finalement plutôt bien. Cela aurait pu être pire.

Il stabilisa l'avion à mille cinq cents mètres d'altitude et alluma le pilote automatique.

— Nom de Dieu, ce que je pue ! s'exclama-t-il en examinant son costume crasseux. Armani ne serait sûrement pas content.

— Comme tu l'as dit toi-même : « Si tu as besoin d'un costume, achète un costume. » Tu seras tiré d'affaire à l'aéroport.

— Oui, Palma de Majorque est un endroit suffisamment sophistiqué. Il y aura sans doute de nombreuses boutiques de luxe à l'aéroport. Attrape mon sac de voyage. Au fond, dans le coin droit, il y a une broche dans la doublure.

Khazid la trouva. Hussein ouvrit l'objet et montra le bouton d'appel à son compagnon.

— Notre cordon ombilical jusqu'au Courtier.

Il appuya sur le bouton et glissa la broche dans sa poche. Le téléphone satellite sonna presque aussitôt. Le Courtier écouta calmement ce que Hussein avait à lui dire.

— Dommage pour le commandant Mahmoud, dit-il. C'était un agent précieux dans cette région.

— Vous le remplacerez vite.

— Bien. Et maintenant, que se passe-t-il ?

— Nous abandonnerons l'hydravion quelque part sur la côte de Majorque et nous nous rendrons à l'aéroport. Renseignez-vous sur les avions qu'il y a là-bas, et rappelez-moi.

Ce que fit le Courtier une demi-heure plus tard.

— Il y a beaucoup de vols à destination de la France, y compris un certain nombre à bas prix vers diverses villes de province. Le genre d'avion où on entasse un maximum de passagers sans même leur offrir une tasse de café, mais où on se fiche royalement de leur identité. Parmi les destinations intéressantes pour vous, il y a la ville de Rennes, qui se trouve à moins de quatre-vingts kilomètres, par le train, du port de Saint-Malo sur la côte de Bretagne. Et Saint-Denis est à dix-huit kilomètres de Saint-Malo. À mon avis, c'est la meilleure solution. Vous vous débrouillerez pour les billets à Majorque, conclut le Courtier.

Il raccrocha avant même que Hussein ait pu dire un mot.

— L'insolence de cet homme ! s'exclama Khazid. Je n'en reviens pas ! Quand on pense que son réseau d'agents soi-disant irréprochables montre de gros signes de cafouillages, sa condescendance est stupéfiante.

— Ne te monte pas la tête à cause de ça, répliqua Hussein. Essaie de dormir un peu. Je vais piloter.

Il remit l'appareil en manuel, posa les mains sur le manche, se renversa en arrière contre le dossier du siège et commença à prendre du bon temps.

À quatre heures du matin, sous une demi-lune qui projetait une lumière ténue par-dessus la mer, ils découvrirent l'île de Majorque. Hussein descendit à cent cinquante mètres d'altitude et vira pour longer la côte et trouver un endroit approprié où amerrir. Ce fut Khazid qui aperçut le premier une petite crique en forme de croissant, sous un promontoire assez raide, à l'extrémité nord de l'île. La crique possédait un ponton auquel aucun bateau n'était amarré et elle était bordée de nombreuses villas opulentes.

— Si des gens entendent l'hydravion, ils se diront qu'il appartient aux habitants d'une de ces luxueuses propriétés.

— Ça paraît logique, acquiesça Hussein.

Il amerrit à l'entrée de la crique et s'y avança lentement. Les moteurs produisaient un ronronnement assourdi. À quelques mètres du ponton, il coupa le contact pour laisser l'avion dériver. Khazid ouvrit la porte et sauta sur le ponton avec l'amarre. Hussein le rejoignit avec les deux sacs de voyage. Ils s'engagèrent dans un long escalier qui menait au sommet du promontoire.

Ils découvrirent une forêt de pins dans laquelle s'enfonçait un sentier. Un peu plus loin, les arbres laissèrent place à un vaste vignoble. Ils continuèrent de marcher d'un bon pas. Ici et là il y avait des villas, quelques fermes.

— Retirons nos manteaux, dit Hussein. Essayons d'avoir l'air de promeneurs, de vacanciers normaux.

Le ciel rosit à l'est, puis devint doré. Ils marchèrent sans relâche. Le soleil se leva. Ils commencèrent à apercevoir des gens autour des maisons. La campagne était absolument magnifique. Enfin ils débouchèrent sur une route assez importante et rencontrèrent peu après un petit village où la journée semblait déjà bien commencée.

— Alors ? demanda Khazid. Que fait-on ?

— Je ne sais pas.

Ils avaient presque traversé le village, lorsqu'ils tombèrent sur une auberge entourée d'un jardin accueillant. Une jeune femme balayait la terrasse.

Elle sourit et leur dit bonjour en espagnol. Hussein répondit en anglais. Khazid l'imita en prenant un léger accent français :

— Bonjour, mademoiselle. Nous cherchons un arrêt de bus. Savez-vous s'il y a un bus, par ici ?

— Il y a un bus, oui, mais il ne passe pas avant midi. Vous avez des problèmes ?

— Des petits problèmes, en effet, dit-il d'un ton agréable. Malheureusement, notre voiture de location nous a lâchés. J'ai essayé d'appeler la compagnie, mais personne ne répond.

— Et notre avion décolle à midi, précisa Hussein.

— Oh. Je comprends. Vous devez aller à Palma de Majorque, c'est cela ?

— Oui. Le plus vite possible.

— Mon barman, Juan, va en ville ce matin avec le camion pour faire des provisions. Dès qu'il aura terminé son petit déjeuner. Je suis sûre que vous pourrez vous entendre avec lui. Je vais lui parler. Voudriez-vous du café et du pain, en attendant ?

— C'est une excellente idée.

La jeune femme s'éloigna. Hussein et Khazid s'assirent à une table de la terrasse.

— Nous avons un autre problème, dit Hussein. L'avion que nous n'avons pas pu prendre en Algérie, celui des trafiquants de drogue, devait nous lâcher en France illégalement. Ce qui signifie que nous pouvions garder nos armes.

— Adieu les joujoux, dit Khazid d'un air déçu.

— Et ce n'est pas Roman qui nous en donnera d'autres. D'après le Courtier, Darcus Wellington nous fournira ce dont nous aurons besoin quand nous arriverons en Angleterre.

— D'accord. Réglons ça tout de suite.

Khazid mit les deux Walther et les deux Colt .25 dans ses poches.

— Ça me brise le cœur, dit-il, puis il haussa les épaules. Mais s'il faut le faire... Je vais trouver un fossé ou un trou quelconque.

Il disparut dans le vignoble qui bordait le jardin. La jeune femme revint avec du café, du pain et de la confiture. Elle se pinça le nez.

— Il vous est arrivé un malheur ?

— Oui, répondit Hussein. Pendant que j'essayais de réparer la voiture. J'ai glissé et je suis tombé dans le fossé.

— Utilisez la salle de bains, si vous voulez. C'est la porte à côté du bar. Il y a une douche.

Il entra dans la maison, dit bonjour à un jeune homme – probablement Juan – qui était en train de nettoyer le comptoir, et entra dans la petite salle de bains. Il se regarda dans le miroir. Il faisait peine à voir. Il retira ses vêtements, se doucha rapidement et se sécha. Il avait déjà meilleure mine, même si ses habits étaient toujours aussi crasseux et puants. Quand il ressortit sur la terrasse, Khazid flirtait sans vergogne avec la jeune fille en buvant le vin rouge qu'elle lui avait apporté.

— Allons, *mon ami*, dit-il en français. Bois un verre avec moi. C'est bon pour le cœur.

Hussein, qui comprenait très bien ce que Khazid avait derrière la tête, saisit son verre et but le vin comme un homme.

Juan apparut à la porte. Ils firent leurs adieux à la jeune femme et montèrent sur le plateau de la camionnette pour s'asseoir contre l'arrière de la cabine du conducteur, chacun son sac de voyage calé sous le dos.

— Les Espagnoles sont mignonnes, dit Khazid tandis que le véhicule s'élançait sur la route. Imagine un peu. Deux desperados comme nous... et elle n'en saura jamais rien.

— Cela vaut mieux pour elle. Beaucoup mieux.

Hussein appuya la nuque contre la paroi métallique de la cabine et ferma les yeux, le visage baigné par le soleil matinal.

À l'aéroport, après avoir donné cinquante dollars à Juan, ils trouvèrent rapidement une boutique spécialisée dans les vêtements de marque pour hommes. Hussein garda son sac, mais donna son passeport britannique à Khazid au cas où le guichet de la compagnie aérienne accepterait de lui vendre deux tickets sans voir le second passager. Cela arrivait bien souvent, surtout dans les aéroports qui traitaient un grand nombre de voyageurs.

Le propriétaire de la boutique et son assistant – qui était aussi manifestement son petit ami – poussèrent des soupirs horrifiés quand Hussein leur expliqua son accident dans le fossé. Ils se démenèrent pour l'habiller en Armani de pied en cap : caleçon, chaussettes en soie, deux chemises, une blanche et une bleue, costume d'été brun clair et souliers pour parachever l'ensemble. Hussein se regarda dans le miroir. Oui, il avait décidément bien meilleure allure. Il décida d'acheter aussi un trench-coat kaki. Il était en train de payer le tout lorsque Khazid revint.

— Eh bien ! Quelle élégance !

— Je n'ai pas besoin de tes flatteries. Les billets d'avion ?

— Aucun problème. La fille était française et je parle bien le français. Deux billets dans l'avion de Rennes qui décolle à onze heures et demie. Nous sommes des touristes, nos vacances sont terminées...

— Parfait. Cache les passeports supplémentaires dans le compartiment spécial de ton sac de voyage. Nous allons acheter une valise, y mettre les deux sacs et l'enregistrer en soute. Maintenant, je dois contacter le Courtier.

Ce qu'il fit en appuyant sur le bouton de la broche. Quand le Courtier l'appela, il était assis à l'écart de la foule dans une des salles d'attente de l'aéroport.

— Un petit pépin auquel nous n'avions pas pensé. Nous avons dû abandonner les armes.

— Je n'y peux rien pour le moment, mais vous serez ravitaillés dès votre arrivée en Angleterre. Darcus Wellington vous étonnera.

— Vous préviendrez George Roman que nous sommes en route ?

— C'est réglé.

Le Courtier coupa la communication. Hussein sourit à Khazid.

— Et maintenant, je crois que nous avons besoin d'un bon repas.

— Je ne pourrais pas dire mieux.

Ils se dirigèrent vers les restaurants.

Irlande,
Londres

10

La veille – vingt-quatre heures avant l'arrivée de Hussein et de Khazid à Majorque –, Luzhkov, à l'ambassade de Russie, avait reçu l'étonnant coup de téléphone de Roper.

Manifestement, il ne pouvait pas en parler au Courtier. Volkov, par contre... Il l'appela au Kremlin sur sa ligne sécurisée.

— J'ai quelque chose d'assez intéressant à vous raconter.

— Ah. Ça change.

— Je viens de parler avec Roper. Il me téléphonait de la propriété de Holland Park.

— Roper ? Mon Dieu ! Dites-moi tout.

Luzhkov ne fut pas en mesure de raconter absolument tout, car à ce moment-là Hussein venait juste d'enterrer son oncle et ses deux amis. Bien sûr, la photo transmise par Roper aux médias avait déjà été publiée dans les journaux britanniques, mais le Courtier n'avait pas dit à Volkov que Hussein comptait venir en Angleterre malgré tout.

— Qu'en pensez-vous ? demanda enfin Luzhkov. Roper deviendrait-il un franc-tireur ?

— Non. Chacune de ses actions a un but précis, répliqua Volkov. Donc... il vous apprend que Greta travaille pour Charles Ferguson. Nous nous en doutions. Il parle aussi de Levin à Dublin, et de Chomsky et Popov. L'affaire Rashid, l'enlèvement de la gamine à Hazar, est intéressante. Mais pas très surprenante, si l'on songe que Dillon s'en est mêlé. Avec ce fichu Billy Salter. Personnellement, je trouve que Hussein ferait une bêtise s'il venait dès maintenant en Angleterre. Il faut perdre tout espoir d'utiliser ses services pour régler l'un ou l'autre de nos problèmes. C'est fichu. Mais nous devons quand même faire quelque chose en ce qui concerne Ferguson. Cette alliance contre nature avec Dillon, Harry Salter et tous ces criminels qui gravitent autour d'eux, c'est inacceptable.

— À cause d'eux, ajouta Luzhkov en riant à moitié, même la mafia moscovite perd la bataille à Londres. Et Chekov sera incapable de travailler pendant un moment. Que voulez-vous faire ?

— Je ne sais pas encore. Mais il faut agir, d'une façon ou d'une autre. Et vite !

— Nous avons besoin d'une action surprenante, qui les fera douter, dit Luzhkov. La violence physique est peut-être un peu vieux jeu, mais l'idée de Stransky et de Chekov n'était pas si mauvaise.

— Je n'en suis pas sûr. Beaucoup de gens, non seulement dans notre milieu mais aussi dans la pègre londonienne, ont maintenant compris que Harry Salter est de retour sur le devant de la scène. Et prêt à en découdre.

— Si tant est qu'il ait jamais quitté le devant de la scène, observa Luzhkov.

— Salter est intelligent et rusé. Même la police est obligée de l'approuver. Les mauvais coups qu'il commet, il les commet contre des gens néfastes. Des gens que personne n'aime.

— Comme les Russes de Londres. Des oligarques milliardaires et des fantassins de la mafia, précisa Luzhkov. (Puis il soupira, fataliste, avant d'ajouter :) Et après ? Nos amis russes sont dans une mauvaise passe. D'accord. Mais en réalité, qu'est-ce que les Londoniens ordinaires en ont à fiche ?

Volkov ne répondit rien pendant quelques secondes.

— J'aimerais beaucoup faire tomber Salter, dit-il d'une voix monocorde.

— Vous n'arriverez jamais à l'atteindre. De même que vous n'arriverez jamais à toucher Ferguson.

— Je ne sais pas. J'ai toujours pensé que si on veut vraiment abattre quelqu'un, on peut réussir. Regardez cet imbécile qui a tiré à bout portant sur le président Reagan.

— Hmm, c'est vrai. « Chérie, j'ai oublié de me baisser », qu'il a dit à sa femme...

— Oui. Il avait le sens de l'humour.

— Pour un homme dont l'intention était de détruire le communisme et l'Union soviétique.

— Merci de me le rappeler. Maintenant, à moi de vous rappeler que lorsque Levin a reçu l'ordre de se débarrasser de ce général tchétchène, il s'est débrouillé pour l'approcher et lui trancher la gorge au cœur même de l'hôtel que les Tchétchènes utilisaient comme poste de commandement.

— Oui. Levin est un artiste de l'assassinat.

— Roper, bien sûr, vous a appelé pour que vous m'appeliez... Mais je me demande pourquoi.

— Pour attiser les braises, peut-être ?

Et sur ces mots, ils raccrochèrent.

Qui appelle-t-il, maintenant ? se demanda Luzhkov.

De fait, Volkov était déjà en train de composer le numéro d'Igor Levin. Il était onze heures en Irlande, et il pleuvait comme chaque matin ou presque à Dublin. Levin était chez lui. Le rideau gris de l'averse obscurcissait la vue magnifique qu'il avait sur la Liffey par les fenêtres de son appartement.

Levin répondit, car un appel sur son téléphone sécurisé cela voulait dire quelqu'un d'important. Il fut étonné de trouver Volkov au bout du fil si peu de temps après leur dernière conversation.

— Général. Quelle surprise ! Que puis-je pour vous ?

— Je ne vais pas tourner autour du pot. Quand je vous ai parlé l'autre fois, je vous ai dit que je voulais vous reprendre dans le service. J'ai aussi précisé que le président Poutine m'avait ordonné de vous dire qu'il a besoin de vous. Que la Russie a besoin de vous.

Levin éclata de rire.

— Arrêtez vos salades ! Qui voulez-vous tuer ? répliqua-t-il d'un ton enjoué. À Dublin nous ne manquons pas d'assassins professionnels. Voulez-vous que je vous en procure un ? En tout cas ne comptez pas sur moi.

Volkov, déçu et soudain furieux, s'écria :

— Espèce de Juif ! Ingrat !

— Juif par ma mère, dont je chéris la mémoire, dit calmement Levin. Puis-je vous rappeler que mon père était colonel dans l'Armée rouge, et qu'il a reçu toutes les médailles possibles ?

Levin ne s'offusquait pas de l'insulte de Volkov. Il n'était même pas en colère. Il ajouta d'un ton définitif :

— Moi-même, général, j'ai déjà bien servi la Russie.

Volkov inspira profondément et répondit d'un ton plus serein :

— Mon cher Levin, veuillez m'excusez. En ce qui concerne votre père, c'était en effet un grand homme. Et vous venez juste de me donner une idée. Je vous demande encore pardon.

Il raccrocha et téléphona aussitôt à Michael Flynn aux bureaux de Scamrock Security, un peu plus loin sur la rive de la Liffey. Flynn, assis à sa table de travail, était en train de dicter un courrier à sa secrétaire, Mary O'Toole, la jeune femme avec qui Popov sortait depuis quelque temps.

— Monsieur Flynn, c'est Volkov. Nous devons parler.

— Sans problème. C'est important ?

— Vital. Pour nous deux.

— Un instant, dit Flynn. Mary, prends une pause. Prépare donc du thé. Je te rappelle dans un moment.

— Entendu.

La scène qui suivit ne fut pas à l'avantage de Flynn. Quelques mois plus tôt, Mary avait reçu de sa part le genre d'attention qu'un homme proche de la soixantaine peut accorder à une jolie femme dans la vingtaine. Bien sûr la liaison n'avait pas duré et Mary, comme beaucoup de filles dans ce genre de situation, en était ressortie profondément blessée – d'autant qu'elle était issue d'une famille irlandaise très catholique et très républicaine, et qu'elle avait été fière d'avoir une relation avec un pilier de l'ex-IRA Provisoire. Comme il travaillait dans le domaine de la sécurité, Flynn avait installé plusieurs appareils d'écoute et d'enregistrement dans les locaux de la société. Certains pouvaient s'activer depuis le bureau de la secrétaire. Récemment, Mary avait commencé à écouter ses conversations.

Comme elle le faisait à présent.

— Drumore Place et le complexe de Belov International. Voulez-vous toujours en assurer la sécurité ? demanda Volkov.

— Mon Dieu... Bien sûr, répondit Flynn avec enthousiasme.

— Alors les contrats sont pour vous. Je vais faire en sorte que tout soit officiel et légal pour votre société. Vous serez responsable de la sécurité à la propriété et pour l'ensemble du complexe. Avez-vous entendu parler de ce qui est arrivé à Max Chekov à Londres ?

— Les mauvaises nouvelles circulent vite. À

Dublin, nous savons comment gérer ce genre de problème. C'est un scandale.

— Je remplace Chekov pour le moment. Franchement, je me demande si vous ne seriez pas l'homme idéal pour assurer la sécurité de Belov International non seulement à Drumore Place et en Irlande, mais aussi partout dans le monde.

Flynn n'en croyait pas ses oreilles.

— Je suis votre homme, général.

— Bien entendu, n'est-ce pas, vous êtes en mesure de recruter certains de vos anciens camarades de l'IRA Provisoire ?

— Vous voulez des mercenaires...

— Donnez-leur le nom que vous voulez, l'interrompit Volkov. Je veux des hommes qui connaissent les armes et qui n'hésitent pas à tirer quand c'est nécessaire. Ne tournons pas autour du pot. Vous savez exactement le genre d'homme que je suis, et je sais qui vous êtes. Imaginons aussi que j'aie du travail pour vous à Londres. Immédiatement. Seriez-vous en mesure de trouver les gens qu'il nous faut ?

— Pour faire quoi ?

— Pour vous occuper d'un certain général Charles Ferguson, qui est à la tête d'un service très particulier... et qui m'irrite beaucoup. Je sais que vous connaissez déjà certains de ses hommes : Sean Dillon, par exemple, Harry Salter et son neveu Billy...

— Je connais Ferguson depuis près de trente ans. Dillon aussi. Un bon camarade, à l'époque. Mais aujourd'hui, je le tuerais sans hésitation s'il se mettait en travers de mon chemin. Où voulez-vous en venir ?

— Je vous propose des contrats sur la tête de Ferguson et sur celle de Harry Salter, qui est responsable de la blessure de Chekov. Êtes-vous partant ?

— Absolument ! Et croyez-moi, même à Londres il y a encore des anciens qui sont en mesure de faire le travail. À l'arme de poing, à la bombe – ce que vous voulez. Kilburn, le quartier irlandais, n'a pas changé. Si vous avez aussi besoin d'agents dormants qui travaillent à la City, dans le monde de l'édition ou dans les médias, aucun problème : je peux vous les fournir. Les musulmans croient avoir inventé ce système, mais ils ont simplement redécouvert nos méthodes. Quand voulez-vous faire le coup ?

— Ce soir, dans l'idéal.

— Mon Dieu !

— Mais il n'est pas absolument nécessaire que vous soyez à Londres ce soir. Auparavant, j'ai une autre mission pour vous. Tuer quelqu'un à Dublin. Un de mes anciens agents. Il s'appelle Igor Levin. Votre homme, Popov, a travaillé sous ses ordres comme sergent. Je dois vous prévenir que c'est un garçon extrêmement dangereux.

— Les garçons dangereux, ça nous connaît.

— Il faudra discuter des termes des contrats pour chaque cible.

— Igor Levin, général, je vous en fais cadeau. Aujourd'hui même.

— Je n'attendais rien moins de votre part. Nous allons faire de grandes choses ensemble.

Il y avait longtemps que Flynn ne s'était senti d'aussi bonne humeur. Il appela Popov par l'interphone pour lui demander de venir dans son bureau. Mary vit le Russe passer devant elle. Et continua d'écouter ce qui se disait dans la pièce voisine.

— Scamrock assurera bientôt la sécurité de Belov International à travers le monde entier. Vous allez donc retravailler pour Volkov. C'est lui qui préside la compagnie pour le moment. Max Chekov a eu un malheureux accident.

— C'est formidable. Que le général soit à la tête de Belov, je veux dire. Je peux faire quelque chose, dans l'immédiat ?

— Oui. Votre ami Igor Levin...

— Hmm... Nous travaillions ensemble pour le GRU.

— J'aimerais lui parler. Au sujet d'une affaire très confidentielle. Je pense lui offrir un contrat.

— Là, je ne sais pas. Je dois vous dire qu'il est très riche. Et très indépendant.

— Vous savez ce qu'on dit dans la mafia. Je vais lui faire une offre qu'il ne pourra pas refuser.

Popov hocha la tête, l'air perplexe.

— Que dois-je faire ?

— Dites-lui simplement que j'aimerais le rencontrer. Emmenez-le chez Riley, dans Crown Street, près de la rivière. Le bar sera fermé, mais frappez à la porte et dites-lui que je l'attends à l'intérieur. Laissez-le entrer seul, en lui disant que vous l'attendez au café au bout de la rue. Allez-y : retournez à votre bureau et appelez-le. Je vous verrai plus tard. J'ai des choses à faire.

Dès que Popov sortit de la pièce, Flynn prit son portable et composa un numéro.

— C'est toi, Riley ? Je t'envoie un colis. Tu t'en occupes personnellement. Les gars habituels viendront chercher le macchabée.

Il se rendit ensuite dans la salle informatique de Scamrock et appela le Green Tinker, un pub catholique d'Irish Lane, dans le quartier londonien de Kilburn, tenu par Jimmy Nolan et son cousin Patrick Kelly – deux anciens camarades de la grande époque qui avaient purgé, comme Flynn, de longues peines à la prison de Maze.

Flynn eut une excellente discussion d'affaires avec Jimmy, qui réagit avec beaucoup d'entrain :

— Ouais, nous connaissons bien cet enfoiré de Ferguson. Depuis Belfast, y a trente ans. Et Dillon... Je ne comprendrai jamais ce qu'il fiche avec des connards comme Ferguson et compagnie. Salter, bon, c'est le gangster classique. Il a sans doute commencé par vendre de l'alcool illégalement quand il était gosse, puis il a monté en grade avec un flingue dans la poche. Et il a commencé à se prendre pour un dur. Ces gens-là, Michael, ce sont des criminels. Ils ne sont pas comme nous.

— Je t'envoie des photos et quelques renseignements de fond par e-mail, dit Flynn, assis devant l'ordinateur. Voilà, je clique et c'est parti. Appelle-moi dès que tu as réfléchi à un plan. Il y a pas mal de fric à la clé. Cent mille livres. Promis. Ne déconne pas, Jimmy.

Levin reçut le coup de téléphone qui lui sauva la vie, grâce à Mary O'Toole, avant que Popov n'arrive à son appartement.

La jeune femme était déterminée à bien agir. Oui, d'accord, Flynn l'avait utilisée, mais il n'y avait pas que cela. Elle appartenait à une famille passionnément républicaine. Son père avait été tué par des paras britanniques quand elle avait sept ans. Elle était fière de ses liens avec l'IRA. Flynn, qu'elle avait eu en adoration dans le passé quand il était chef d'état-major, l'avait immensément déçue. Alors elle appela Igor Levin, qu'elle avait croisé une ou deux fois quand elle était avec Popov. Elle lui rapporta les conversations de Flynn avec Volkov et avec Popov aussi fidèlement que sa mémoire le lui permettait.

Levin ne fut pas seulement reconnaissant à Mary de sa bonté : il la crut sur parole. Il appela aussitôt Chomsky qui était en voiture dans le centre-ville.

— Tu veux aller chez Riley ? demanda Chomsky quand il eut entendu toute l'histoire. C'est évidemment un piège. Et tous ces trucs qu'elle t'a racontés – Dillon, les Salter, Ferguson... C'est très grave.

— Oui, c'est grave. Mais toi et moi qui avons servi en Afghanistan et en Tchétchénie, nous n'avons pas peur du danger. Et puis... n'est-ce pas une occasion formidable de nous offrir un peu d'action ? Je mène une existence de riche oisif depuis trop longtemps. J'en ai marre de rester le cul vissé dans mon fauteuil.

La sonnette de l'appartement retentit.

— C'est sans doute Popov, dit Levin.

— Je ne suis qu'à cinq minutes de chez toi. Je vais me joindre à la fête.

Levin ouvrit la porte. Il fit mine d'être très étonné de voir Popov et feignit d'être intéressé par son histoire.

— Flynn ? Tiens donc. Je me demande ce qu'il a à me proposer. Peut-être un emploi dans sa société ?

— Je lui ai dit qu'à mon avis tu ne serais pas intéressé. Parce que... Tu sais bien, quoi, tu as déjà assez d'argent.

— Entre. Je vais me préparer rapidement, dit Levin en faisant signe à Popov de le suivre au salon. Sers-toi à boire.

Il alla dans la chambre, se trouva une cravate et une veste en tweed dans la penderie, puis s'approcha de la table devant le bow-window qui donnait sur la Liffey. Tout au fond du tiroir central, il attrapa deux Walther équipés de silencieux. Il en glissa un dans chaque poche de sa veste. Il retournait au salon, lorsque la sonnette retentit à nouveau. Il ouvrit à Chomsky – et glissa un des Walther dans une poche de son trench-coat avant de s'exclamer :

— Ah te voilà, toi ! Tu débarques au moment où nous allions partir. Popov et moi, nous devons rendre visite à Flynn chez un type qui s'appelle Riley. Dans Crown Street.

— Je passais devant ton immeuble, dit Chomsky, alors je me suis arrêté pour voir si tu étais libre pour le déjeuner. Pourquoi ne pas aller tous ensemble chez ce Riley, et puis s'offrir ensuite un bon restau ?

— Hmm, fit Popov, mal à l'aise. Je ne sais pas trop...

— Oh, si ! l'interrompit Levin d'un ton enjoué. Pour une fois, ce serait sympa. Quand j'aurai terminé avec Flynn, nous pourrons parler tous les trois du bon vieux temps.

Il agrippa le bras de Popov et l'entraîna dehors. Ils montèrent dans la voiture de Chomsky qui commença à longer la Liffey.

— Nous pensons que Flynn va peut-être me proposer du boulot, dit Levin. Ça pourrait être intéressant, qui sait ?

Ils s'engagèrent bientôt dans un dédale de petites rues bordées d'anciens entrepôts, et débouchèrent sur Crown Street. Chomsky se gara sur la seule place libre de la rue, derrière un camion de livraisons.

— Le bar est juste là, dit Levin. Allons-y.

— Je suis censé t'attendre au café qui est là-bas, au bout de la rue, protesta Popov.

— Tu nous manquerais, répliqua Levin d'un ton ferme. On y va !

La peinture de la porte du bar était écaillée. Il y avait des volets en bois aux fenêtres. Une minuscule ruelle longeait le flanc du bâtiment.

— Excusez-moi. Je vais pisser, dit Chomsky, et il s'engagea dans la ruelle.

— Ouvre la porte, ordonna Levin.

Popov, pris de panique, mit la main sur la clenche et répondit :

— C'est verrouillé.

— Mais non !

Levin tourna la clenche, poussa le battant et donna une bourrade à Popov pour le faire entrer.

Au milieu de la ruelle, Chomsky trouva une porte latérale, non verrouillée, qui donnait sur une cuisine. Il la traversa sans bruit, ouvrit doucement une autre porte pour découvrir un couloir et un escalier au pied duquel un homme en salopette bleue se tenait accroupi, un pistolet à la main. Il était tourné vers la pièce principale du bar, séparée du couloir par un rideau vert. Chomsky entendit soudain un éclat de voix et vit l'homme tirer : deux détonations assourdies par le silencieux de son arme. Popov bascula à travers le rideau vert qu'il entraîna dans sa chute. Il s'effondra, raide mort, sur le parquet.

Chomsky tira une première balle dans l'épaule de l'homme en salopette. Quand il fit volte-face, il l'acheva d'une balle en plein cœur. L'homme tomba, son corps fut agité de soubresauts pendant quelques secondes, puis il se figea.

Levin s'avança dans le couloir et se pencha au-dessus de Popov.

— Notre vieil ami est mort, dirait-on.

— Ce n'était pas notre ami. L'autre salopard est cuit, lui aussi. Que fait-on ?

— Hélas, il y a bien souvent des fusillades à Dublin. Beaucoup de gens pensent que ce sont les anciens de l'IRA qui n'arrivent pas à s'habituer à la paix. Tu vois : ces types-là sont deux victimes de plus de cette guerre fratricide. Fichons le camp. N'oublie pas de marcher calmement dans la rue.

Ils regagnèrent la voiture sous la pluie battante. Chomsky prit le volant.

— Et maintenant ? demanda-t-il quand ils sortirent de Crown Street.

— Nous retournons chez moi pour prendre quelques affaires et nous débarrasser des armes.

— Pourquoi ?

— Parce que nous ne pouvons pas les emporter à Londres. Tu comprends : les services de sécurité des aéroports n'aiment pas trop les flingues. Même dans les tout petits aéroports, et même si tu as ton propre avion.

— Parce que toi, tu as ton propre avion ?!

— Il me semble bien, acquiesça Levin en riant. À Killane, je connais un certain aéroclub idéal pour les millionnaires dans mon genre. Nous devons aussi passer chez toi. N'oublie pas ton passeport.

Roper reçut l'appel de Levin, qui se trouvait alors déjà à Killane, en début d'après-midi. Il était en réunion à Holland Park avec Ferguson, Dillon, Billy et Greta. Doyle et Henderson se tenaient debout contre le mur. Ferguson venait juste de dire :

— Bien, mes amis, je veux vous faire part de certaines informations...

Le téléphone sonna. Roper répondit en activant le haut-parleur.

— Roper ? C'est moi, Levin. Pouvons-nous parler ?

— Si cela ne vous ennuie pas que toute la compagnie vous entende. Nous sommes ensemble.

— Ça me convient. C'est même très pratique, à vrai dire. Volkov a essayé de me tendre un magnifique piège. Avec l'aide de Michael Flynn.

— Un piège ? Expliquez-vous, dit Ferguson. Quel genre de piège ?

— Oh, le genre où le couvercle du cercueil se referme une fois pour toutes. Seriez-vous intéressé d'apprendre que Flynn va se charger de la sécurité de Belov International non seulement en Irlande, mais sans doute aussi dans le monde entier ?

— Bien sûr que je suis intéressé ! répondit Ferguson. Dites-moi tout.

Ce que fit Levin. Il leur répéta ce que Mary O'Toole lui avait dit, et la scène qui avait suivi : la trahison de Popov, la fusillade au bar de Riley.

— Vous avez laissé deux morts là-bas, observa Dillon. Cela risque-t-il de vous poser des problèmes ?

— Non. Quand Flynn a appelé Riley, il lui a dit que des hommes, « les gars habituels », c'est son expression, viendraient chercher mon cadavre. Maintenant ils en ont deux sur les bras. J'ai toujours pensé que Popov finirait mal.

— C'est un Judas, il mérite ce qui lui est arrivé, dit Dillon. Et Mary O'Toole ? Pourquoi vous a-t-elle sauvé, à votre avis ?

— C'est une jeune femme très intéressante. Elle m'a dit que Flynn n'était plus l'homme qu'il était à l'époque où il travaillait comme chef d'état-major de l'IRA Provisoire, et que son comportement était indigne. Je me suis aussi rappelé que Popov m'avait raconté un jour que le père de Mary était membre de l'IRA. Il a été tué en Ulster dans une fusillade contre des paras britanniques.

— Dieu nous garde. Ces Irlandaises catholiques sont parfois encore plus impitoyables que les orangistes presbytériennes. J'espère que vous prenez bien soin de Mary. Vous avez une grosse dette envers elle.

— Je m'occupe d'elle, n'ayez crainte.

— Où êtes-vous en ce moment ? demanda Roper.

— À l'aérodrome de Killane. C'est à la sortie de Dublin. Vu les circonstances, Chomsky et moi avons décidé de venir à Londres.

Ce fut au tour de Greta de se joindre à la conversation :

— Faut-il en déduire certaines choses ?...

— Greta, mon amour, je m'ennuie. Dublin est totalement charmante, c'est une des villes les plus merveilleuses du monde, mais mes journées se passent dans l'oisiveté, j'accumule les plaisirs vains... J'en ai marre.

— L'incident qui vient de vous arriver au bar de Riley vous a donc en quelque sorte remis en selle, dit Ferguson avec le sourire. Si vous êtes en train de nous dire que le sergent Chomsky et vous-même cherchez un emploi, je vous accueille à bras ouverts.

— Sérieusement, général ?

— Tous vos pêchés sont pardonnés. Avez-vous réservé un avion à Killane ?

— C'est exact.

— Apportez vos passeports britanniques. Je sais

que vous avez un bel éventail de papiers d'identité, mais je préférerais que vous soyez citoyens de Sa Majesté en arrivant ici. Dites aussi à vos pilotes de contacter Farley Field avec leur plan de vol. Ils y seront les bienvenus.

— Entendu. Je vous dis donc à très bientôt, général.

Les cadavres de Riley et de Popov n'avaient pas encore été découverts, et Flynn n'était toujours pas revenu à son bureau à Scamrock Security. Mary O'Toole avait mis son manteau, pris son sac à main et elle allait ouvrir la porte lorsque le téléphone sonna sur sa table. Elle décrocha.

— Mary ? Levin à l'appareil.

— Je partais. Flynn n'est pas rentré.

— Et vous partez pour de bon, n'est-ce pas ? Vous m'avez sauvé la vie, mademoiselle O'Toole. Cependant, je pense que si vous n'avez laissé aucun indice susceptible de révéler à Flynn que vous m'avez prévenu, vous ne risquez pas grand-chose.

— J'ai laissé ma lettre de démission sur son bureau. Pour être honnête, je crois qu'il sera content d'être débarrassé de moi. Nous... nous avons eu une liaison. C'est lui qui m'a quittée, mais... Mais ce n'est pas la raison pour laquelle j'ai fait ce que j'ai fait, précisa la jeune femme. Quand je pense à mon père, à ses idéaux, et quand je vois Flynn, ses petits trafics et les gens qu'il fréquente... Il fallait que je vous prévienne, vous comprenez !

— Je dois faire vite. Vivez-vous seule ?

— Oui. Je loue un appartement à un quart d'heure à pied d'ici.

— Avez-vous un passeport ?

— Bien sûr.

— Vous m'avez rendu le plus grand service que quiconque m'ait jamais rendu. J'ai une énorme dette envers vous. Je suis à l'aéroclub de Killane, à vingt minutes de voiture du centre-ville. Chomsky et moi, nous partons en Angleterre à bord d'un avion privé. Je crois que vous feriez mieux de vous éloigner de Dublin. Au moins pendant un certain temps. Vous êtes la bienvenue si vous voulez vous joindre à nous. Londres est une grande ville. Il est facile de s'y perdre.

— Vous êtes sérieux ?

— Absolument. Avez-vous de l'argent pour le taxi ?

— Oui, bien sûr. Il y a une station de taxis devant le bureau. Je demanderai au chauffeur de me conduire chez moi et de m'attendre.

Levin coupa la communication et posa son portable sur le comptoir. Chomsky venait de commander deux vodkas. Ils trinquèrent.

— À Mary O'Toole, femme au grand cœur qui a fait une bonne action, dit Chomsky.

— Et Dieu soit loué pour cela, ajouta Levin.

Ils quittèrent le petit bar de l'aérodrome. Magee, le pilote de leur avion, se tenait à l'abri de la pluie sous un auvent. Il fumait une cigarette et bavardait avec un jeune pilote dénommé Murphy. Ils s'interrompirent en voyant Levin approcher.

— Alors, c'est réglé ? demanda Magee à Levin.

— Trois passagers. Destination l'aérodrome de Farley Field, dans le Kent, à la sortie de Londres. Nous sommes attendus.

— Je ne connais pas cet endroit. Va voir sur l'ordinateur, Murphy.

Le jeune homme s'éloigna. Et revint quelques instants plus tard.

— Farley Field. J'ai trouvé. Aérodrome d'accès retreint.

— Avez-vous vu nos noms ? demanda Chomsky, qui était toujours très précis. Allons vérifier ensemble.

Leurs noms étaient bien là, sur l'écran : Capitaine Igor Levin et sergent Ivan Chomsky.

— Mon Dieu, dit Magee en découvrant les informations concernant Farley Field dans la machine. Vous devez avoir le bras long pour être autorisés à atterrir dans un endroit pareil ! Je suis content d'être votre pilote. Et toi, Murphy, accompagne-moi donc. Une ou deux nuits à Londres, ça ne nous fera pas de mal. Nous prendrons le King Air.

Il regarda Levin pour préciser :

— Turbopropulseur, mais il vous conduit à destination presque aussi vite qu'un jet, et les sièges sont plus confortables. Et le troisième passager ?

— Une dame. Elle sera bientôt ici.

— Je ne la vois pas sur la liste des passagers autorisés.

— Merci de me le rappeler, dit Levin. Je vais faire le nécessaire. Et vous, vous êtes autorisés ?

— Nous avons tous les deux servis dans la RAF. Je pense qu'il n'y aura pas de problème.

Levin appela Roper, qui répondit aussitôt.

— Mary O'Toole, dit Levin. J'ai décidé de l'emmener loin d'ici au cas où Flynn voudrait lui faire des misères. Elle monte dans l'avion avec nous. Cela posera-t-il un problème ?

— Non. Je parlais justement de notre affaire avec Harry et il disait qu'il vous devait une fière chandelle. Si vous ne l'aviez pas prévenu, il aurait pu avoir Jimmy Nolan et Patrick Kelly sur le dos avec des armes. Peut-être même une bombe.

— Oui, mais je n'aurais rien su pour sauver ma propre peau si cette fille ne m'avait pas appelé. S'il veut rendre service à quelqu'un, il n'a qu'à l'aider à trouver un travail à Londres.

— C'est dans l'ordre des choses. Je vous attends à Holland Park.

— Vous voulez dire que je ne peux plus descendre au Dorchester ?

— Voyez cela comme un simple débriefing. Et sachez que la maison, ici, est devenue un véritable hôtel.

Mary arriva en taxi un moment plus tard. Elle n'avait qu'une petite valise et son sac à main. Et elle était très excitée.

— Je voyage léger, dit-elle avec un grand sourire.

— Avez-vous eu des nouvelles de Flynn ? demanda Levin.

— Non. Il n'était pas revenu au bureau quand je suis partie.

— Donnez votre passeport à Ivan. Il va s'occuper des formalités.

Elle laissa sa valise près de la porte avant de suivre Chomsky. Murphy la saisit.

— Ah, les femmes. Quelqu'un pourrait croire qu'il y a une bombe, là-dedans ! Elles n'apprendront donc jamais rien.

— Non, sans doute pas, dit Levin ironiquement.

Il prit la valise de Mary et se dirigea à son tour vers le bureau. Magee était en train d'y signer des paperasses.

— Bien, mes amis, dit-il. Suivez Murphy jusqu'à l'avion. Je vous rejoins dans deux minutes.

Le King Air était stationné sur le tarmac à une centaine de mètres du bâtiment. Ils marchèrent d'un bon pas sous deux parapluies de golf que Chomsky avait trouvés dans un porte-parapluies du bureau. Levin avait le sourire aux lèvres. Il remarqua que Chomsky semblait heureux, lui aussi. Ils laissaient Dublin derrière eux et ils s'apprêtaient à ouvrir un nouveau chapitre dans lequel tout était possible.

Appelé par deux de ses « ramasseurs », comme il les appelait, Michael Flynn se rendit au bar de Riley et découvrit les cadavres de Popov et de Riley. Il n'en croyait pas ses yeux. Riley était une créature maléfique digne d'un roman de Dickens. Il avait commis d'innombrables meurtres. Il tuait les hommes aussi bien que les femmes, et il vendait ses services à tous ceux qui étaient capables de le payer. C'était un véritable boucher – que l'IRA tolérait autrefois parce qu'il avait son utilité. La seule évocation de son nom suffisait à terrifier d'innombrables personnes. Et voilà qu'il était allongé sur le parquet avec deux balles dans le corps.

Les ramasseurs étaient des types du même acabit que Riley.

— Je n'arrive pas à y croire, monsieur Flynn, dit l'un d'eux. Riley assassiné ! Je n'aurais jamais pensé voir ce jour arriver.

Flynn hocha la tête.

— Il est mort. Il n'y a rien de plus à dire. Mettez-le dans une housse mortuaire.

— Et l'autre ? demanda le deuxième homme, qui tenait le portefeuille de Popov à la main. Ses papiers sont là. Drôle de nom. Un Russe ?

— Vous connaissez la musique, répliqua Flynn. Gardez le cash, mais ni cartes de crédit, ni aucun papier d'identité. Je les détruirai moi-même.

L'homme lui tendit le portefeuille.

— Heureusement que nous avons une deuxième housse dans la camionnette.

— Où les emmenez-vous ?

— Oh, monsieur Flynn... Ça, vous ne voulez pas le savoir.

— Vous avez raison. Vaut mieux pas, marmonna Flynn.

Il glissa la main dans sa poche intérieure pour en sortir une enveloppe bourrée d'euros.

— Vous aviez annoncé un seul macchabée, monsieur Flynn. Riley, c'était pas prévu.

— Je vous donnerai davantage la prochaine fois !

Faites votre boulot, rétorqua Flynn, catégorique, avant de s'éloigner.

Il reprit le volant de sa voiture. C'était dommage pour Popov... Quant à Levin, Dieu seul savait où il était passé. Il faudrait se renseigner. Flynn s'en voulait. Sa première tentative pour donner satisfaction à Volkov se soldait par un échec. Mais bon, inutile d'en parler au Russe pour le moment.

Au Green Tinker, vers deux heures et demie de l'après-midi, il n'y avait que le vieux Bert Fahy derrière le bar et deux bonshommes âgés qui bavardaient en dégustant leur bière. Nolan et Kelly avaient passé quelques coups de fil. Bientôt, deux voitures s'arrêtèrent devant le pub. Quatre hommes entrèrent dans la salle à la queue leu leu.

Ils étaient tous originaires de Kilburn, le quartier irlandais de la capitale britannique depuis plus de cent cinquante ans. Ses habitants, surnommés les « Irlandais de Londres », étaient connus pour être des durs. Durs et violents, en ce qui concernait Danny Delaney et Sol Flanagan. Ils avaient vingt-cinq ans, portaient des costumes italiens tape-à-l'œil et leurs cheveux étaient trop longs. Les drogues occupaient une place de choix dans leur existence. Ils avaient un regard halluciné, dangereux, inquiétant, qui les servait bien dans le cadre de leur principale activité : l'attaque à main armée.

James Burke et Tim Cohan, c'était une autre histoire. Membres de l'IRA depuis l'âge tendre, vétérans de la longue guerre civile que les Irlandais ont toujours appelée les Troubles, ils étaient aujourd'hui proches de la cinquantaine et ils avaient des visages durs et calmes, peu expressifs.

C'était la première fois que ces quatre hommes se trouvaient ensemble. Il y avait une pointe de mépris dans le regard que les aînés portaient sur les plus jeunes. Une chose était certaine : l'époque où l'IRA tenait Londres à la gorge était bel et bien révolue. Il ne servait à rien d'essayer de se voiler la face en prétendant le contraire.

— Jimmy Nolan m'a prévenu qu'il vous avait appelés, vous aussi, dit Danny Delaney. James Burke et Tim Cohan...

Il rit : le gloussement nerveux d'un adolescent attardé qui mijote un sale coup.

— On dirait des noms de croque-morts.

— Il paraît que vous étiez l'autre jour avec l'équipe qui a braqué cette agence de voyages musulmane dans Trenchard Street, dit Sol Flanagan. Les Pakistanais ont de belles réserves de pognon, dans ce genre de boutique – nan ?

— Vingt mille livres, qu'on m'a dit, renchérit Delaney.

Ni Burke ni Cohan ne répondirent. Les deux clients vidèrent leur fond de bière et prirent rapidement la porte.

— Que voulez-vous boire, messieurs ? lança Bert Fahy derrière le comptoir.

— Bushmills pour tout le monde, dit Delaney. Et

des doubles ! Quand il s'agit de parler business, j'aime avoir l'esprit bien clair.

Il étala une ligne de cocaïne sur le bar, un sourire presque béat sur les lèvres, la sniffa, puis but le verre de Bushmills que Fahy lui tendait.

— Aaah ! Ça, mec, c'est ce que j'appelle de la bonne came ! Vas-y, éclate-toi.

Flanagan prit un rail à son tour. Et descendit son whiskey cul sec.

— Trop cool ! Encore une tournée !

Burke les dévisageait d'un air clairement désapprobateur.

— Il paraît que ça bousille les cavités nasales, cette saloperie.

— Chez ceux qui en abusent, ouais, ajouta Cohan.

Delaney était maintenant d'excellente humeur.

— Savez quoi ? Votre agence de voyages, ça m'a rappelé cette boutique de Pakistanais qu'on a attaquée l'autre semaine à Bayswater. Un énorme connard, avec une barbe longue comme ça ! Il voulait pas ouvrir le coffre, cet enfoiré. La fille qu'était au comptoir avec lui, elle portait un de ces machins sur la tête où on ne voit que les yeux. Ah, les chiens ! Son voile, moi, je lui ai retiré. Et putain : une sacrée bonasse, la petite ! Je lui aurais bien mis un coup si on avait eu le temps.

Il sortit un pistolet équipé d'un silencieux qu'il portait derrière le dos dans la ceinture.

— Je l'ai retournée sur le comptoir et je lui ai collé une balle dans le gras de la fesse droite. Elle a même pas crié.

Flanagan pouffa :

— Elle était un peu choquée, faut dire.

— Après ça il a vite ouvert le coffre, reprit Delaney. Mais la merde, c'est que là-dedans il n'y avait que huit cents livres. Il devait être allé à la banque pas longtemps avant. Je lui en aurais bien collé une dans le bide, à cet enfoiré, mais on a dû se tirer en vitesse.

Burke échangea un regard avec Cohan.

— La grande époque est vraiment derrière nous, y a pas de doute. Tu vois où on en est, Tim...

— Ouais. C'est aussi mon impression.

— Vous deux, grogna Delaney, vous devriez avoir la médaille d'or des vieux ronchons.

— Et toi, petit malin, t'es juste bon à débiter des conneries.

Delaney poussa de nouveau son stupide gloussement d'adolescent attardé.

— Les derniers de la vieille brigade ! L'Armée de papa de l'IRA Provisoire.

Burke l'attrapa par le col de sa veste.

— Ne te fiche pas de l'IRA, fiston. J'ai fait de la taule à Long Kesh. Tu connais ça, toi ? La prison de Maze ! T'aurais pas tenu cinq minutes avant de te retrouver à genoux dans les douches et d'appeler ta mère au secours. Et pis moi aussi j'ai un machin comme le tien.

Il sortit de sa poche un pistolet avec silencieux qu'il brandit sous le nez de Delaney.

Celui-ci, défoncé par la cocaïne et le whiskey, repoussa son bras en éclatant de rire.

— Ouais, OK ! Mais est-ce qu'il est aussi gros que le mien ?

Une porte s'ouvrit tout à coup au fond de la salle.

— Arrêtez vos conneries ! cria Nolan. Venez dans le bureau. Maintenant !

Les quatre hommes obéirent sans broncher. Kelly était assis sur le coin de la table. Les documents que Flynn avait envoyés par email étaient punaisés sur le mur. Une série de photographies accompagnées de fiches de renseignements pour chaque individu : Ferguson, Harry Salter, Billy, Dillon et Roper dans son fauteuil roulant. Il n'y avait rien sur Greta Novikova, mais les gardes du corps de Harry, Joe Baxter et Sam Hall, avaient eux aussi leur photo et leur fiche.

— Ils ne m'impressionnent pas beaucoup, dit Flanagan.

— Moi non plus, renchérit Delaney.

— Je reconnais cet enfoiré, dit Burke en pointant un doigt. Ferguson. Il y a des années, il était colonel à Derry. Il nous a fait arrêter, moi et pas mal d'autres gars.

— Aujourd'hui il est général de division, dit Nolan. C'est lui la cible principale. Et je peux vous dire, les gars, qu'il y a une grosse récompense à la clé pour chacun de nous. Vous avez ma parole.

— Combien ? demanda Cohan.

— Cent mille livres à se partager. Mon client est très sérieux.

— Mais faut faire le boulot avant de voir la couleur de l'argent, c'est ça ? demanda Delaney d'un air contrarié.

Kelly, qui n'avait pas encore parlé, répondit :

— Oui, c'est comme ça et pas autrement. Ne tournons pas autour du pot. Je déteste perdre du temps. Si les termes du contrat ne vous plaisent pas, prenez la porte.

— Pas la peine de jouer au méchant, dit Delaney. Nous, on veut bien tenter le coup. De toute façon, on a rien d'autre à foutre en ce moment.

— Quelle est la mission, au juste ? demanda Cohan.

— Les cibles principales sont Charles Ferguson et Harry Salter – et des tas de gens pousseront un gros ouf de soulagement si vous réussissez à tuer ce type ! Les autres sont des agents ou des gardes du corps. L'essentiel, je répète, c'est de trouver le moyen de buter Salter et Ferguson.

— Des suggestions ? demanda Burke.

— Une balle dans la tête ça fait toujours son petit effet, dit Cohan. Remarquez, je n'hésiterais pas à tirer dans le dos de Ferguson si je le croisais dans la rue un soir de pluie.

Il contempla de nouveau les photographies fixées au mur.

— Et Dieu nous garde, il y a aussi Sean Dillon ! Le Petit homme, comme certains l'appelaient.

— Il m'a l'air d'une vraie merde, dit Delaney.

— Le meilleur tueur que le Mouvement ait eu pendant vingt ans, expliqua Burke. Il a éliminé plus de gens que tu ne peux l'imaginer, fiston.

— Ni l'armée ni la police n'ont jamais pu l'attraper, ajouta Cohan.

— Vous le connaissiez, à l'époque ? demanda Delaney.

— Seulement de réputation.

Nolan intervint pour demander :

— L'un de vous connaît-il le Dark Man, le pub de Salter à Wapping ?

Aucun des quatre hommes n'y était jamais allé.

— Tant mieux, reprit Nolan. Nous sommes vendredi. Ce soir, il y aura de l'animation. Allez là-bas, mêlez-vous à la clientèle, observez l'endroit et les alentours. C'est à Cable Wharf. Le pub est le premier établissement de Salter. Ces dernières années, il a lancé de nombreux projets immobiliers. Il a par exemple transformé des anciens entrepôts en appartements de luxe. Il a aussi un bateau à quai.

— Autre chose ? demanda Cohan.

— Passez devant la piaule de Ferguson à Cavendish Place. Juste pour jeter un coup d'œil. Et puis devant celle de Dillon à Stable Mews. C'est à quelques pas de Cavendish Place. Tâtez le terrain, mais soyez très prudents. Nous reparlerons bientôt.

— Pourquoi se faire chier comme ça ? rétorqua Delaney avec impatience.

— Idiot ! dit Burke. Pour parler comme les militaires, il s'agit de se familiariser avec la zone de combat. Et de savoir à qui on a affaire.

— Tous les gens que vous voyez ici en photo se retrouvent régulièrement au Dark Man, ajouta Nolan. Je peux même parier que la plupart d'entre eux y seront ce soir.

— Et nous aussi, dit Kelly. N'oubliez pas d'y aller. Maintenant, fichez le camp.

— Merci, chef ! railla Delaney. Viens, Sol.

Flanagan le suivit.

— Quels imbéciles, marmonna Cohan. Ils sont vraiment réels, ces deux-là ? C'est donc à ça qu'on en est réduits : bosser avec de tels merdeux ?

— Ils tuent sans hésiter, dit Nolan, fataliste.

— C'est bien leur seul avantage, dit Cohan d'un air dégoûté.

— Mais ils sont obligés d'être camés jusqu'à l'os pour pouvoir travailler, observa Burke.

Cohan secoua la tête.

— Pas Delaney. Celui-là, à mon avis, il a le mal dans la peau depuis le jour de sa naissance.

Il commença à suivre Burke vers la porte, puis se retourna tout à coup pour dire d'un ton presque désespéré :

— Seigneur, ça n'a donc servi à rien ? Les jours glorieux que nous avons vécus ensemble ne mènent qu'à ça ?

— Ces jours-là sont finis, dit Nolan. Et ils ne reviendront jamais.

— Arrêtez la déprime ! ordonna Kelly.

Il ouvrit un tiroir. En tira un pistolet, un silencieux et trois chargeurs qu'il poussa vers Nolan, puis sortit le même attirail pour lui-même.

— Nous allons faire un tour en voiture. Voir la baraque de Ferguson et celle de Dillon.

Nolan chargea son arme, un Colt automatique, sous le regard de Burke et de Cohan.

— Ça paraît raisonnable. Il faut faire comme au cinéma.

— Tu parles ! répliqua Burke d'un ton amer. Je me

souviens que le cinéma c'était *nous*. Jamais, depuis la Luftwaffe, Londres n'avait connu une telle peur à cause des bombes. Les militaires étaient presque obligés de monter des murs autour de la City, de la Banque d'Angleterre et de plein d'autres endroits ! Dans la rue, il fallait tout le temps rentrer la tête entre les épaules.

— Il y avait autrefois un bar, le Grady's, dans Canal Street, dit Kelly. Une vieille baraque de l'époque victorienne, à côté d'un canal qui descendait vers la Tamise. On y accédait par une passerelle métallique qui enjambait le canal. J'ai logé là-bas plus d'une fois, jadis, quand j'étais en cavale.

Kelly regarda Burke, Cohan et Nolan.

— Grady est mort il y a de longues années, mais un copain m'a dit la semaine dernière que sa femme, Maggie, tient toujours le bar. Elle doit avoir soixante-quinze ans bien sonnés. Qu'est-ce que t'en dis, Jimmy ? Si on allait faire un tour au Grady's en souvenir du bon vieux temps ?

— C'est une superbe idée, dit Nolan. Allons passer un moment là-bas avant d'aller au Dark Man.

— Et vous deux ? demanda Kelly à Burke et à Cohan. Pourquoi ne pas nous rejoindre là-bas ? Disons... vers six heures ? De toute façon, faut laisser au Dark Man le temps de se remplir. Nous prendrons un ou deux verres avec Maggie, histoire de bien commencer la soirée.

— Ouais, pourquoi pas ? répondit Cohan qui retrouvait enfin le sourire. D'accord, on se retrouve là-bas. Viens, Jack.

Nolan décrocha un caban au portemanteau, l'enfila, puis chargea son Colt et y vissa le silencieux.

— Viens, Jimmy, dit alors Kelly.

Nolan fit volte-face, les yeux écarquillés, l'air hagard, et laissa tout à coup sortir quelque chose qui semblait remonter du plus profond de son être :

— Ils ont raison, Patrick ! Nom de Dieu, Cohan et Burke ont raison ! Qu'est-ce qui nous est arrivé ?

— C'est simple, Jimmy. Nous avons perdu la guerre, dit Kelly en lui tapotant l'épaule. Allons-y, vieux frère. Aujourd'hui il faut saisir les occasions qui se présentent.

Ils gagnèrent le bar. Le vieux Fahy, qui avait passé un bon moment derrière la porte pendant la réunion des six hommes, se mit tout à coup à essuyer des verres avec empressement.

— Nous serons absents le reste de la journée, dit Nolan.

— D'accord, Jimmy. Je garde la boutique.

Nolan et Kelly sortirent dans la rue. Fahy, le visage grave, bourra sa pipe et se servit un whiskey.

11

Un petit peu plus tôt, à Holland Park, le groupe avait tenu un conseil de guerre.

— La menace la plus sérieuse, dans l'immédiat, dit Ferguson, c'est celle des Russes. En engageant Flynn, Volkov nous a délibérément provoqués.

— Il doit avoir le soutien de son président, dit Roper. Général, je suis certain que Poutine pense depuis déjà quelque temps qu'il faut nous régler notre compte.

Il jeta un coup d'œil vers Harry, pour ajouter :

— Et celui de tous ceux qui travaillent avec nous.

— Peut-être, dit Dillon, mais aujourd'hui nous devons d'abord penser à Nolan et Kelly, et à ce contrat sur nos têtes. Qu'allons-nous faire ?

— Si nous étions la police, nous ne pourrions rien contre eux, dit Ferguson. Parce qu'ils n'ont encore commis aucun délit. Mais j'ai confiance en vous, mes amis. Vous trouverez une solution. J'ai rendez-vous dans une heure avec le Premier ministre. Je repasserai plus tard pour accueillir Levin, Chomsky et Mary O'Toole.

— Je reconnais que j'ai du travail de mon côté, pour mes programmes immobiliers, dit Harry en souriant. C'est vrai, quoi ! Nous ne pouvons pas laisser ces menaces absurdes perturber les affaires.

— J'admire votre optimisme, dit Ferguson, et il désigna Dillon, Billy et Roper. De toute façon, je crois que nous pouvons laisser ces trois-là s'occuper du problème du Green Tinker.

Harry et le général sortirent.

— Où est Greta ? demanda Dillon.

— Elle devait passer à Gulf Road pour prendre des nouvelles des Rashid, répondit Roper. Et Hal Stone est reparti à Cambridge. Les lambris de l'université lui manquaient.

— Les étudiants afflueraient en masse à ses cours magistraux s'ils savaient la moitié des histoires auxquelles le bon professeur est mêlé. Pensez-vous que Hussein viendra ?

— Seul le temps apportera la réponse à cette question. Pour le moment occupons-nous des problèmes plus immédiats. Jimmy Nolan et son cousin Patrick Kelly. Copropriétaires du Green Tinker, le pub de Kilburn. Tous deux anciens membres actifs du mouvement républicain, et pas seulement en Ulster. Nolan a été soupçonné d'avoir perpétré l'attaque au mortier mené contre le cabinet de John Major pendant la guerre du Golfe. Mais nous avons ensuite découvert que l'auteur de cet attentat était un autre homme.

Billy sourit en regardant Dillon.

— Et nous savons de qui il s'agit.

— Malgré tout, les activités de Nolan dans l'IRA

lui ont valu une condamnation à quinze ans de prison. Il en a purgé sept, puis il a été libéré selon les termes de l'accord de paix. Kelly a connu à peu près le même sort. Tous deux citoyens britanniques, nés à Londres, ils ont hérité du Green Tinker par le père de Nolan. Vis-à-vis de la justice, ils sont aujourd'hui blancs comme neige.

— Blancs comme neige ? Ça m'étonnerait, grogna Billy. Je crois que Dillon et moi nous devrions aller goûter leur bière.

— Gardez votre calme, Billy, dit Roper.

— Face à deux mecs qui ont accepté un contrat sur la tête de mon oncle ?

— Hmm... Laissez tout de même votre Walther à la maison.

— Roper, vieux frère, je me permets de vous rappeler qu'en tant qu'agent des services secrets de Sa Majesté, j'ai le droit de porter une arme. Dillon, on y va avec ma voiture.

— Celle-là, je l'attendais.

Billy venait tout juste de prendre livraison d'une Alfa Romeo Spider écarlate dont il était très fier.

— Très sympa, cette bagnole, observa Dillon quand ils furent en route. Je suis impressionné. Bon, maintenant, pour l'affaire qui nous concerne... Je n'ai pas connu ces deux gars à l'époque où j'étais dans l'IRA. Donc je ne sais rien d'eux en dehors de ce que Roper nous a raconté.

— Et alors ? Il n'y a qu'une seule façon de régler le problème.

— Tu as remarqué que les photos de Nolan et de

Kelly que Roper nous a montrées sur son écran avaient une bonne vingtaine d'années. On ne les reconnaîtra peut-être même pas.

— Nous verrons bien.

Billy gara bientôt la voiture. Ils entrèrent dans le Green Tinker. Trois vieux bonshommes jouaient aux dominos près de la fenêtre. Un jeune type barbu qui avait un bandeau noir sur l'œil droit, vêtu d'un t-shirt noir moulé sur un torse et ses épaules très musclés, se tenait derrière le comptoir. Il lisait le journal. Le vieux Bert Fahy, assis au fond près de la porte du bureau, était en train de bourrer sa pipe. Il leva les yeux vers Dillon et Billy : une grimace tordit sa bouche et il laissa échapper un bruyant soupir d'effroi. Le barman redressa la tête. Lui, il n'avait pas du tout l'air impressionné.

— Oui ?

— Je voudrais une demi-bouteille d'eau plate, dit Billy.

— Pour moi, un verre de votre whiskey le plus costaud, dit Dillon en souriant. Du Bushmills, si vous en avez.

— Et nous voudrions aussi voir Nolan et Kelly, ajouta Billy.

Le barman versa le whiskey dans un verre qu'il tendit à Dillon. Puis il posa un verre vide devant Billy et saisit une carafe au bout du comptoir.

— De l'eau plate, monsieur, ça ira ?

Billy tendit la main vers le verre.

— Pourquoi pas ?

Le barman commença à verser l'eau dans le verre –

puis dirigea le jet sur la manche du trench-coat de Billy.

— À ta place je ne ferais pas ça, Michael ! cria le vieux Fahy.

Mais Billy avait déjà saisi l'homme par le cou et le tirait en travers du comptoir. Il lui bourra le visage de coups de poing.

Fahy écarquilla les yeux, terrifié. Billy tira sans ménagement le barman devant le comptoir, lui tendit le bras gauche et le frappa violemment sur l'avant-bras, de toutes ses forces, avec son poing droit. L'homme poussa un hurlement. Billy le soutint et l'assit sur une chaise.

— Je crois que ton bras est cassé. Maintenant, où sont Nolan et Kelly ? Qui va parler ? !

Le vieux Fahy les apostropha :

— Venez avec moi dans le bureau. De toute façon vous forcerez la porte...

Ils découvrirent les photos de leurs collègues et d'eux-mêmes punaisées sur le mur avec les fiches de renseignement.

— Je trouve la tienne plutôt sympa, dit Dillon. Mais pour moi, je ne sais pas trop...

— Tu as le regard de l'homme d'expérience. Tu sais, le type qui a pas mal bourlingué, fait des tas de choses...

— Ah ouais, tu crois que c'est ça ? dit Dillon, et il tendit son verre à Fahy. Je vais reprendre la même chose.

— Bushmills, comme d'habitude, dit le vieil homme. Je sais bien.

Il remplit généreusement le verre.

— Et comment se fait-il que vous sachiez cela ? demanda Dillon.

— Parce qu'il t'a entendu commander ce whiskey au crétin d'à côté, dit Billy.

Fahy secoua la tête.

— Je suis de Derry. Je vous ai vu là-bas, trois fois de suite, avec Martin McGuiness. J'ai passé un moment dans l'IRA, mais dix ans de taule ont mis fin à ces petits jeux. Ensuite je suis venu à Kilburn. Vous souvenez-vous d'un pub qui s'appelait l'Irish Guard ? J'y étais cuistot. Gerry Brady, le proprio, m'a rendu un grand service en me donnant ce job. Je me souviens de la première fois où vous êtes entré dans le bar. Vous avez demandé à parler à Gerry. Ce jour-là vous ne vous appeliez pas Sean Dillon.

— Hmm, c'est possible.

— Mais je vous ai reconnu. Février 1991. L'attaque au mortier contre le Premier ministre et le cabinet de guerre à Downing Street.

Dillon sourit.

— Pas la peine de ressasser cette histoire. Prenez donc un Bushmills et dites-nous ce que vous savez sur tous ces gens affichés sur le mur.

— Nous voulons aussi savoir ce que mijotent ces enfoirés de Nolan et de Kelly, ajouta Billy.

Fahy se servit un whiskey.

— Est-ce que j'ai une tête d'indic ?

— Vous aurez une bien plus sale tête si je m'occupe de vous, dit Billy d'un air menaçant.

— Je vais parler pour vous, monsieur Dillon, dit le

vieil homme d'un air las. Jimmy a reçu tout ça – les photos, les fiches – par e-mail. C'est un certain Flynn, à Dublin, qui les a envoyées.

— Vous avez écouté leurs conversations ?

— Les murs de ce pub sont très minces. Flynn leur a offert un contrat. Voilà ce que je peux vous dire. Cent mille livres. C'est pour cela que vous êtes tous sur le mur.

— Les fumiers, grogna Billy. Alors comme ça, ils auraient l'intention de nous régler notre compte ?

— Ferguson et Harry Salter sont les cibles principales. C'est ce qu'ils ont dit.

— Comment comptent-ils s'y prendre ? demanda Dillon.

— Nolan et son cousin Patrick sont propriétaires de ce pub.

— Nous sommes au courant, répliqua Billy. Ont-ils l'intention d'agir eux-mêmes ou bien ils ont recruté des gars ?

— Ils ont appelé Danny Delaney et un autre minable qui s'appelle Sol Flanagan. Ils picolent, ils se droguent. Ils sont défoncés la plupart du temps.

— De quoi vivent-ils ?

— Leur truc principal, c'est le vol à main armée. Ils attaquent des boutiques. En particulier celles qui appartiennent à des musulmans. Delaney est cinglé. Il déteste les Pakistanais, et il tire sans hésiter.

— Et Flanagan ?

— Il est du même acabit.

— Jamais ils ne se sont fait prendre ? demanda Dillon.

— Oh, si, ils ont déjà été arrêtés. Ils sont même passés devant le juge plusieurs fois. Mais difficile de faire condamner quelqu'un sans témoin, n'est-ce pas ?

— Qui d'autre a été recruté ?

— Deux gars d'un tout autre moule. James Burke et Tim Cohan. Des Irlandais de Londres, le genre de gars qui ont filé autrefois en Ulster pour s'engager dans l'IRA Provisoire. Ils ont tout connu, y compris la prison de Maze. Ils vous connaissent, monsieur Dillon. Ils étaient mécontents de savoir que vous étiez en mauvaise compagnie.

— Après qui en ont-ils en particulier ?

— Ferguson. Burke a dit qu'il avait été arrêté par Ferguson, avec d'autres gars, quand il était colonel à Derry. Cohan a dit que s'il le voyait un soir dans la rue sous la pluie, il lui tirerait dans le dos sans hésitation.

— Peu importe, dit Billy. Où sont Nolan et Kelly en ce moment ?

— Ils sont sortis il y a près de trois quarts d'heure. Ils étaient armés, et ils ne reviendront pas ici de la journée. Ils prévoyaient de passer devant chez Ferguson pour repérer les lieux. Et de jeter aussi un œil chez vous, monsieur Dillon. Plus tard, ils iront au Dark Man. Ils ont parlé d'aller peut-être au cinéma, pour tuer le temps jusqu'à ce soir.

— Ces enfoirés veulent se pointer au pub de mon oncle ? s'écria Billy.

— C'est vendredi soir. Il y aura pas de mal de monde. Ils savent que la plupart des gens de votre groupe se retrouvent souvent au Dark Man. Leur idée, c'est d'aller là-bas, de se familiariser avec l'endroit et ses environs... Ils ont aussi donné l'ordre aux quatre gars qu'ils ont recrutés de jeter un œil chez Ferguson et chez vous, monsieur Dillon.

— Et après ? demanda Billy d'un ton autoritaire. Qui doit se faire buter le premier ?

— Jimmy a dit qu'ils se reparleraient plus tard. Voilà, c'est tout. Ah si, une dernière chose. Burke et Cohan... Pour eux comme pour des tas d'autres gars, la grande époque est terminée.

— Et ça leur déplaît énormément, c'est ça ? enchaîna Dillon.

— Ils n'aiment pas les gens qu'ils sont obligés de fréquenter. Autrefois, ils avaient de la fierté. Aujourd'hui...

Fahy haussa les épaules et tapota sa pipe sur le bord de la table.

— Que voudriez-vous savoir de plus ? demanda-t-il.

— Vous nous avez déjà dit beaucoup de choses, répondit Dillon. Et j'ai l'impression que tout est vrai. Pourquoi ?

— Je vous ai toujours admiré, monsieur Dillon. Vous étiez un grand homme et un grand défenseur de la Cause. Mais je n'ai pas parlé pour vous faire plaisir. Mes raisons sont purement égoïstes. Votre ami, le jeune homme qui est ici, m'aurait sans doute tabassé pour avoir des réponses. Je vois bien qu'il n'hésiterait pas. Je me sens trop vieux pour ce genre de choses.

— Vous n'avez pas tort, vieux salopard, dit Billy, et il se tourna vers Dillon. Fichons-le à l'arrière de l'Alfa pour l'emmener à Holland Park. Il faut le mettre en sûreté jusqu'à ce que cette affaire soit terminée.

— C'est gentil de ta part, dit Dillon, puis il tapota l'épaule de Fahy. Cela vous convient-il ? Une maison confortable où passer quelques jours à l'abri ?

— Eh bien... je ne risque pas d'être en sécurité ici, c'est sûr.

Ils sortirent du bureau. Fahy récupéra son manteau dans le couloir.

— Je vais dire un mot à Michael.

Le comptoir était désert. Le barman avait disparu. Fahy l'appela, alla voir dans la cuisine, et revint dans la salle principale du pub.

— Il est peut-être parti faire soigner son bras.

— Ce n'est pas votre problème, dit Billy. En route. Vous verrez, vous allez adorer Holland Park. C'est mieux qu'un hôtel.

Dillon téléphona à Roper.

— Harry et Ferguson sont-ils encore occupés ?

— Ils ne m'ont pas rappelé. Qu'avez-vous découvert ? Faut-il s'inquiéter ?

— Dites-moi ce que vous en pensez...

Dillon lui rapporta rapidement ce qu'il venait d'apprendre au Green Tinker.

— Je vais me renseigner au sujet de tous ces gars, dit Roper. Trouver des photos et des infos générales. Qui sait ? Ce sera peut-être amusant.

— Vous pensez qu'il vaut mieux laisser ces six

gars fureter à droite à gauche... et ne rien faire dans l'immédiat ?

— Je n'ai pas dit cela. D'après votre informateur, ils sont censés se contenter de repérer certains lieux. Nous, nous devons décider ce que nous ferons si la situation dégénère. Je vais essayer de joindre le général et Harry. Après tout, ce sont eux les cibles principales. Je vous rappelle aussi que l'avion de Dublin doit arriver dans une heure. Que voulez-vous faire, à ce sujet ?

— Nous déposons Fahy à Holland Park et nous prenons le monospace pour filer illico à Farley.

— Greta est déjà ici. Nous sommes en train de prendre un verre. Je pense qu'elle a envie d'aller accueillir ses compatriotes. Ça doit être un truc de Russes.

Des vents contraires les avaient ralentis, mais le King Air s'était admirablement comporté. Levin, Mary et Chomsky avaient bu ensemble une bouteille de champagne qu'ils avaient trouvée dans le réfrigérateur.

— Alors, Mary, quel avenir vous imaginez-vous ? demanda Chomsky.

— Oh... Je ne suis pas inquiète. J'ai des diplômes en commerce international et en informatique.

— Ah, bien, dit Chomsky. Dans le monde d'aujourd'hui, vous ne mourrez jamais de faim. N'est-ce pas, Igor ?

— En effet, acquiesça Levin. Il vous faut juste

quelques bonnes relations pour démarrer. Et ces relations, désormais, vous les avez. Vous m'avez sauvé la vie, mais vous avez aussi sauvé Harry Salter. Vu l'ampleur de ses projets immobiliers le long de la Tamise, il pourra sans doute vous trouver quelque chose.

— À condition que vous ne voyiez pas de mal à travailler pour l'un des gangsters les plus influents de Londres, précisa Chomsky avec le sourire.

— Ne dis pas de bêtises, répliqua Levin en riant. Une fille comme elle ? Avec le passé qu'elle a ? Elle sera comme un poisson dans l'eau dans le monde de Harry.

L'avion descendit rapidement à travers les nuages, Londres apparut sous les hublots. Farley Field fut bientôt en vue, la terre se rapprocha à toute allure et Magee effectua un atterrissage parfait.

Suivant les instructions de la tour de contrôle, il roula sur le tarmac en direction du terminal. Il coupa finalement les moteurs. Murphy ouvrit la porte.

— J'avais raison, au sujet de cet aérodrome, dit Magee à Levin. Trois avions et deux hélicoptères de la RAF autour de notre modeste King Air. Vous êtes des gens importants.

— Mais vous ne saurez jamais le fond de l'histoire, dit Chomsky d'un ton enjoué, et il suivit Mary dans l'escalier.

Le monospace stationnait devant le terminal. Greta, Dillon et Billy patientaient à côté. Greta se mit à courir vers le groupe et enlaça Levin, puis Chomsky.

— Merveilleux enfoirés, dit-elle avec des larmes

dans les yeux. Jamais je n'aurais cru être si heureuse de vous revoir !

— Sans cette demoiselle, je ne serais plus ici pour toi, dit Levin. Greta, messieurs, je vous présente Mary O'Toole.

Billy fit un pas en avant.

— Je suis Billy Salter, le neveu de Harry Salter. Vous découvrirez bientôt qu'il saura vous manifester sa gratitude.

Dillon sera la main de la jeune femme.

— Sean Dillon.

— Sainte mère de Dieu, dit-elle en écarquillant les yeux. Si j'avais su que je verrais ce jour ! J'entends parler de vous depuis que je suis toute petite.

— Hmm... Maintenant vous m'avez vu. En voiture, et en route.

Billy conduisait. Pendant le trajet, Dillon mit Levin au courant des derniers événements survenus à Londres. Quand ils arrivèrent à Holland Park, Harry et Ferguson étaient déjà revenus. Mary fut présentée à Harry, qui déclara :

— Ce soir vous viendrez avec moi, ma belle. À mon pub, le Dark Man. Ma petite Ruby s'occupera de vous pendant un moment, le temps que vous décidiez ce que vous voulez faire de votre vie. Dans mon petit empire, il y a du choix. Mais dans l'immédiat, nous avons quelques affaires à régler ici.

Ils étaient rassemblés dans la salle de Roper. Harry se tourna vers le commandant.

— Allons-y. Montrez-nous ça.

Roper fit apparaître l'équipe de Flynn sur l'écran

principal. Des photographies de la police. Celles de Burke et de Cohan étaient vieilles de plusieurs années ; ils avaient dans le regard cette dignité farouche des hommes qui avaient cru se battre pour une cause juste.

Delaney et Flanagan, ce n'était pas le même genre : arrogants, insolents et, sur la plupart des clichés, visiblement sous l'emprise d'une substance quelconque – drogue, alcool, sinon les deux.

— Nous vous écoutons, commandant, dit Ferguson.

— Delaney et Flanagan. Ils tirent à volonté. Ils ont échappé à plusieurs procès pour vol à main armée en intimidant les témoins.

— Cohan et Burke ?

— Fantassins de l'IRA pendant de longues années. De vrais pros qui savent tuer. N'importe quel profil psychologique vous révélerait qu'ils n'aiment pas attaquer des boutiques de quartier pour gagner leur vie. Mais à cinquante ans passés, ces gars-là n'ont plus beaucoup le choix.

— C'est un point de vue, dit Ferguson. Mais ils m'inspirent peu de sympathie. Si vous jouez le genre de jeu auquel ils ont joué, vous assumez les conséquences quand vous avez perdu. Cela dit, mon gilet pare-balles en nylon et titane se faisait très discret sous ma chemise la dernière fois que je l'ai porté, et je vais le remettre dès aujourd'hui. Il arrête une balle de Magnum 45 à bout portant. Je recommande à ceux qui en possèdent un de le porter jusqu'à ce que nous ayons réglé cette histoire.

— Je vais suivre votre conseil, dit Harry. Dillon et

Billy, évidemment, c'est à vous de décider. Vous pourriez aussi prendre Baxter et Hall avec vous.

— Quant au capitaine Levin et au sergent Chomsky, enchaîna Ferguson, dans la mesure où ils sont déjà impliqués dans l'affaire qui nous préoccupe, je suis sûr qu'ils voudront bien nous aider.

— Sans problème, général, répondit Levin.

— J'aimerais que Chomsky et vous restiez ici quelque temps pour un débriefing approfondi avec le commandant Roper. Après quoi, Harry a suggéré que vous vous installiez dans l'un de ses luxueux appartements de Hangman's Wharf. Vous vous en souvenez probablement, depuis l'année dernière...

— Tout à fait, répondit Levin avec un grand sourire. Et ce complexe immobilier est tellement proche du Dark Man – c'est idéal !

— Hmm... Je ne vous recommanderais quand même pas de replonger dans la Tamise tout habillé. C'est le pire moment de l'année.

Ferguson quitta la pièce à grands pas. Harry le suivit avec Mary. Billy leur emboîta le pas en disant à Dillon :

— Nous allons la confier à Ruby au pub. Je te rejoins plus tard.

— Entendu.

Dillon conduisit Levin et Chomsky au sergent Doyle, puis retourna auprès de Roper et de Greta. Il se servit un scotch.

— Vous avez des soucis, dit Greta en dévisageant Dillon. Je le vois bien.

— De quoi s'agit-il ? demanda Roper.

— Bert Fahy. Le vieux bonhomme que j'ai amené ici. Il m'a livré un témoignage très convaincant. Je suis prêt à accepter qu'il a dit la vérité, mais... dans une certaine limite. Son histoire est un peu trop lisse. Je n'ai pas complètement gobé ce qu'il nous a raconté sur l'emploi du temps de Nolan et de Kelly.

— Eh bien... C'est inacceptable, n'est-ce pas ? dit Roper, et il appela le sergent Henderson par l'interphone. Faites venir notre nouvel invité. M. Bert Fahy.

Celui-ci entra dans la pièce cinq minutes plus tard. Il avait eu une agréable surprise en découvrant la confortable chambre qui lui avait été allouée. Mais l'inquiétude l'envahit quand il se retrouva face à Dillon, Roper et Greta, une lumière aveuglante braquée sur le visage.

— Fahy, vous m'avez menti, dit Dillon. L'idée que Nolan et Kelly aillent au cinéma avant de nous rendre visite ce soir, ce n'est pas très crédible.

— Cela signifie que vous nous cachez leur véritable programme, ajouta Roper.

— Dieu me garde ! Comment pourrais-je mentir à monsieur Dillon ?

— Je vois. Nous n'allons pas perdre notre temps. Je rédige immédiatement un mandat pour que vous soyez enfermé, selon les termes de la loi antiterroriste, à la prison de Wormwood Scrubs.

Fahy tressaillit. La simple idée d'être incarcéré dans cet établissement terrifiant lui donnait la nausée.

— Non, monsieur ! Ayez pitié d'un vieil homme. Ma mémoire me joue des tours.

— Retentez votre chance.

— Heu... C'est-à-dire que... Il y a un bar, le Grady's, pas loin de la Tamise...

Quand il eut dit tout ce qu'il savait, Henderson le raccompagna à sa chambre.

— Cette fois, nous avons peut-être touché le gros lot, dit Dillon. Je vais jeter un œil là-bas. Vous êtes occupée, Greta ?

— Pas d'ici ce soir. Molly Rashid est de garde la nuit prochaine. Elle m'a demandé de tenir compagnie à Sara en fin de journée. La petite a du mal à renouer les liens avec son père.

— C'est plutôt l'inverse, à mon avis. Prenons votre Mini Cooper. Je vous retrouve au parking dans deux minutes. Roper, à plus tard.

Dillon monta à sa chambre, prit son Walther préféré, rejoignit Greta qui était déjà au volant de la Mini.

— Je me souviens de ce quartier. J'y allais, étant gosse, quand je vivais à Londres avec mon père, dit-il tandis qu'ils se dirigeaient vers le fleuve. Le port sur la Tamise, les docks, les bateaux partout, des centaines d'énormes grues. Je ne sais pas si c'était le plus grand port du monde, mais il méritait bien ce titre.

— Vous êtes irlandais. Pourquoi viviez-vous à Londres, à propos ?

— Ma mère était décédée et mon père n'avait plus de travail en Ulster, dit Dillon en haussant les épaules. Les Irlandais ont toujours eu des liens très étroits avec Londres. Michael Collins travaillait ici même, à la poste, avant de décider de changer le cours de l'histoire de l'Irlande.

— Le secteur a bien changé, dirait-on.

— Oui. Grâce aux projets de réhabilitation. Des tas d'entrepôts sont détruits, d'autres convertis en immeubles d'habitation, comme ceux de Harry sur Hangman's Wharf. Mais il reste encore quelques rues et quelques bâtiments qui n'ont pas bougé.

Greta avait entré Canal Street dans le système de guidage GPS de la Mini Cooper. Ils y parvinrent rapidement. Ils longèrent un vaste ensemble de docks à l'abandon, puis débouchèrent sur un canal dont les eaux filaient rapidement en direction de la Tamise. Une passerelle pour piétons en fer forgé l'enjambait. De l'autre côté, il y avait une enfilade de maisons mitoyennes de la classe ouvrière. Beaucoup d'entre elles étaient délabrées, leurs fenêtres obturées de planches, et n'attendaient que les bulldozers. Le pub, avec son enseigne Grady's Bar, était à quelques mètres de la passerelle. La porte était entrouverte. Une vieille dame aux cheveux blancs de neige, vêtue d'une robe noire et d'un tablier brodé, était en train de polir le marteau de porte en cuivre. En haut de la vitrine était affichée l'habituelle licence professionnelle de ce genre d'établissement. Elle était au nom de Margaret Grady.

Elle avait au moins soixante-quinze ans et sa voix frêle avait une pointe d'accent irlandais.

— Je peux vous aider ? Je n'ouvre pas avant dix-huit heures.

— Pas de problème, dit Dillon. Nous n'avons pas soif.

— Nous cherchions Canal Street, intervint Greta,

mais manifestement nous ne sommes pas tombés sur la bonne rue.

— Oh... Je suppose en effet qu'il existe des tas de Canal Street à travers Londres.

— Le quartier est intéressant, en tout cas.

— Il y avait autrefois beaucoup d'animation, avec les bateaux et tout le reste. Les affaires marchaient bien. Notre établissement faisait aussi pension, savez-vous ? Mais quand le port a disparu, ç'a été la fin. Presque toutes les constructions de l'époque ont été abattues. Ici nous sommes dans une oasis, pour ainsi dire. Et dans six mois c'est la fin.

— Je suis désolée, dit Greta. Avez-vous encore des clients ?

— De temps en temps. Mais il y a bien des jours où personne ne vient. C'est comme ça, on n'y peut rien ! Le conseil municipal m'a promis une place dans une maison de retraite.

Dillon et Greta se regardèrent. Ils ne savaient plus trop quoi dire.

— Bien... Nous ne vous retiendrons pas plus longtemps, dit Dillon avec un sourire aimable.

Ils retraversèrent la passerelle et montèrent en voiture.

— On retourne à Holland Park. Le plus vite possible.

— Vous allez les faire suivre, n'est-ce pas ?

— Non, Greta. Si tout se passe bien, je prévois de les éliminer. Quelques anciens de l'IRA rattrapés par la mort... Scotland Yard ne demandera pas mieux que de boucler leurs dossiers sans faire de vagues.

— Et Volkov captera le message.

— De même que le Courtier. Ce qui signifie aussi Al-Qaida et l'Armée de Dieu. Aujourd'hui, Greta, nous sommes au-delà de la négociation. Dans le monde de demain qui a émergé ces dernières années, soit nous luttons par le feu contre le feu, soit nous sommes finis. Vous trouvez peut-être ça étrange de la part d'un homme qui tuait autrefois pour l'IRA, mais c'est ainsi que je vois les choses.

— Je ne trouve pas cela étrange. Je pense simplement que c'est assez ironique.

— Parfait. En route. Moi, j'appelle Roper.

Le temps qu'ils rentrent à Holland Park, il était déjà dix-sept heures passées. Roper avait convoqué Billy, Levin et Chomsky.

— Je dois m'occuper des Rashid, dit Greta. Je vous téléphone plus tard.

Elle quitta la pièce.

— Chomsky, dit Dillon, je ne veux pas de vous avec nous. Vous avez joué votre rôle à Dublin et vous avez prouvé votre valeur. Vous irez au Dark Man. Ils seront contents, là-bas, d'avoir un pistolet supplémentaire.

— C'est vous le patron, répondit Chomsky.

Dillon s'adressa à Roper :

— Vous les avez briefés ? demanda-t-il en désignant Levin et Billy.

— Ils savent à peu près tout.

— Reprenons, dit Dillon. Il y aura sans doute quatre hommes. Des pros de chez pro, avec de longues années d'expérience dans l'IRA, le mouvement révolutionnaire qui a inventé les mouvements révolutionnaires. L'objectif est simple : les tuer tous les quatre. Pour la police, il y aura eu une sorte de bagarre entre anciens de l'IRA. De vieux comptes à régler qui n'intéressent personne. Je reviens du bar de Canal Street. On débouche sur le canal, on traverse une vieille passerelle, le pub est presque la seule construction qui tienne encore debout dans la rue. Les quatre types ignorent que nous sommes sur leur dos. Il fera nuit quand nous arriverons là-bas.

— Et il y aura encore cette putain de pluie, ajouta Billy. Vous êtes équipé, Igor ?

— Grâce au sergent Henderson, répondit Levin en sortant de sa poche un Walther avec silencieux. Le même que vous, Dillon.

— OK, allons-y, fit Billy en se dirigeant vers la porte. On prend ma voiture.

À dix-huit heures, quand Maggie Grady déverrouilla la porte, il faisait déjà sombre dehors. Elle alluma l'enseigne, tira le battant et se trouva nez à nez avec Kelly et Nolan, plantés sur le seuil du pub.

— Sainte Mère de Dieu ! Est-ce vraiment toi, Patrick ?

— C'est moi, répondit-il en se penchant pour lui donner une bise sur la joue. Je suis venu avec mon cousin, Jimmy Nolan. Nous avions envie de boire un verre avec vous. J'ai quelques gars qui bossent avec moi en ce moment. Deux d'entre eux seront ici dans une minute.

Le petit pub était propre et bien rangé. Un feu brûlait dans l'âtre. Quelques vieilles tables victoriennes en fer forgé, avec des chaises assorties, étaient réparties à travers la salle. Les bouteilles s'alignaient sagement le long du miroir derrière le comptoir.

La vieille dame se remit bien vite de sa surprise et se fit plaisir en prenant elle aussi un whiskey irlandais – juste un petit verre. Kelly était en train de lui raconter une histoire, lorsque la porte de la rue s'ouvrit sur Burke et Cohan.

— Dieu soit loué, nous avons trouvé le bar, dit Burke. C'est un vrai plaisir de découvrir cette salle et ce bon feu.

Les verres à whiskey furent remplis plusieurs fois de suite. Même Maggie se laissa tenter par une deuxième tournée.

— C'est donc elle, la femme si douce et si généreuse qui s'occupait de vous quand vous étiez en cavale ? demanda Cohan.

— La meilleure de toutes les femmes, dit Kelly. À l'époque, le pub faisait aussi pension. Il y avait des chambres là-haut. Les marins des bateaux qui mouillaient sur la Tamise y logeaient. Jamais vous n'avez rien vu de pareil. Toutes les races que Dieu a inventées étaient ici : Indiens, Noirs, lascars et je ne sais quoi encore. Au moindre geste suspect, ils vous tranchaient la gorge.

Il regarda sa montre.

— Mince, il est déjà sept heures. Nous devons partir.

Il prit Maggie dans ses bras et lui donna une bise sur le front.

— Dieu vous bénisse, ma chérie. Moi, je ne vous oublierai jamais.

Les quatre hommes sortirent du pub de très bonne humeur. Maggie ferma la porte derrière eux, fatiguée et un peu triste. Prenant soudain la décision de se reposer, elle tira le verrou, glissa la barre en bois en travers de la porte, éteignit les lumières et monta l'escalier – lentement, car il fallait bien dire qu'elle était vieille et très affaiblie.

Dans la rue, il faisait sombre. Une ampoule solitaire pendait à un réverbère au bord du canal. Le petit groupe se dirigea vers la passerelle. La pluie luisait sur les pavés.

Dillon et Billy apparurent de l'autre côté de la passerelle. Ils en montèrent les marches côte à côte, le Walther à la main.

— Nom de Dieu ! cria Kelly.

Dillon leva le bras et tira. Le silencieux étouffa la détonation. Kelly, touché en plein front, bascula contre Nolan qui essayait de sortir son arme de sa poche. Il repoussa violemment le mort, qui bascula par-dessus la rambarde et disparut dans les eaux agitées du canal.

Nolan réussit presque à attraper son arme. Mais Billy fut plus rapide. Il lui logea une balle dans l'épaule gauche. Nolan se retourna et Billy lui fit exploser la colonne vertébrale avec une seconde balle. Il tomba en travers de la rambarde, commença à glisser de l'autre côté – et resta étrangement suspendu au-dessus du vide.

Burke, qui avait mis un genou à terre, évita la troisième balle du pistolet de Billy et fit feu. Il l'atteignit en pleine poitrine. Derrière lui, Cohan fit demi-tour pour retourner vers le pub. Igor Levin, caché derrière un tas de briques, se redressa et lui logea une balle en pleine tête. Burke, affolé, sauta par-dessus la rambarde pour plonger dans le canal. Il remonta à la surface et fut aussitôt emporté par le courant. Levin se jeta en avant : il tira plusieurs balles qui l'atteignirent dans le dos et à la tête. Il disparut dans un bouillonnement d'eau et de sang.

Levin rejoignit Billy et Dillon, qui étaient en train de traîner le corps de Cohan. Le canal accueillit un troisième cadavre.

— Tout droit jusqu'à la Tamise, dit Dillon. Peut-être même jusqu'à la mer, qui sait ?

Billy avait ouvert son imperméable et glissé la main sous sa chemise.

— Ça va ? demanda Levin.

— Hmm, vous avez entendu Ferguson. Gilet pare-balles en titane et nylon. Si vous en avez un, ne l'oubliez pas.

Il sortit la balle écrasée qui s'était fichée dans le gilet.

— J'en ai un, dit Levin. Le général Volkov me l'a offert parce que je lui avais sauvé la vie.

— Dépêchons-nous, dit Dillon. Mission accomplie. Nous rentrons à Holland Park.

Roper et Ferguson les attendaient à la propriété. Billy en repartit aussitôt pour aller au Dark Man. Levin prit la bouteille de whisky du commandant et servit deux verres, un pour lui et un pour Dillon.

— Éliminés tous les quatre, dit Ferguson, et il secoua la tête. Splendide ! Ça me rappelle l'Ulster autrefois.

— C'était exactement comme en Ulster, dit Roper. Sean, vous avez procédé exactement comme vous l'aviez annoncé.

Ferguson se tourna vers Levin.

— Que puis-je dire à votre sujet ? Un boulot impeccable. Vous nous avez bien rendu service.

— Je m'assure que les rumeurs nécessaires aillent dans la direction de Flynn et de Volkov, dit Roper. Qu'ils reçoivent le message. La Tamise est soumise aux marées. D'après les statistiques, de nombreux corps ne refont jamais surface.

— Et Delaney et Flanagan ? demanda Levin. Que fait-on pour ces deux-là ?

— Eh bien... Je dois admettre que je préférerais mettre un point final à cette affaire, dit Ferguson. Attendons un moment. Ils devraient se pointer au Dark Man d'ici peu, sauf s'ils renoncent à y aller. Il y a Billy, Harry, Baxter et Hall, sans oublier notre nouvel ami le sergent Chomsky. Ensemble, ils devraient être capables de s'occuper de ces malfrats.

— Je suis de votre avis, acquiesça Dillon.

— Allons-y nous aussi, ajouta Ferguson. Et regardons-les travailler.

— Pourquoi pas ? répondit Levin.

— Hmm, si vous y allez tous, je me joins à la fête, annonça Roper. Dites à Doyle de prendre le volant du monospace. Je serai en bas dans dix minutes.

— Excellent, dit Ferguson. Je voyagerai en votre compagnie. Je ne suis jamais monté avec vous dans ce véhicule, me semble-t-il. Vous avez un plateau élévateur pour le fauteuil, n'est-ce pas ?

— Nous vous suivrons dans ma Mini, dit Dillon.

Levin et Dillon coururent sous la pluie jusqu'à la voiture. Pendant qu'ils attendaient Roper, Dillon appela Billy.

— Quoi de neuf ?

— Le tripot est plein. Des tas de clients. La routine. Pour le moment, aucun signe des deux peaux de vache que nous cherchons.

— OK. Roper, Ferguson, Levin et moi nous arrivons. Nous serons avec toi dans vingt minutes.

Delaney et Flanagan avaient passé deux heures au Festival, un établissement où la musique était atroce et beaucoup trop forte. Ils s'étaient rendus plusieurs fois aux toilettes pour y sniffer de la cocaïne. Au bar, ils avaient avalé verre de vodka sur verre de vodka. À dix-neuf heures, ils étaient totalement défoncés. Ils avaient atteint le stade où ils s'imaginaient – à tort – que le monde leur appartenait et qu'ils pouvaient y faire n'importe quoi.

Ils roulaient dans une Mercedes qu'ils avaient volée un peu plus tôt dans la journée, avant leur visite au Green Tinker. Flanagan conduisait avec une indifférence absolue pour tous ceux qui se trouvaient sur son passage. Il érafla trois voitures l'une après l'autre. Il faillit renverser un agent de police qui levait la main pour l'arrêter, et qui dut bondir de côté pour sauver sa peau. Delaney éclata de rire, sortit son pistolet, y vissa un silencieux et baissa la vitre : il tira pour faire exploser les vitrines de plusieurs boutiques.

La voiture s'engagea bientôt dans un dédale de ruelles qui descendaient vers la Tamise.

— Ici c'est Wapping, dit Delaney. Je connais le coin. Le Dark Man, Cable Wharf. Ah ouais, trop cool !

Il désigna l'écran du GPS.

— T'as bien rentré l'adresse dans le système, mec ! On est arrivés pile poil.

Les lumières brillaient au Dark Man. Des haut-parleurs diffusaient de la musique à l'extérieur. De nombreuses voitures étaient garées sur le parking. Certaines stationnaient même le long du quai près des bateaux. Le dernier d'entre eux, le *Lynda Jones*, appartenait à Harry Salter qui en était très fier.

Flanagan pila à l'entrée du parking.

— Voilà, on y est. Qu'est-ce qu'on fout maintenant ?

La pluie tombait plus fort que dans l'après-midi. Delaney sortit une bouteille de vodka de la boîte à gants et la déboucha.

— On fait péter la baraque, mec. Mais d'abord, à la nôtre !

Il avala une grande lampée d'alcool et passa la bouteille à Flanagan. C'est alors que le monospace s'immobilisa devant le pub. Le hayon arrière s'ouvrit.

Ferguson en sortit par une portière latérale tandis que le fauteuil de Roper descendait sur le plateau élévateur. Au même instant, la Mini de Dillon s'arrêta quelques mètres derrière le monospace.

— Nom de Dieu ! cria Flanagan qui regardait la scène dans le rétroviseur. Tourne-toi ! Le mec à côté de la chaise roulante. Putain, c'est Ferguson !

Delaney ouvrit sa portière, jaillit de la voiture et tira trois fois en direction du monospace. Mais il visait mal, et Ferguson s'était penché en avant pour dire quelque chose à Roper. Les balles ne touchèrent que le véhicule. Roper et Ferguson, apeurés, basculèrent ensemble sur les pavés.

Levin réagit promptement. Il sortit de la Mini et fit feu sur l'agresseur. Hélas, c'était un tir difficile, d'autant que Delaney se réfugiait déjà dans la voiture. Dillon écrasa l'accélérateur pour emboutir l'arrière de la Mercedes. Flanagan, paniqué, démarra et traversa le parking à toute allure en direction du quai. Il dépassa le *Lynda Jones* et roula sans même ralentir jusqu'à la Tamise. Dillon et Levin se précipitèrent au bord du quai. Ils arrivèrent juste à temps pour voir le pare-chocs arrière disparaître sous l'eau. Ils patientèrent : aucun des deux hommes ne remonta à la surface.

— Ils sont fichus, dit Dillon. Ici, il y a une bonne douzaine de mètres de profondeur. Allons retrouver Ferguson et Roper.

Harry, Billy et Chomsky étaient sortis du Dark Man. Ils aidaient Roper à se rasseoir dans son fauteuil, tandis que Doyle s'occupait de Ferguson.

— Nous allons bien, dit ce dernier. Ils nous ont ratés. Que leur est-il arrivé ?

— Ils sont au fond du fleuve.

— Je suis tellement désolé pour eux, ironisa Ferguson.

— Chomsky était à la porte, dit Harry. Il a vu les gars tirer. Avec les silencieux, impossible d'entendre quoi que ce soit à l'intérieur. Le bruit des bagnoles qui se rentraient dedans, par contre... Ç'a attiré un peu de monde.

Derrière eux, en effet, quelques clients observaient la scène, leur verre de bière à la main. Ruby apparut sur le seuil, l'air inquiet, accompagnée de Mary.

Trois voitures de police déboulèrent à cet instant devant le pub. Un jeune agent s'avança vers Harry.

— Ah, monsieur Salter. Nous pourchassons une Mercedes. À bord, il y a deux hommes armés qui tiraient sur les vitrines des magasins de Wapping.

— C'est inadmissible. Je me demande où va le monde, dit Harry. La Mercedes a heurté le véhicule de mes amis, et puis elle est allée droit vers le quai.

— Pour tomber dans la Tamise, enchaîna Dillon. Nous l'avons vue couler. Personne n'est remonté à la surface.

— Mon Dieu, dit le policier.

— Nous vous laissons régler ça et nous retournons dans le pub avec le commandant Roper, dit Harry d'un air innocent. C'est une honte qu'il soit témoin de ce genre de scène quand il rend visite à ses amis.

À l'intérieur, Baxter et Hall avaient fait libérer un

grand box. Ruby servit du champagne avec l'aide de Mary.

— En définitive, dit Ferguson, nous pouvons nous estimer satisfaits.

— Je suis bien d'accord, dit Harry en gloussant. Nom de Dieu ! Aujourd'hui, c'est le grand ménage.

— Volkov sera vert de rage, dit Roper.

Le policier entra dans le pub et s'approcha de leur table.

— Qu'y a-t-il pour votre service ? demanda Harry.

— Je veux juste vous dire que le treuillage de la Mercedes aura lieu demain. D'après nos informations, les deux hommes qui l'occupaient étaient des voyous de très mauvaise réputation. Ils avaient volé la voiture, passé un long moment au Festival à prendre de la drogue et, comme je vous le disais tout à l'heure, ils ont terrorisé la moitié de Wapping en venant ici. Par contre, je ne sais pas quelle était leur intention vous concernant. Ils s'appelaient Delaney et Flanagan.

— Jamais entendu parler d'eux. Mais il y a tellement de vilains garçons, vous savez...

Le policier s'éloigna. Ils burent le champagne.

— Voilà, l'affaire est donc réglée, dit Billy.

— Il reste le problème Hussein Rashid, observa Ferguson.

Ils y réfléchirent un moment en silence. Dillon dit :

— Il ne viendra peut-être pas. Qu'en pensez-vous, Roper ?

— Vous savez bien ce que je pense. À présent, si ça ne vous ennuie pas, j'aimerais rentrer à Holland

Park. Cette chute ne m'a pas fait de bien. Je crois que j'ai des bleus partout.

Le lendemain, tout se mit en place pour l'acte final. Les mouchards informatiques lancés par Roper sur le réseau rapportèrent leur gibier, et le Citation X affrété par Rashid Shipping décolla à destination de Koufra en Algérie.

Bretagne,
Angleterre

12

L’avion à bas prix à destination de Rennes, bourré de passagers, leur avait évoqué un transport de réfugiés dans un film de guerre. Par contre, le trajet en train jusqu’à Saint-Malo avait été très agréable. Ils montèrent dans un taxi pour se rendre à Saint-Denis, un peu plus loin sur la côte bretonne où, d’après les informations communiquées par le Courtier à Hussein, George Roman vivait sur son bateau, le *Seagull*.

— Voilà, messieurs. Je ne peux pas aller plus loin, dit le chauffeur en s’arrêtant à l’entrée du petit port de plaisance.

Khazid répondit en français :

— C’est bien. Nous devrions trouver sans problème le bateau de notre ami.

Il laissa un généreux pourboire au taxi qui s’éloigna. Hussein et Khazid scrutèrent quelques instants l’alignement de pontons bordés de voiliers et de yachts. Il y en avait de toutes les tailles.

— Allons-y, dit Khazid en arabe.

— Il vaut mieux parler anglais, dit Hussein. Évitons l’arabe. Et je parle trop mal français pour te faire la conversation dans cette langue.

— D'accord.

Ils s'avancèrent vers le premier ponton, examinèrent les bateaux amarrés là, puis revinrent sur leurs pas en se disant qu'il leur faudrait sans doute un bon moment pour visiter l'ensemble de la marina.

Khazid se figea tout à coup et cria :

— Hé ! Ho ! Le *Seagull* ?!

Silence. Ils patientèrent quelques secondes.

— Idiot, dit Hussein. Tu vas nous faire remarquer.

Une jeune femme apparut à la porte de la timonerie d'un yacht à moteur amarré sur leur gauche. Elle portait un jean et un pull noir et elle avait un joli visage de tsigane.

— Que voulez-vous ? lança-t-elle.

— Nous cherchons M. George Roman, répondit Khazid.

— Il est au café, là-bas, au bout du quai. Attendez, je vais vous accompagner.

Elle parlait français avec un fort accent – d'Europe de l'Est, peut-être. Pendant qu'ils marchaient vers le café, Khazid demanda :

— D'où venez-vous ?

— Du Kosovo, répondit-elle en souriant.

— Ah. Vous avez connu la guerre, petite sœur ? demanda Hussein.

Il donna un coup de coude à Khazid. Si cette fille était une réfugiée du Kosovo, elle était très certainement musulmane.

— La guerre, ça remonte à loin, dit-elle avec un haussement d'épaules.

— Comment vous appelez-vous ? demanda Hussein en anglais.

— Saïda.

Elle était donc musulmane. Soudain, elle s'immobilisa et sortit un paquet de Gitanes de sa poche ainsi qu'un briquet. Elle glissa une cigarette entre ses lèvres.

— Permettez, dit Khazid en lui prenant le briquet des mains.

Il lui donna du feu.

— Merci, c'est gentil, répondit-elle en anglais, avec un accent encore plus prononcé que lorsqu'elle parlait français.

Elle rangea les Gitanes et le briquet, tira une bouffée de la cigarette, puis reprit en arabe – avec là encore un fort accent :

— Je ne sais pas qui vous êtes, ni ce que vous êtes venus faire ici. Mais soyez prudents avec cet homme. Il m'a dit qu'il était autrefois dans la Royal Navy. N'empêche, il est pourri jusqu'à l'os.

— Vous êtes musulmane, n'est-ce pas ? demanda Hussein.

— Et la guerre était une belle saloperie. Allah bénisse Tony Blair d'avoir envoyé l'armée britannique et la RAF au Kosovo pour nous sauver des Serbes.

— C'est vrai qu'il a fait cela, acquiesça Khazid. Ensuite, par contre, il y a l'Irak.

— Oui, dit Saïda. Mais dans la vie, il faut apprendre à faire avec les bonnes choses comme avec les mauvaises.

— Vous êtes pleine de sagesse, observa Hussein.

— Mon père était instituteur à la mosquée de notre

village. Quand les Serbes sont arrivés, ils l'ont pendu. Ils ont aussi pendu tous les petits garçons, dit-elle d'une voix très calme.

Ils gagnèrent le café, qui s'appelait La Belle Aurore. Devant il y avait une petite terrasse avec quelques tables, un serveur en veston blanc. L'homme qu'ils cherchaient était assis là, à l'écart des autres clients, buvant un cocktail et lisant *Le Figaro*. Il portait un caban et une casquette de marin. Il devait avoir une soixantaine d'années, il avait le visage rubicond et une grimace mauvaise, cruelle, tordait sa bouche.

Saïda s'approcha avec Hussein et Khazid.

— George, ces messieurs vous cherchent.

— Monsieur Roman, dit Hussein, je suis Hugh Darcy.

Roman le regarda de la tête aux pieds.

— Commandant Roman, rectifia-t-il d'un ton peu amène. Nous avons un problème. Asseyez-vous donc.

— Quel problème, commandant ?

— Regardez. C'est le journal d'hier, dit Roman en lui tendant *Le Figaro*. Dans ce trou, les journaux arrivent souvent en retard. Il y a beaucoup de gens, par ici, qui courraient chez les gendarmes s'ils savaient qui vous êtes. Page quatre.

Hussein s'assit et regarda la photo qui le désignait comme *terroriste lié à Oussama Ben Laden*. Bien sûr, cela risquait de compromettre le plan imaginé par le Courtier...

Saïda regarda le journal par-dessus son épaule et laissa échapper un hoquet de stupeur.

— C'est vous !

— Viens, mon frère, dit Khazid. Partons d'ici.

— Pas la peine de paniquer, objecta Roman. Il faut simplement faire très attention. Bien sûr, il y a quand même un autre ennui : je ne peux pas joindre le Courtier. C'est toujours lui qui m'appelle. Avez-vous un moyen de le contacter, de votre côté ?

— Oui, répondit Hussein.

— Parfait. Cette boisson est remarquable, dit Roman en désignant son verre. Cognac et ginger ale. Ça me rappelle l'époque de la Navy. Vous devriez essayer...

Il éclata de rire.

— Ah, non, c'est vrai ! L'alcool vous est interdit.

— Hugh Darcy peut en boire sans problème, répondit Hussein avec un demi-sourire.

— Mais oui, pardieu, vous avez raison ! De toute façon, je vois bien que vous n'avez pas l'air trop rigoureux sur le plan de la religion, dit Roman, et il cria au serveur : Pierre, deux Horse's Neck. Non : trois !

Il sourit à Khazid.

— Vous jouez le jeu, n'est-ce pas ?

— S'il le faut, répondit Khazid en prenant une chaise.

— Brave garçon, dit Roman, puis il donna une claque sur les fesses de Saïda. Toi, va faire les courses ! Et quand tu seras sur le bateau, débarrasse-toi de cet horrible jean. Je t'ai déjà dit que j'aime bien les jupes en coton. C'est tellement plus agréable.

Le serveur apporta les trois verres, les posa sur la table et s'éloigna. La jeune femme en saisit un et jeta le cocktail au visage de Roman. Très calme, il se lécha les lèvres avec un sourire malicieux.

— Délicieux, dit-il en prenant une serviette pour s'essuyer le visage. Je serai obligé de te punir, mais ça peut attendre. J'aurai grand plaisir à m'occuper de toi pendant la traversée.

Elle écarquilla les yeux.

— La traversée ? Vous m'emmenez ?

Roman s'adressa à Hussein.

— Elle veut aller en Angleterre. Il y a tellement de désespérés qui en rêvent. Surtout les réfugiés sans papiers. Elle est arrivée ici il y a plusieurs mois, avec un Albanais. Cet enfoiré l'a larguée sur le quai au moment où nous partions. À mon retour, elle était toujours là.

— Chaque fois qu'il va en Angleterre, il promet de m'emmener, dit Saïda d'un ton plaintif. Je vais faire les courses.

Elle fronça les sourcils, l'air incertain, avant d'ajouter :

— Je n'ai pas beaucoup d'argent. Je ne sais pas comment...

Elle haussa les épaules et s'éloigna. Hussein fit signe à Khazid, qui se leva pour la suivre.

— J'ai l'impression que vous ne m'aimez pas beaucoup, observa Roman.

— Permettez-moi d'employer une des meilleures répliques du grand Bogart : « S'il m'arrivait de penser à vous, je ne vous aimerais probablement pas. »

Hussein ouvrit son sac de voyage, appuya sur le bouton de la broche et referma le sac.

— Attendons une minute, dit-il.

Sur le quai, Khazid rattrapa Saïda.

— Ne vous inquiétez pas. Je vous accompagne. Achetez tout ce que vous voulez. Je paierai.

— Votre ami... Même moi, j'ai entendu parler de lui. Le Marteau de Dieu.

— Un grand homme. Et un grand soldat.

— Vous aussi ? Vous avez fait la guerre ?

— Bien sûr. En Irak la situation est terrible.

— Je vois ça à la télévision. Les Américains, les Britanniques...

— Oh, il n'y a pas qu'eux. Cette guerre, c'est une horreur, une maladie qui frappe tout le monde. Nos frères s'entretuent. Certaines semaines, il y a plus d'un millier de morts. Au milieu des tirs et des explosions, beaucoup de femmes et d'enfants sont tués.

— Et comment ça va finir ?

— Je ne sais pas. Ça ne s'arrêtera peut-être jamais. Où allez-vous ? Au supermarché qui est là-bas ?

— Oui.

— Allez-y. Je vous rejoins très vite.

Ils venaient de passer devant une coutellerie. Khazid s'en approcha et examina les vitrines où étaient exposés des couteaux de toutes tailles. Il savait qu'en France la loi était plus souple sur certains types d'armes que dans d'autres pays. Il entra. Un homme aux cheveux blancs se tenait derrière le comptoir.

— Monsieur, bonjour. Qu'y a-t-il pour votre service ?

— Je voudrais un couteau pliant, avec une lame de bonne taille, de préférence automatique.

Dix minutes plus tard, il ressortit de la boutique avec un cran d'arrêt doté d'une lame de dix-huit centimètres à double tranchant, aiguisée comme un scalpel, qui jaillissait promptement du manche sur une simple pression du pouce. Il rejoignit Saïda au supermarché.

— Avez-vous trouvé ce que vous vouliez ? demanda-t-elle.

— Oui. Dans le monde qui est le nôtre, il vaut mieux être prêt à tout. Et je n'aime pas beaucoup le commandant. Cela fait-il de moi un méchant homme ?

— Sûrement pas.

— Bien. Maintenant, vérifions que nous avons bien tout ce qu'il vous faut.

Pour une fois, le Courtier était désagréablement pris au dépourvu. L'apparition du journal français dans le petit port de pêche, avec la photo de Hussein, était inattendue. Et l'attitude du commandant Roman assez regrettable. Pour le moment, il était obligé d'accepter le « supplément » exorbitant que lui réclamait le marin pour emmener Hussein et Khazid en Angleterre. Il aurait bien l'occasion, plus tard, de punir cet homme de ce chantage. Un agent d'Al-Qaida s'en occuperait. Il promit à Roman de virer immédiatement les fonds sur son compte suisse. Puis il insista pour parler à Hussein.

— Éloignez-vous, ordonna-t-il. Je ne veux pas que ce chien nous entende.

— Très bien, dit Hussein, et il fit quelques pas sur le quai.

— Le programme ne change pas. Je reconnais que le camp adverse a remporté plusieurs victoires. Harry Salter a réussi à se débarrasser d'un groupe important fourni par la mafia russe. Ensuite, il y a eu l'échec d'un autre contrat, sur les têtes de Ferguson et de Salter, que devaient exécuter six Irlandais de Londres. Dont quatre anciens pros de l'IRA. Deux de ces imbéciles, des criminels bas de gamme complètement défoncés à la cocaïne, ont tenté une attaque ridicule contre Ferguson et Roper. Maintenant ils sont au fond de la Tamise.

Le Courtier poussa un profond soupir, avant de reprendre :

— À présent, tout dépend de vous. Bonne chance pour la traversée. Je suis certain que Darcus Wellington vous aidera autant que possible. Ensuite, à Londres, il y a Dreq Khan. Faites appel à lui. Utilisez son armée d'agents dormants de l'Armée de Dieu et de la Confrérie. Mais souvenez-vous : vous ne menez pas une croisade personnelle pour votre famille et la jeune fille ! Votre cible, c'est Ferguson, et si possible Salter. Les autres *ne sont pas* des objectifs prioritaires.

Il coupa la communication. Hussein retourna à la table de Roman qui dit avec un sourire lubrique :

— Je pense que votre ami aime bien la petite Saïda. Peut-être même qu'il est déjà en train de la sauter. Allons au bateau pour voir si nous pouvons les surprendre.

Ils se dirigèrent vers les pontons.

— Vous vous souvenez, quand je disais que s'il m'arrivait de penser à vous je ne vous aimerais probablement pas ? dit calmement Hussein. Eh bien... Je ne vous aime pas.

— Oh, je sais aussi être un gars raisonnable. J'ai proposé à la fille de traverser gratis avec vous. Sauf si vous n'êtes pas d'accord.

— Pour la larguer en Angleterre sans argent ni papiers ?

— Ne dites pas de bêtises. Il lui suffit de se faire arrêter par la police, et tout ira bien. Elle sera confiée aux services sociaux, logée dans un endroit très convenable, et puis elle recevra une jolie petite somme pour vivre en attendant son jugement. Et il est très improbable qu'elle soit expulsée. C'est ça, aujourd'hui, l'Angleterre ! Il y a des mosquées dans toutes les villes. Si vous voulez mon avis, ce n'est pas très juste. Essayez de trouver une église à La Mecque ou dans n'importe quelle médina. Et que dire du sort des chrétiens d'Irak, qui sont chassés du pays où ils vivent depuis toujours ?

Hussein n'avait pas envie de discuter avec Roman.

— Quand partons-nous ?

Le marin regarda sa montre. Il était cinq heures et demie.

— Je ne vois aucune raison de lambiner par ici.

Il sortit de sa poche de caban une bouteille de cognac dont il but une généreuse gorgée.

— J'ai déjà regardé la météo, reprit-il. Il pourrait y avoir des grains violents pendant la traversée, et du brouillard à l'aube sur la côte anglaise.

Ils arrivèrent devant le *Seagull*.

— Joli bateau, dit Hussein.

— N'est-ce pas ? Dix mètres de long, pilote automatique si ça vous chante, excellent moteur. J'ai aussi un canot gonflable avec un moteur hors-bord. Et de la gnôle à volonté ! précisa Roman en gloussant. Mais comme je suis bête. C'est vrai que vous ne buvez pas.

— Alors nous emmenons Saïda, c'est entendu ?

— Pas de problème. Notre destination, c'est Peel Strand, sur la côte du Dorset, pas bien loin de Portland Bill. Nous jetons l'ancre au large, je vous mène jusqu'au rivage avec le canot, et bonne chance à vous. J'ai un plan de la route que vous devrez suivre à pied sur la côte. Vous trouverez rapidement un cottage, près d'une zone marécageuse, qui s'appelle Folly Way. Je n'ai jamais rencontré ce gars – Darcus Wellington. Et avec un nom pareil, je n'ai pas envie de le connaître. Mais assez parlé. Montons à bord.

Dès qu'ils furent sur le pont du *Seagull*, Roman cria :

— Saïda ! Où tu es, nom de Dieu ?

La voix de la jeune femme s'éleva de l'intérieur du bateau :

— À la coquerie. Je prépare le dîner. Henri est dans la cabine principale.

— Henri mon cul, grogna Roman. Tu garderas le repas au chaud. Nous larguons les amarres.

Elle apparut soudain dans l'escalier, un sourire plein d'espoir sur les lèvres.

— Moi aussi ? Je pars avec vous ?

— Ouais ! Mais je ne sais pas pourquoi je me donne cette peine. Tu as toujours ton jean. T'as vraiment besoin d'être reprise en main, ma petite garce.

Elle disparut. Roman et Hussein entrèrent dans la timonerie. Khazid les rejoignit.

— Quand partons-nous ?

— D'ici une demi-heure. Je commence les préparatifs.

— Quelle distance, la traversée ?

— Un peu plus de cent vingt milles. Deux cent trente kilomètres.

Pendant quelques minutes, Roman vérifia ses instruments en silence. Puis il regarda Hussein pour dire :

— Je connais cette route comme ma poche, mais je sors toujours les cartes marines. En cas de pépin. Nous avons le pilote automatique mais à certains moments je vous demanderai peut-être de me relayer à la barre. Vous avez déjà gouverné un bateau ?

— Non, mais je suis pilote d'avion, donc je maîtrise parfaitement la navigation. Je sais définir un parcours, lire les cartes et ainsi de suite.

— Je vois. Eh bien... Si vous regardez la carte, justement, vous verrez que j'y ai indiqué la route à suivre jusqu'à Peel Strand. Ici, la ligne rouge. De toute façon, c'est facile : il suffit d'aller plein nord.

Hussein examina la côte d'Angleterre à l'endroit où se terminait la ligne rouge.

— Il n'y a pas de village ?

— Pas sur la côte. Il y a un village, qui s'appelle aussi Peel Strand, mais il est situé à plus de huit cents mètres à l'intérieur des terres. Ici, regardez, précisa Roman en posant un doigt sur la carte. Je n'y suis jamais allé. Par contre, j'ai souvent parlé à ce type, là – Darcus. Le Courtier lui a procuré une radio, il y a un an ou deux, quand il a commencé à travailler régulièrement avec nous. Vu sa façon de parler, il me fait l'effet d'une sacrée vieille tantouze. Enfin ! Allons-y. Nous sommes prêts.

Roman demanda à Khazid de larguer les amarres. Il démarra le moteur qui produisit un grondement sourd. Le *Seagull* s'écarta du ponton en douceur et prit lentement la direction de la mer. Le ciel s'assombrissait déjà. Quand ils quittèrent le port, Roman alluma les feux de navigation et accéléra.

— Merveilleux, dit-il. Je suis toujours heureux de prendre la mer.

Il ressortit la bouteille de cognac de sa poche, en tira le bouchon avec les dents et but une longue gorgée d'alcool.

— Descendez à la cabine, si vous voulez. Prenez du bon temps, précisa-t-il d'un air étrangement complice. Et revenez plus tard.

Hussein passa auprès de Saïda, qui achevait de préparer le repas à la coquerie, et entra dans la cabine principale. Il la traversa pour découvrir deux petites cabines de couchage, à l'arrière, et un minuscule cabinet de toilette équipé d'une douche. Il retourna auprès de Khazid, assis à la table de la cabine principale avec un verre de vin.

— Comme tu le vois, je joue mon rôle de Français. Et ça ne me déplaît pas. Tu en veux ?

— Non, merci. Mais ce n'est pas par piété, précisa Hussein. Ces temps-ci, la religion compte de moins en moins à mes yeux.

— C'est étrange. Personne n'a fait davantage que toi pour la défendre, en un sens...

— Non, répliqua Hussein. Je me bats avant tout pour mon pays, pour l'Irak. Pas pour l'Islam.

De la coquerie, Saïda entendait leur conversation. Elle apporta une tasse de café à Hussein sans même lui demander s'il en voulait.

— Mes parents sont morts dans les bombardements pendant la guerre du Golfe, reprit-il. Je n'aimais pas Saddam, mais l'arrivée des envahisseurs ne m'a pas plu pour autant. Tout cela est très mystérieux, d'une certaine façon.

Il regarda Saïda.

— Et vous ? Qu'en pensez-vous ?

— De la religion ? demanda-t-elle, et elle secoua la tête. Je ne sais pas. Les Serbes qui ont tué mon père et la plupart des hommes de mon village étaient chrétiens, mais sûrement pas de bons chrétiens. Je crois que les soi-disant différences religieuses qui conduisent à la guerre ne sont que des excuses que les gens s'inventent pour tuer d'autres gens. Aujourd'hui ça paraît tellement barbare et cruel, n'est-ce pas ?

Hussein soupira.

— Vous n'avez pas tort, dit-il, puis il repoussa la tasse. Finalement, je crois que je vais boire un peu de vin.

Saïda alla prendre un verre dans le placard et le servit sans aucun commentaire. Khazid lui tendit son verre pour qu'elle le remplisse. Les deux hommes trinquèrent.

— À quoi buvons-nous ? demanda Khazid.

— À nous, mon ami, car la seule bonne chose qui ressorte de la guerre, c'est la camaraderie.

Hussein vida son verre d'un trait.

— Maintenant, je remonte voir comment se porte notre commandant.

La mer s'était creusée, mais le bateau avançait bien malgré les vagues qui le secouaient en tous sens. La pluie crépitait sur l'auvent de poupe. Les lumières du pont étaient allumées. Hussein entra dans la timonerie.

— Ah, vous voilà, dit Roman. Prenez donc la barre. Essayez.

Il céda sa place à Hussein, puis attrapa le cognac pour en boire une bonne gorgée. La bouteille était presque vide.

— Jersey à tribord dans un tout petit moment, annonça-t-il. Nos bonnes vieilles îles anglo-normandes ! Guernesey sera à bâbord, plus loin, et après il y aura Aurigny. Tout droit devant nous, l'Angleterre, Portland Bill et la côte où nous débarquerons.

Il but de nouveau du cognac, puis s'écria :

— Nom d'un chien, je n'ai presque plus de munitions ! Je vais en chercher une autre.

Seul dans la timonerie, Hussein se concentra sur la barre qu'il sentait résister entre ses mains. Il éprouvait du plaisir à gouverner le bateau. Les essuie-glaces fonctionnaient bien. La radio crépitait ; de temps en temps des voix grésillantes s'élevaient du haut-parleur, évoquant la météo ou les mouvements des navires sur la Manche.

Il se sentit bientôt détendu, très à l'aise, la tête vide. Au bout d'un moment, la mer commença à devenir beaucoup plus violente. Les vagues claquaient sur la proue. Hussein n'était pas impressionné. Au contraire, l'épreuve le stimulait. Roman reparut, une bouteille de cognac pleine à la main.

— Vent de force cinq, et il va peut-être encore forcir, annonça-t-il. Vous devriez aller manger quelque chose. Moi, c'est fait.

Hussein redescendit à la cabine, où il trouva Saïda et Khazid attablés devant des petits sandwiches au pain azyme. Ils buvaient du thé. Il s'assit avec eux et prit conscience qu'il avait de l'appétit.

— C'est drôlement bon, dit Khazid. Je crois que je vais en prendre un autre.

Il sortit de sa poche le couteau qu'il avait acheté sur le port, fit jaillir la lame et la planta dans un sandwich sur l'assiette.

— Bel objet, observa Hussein. Où l'as-tu trouvé ?

— Dans une boutique, tout à l'heure. Je me sentais nu. Il y a trop longtemps que je n'ai pas de pistolet dans la poche. Maintenant, ça va mieux. Je vais prendre la barre un moment.

Il avala rapidement le sandwich et monta à la timonerie. Quelques instants plus tard, Roman apparut dans l'escalier. Il glissa et tomba lourdement au pied des marches. Hussein se leva pour l'aider à se remettre debout, mais le marin le repoussa brusquement. Manifestement il était saoul.

— Laissez-moi tranquille ! cria-t-il, puis il donna une bourrade à Saïda. Et toi, va me chercher quelque chose à boire.

Il s'assit sur la banquette. Et bascula sur le côté.

— Pas d'alcool, dit Hussein. Du café. Beaucoup de café.

Le bateau tanguait et roulait de plus en plus. Hussein monta à la timonerie. La mer avait encore grossi. Khazid avait grand-peine à tenir la barre.

— Je te remplace.

Soudain, ils entendirent un hurlement en bas. Saïda cria :

— J'en ai marre ! Assez ! Assez !

Hussein prit la barre. Le bateau tanguait beaucoup. La nuit était tombée, il faisait noir, on ne distinguait que des stries blanches d'écume à la surface de la mer. La pluie tombait plus fort que jamais, et le pont était humide et glissant. La jeune femme apparut en haut de l'escalier, poursuivie par Roman qui tendait les bras pour l'agripper.

— Viens par ici, ma belle. J'ai envie de m'amuser.

— Non ! Plus jamais !

Elle essaya de lui échapper, dérapa sur le pont mouillé, se rattrapa de justesse et pivota pour partir vers l'arrière du bateau. Roman glissa à son tour, poussa un gros rire d'homme ivre, puis se redressa de toute sa hauteur et se jeta sur Saïda comme un fauve – si fort qu'il la fit basculer par-dessus le bastingage. D'une certaine façon, Khazid n'avait jamais rien vu d'aussi choquant. Lui qui connaissait tout de la guerre et de ses violences, il était stupéfait. Saïda était là, devant lui, sur le pont. Et l'instant d'après elle avait disparu.

Hussein coupa le moteur. Le bateau roula furieusement entre les vagues. Khazid réussit à jeter une bouée à la mer, mais à quoi bon ? Les lumières du pont, qui diffusaient un faible halo autour de la coque, ne suffisaient pas à éclairer les eaux ténébreuses.

— Pute ! Connasse ! grommela Roman qui était tombé à genoux sur le pont.

Khazid le frappa dans les côtes de toutes ses forces.

— Salaud !

Roman réussit à se redresser. Il tituba vers l'entrée de la cabine. Khazid lui donna un coup de pied dans les fesses et il tomba dans l'escalier.

— Je rallume le moteur, dit Hussein.

— Oui. Elle est perdue, répondit Khazid.

Il traversa le pont jusqu'à la poupe et tenta vainement de scruter la mer. Tout à coup, il entendit Hussein crier et sentit un mouvement derrière lui. Il fit volte-face. Roman braquait sur lui un vieux revolver.

— Tu vois ça ? hurla-t-il en titubant. Tu vois ce flingue, connard ?

Il tira. Mais il était trop ivre pour viser correctement.

— Sale Arabe ! T'as osé me toucher ! cria-t-il, et il fit un pas en avant en levant de nouveau son arme.

En une fraction de seconde, Khazid sortit le couteau de sa poche et en fit jaillir la lame. Il la planta dans le cou de Roman, lui transperçant la mâchoire jusqu'au palais.

— Et ça, ça te plaît davantage ?

Il le poussa par-dessus le bastingage. Le corps resta visible quelques secondes au creux d'une vague, puis disparut. Au même instant, Hussein ralluma le moteur. Le *Seagull* repartit à bonne allure.

À l'intérieur de la timonerie, Hussein avait le sentiment d'être coupé du monde. La pluie fouettait les vitres et le pare-brise, le vent soufflait en rafales furieuses. La météo ne cessait de se dégrader, semblait-il, depuis la scène de folie qui avait coûté la vie à deux personnes. Il était minuit passé lorsque Khazid remonta de la cabine avec une vieille cafetière et deux gobelets en étain.

Le vent rugit quand il ouvrit la porte de la timonerie. Les deux mains sur la barre, Hussein ne se tourna même pas pour le regarder.

— Du café ? proposa Khazid.

Sans attendre de réponse, il remplit un gobelet qu'il tendit à son compagnon. Hussein lâcha la barre juste assez longtemps pour avaler le breuvage chaud.

— Tu en veux encore ?

— Oui, merci.

Khazid le resservit, puis remplit le second gobelet pour lui-même.

— Ça fait du bien, dit-il. J'en avais besoin.

— Tu as résisté au scotch ? demanda Hussein en jetant un coup d'œil vers lui.

— Non. J'en ai bu. J'étais tellement choqué ! J'ai déjà tué des hommes, tu le sais mieux que personne, mais pas de cette façon-là.

— Ne te sens pas coupable. Si tu n'avais pas acheté ce couteau à Saint-Denis, c'est toi qui serais passé par-dessus bord avec une balle dans le corps. Et son comportement envers Saïda était une insulte à Allah.

— Et maintenant ? Qu'allons-nous faire ?

— Nous continuons la traversée. Ne t'inquiète pas.

Comme je l'ai dit à Roman, je n'ai pas l'expérience de la mer mais, en tant que pilote d'avion, je sais lire les cartes et naviguer. Je trouverai sans problème Portland Bill et Peel Strand.

— Ce temps de chien ne te soucie pas ?

— J'ai écouté le bulletin météo à la radio. Près de l'Angleterre, ça va nettement s'améliorer. Il y aura du brouillard, sans doute, mais nous nous débrouillerons. Nous verrons bien le moment venu.

— Veux-tu autre chose ? Des sandwiches ? Saïda en a laissé un stock dans le frigo.

— Je mangerai quand je descendrai. D'ailleurs, je vais le faire dès maintenant, parce que je dois parler au Courtier. Prends la barre un petit moment. Tiens-la bien ! conclut Hussein en tapotant l'épaule de Khazid.

— Pour l'amour du ciel, dit le Courtier. N'était-il pas possible de contrôler ce garçon ?

— Son attitude était totalement justifiée, dit Hussein d'une voix ferme. George Roman était un homme mauvais. Sa disparition est un bienfait pour tout le monde. Khazid n'a rien à se reprocher.

Le Courtier, frappé par l'indifférence de son interlocuteur vis-à-vis du sort de Roman, réfléchit quelques secondes avant de demander :

— Allez-vous vous en sortir ?

— Avec le bateau, vous voulez dire ? Bien sûr. Il y aura du brouillard près de la côte quand nous arriverons à Peel Strand. J'en profiterai pour couler le *Seagull*.

— Est-ce vraiment nécessaire ?

— Les gardes-côtes seraient vite alertés, je pense, si le bateau restait à l'ancre à proximité de la côte. Nous avons un canot avec un moteur hors-bord. Nous gagnerons le rivage sans problème.

— Avez-vous une estimation de votre heure d'arrivée ?

— Disons... vers quatre heures du matin. Un peu avant l'aube. Roman avait une carte détaillée de la région dans la timonerie. Peel Strand, c'est une zone de plages de galets et de marais salants. Wellington habite dans l'ancien cottage du responsable des marais, n'est-ce pas ?

— C'est cela. Bien. Je vais l'appeler pour lui dire d'être prêt à vous accueillir.

— Lui parlerez-vous de la mort de Roman ?

— Je ne pense pas. Nous dirons que Roman a fait demi-tour très vite, parce qu'il avait peur d'avoir un incident sur la côte à cause du brouillard.

— Et le canot ?

— Roman dit que Darcus peut le garder.

— Et Darcus sera sûrement content d'en hériter, renchérit Hussein. En tout cas, le bouton d'alerte de la broche secrète nous aura été bien utile.

— En effet.

— Et le professeur Khan ? Quand puis-je le contacter ?

— Au moment qui vous paraîtra opportun. À vous de voir.

Hussein raccrocha et remonta à la timonerie. Khazid semblait plutôt content. Les deux mains sur la barre, il dirigeait bien mieux le bateau que lors de sa première tentative.

— Alors, quoi de neuf ?

Hussein lui rapporta sa dernière conversation avec le Courtier, ainsi que celle qu'ils avaient eue sur le port à Saint-Denis.

— Quoi ? marmonna Khazid, sourcils froncés. Les Salter se sont débarrassés de plusieurs membres de la mafia russe de Londres, et ensuite ils ont abattu les mercenaires irlandais qui voulaient les descendre ? Six hommes tués d'un coup ! Ça commence à prendre une sale tournure.

— Nous avons déjà connu des situations bien plus graves, dit Hussein. Ne t'inquiète pas. Je vais m'allonger en bas pendant une heure. Réveille-moi, d'accord ?

Il sortit de la timonerie.

À Folly Way, le cottage de Peel Strand, Darcus Wellington se réveilla en rouspétant et tâtonna pour décrocher le téléphone sur la table de chevet. Il renversa au passage une tasse de café froid à moitié pleine. Il se redressa péniblement dans son lit et alluma la lumière.

— Par tous les diables, qui me dérange à une heure pareille ?

La réponse le galvanisa. Aussitôt prêt à passer à l'action, il pivota sur le lit, posa les pieds par terre et tira sa vieille chemise de nuit sur ses genoux.

— Vos visiteurs arrivent, dit le Courtier. Je crois qu'il fait très mauvais temps. Vous auriez une bonne idée si vous vous promeniez du côté de la plage vers quatre heures et demie. Faites bon accueil à nos amis. Et souvenez-vous : ce sont des hommes très importants.

— Ça, je veux bien le croire. Le visage de Hussein est dans tous les journaux.

— Préparez-vous. Je vous rappellerai.

Le Courtier coupa la communication. Darcus resta assis au bord du lit en se forçant à respirer profondément. Il avait le crâne chauve et les traits fatigués. Mais plus de soixante ans de show-business, ça laissait des marques. Il se leva et ouvrit les rideaux. Le ciel commençait vaguement à s'éclaircir. Le brouillard était là. Dense, presque menaçant, il semblait se masser derrière la vitre comme s'il essayait de s'infiltrer dans la maison.

— Seigneur tout-puissant, murmura-t-il. Dire qu'il faut sortir par ce temps...

Il entra dans la salle de bains, ouvrit le robinet de la douche, regarda l'eau couler et changea d'avis. Dans la chambre, il retira sa chemise de nuit et s'habilla d'une chemise en jean et d'un pantalon en velours bleu marine, puis il enfila un gilet à boutons équipé d'une capuche. Tout le maquillage dont il avait besoin était sur la coiffeuse. Il s'assit devant le miroir, se passa de la crème sur le visage, un peu de rouge sur les joues, de l'eye-liner sur les yeux. C'était un peu *théâtral*, oui, personne n'aurait pu le nier – mais ça fonctionnait. Enfin il posa sur son crâne lisse une perruque auburn légèrement bouclée. Le résultat était là ! Il se leva et traversa le salon, une pièce à la décoration délicieusement rétro, pour gagner la cuisine.

Ici il y avait aussi des poutres apparentes, comme dans toutes les pièces, mais l'équipement était ultramoderne. Darcus avait fait de sa cuisine une sorte de temple de l'art culinaire – l'art qu'il préférait désormais. Il alluma la bouilloire en fredonnant, remplit un bol de muesli, prit du lait dans le frigo, et mangea sans plaisir particulier. Il était trop tôt. Quand l'eau fut chaude, il prépara du thé vert. Derrière la fenêtre, le brouillard semblait toujours aussi épais.

Il consulta sa montre. Quatre heures passées.

— Bon..., murmura-t-il. Je suppose que je n'ai plus qu'à me mettre en route.

Il sortit une paire de bottes en caoutchouc du placard de l'entrée, s'assit sur une chaise pour les chausser, puis enfila un épais anorak dont il tira la capuche sur sa tête avant de s'aventurer dehors.

Le brouillard tournait en volutes autour de lui. Une pluie fine tombait du ciel. Il passa devant le marais et fronça le nez en percevant son odeur si particulière. Il s'engagea sur un chemin qui longeait d'abord un fossé, puis le paysage morne d'une crique gorgée de vase. Les changements climatiques et la hausse du niveau des mers avaient déjà des effets sur cet exceptionnel petit bout de côte anglaise. Aujourd'hui, même les oiseaux semblaient le dénigrer. Darcus atteignit un très ancien muret de pierre, passablement délabré, qu'il enjamba pour gagner une plage de galets qui disparaissait dans le brouillard. Tout à coup, il entendit le bruit d'un moteur hors-bord.

— Hé ! cria-t-il en se précipitant vers la mer. Par ici !

À l'approche de la côte, Hussein avait tiré parti du profondimètre du *Seagull*. Quand le bateau était passé au-dessus d'une large faille sous-marine d'une centaine de mètres de profondeur, il avait coupé le moteur. C'était l'endroit idéal.

— Tire le canot à la poupe, monte à bord et largue l'amarre.

— Et toi ? demanda Khazid.

Hussein souleva le capot qui permettait d'accéder au moteur.

— Je vais ouvrir les vannes.

Il se glissa sous le pont, trouva ce qu'il cherchait, agit sans perdre une seconde et décampa.

Il rejoignit Khazid dans le canot et donna une poussée pour l'écarter du bateau. Ils se laissèrent dériver en observant le *Seagull* s'enfoncer dans l'eau. Hussein alluma une cigarette, la passa à Khazid, en prit une deuxième pour lui-même. Les vagues attaquèrent le pont du navire, qui coula soudain très vite et disparut dans un tourbillon.

— Il paraît que c'est triste de voir un bateau couler, dit Khazid.

— Pourquoi ? demanda Hussein en appuyant sur le bouton de démarrage du moteur.

— C'est un peu comme de voir quelqu'un mourir, je crois.

— Ah oui ? Vraiment ? fit Hussein, peu ému.

Une légère brise courait au-dessus de l'eau, juste assez pour fendre le brouillard. Les hommes devinaient la masse sombre de la côte devant eux. Puis l'image se précisa. Soudain, ils entendirent les cris de Darcus Wellington.

Hussein ralentit l'allure et laissa le canot filer jusqu'à la plage.

— Où sont Roman et le *Seagull* ? demanda Darcus quand ils furent à portée de voix.

— Il n'a pas voulu prendre le risque de s'approcher davantage. Dans la baie, c'est la purée de pois. Il s'inquiétait pour son bateau, alors il a décidé de nous envoyer ici avec le canot. Il dit que vous pouvez le garder.

— Ah oui, vraiment ? Eh bien... C'est gentil. Je vais marcher sur la plage dans cette direction, précisa Darcus en pointant un doigt. À cinquante mètres, à peu près, il y a les restes d'une ancienne jetée en pierre. Vous pourrez débarquer sans vous mouiller les pieds. Tirez le canot hors de l'eau pour moi, voulez-vous ?

Quelques minutes plus tard, le canot et les deux Irakiens étaient au sec.

— Je suis Darcus Wellington. Vous, vous devez être le Marteau de Dieu. Je reconnais votre visage. Vous êtes en photo dans tous les journaux. Qui est votre ami ?

— Je m'appelle Henri Duval, dit Khazid.

— Oh, très cher ! s'exclama Darcus d'un air ravi. Si vous êtes Henri Duval, je suis le prince Charles.

Ils atteignirent le chemin qui longeait le fossé. Khazid répliqua en français :

— Je vous assure, mon ami, que je suis bien celui que je vous dis.

Darcus sourit, visiblement impressionné.

— Ça alors ! C'est le clou du spectacle. Votre français est excellent.

Soudain, la pluie redoubla de vigueur.

— Venez ! Dépêchez-vous, ou nous allons être trempés.

Il se mit à trotter sur le chemin. Le brouillard commençait à se dissiper ; ils aperçurent la maison bien avant d'y parvenir. Darcus ouvrit la porte à la volée et leur fit signe d'entrer.

— Bienvenue à Folly Way, dit-il. Le cottage portait déjà ce nom quand Bernard et moi l'avons acheté. Bernard, c'était mon compagnon. À l'époque, ici, il y avait les marais salants, des criques magnifiques, avec beaucoup d'eau, des plantes merveilleuses et une infinité d'oiseaux. Et puis, il y a quelques années – Bernard était déjà mort – je revenais d'une tournée quand je me suis aperçu que le paysage changeait, qu'il se transformait irrésistiblement. C'est lié aux changements climatiques, je crois. La vase nous envahit et bousille tout. C'est un peu la fin du monde.

— La fin du monde ? répéta Hussein. C'est vraiment l'impression que vous avez ?

Darcus haussa les épaules.

— Chaque fois que je reviens ici après quelques semaines d'absence, je trouve que la région a l'air un petit peu plus morte. Mais oublions ça ! Retirez vos manteaux, mes amis, et venez dans la cuisine. Je vais vous préparer un petit déjeuner dont vous me direz des nouvelles.

13

En effet, le petit déjeuner fut remarquable. Darcus pocha du haddock, des œufs brouillés et des oignons, réchauffa du pain azyme qu'il conservait au congélateur, apporta aussi sur la table des yaourts maison, des fruits et du thé vert.

— La cuisine, c'est ma grande passion. J'ai été chef dans un restaurant, jadis, mais je m'énervais trop facilement avec mon personnel. J'étais trop exigeant, expliqua-t-il après le repas tandis qu'il remplissait le lave-vaisselle. De toute façon, l'essentiel de ma vie professionnelle s'est fait dans le monde du spectacle. J'y suis entré à l'âge de treize ans, après avoir été au cirque pour la première fois. J'ai essayé tous les genres. Le cabaret, le théâtre, le cinéma, j'ai tout fait ! Pendant très longtemps, j'ai été malheureux de ne pas avoir de foyer, d'endroit fixe où revenir après une tournée ou un long séjour sur une scène. Voilà pourquoi Bernard et moi nous avons acheté ce cottage. À l'époque, nous étions dans un cabaret d'été à Bournemouth. C'est une ville côtière pas bien loin d'ici. Nous faisions une promenade en voiture, un dimanche, quand nous sommes tombés sur cet endroit. Le paysage était très différent de ce qu'il est maintenant, vous pouvez me croire ! Nous sommes tombés amoureux du cottage. Folly Way... Le nom dit à peu près tout ce qu'il y a à dire, n'est-ce pas ?

Il parlait comme ça depuis qu'ils étaient entrés dans la maison, sautant du coq à l'âne, le plus souvent de façon assez distrayante, évoquant avec malice et tendresse les gens qu'il avait connus.

— Le talent, mon cher Hussein, enchaîna-t-il, c'est une malédiction. Les autres acteurs, qui sont soi-disant vos compagnons, vos amis, ne vous pardonnent jamais d'avoir davantage de talent qu'eux. Et bien sûr c'est un problème, car il y a certaines choses qui ne peuvent pas s'apprendre. Prenez vous-même, par exemple. Vous avez un talent considérable.

— Dans quel domaine ? demanda Hussein, amusé.

— Dans le domaine de l'assassinat, pardi ! Je veux dire : tuer des gens, ce n'est pas si facile. Vous, vous faites cela remarquablement bien. Et vous êtes un vrai révolutionnaire, dévoué à votre cause. Che Guevara – savez-vous que c'est à lui que vous ressemblez le plus ? Un héros romantique avec des couilles. Avec votre barbe, vous avez même sa tête.

— C'est assez vrai, ça, renchérit Khazid. Je pense qu'il a raison. Toi aussi, tu es un héros romantique.

Il s'adressa à Darcus pour ajouter :

— À Bagdad, il y a beaucoup de gamins qui sont fiers de porter des t-shirts avec l'inscription « Marteau de Dieu ».

— Oh, très cher ! s'exclama le vieil acteur, perplexe. Uniquement ce titre ? Pas son visage ? Ça, c'est inacceptable.

— Un jour, quand l'Irak sera libéré, son visage sera connu de tous les hommes.

— Hmm... Il ne serait pas le premier révolutionnaire à finir par devenir président de son pays. Regardez George Washington, par exemple.

— Tout juste, dit Khazid.

Hussein, que la conversation mettait un peu mal à l'aise, dit d'un ton brusque :

— Parlons de choses plus importantes. Avez-vous les armes dont nous avons besoin ?

— Oh ! Dieu sait si je n'en manque pas, répondit Darcus en levant les yeux au ciel. Moi qui n'ai pourtant jamais tiré un coup de feu de ma vie. Par ici, messieurs.

Il les emmena dans son bureau, une jolie petite pièce située au centre de la maison. Les murs lambrissés en bois d'if étaient couverts de photos.

— Théâtre, télévision, cinéma, dit Darcus en désignant les innombrables clichés. Voici toute ma vie, toutes mes représentations. Et quelles représentations ! J'aurais dû avoir un Oscar.

— Quel rapport avec les armes dont nous avons besoin ? répliqua Hussein.

Darcus Wellington sourit, se tourna vers le mur du fond et donna un petit coup de pied sur le lambris inférieur. Un déclic se fit entendre, une porte secrète se découpa dans la paroi. Il tira le battant, entra dans le réduit qui se trouvait derrière, actionna un interrupteur et recula. Hussein et Khazid découvrirent un éventail stupéfiant d'armes et d'accessoires.

— Admirez mon trésor.

Hussein contempla les murs du réduit. Il y avait plusieurs Walther, des silencieux Carswell, des Colt, des pistolets-mitrailleurs dont le tout dernier modèle d'Uzi, trois AK, une boîte de grenades à main, et même du Semtex avec des crayons détonateurs.

— Mon Dieu. Vous partez en guerre, ma parole...

— Pas moi. Comme je le disais, jamais je n'ai tiré un seul coup de feu. Amusez-vous bien, mes chéris. Regardez tout ça de près, prenez votre temps, décidez ce que vous voulez emporter. Je serai à la cuisine pour mes petits travaux ménagers.

Darcus s'éloigna.

— Le matériel habituel, marmonna Khazid. Les outils de l'assassin. Je ne vois rien d'exceptionnel...

— Ne te plains pas, l'interrompit Hussein. Ces armes sont bien suffisantes et, en cas de pépin, elles sont faciles à faire disparaître. Que voudrais-tu d'autre ? Un bazooka ? Pour la mission qui nous attend, nous n'en aurons pas besoin. Il nous faut juste des pistolets.

Khazid désigna les grenades.

— Une ou deux, quand même ?

— À quoi bon ? Nous voulons tuer deux individus, pas les passants qui seront autour d'eux.

— Hmm... Ça te va si je prends un Uzi à crosse repliable ? À condition qu'il rentre dans mon sac, bien sûr.

Agacé, Hussein répondit d'un ton sec :

— Fais comme tu veux ! Sélectionne ce dont nous avons besoin et vérifie les armes ici, tout de suite. Prends des munitions, bien sûr, mais pas la peine d'en emporter trop. Nous pourrons toujours en demander à Khan à Londres.

À Holland Park, vers six heures du matin, Dillon terminait son petit déjeuner lorsque Roper l'appela par l'interphone pour lui demander de venir dans sa salle de travail.

— Qu'y a-t-il ? demanda Dillon dès qu'il le rejoignit.

— Un de mes contacts dans les services secrets espagnols vient de me téléphoner. Un hydravion volé dans le Koufra a été retrouvé dans une crique à Majorque. Encore plus intéressant, un policier du Koufra lui a dit que deux hommes avaient illégalement débarqué d'un Citation X avant-hier soir. Il y aurait eu des échanges de coups de feu entre ces hommes et les autorités algériennes...

— Ce sont eux qui ont volé l'hydravion. Hussein est pilote. C'est forcément lui. Mais qui est l'autre homme ?

— Hussein avait quitté Bagdad avec trois compagnons. Hamid et Hassim, que Billy et vous avez tués, et un dénommé Khazid. Avant que vous ne posiez la question, Dillon, laissez-moi vous montrer ces clichés pris par une caméra de sécurité de l'aéroport du Koweït. Hélas, ils ne sont pas très bons, et il n'y a rien sur ce Khazid.

— Avons-nous quoi que ce soit sur lui ?

— C'est un cousin au troisième degré de Hussein. Membre de la famille Rashid. Soldat très expérimenté. Plus ou moins cousin de Sara aussi, je suppose. Et il a un autre point commun avec elle.

— C'est-à-dire ?

— Lui aussi, c'est un enfant mixte. Sa mère était française.

— Était ?

— Tuée en voiture avec son mari, le père de Khazid, pendant la première guerre du Golfe. Ils fuyaient le Koweït sur l'autoroute de la Mort.

— Hmm..., fit Dillon. Que faut-il penser, en définitive ?

— Attendez, ce n'est pas tout. Les avions en partance de l'aéroport international de Palma de Majorque desservent de nombreuses destinations. La police espagnole a été futée. Elle a enquêté dans les environs de la crique où l'hydravion a été retrouvé. Quelques personnes l'ont entendu amerrir. Ensuite, si nous calculons le temps qu'il a fallu à nos amis pour gagner l'aéroport, nous pouvons estimer qu'ils étaient là-bas vers midi. Et sachant qu'ils avaient intérêt à quitter rapidement Majorque...

— Les Espagnols n'ont pas été obligés de visionner des heures de vidéosurveillance, conclut Dillon.

— Tout juste. Ils se sont concentrés sur un petit créneau horaire. Voyez par vous-même.

Roper fit apparaître une vidéo à l'écran. Dillon vit Hussein passer les contrôles de sécurité, puis retirer ses lunettes de soleil, quelques instants, pendant qu'un agent examinait sa carte d'embarquement et son passeport. L'homme qui le suivait était manifestement Khazid, car Hussein se retournait de temps en temps pour lui parler – mais son visage n'était pas tourné vers la caméra.

— Quel avion ont-ils pris ? Le savez-vous ?

— Un de ces vols à bas prix bourrés de touristes. Il y avait quelques sièges libres. Ils ont atterri à Rennes, en France.

— Pour continuer vers l'Angleterre ?

— Absolument. La Bretagne, cela veut dire un accès facile aux îles Anglo-Normandes. Une fois à Jersey, vous êtes sur le sol britannique et il y a des avions tous les jours à destination du sud de l'Angleterre. Certes, ce n'est qu'une supposition. Mais je pense qu'il est en route pour Londres. Et nous savons ce que cela signifie.

Dillon réfléchit quelques instants.

— Bien. Faisons passer le mot à tout le monde. Appelez vos contacts dans les médias pour que la photo de Hussein continue d'être publiée. En insistant sur le fait qu'il est peut-être déjà au Royaume-Uni.

— Ouais. Le mot important, en l'occurrence, c'est « peut-être ». Pour le moment, nous ne pouvons qu'attendre de voir ce qui va se passer...

— Hussein et Khazid arrivent, c'est évident, affirma Dillon. Vous le savez, je le sais, et nous savons quelle sera leur cible : les Rashid dans leur maison de Gulf Road.

— Alors que suggérez-vous ?

— Il faut en parler avec Ferguson. Peut-être décidera-t-il de les garder ici, à la propriété.

— Ça ne plaira pas à Molly Rashid.

— Elle n'aura sans doute pas le choix. Vous devriez appeler Ferguson tout de suite.

En attendant que le général arrive à Holland Park dans la Daimler, Roper avait convoqué Billy, Greta, Levin et Chomsky.

Ils l'écoutèrent expliquer la situation. Quand il se tut, ils échangèrent des regards soucieux.

— Bien sûr, ajouta Roper, dans la situation actuelle tout est encore au stade de l'hypothèse. Nous n'avons aucune certitude.

— Nous en avons une, tout de même, objecta Billy. Nous sommes sûrs que ce salopard est en route. J'en suis certain, comme tout le monde dans cette pièce en est certain. Non ? La question, c'est comment allons-nous réagir ?

— Pour commencer, dit Ferguson, il faudrait sortir les Rashid de leur maison de Hampstead. C'est essentiel. Il vaudrait même mieux leur faire quitter la ville et les couper du monde pendant que nous pourchassons Hussein et son complice.

— Ça ne plaira pas à Molly, observa Greta. En dépit de tout ce qui se passe en ce moment, elle est très accrochée à son travail. Je la vois mal abandonner l'hôpital.

— Elle n'a guère le choix, dit Ferguson.

Le silence tomba quelques instants sur le groupe. Greta reprit :

— Il y a une chose qui m'intrigue. Quelles sont les intentions de Hussein, au juste ? Kidnapper la gosse pour la remmener au Moyen-Orient ?

— Comment s'y prendrait-il ? demanda Levin.

— En effet.

— Peut-être veut-il éliminer Caspar, suggéra Billy. Le punir pour le rôle qu'il a joué dans cette affaire.

— Il n'aura pas pour autant réglé le problème que lui pose le retour de Sara à Londres.

Roper reprit la parole :

— Peut-être ne sait-il pas lui-même ce qu'il fera en arrivant ici. Regardez son passé... Il a perdu tant de membres de sa famille. Rien que ça, c'est assez pour lui donner de violents désirs de vengeance. Il veut passer à l'action d'une façon ou d'une autre.

— D'autant qu'il est habitué à se battre et qu'il est un des meurtriers les plus efficaces du monde, ajouta Levin.

Il y eut de nouveau un silence. Et ce fut Billy, gangster et garçon dégourdi par la vie depuis son plus jeune âge, qui relança :

— Roper a raison. C'est peut-être beaucoup plus simple que nous ne le supposons. Il vient pour se battre, oui, mais il n'a pas encore décidé quand, où et contre qui.

— Dieu nous garde, en ce cas, marmonna Ferguson. S'il ne sait pas lui-même ce qu'il compte faire, quelle chance avons-nous de lui mettre la main au collet ?

— Zéro chance, dit Dillon en soutenant son regard. À quoi pensiez-vous, quand vous disiez qu'il faudrait sortir les Rashid de leur maison de Hampstead et les couper du monde ?

— Dans le West Sussex, nous avons une propriété qui s'appelle Zion Place. Tout près de la côte et des marais. Elle a été offerte au ministère de la Défense pendant la Seconde Guerre mondiale, et elle était utilisée à cette période comme centre de formation pour les agents des services secrets. Depuis, elle a parfois servi pour diverses missions d'entraînement. Mais aujourd'hui elle est vide. Occupée et maintenue en état de fonctionnement par une demi-douzaine d'agents de la police militaire. C'est un certain capitaine Bosey qui dirige l'équipe.

— Les marais du West Sussex, dit Dillon, songeur. Quelle est la situation, dans cette région ?

— Il y a une réserve naturelle qui dépend du National Trust. Un endroit idéal pour les amateurs d'oiseaux. Le coin regorge de courlis, de chevaliers gambettes et de bernaches cravants de Sibérie, ce genre de volatiles.

— Et ces amateurs d'oiseaux ne posent pas de problème à la propriété ?

— Zion Place possède un équipement assez sophistiqué. Le mur d'enceinte est surmonté d'un grillage particulier. Si vous essayez de passer, vous êtes grillé sur place.

— C'est un peu sévère.

— Il y a des panneaux d'avertissement partout, et beaucoup de caméras de sécurité. Nous ne pouvons pas faire mieux. Mais en réalité il n'y a aucun problème. Depuis plus de vingt ans que cette maison dépend de mon service, nous n'avons jamais eu de visiteurs indésirables.

— Parfait. Donc, c'est un bon coin, dit Dillon. Autre chose, à propos de Zion Place ?

— Il y a une piste d'atterrissage au bord des marais. Construite pendant la guerre. Nous pouvons donc emmener les Rashid par avion en décollant de Farley. Avec tous ceux d'entre vous qui les accompagneront.

— C'est une bonne idée, dit Dillon. Ça permettrait de faire place nette à Londres. Qui voulez-vous envoyer avec eux ?

— Greta s'entend bien avec la famille Rashid. Si Levin et le sergent Chomsky l'accompagnaient, nous aurions une bonne équipe russe...

Les trois intéressés hochèrent la tête.

— Ouais, c'est bien, dit Dillon. Allons tout de suite en parler aux Rashid.

— Vous et Greta, venez avec moi, dit Ferguson. Les autres, attendez ici. Roper, vous continuez de diriger les opérations. Et de rassembler des infos sur Hussein et compagnie, bien sûr.

Dillon et le général s'assirent en face de Caspar, Molly et Sara dans le salon de la maison de Gulf Road. Greta resta debout près de la porte-fenêtre. Ferguson leur expliqua la situation en détail. Mais Molly Rashid s'impatienta.

— Où voulez-vous en venir ? répliqua-t-elle. Hussein serait déjà ici ?

— Nous sommes convaincus qu'il est en route pour l'Angleterre. Il a volé de Hazar jusqu'en Algérie, puis de là jusqu'à Majorque avec l'hydravion qu'il a dérobé, puis jusqu'à Rennes en Bretagne. Regardez la carte. C'est assez évident.

— Il serait fou de venir ici, dit-elle d'un air désespéré. Et pourquoi ?

Sara se leva tout à coup.

— Excusez-moi. Je vais dans le jardin. Prenez la décision que vous voulez. Tout me convient. Zion Place a l'air plutôt sympa.

— Tu es pourtant concernée, ma chérie, objecta Caspar.

— Pas vraiment, répondit calmement la jeune fille. Hussein ne me fera jamais de mal.

Elle quitta la pièce. Greta la suivit. Molly Rashid reprit la parole :

— Vous rendez-vous compte, général, que nous tentons de mener une vie aussi normale que possible ? Pour le bien de Sara.

— À vous de juger, dit Dillon en se mettant debout. Je sors fumer une cigarette sur la terrasse. Général, à vous de jouer.

Sara déambulait lentement à travers le jardin. Dans la rue, un balayeur en ciré jaune avait remarqué l'arrivée de la Daimler de Ferguson. Le général et deux autres personnes en étaient descendus. Il avait réussi à les prendre en photo avec un appareil que lui avait confié Ali Hassim.

Dillon alluma une cigarette, puis s'approcha de Sara et de Greta.

— Oui, monsieur Dillon ? Vous voulez me parler ?

— Je suis intrigué par ce que tu as dit au sujet de Hussein. Comment sais-tu qu'il ne te fera jamais de mal ? C'est un homme très violent.

— Vous pensez cela parce qu'il est le Marteau de Dieu, n'est-ce pas ? répondit la jeune fille, et elle haussa les épaules. À Bagdad, on parlait souvent de lui dans les journaux et à la télévision. Mais comme il n'y avait jamais de photos, je ne savais pas qu'il s'agissait de Hussein. Je veux dire... Il a toujours très bien veillé sur moi. Il s'assurait que tout le monde me traitait correctement.

— A-t-il changé d'attitude, après Bagdad ?

— Non. Il m'a toujours protégée. À l'oasis de Fuad, dans le Quartier Vide, quand le bandit Ali Ben Levi m'a agressée, il l'a tué sans hésiter.

— Qu'as-tu ressenti, à ce moment-là ?

— Ben Levi était un homme profondément mauvais. Quand nous sommes arrivés, il était en train de fouetter un prêtre pour la simple raison qu'il était chrétien. Je lui ai dit que moi aussi, j'étais chrétienne. Et il a commencé à me frapper.

Dillon eut un sourire désabusé.

— En de telles circonstances, moi aussi j'aurais probablement tué cet homme. Dis-moi... Je n'ai peut-être pas le droit de te demander cela, mais que penses-tu de l'attitude des musulmans qui te promettaient en mariage à Hussein ?

— C'est une idée absurde. Je n'y ai jamais cru. Et je l'ai dit à Hussein.

— Il était d'accord avec toi ?

— Je ne sais pas. Je lui ai donné mon opinion. Je ne pouvais pas faire grand-chose de plus.

Dillon hocha la tête.

— Tu es une jeune fille remarquable.

Caspar s'avança sur la terrasse et cria :

— Sara ! Tout est réglé. Nous avons décidé d'aller à Zion Place. Nous prenons l'avion.

Molly apparut à côté de lui.

— Une semaine, pas davantage. Viens faire ta valise.

Sara les rejoignit. Ils entrèrent dans la maison et elle monta à sa chambre avec sa mère.

Ferguson s'approcha de la porte-fenêtre pour lancer à Dillon et à Greta :

— Je retourne à Holland Park. Vous deux, attendez qu'ils soient prêts. Je vous envoie le monospace pour vous emmener directement à Farley. Levin et Chomsky vous retrouveront là-bas.

Il tourna les talons et s'éloigna.

— Sara a beaucoup de personnalité, dit Dillon.

— Cela vous étonne ? Elle est à moitié bédouine, répondit Greta en souriant. Allons dans la cuisine prendre un café.

Dans sa boutique de Gulf Road, Ali Hassim travaillait pour le professeur Khan en coordonnant les activités de son réseau de balayeurs, de brancardiers, de coursiers, ou encore de jeunes femmes musulmanes employées dans plusieurs hôpitaux de la ville.

Le balayeur posté devant la maison des Rashid lui téléphona.

— Ils ont eu de la visite. Trois personnes, dont deux qui étaient sur les photos que vous m'avez montrées : le général Ferguson et le type qui s'appelle Dillon. La troisième était une femme. J'ai réussi à prendre des photos. Le général est reparti dans la Daimler. Dillon et la femme sont encore là-bas.

— Et la famille Rashid ?

— J'ai vu la fille, Sara, dans le jardin. Elle bavardait avec Dillon.

— J'envoie Jamal sur sa moto, au cas où il faudrait les suivre quelque part. Il sera très bientôt avec vous.

Le balayeur patienta. Un monospace s'arrêta devant le portail de la maison, qui s'ouvrit aussitôt. En haut de l'allée, il aperçut Caspar Rashid avec deux valises, ainsi que sa femme et Sara derrière lui. Greta et Dillon se tenaient sur le perron.

C'est alors que Jamal arriva à moto. Il le dépassa en lui faisant un discret signe de tête, roula jusqu'au canal, s'arrêta et l'appela au téléphone.

— Alors, que se passe-t-il ?

— Ils s'en vont. Je crois qu'ils partent tous ensemble. J'ai vu des valises. Vous devriez les filer.

— Idiot. Je suis venu pour ça.

Jamal attendit, prêt à démarrer. Le portail s'ouvrit, le monospace sortit dans la rue en tournant à droite. Jamal le prit en chasse. Bientôt, la circulation fut tellement dense qu'il put se rapprocher de la voiture, à plusieurs reprises, pour observer ses occupants sans crainte d'être repéré.

À Farley Field, il dut se diriger vers le parking public extérieur quand le monospace s'immobilisa devant le poste de sécurité et fut admis dans l'enceinte de l'aérodrome. Il le suivit cependant des yeux et le vit rouler sur le tarmac puis s'arrêter devant un petit avion. Les passagers en descendirent et rejoignirent Levin et Chomsky.

Un écriteau, sur la porte principale, annonçait : FARLEY FIELD. MINISTÈRE DE LA DÉFENSE. ZONE INTERDITE. Jamal sourit, très amusé. Sur le parking, il y avait plusieurs personnes qui observaient les avions à travers le grillage d'enceinte. Elles auraient sans doute hurlé à la violation de leurs droits fondamentaux si les autorités avaient essayé de restreindre l'accès aux abords de cet aérodrome.

— Les Anglais sont vraiment étonnants, murmura-t-il pour lui-même. Et c'est bien pour ça que nous finirons par gagner.

Il sortit les jumelles Zeiss de sa sacoche. L'avion dans lequel allait embarquer le groupe était un Hawk – Jamal n'en savait rien, à vrai dire, mais il le photographia pour le montrer à Ali Hassim.

Sur le tarmac, Dillon attendit que l'appareil ait décollé, puis remonta dans le monospace et ordonna au sergent Doyle de le ramener à Holland Park.

Quand le monospace eut disparu sur la route, Jamal enfourcha sa moto. Il avait rempli sa mission. À présent, il n'avait plus qu'à retourner à la boutique d'Ali Hassim.

Celui-ci l'entraîna dans la pièce de derrière.

— Alors ils sont partis ? Vous êtes sûr ?

— Certains. Ils avaient des valises. Ils seront sans doute absents un moment. Et l'avion, cela veut dire qu'ils sont partis loin.

— Vous n'avez pas pu découvrir leur destination ?

— Je vous dis qu'il est impossible d'entrer dans cet aérodrome. Zone interdite ! Il y a des agents de sécurité partout. On ne m'aurait même pas laissé franchir le portail.

Ali soupira, l'air troublé.

— Donc nous n'avons aucune idée de l'endroit où ils sont passés. Mince !

— Nous savons qu'ils sont partis. Je les ai vus embarquer dans l'avion. Et maintenant la maison de Gulf Road est vide. Dites cela au professeur Khan.

— Ça ne lui plaira pas, dit Ali, et il soupira de nouveau. Allez donc à la cuisine boire un café pendant que je lui annonce la mauvaise nouvelle. Et laissez l'appareil photo, que je puisse examiner l'avion.

Ali ne mit pas longtemps à retrouver celui-ci sur Internet : c'était un Hawk, appareil bimoteur pouvant transporter huit passagers.

Il regarda ensuite, pour la énième fois, les photos prises par les balayeurs qui surveillaient les allées et venues à la maison de Gulf Road depuis le retour de la famille Rashid. Caspar, sa femme et la petite Sara n'avaient guère bougé. Le cliché le plus intéressant était peut-être celui de l'archéologue de Hazar, le professeur Hal Stone. Des amis de la Confrérie, enseignants à l'université de Londres, avaient confirmé son identité. Il exerçait à Cambridge, à Corpus Christi. Il était arrivé chez les Rashid dans un taxi, lequel l'avait attendu pour l'emmener un peu plus tard à la gare de King's Cross. Jamal l'avait suivi ; il l'avait vu monter dans un train à destination de Cambridge. Manifestement, il retournait à son travail.

L'un dans l'autre, les nouvelles n'étaient pas très bonnes. Ali appela Khan pour tout lui raconter.

Hussein s'assit torse nu devant la table de maquillage de la chambre de Darcus Wellington. Les ampoules qui entouraient le miroir lui irritaient les yeux. Il fit la grimace en voyant l'abondance de produits de maquillage disposés devant lui, auxquels il ne connaissait rien.

Khazid, la cigarette entre les lèvres, était assis au fond de la pièce.

— Ouvre la fenêtre, ordonna Hussein. J'ai besoin d'air. Et puis sors d'ici et trouve-toi quelque chose à faire.

— Je veux voir ce qui va t'arriver.

— Et moi, je ne veux pas que tu regardes. Fiche le camp !

Khazid quitta la pièce, l'air contrarié. D'un geste ample, Darcus couvrit le torse de Hussein d'une grande serviette qu'il attacha derrière sa nuque avec une pince.

— Ça, très cher, c'est la marque du véritable acteur. Le maquillage est une affaire personnelle. Ça ne se partage pas. Maintenant, il faut que nous découvrions qui vous êtes.

— Et qui suis-je ? demanda Hussein à voix haute, autant pour lui-même que pour son hôte. Hussein Rashid, ou le Marteau de Dieu ?

Dehors, la pluie tombait dru. Une désagréable odeur de végétation en décomposition envahissait la chambre. Darcus alla fermer la fenêtre.

— Cela ne vous ennuie pas, mon chéri, j'espère ? Cette puanteur, mon Dieu, on dirait que le monde entier est en train de crever ! marmonna-t-il en ajustant discrètement sa perruque auburn.

— Peut-être est-ce le cas, murmura Hussein.

Darcus s'immobilisa à côté de lui, déhanché, le menton appuyé sur une main, et le dévisagea dans le miroir.

— Ce look à la Che Guevara... C'est voulu ? Est-ce une décision consciente de votre part ?

— Non. Je... Je ne sais pas..., répondit Hussein qui commençait à se sentir mal à l'aise en présence de cet homme étrange.

— Le Che était un vrai romantique. Il avait la gueule de l'emploi. D'une certaine façon, il donnait aux gens ce qu'ils attendaient de lui. Tout était dans le regard, voyez-vous. Avez-vous la même volonté, vous aussi ? Donner aux gens ce qu'ils attendent de vous ?

— Où voulez-vous en venir ? protesta Hussein.

— J'essaie de comprendre ce que vous êtes, et ce que vous aimez en vous-même. La plupart des acteurs préfèrent jouer un personnage qu'être eux-mêmes.

— Je suis ce que je suis. J'ai simplement besoin d'un nouveau visage, répliqua Hussein, agacé.

— Franchement, dit Darcus sans perdre sa bonne humeur, mon petit doigt me dit que la meilleure façon de vous rendre service, c'est de retirer le masque que vous avez en ce moment sur le visage.

— Si cela signifie qu'il faut dire adieu à Che Guevara, aucun problème !

— D'accord. Et à qui, ou à *quoi* d'autre faudrait-il dire adieu ?

— Je ne sais pas. Nous verrons bien.

Par la porte du couloir entrouverte, Khazid vit avec horreur l'homme qu'il servait depuis si longtemps se métamorphoser. Darcus s'occupa d'abord des cheveux de Hussein : il les coupa beaucoup, les effila, les coiffa dans un style entièrement nouveau.

Ensuite, il lui étala de la mousse sur le visage, et s'arma d'un rasoir de barbier pour lui retirer avec précaution la barbe et la moustache, élaguer ses favoris et tailler ses sourcils. Les joues glabres et les cheveux coupés comme ceux d'un mannequin occidental, Hussein ne se reconnaissait déjà plus.

— Maintenant, je vous veux dans la salle de bains, dit Darcus, avant de préciser avec un petit rire : Ne vous inquiétez pas, mon chéri. Je vais juste vous shampouiner la tête.

Khazid battit en retraite dans la cuisine juste avant que l'ancien acteur n'ouvre la porte.

Un petit moment plus tard, ils se réinstallèrent devant le miroir. Darcus coiffa Hussein avec un sèche-cheveux, tailla encore un peu ses cheveux ici et là, lui retravailla les sourcils, et, touche finale, lui appliqua un léger trait de crayon noir sur les yeux.

Hussein se regarda fixement dans le miroir. Il voyait à la fois son propre reflet et celui d'un autre homme.

— Seigneur tout-puissant, dit Darcus. Vous avez l'air tellement jeune. Quel âge avez-vous ?

— Vingt-cinq ans.

— Ah ! Alors maintenant vous faites votre âge réel. Voilà toute la différence. Enfilez donc votre chemise.

Darcus farfouilla dans plusieurs tiroirs et trouva ce qu'il cherchait : une paire de lunettes à monture d'écaille avec des verres neutres.

— Essayez-les...

Hussein les mit sur son nez.

— Bien ! Parfait ! s'exclama Darcus d'un air enchanté. Vous avez un petit air intello tout à fait convaincant. Vous pourriez être prof ou journaliste.

— Mais pas le Marteau de Dieu.

— Voyez par vous-même.

Darcus lui tendit le *Times*. Hussein regarda la photo qu'il avait déjà vue en Bretagne.

— Avec la tête que vous avez maintenant, qui pourrait bien vous identifier ?

— Hmm..., acquiesça Hussein d'une voix sourde. Même moi, je ne suis pas sûr de me reconnaître.

Ils se rendirent dans la cuisine où Khazid venait de mettre de l'eau à bouillir sur la gazinière. Debout face à la fenêtre, il regardait la pluie tomber sur les marais. Il se retourna et écarquilla les yeux en voyant Hussein.

— Seigneur ! s'exclama-t-il, stupéfait. Où es-tu

parti, mon ami ? Je ne suis pas sûr que tu sois encore toi-même.

— Et peut-être qu'il n'est plus lui-même, en effet, dit Darcus avec un sourire malicieux. Qui sait ? Souvenez-vous de la boîte de Pandore.

— Que voulez-vous dire ? répliqua Khazid.

— Ça vient de la mythologie grecque, expliqua Hussein. Quand la boîte de Pandore est ouverte, il en sort tout un tas de mauvaises choses.

Khazid haussa les épaules, perplexe.

— Je vais faire du café, dit Darcus.

— Et moi j'appelle Dreq Khan, dit Hussein à Khazid. Pour organiser la suite de notre voyage.

— Hampstead ?

— En toute logique. Après tout, personne ne sait que nous sommes ici. Il faut profiter de l'effet de surprise.

— Si tu le dis. Mais... Je crois que nous devons parler, toi et moi. En privé.

— Bien sûr.

— Allez donc dans le bureau, proposa Darcus. Je vous attends ici.

Les deux hommes préférèrent sortir de la maison, en laissant la porte entrouverte. La pluie ne les dérangeait guère.

— Il y a un problème ? demanda Hussein.

— Hampstead, cela veut dire Sara et ses parents. Mais notre principale mission, la plus importante pour notre cause, c'est l'assassinat du général Ferguson. Et si possible celui de Harry Salter. Si nous allons à Londres avec cette idée à l'esprit, nous avons de bonnes chances de réussir. Parce que, comme tu l'as justement fait remarquer, personne ne sait que tu es en Angleterre. Donc... Oui, je suis favorable à l'idée d'aller à Londres, mais pas pour nous rendre à Hampstead. Sara et ses parents, mon cher cousin, c'est un objectif secondaire. Une fois là-bas, d'ailleurs, que feras-tu ? Envisages-tu de tuer ses parents ? Je ne pense pas qu'elle te remercierait.

— Ne dis pas de bêtises.

— Alors quoi ? Tu comptes entrer dans la maison par effraction et kidnapper Sara ? Et après ? Comment la feras-tu sortir du pays ?

— Le professeur Khan, l'Armée de Dieu, la Confrérie – tout le monde est prêt à nous aider. Nous trouverons une solution.

— Penses-tu vraiment que le destin de cette jeune fille a la moindre importance pour tous ces gens ? Ça m'étonnerait. Par contre, si tu leur offres la tête de Ferguson – la tête du plus proche conseiller du Premier ministre britannique sur les questions de sécurité ! Là, ils te porteront en triomphe.

Les propos de Khazid étaient raisonnables et convaincants. Mais Hussein était incapable de renoncer à ses objectifs personnels.

— Je téléphone à Khan tout de suite pour voir où nous en sommes. Et puis... je prendrai une décision.

Quand Ali Hassim l'avait appelé, Khan avait décidé de lui rendre visite à la boutique pour parler des derniers développements de l'affaire. Ce fut là qu'il reçut le coup de téléphone qu'il redoutait depuis quelque temps.

Il mit la main sur le micro du téléphone pour murmurer à Hassim :

— C'est lui : Hussein Rashid. Il est en Angleterre.

— Allah est grand !

— Où êtes-vous ? demanda Khan dans l'appareil.

— À Peel Strand, dans le Dorset. Chez un des hommes du Courtier. Son cottage s'appelle Folly Way. Khazid et moi venons d'arriver par la mer. Nous comptons nous rendre immédiatement à Londres.

— Est-ce bien raisonnable ? Votre tête est dans tous les journaux.

— Nous avons réglé ce problème. Personne ne me reconnaîtra, faites-moi confiance. Maintenant, dites-moi ce qui se passe du côté des Rashid.

— Nous les avons surveillés de près. J'ai plusieurs agents en place, et j'ai même un homme à moto qui les a suivis chaque fois qu'ils quittaient la maison de Hampstead. Grâce à quoi, à propos, j'ai l'adresse de la place forte de l'ennemi. C'est à Holland Park. Nous savons aussi où habitent Ferguson et Dillon, ce qui doit évidemment vous intéresser...

Hussein l'interrompit d'un ton agacé :

— Arrêtez de tourner autour du pot. J'ai l'impression que vous avez de mauvaises nouvelles à m'annoncer. Crachez le morceau.

Khan obéit.

— Alors ils sont partis, dit ensuite Hussein, songeur. Envolés pour une destination inconnue. Et vous pensez que c'est un vol classé secret-défense ?

— Je le crains.

— Avec quel genre d'avion sont-ils partis ? Le savez-vous ?

— Ali s'est renseigné. C'était un Hawk.

— Ah. Intéressant. C'est un bon vieux coucou. Je l'ai piloté au-dessus des badlands d'Algérie. S'ils étaient partis loin, je veux dire au-delà de la Manche, ils auraient pris un autre appareil. Le Hawk, à mon avis, cela signifie une destination relativement proche de Londres. Quelque part en province.

— Peut-être, mais nous n'avons aucun moyen de découvrir cette destination.

Hussein ignora la remarque.

— Ferguson et Dillon se sont rendus à la maison de Gulf Road, disiez-vous. Y a-t-il eu d'autres personnes là-bas ?

— Oui. Le professeur Hal Stone.

— L'archéologue. Pourquoi est-il allé chez les Rashid ?

— Je crois qu'il voulait juste leur faire ses adieux. Un de mes hommes, Jamal, l'a suivi jusqu'à King's Cross. Il l'a vu prendre le train de Cambridge. Hal Stone est professeur à Corpus Christi. Nous savons aussi que c'est le cousin de Ferguson.

— Son cousin ? Intéressant. Stone est donc très impliqué dans cette affaire. Je parie qu'il détient toutes les informations dont nous avons besoin.

— Vous avez peut-être raison.

— J'ai raison, affirma Hussein. Et Ali Hassim ? Parlez-moi de lui.

Khan obtempéra en soutenant le regard d'Ali assis en face de lui. Quand il eut terminé, Hussein insista :

— Peut-on lui faire confiance ?

— À cent pour cent. J'ajoute que peu de gens ont conscience de l'importance du rôle qu'il joue dans l'organisation.

— Donnez-moi son adresse. Et dites-lui qu'il doit s'attendre à me recevoir à tout moment.

— Quelles sont vos intentions ?

— Je veux rendre visite à Hal Stone à Cambridge. Aujourd'hui même. Bournemouth n'est pas loin du cottage où nous sommes en ce moment. Nous prendrons le train.

— Jusqu'à Cambridge ? Vous serez obligé de changer à Londres. Est-ce bien raisonnable ?

— Mon cher professeur, je ne me reconnais pas moi-même. Je vous rappellerai bientôt.

Il raccrocha. Khazid le dévisageait, l'air troublé.

— Je t'expliquerai tout dans le train, dit Hussein. Maintenant je dois parler au Courtier.

Il alluma une cigarette après avoir appuyé sur le bouton de la broche et patienta. Il se sentait calme, confiant, en pleine possession de ses moyens. Le Courtier le rappela très vite. Hussein lui expliqua la situation et révéla ses intentions.

— Approuvez-vous mon projet ?

— Je dois reconnaître que c'est une bonne idée. Concernant Farley Field, je ne peux pas accéder à leurs réseaux comme autrefois. L'aérodrome possède un système de sécurité ultraperformant. Je ne peux que vous souhaiter bonne chance à Cambridge. Êtes-vous sûr de ne pas prendre de gros risques en voyageant par les transports en commun ? Darcus est-il bon à ce point-là ?

— La réponse tient en un mot : oui. Au revoir.

Il rangea le téléphone et alla trouver Darcus dans la cuisine.

— Nous devons nous rendre à Bournemouth. Je présume que là-bas il y a des trains réguliers ?

— Oui. Mais je crois que pour gagner Cambridge, vous devrez changer de train à Londres. Quand voulez-vous partir ?

— Dès que vous serez prêt à nous conduire.

— Oh non, mon mignon ! Pas moi. J'ai certains problèmes de prostate qui ne vous intéressent pas, et notre docteur ne passe au village de Peel Strand que deux fois par semaine.

Darcus se tourna pour regarder l'horloge murale.

— Il est bientôt dix heures. Le docteur vient après le déjeuner.

— Alors que proposez-vous ? demanda Khazid.

— Prenez ma voiture. Vous la laisserez au parking de la gare de Bournemouth, la clé cachée dans la boîte à gants. Je n'ai rien de mieux à vous proposer. Quoi qu'il en soit, j'ai été très heureux de faire votre connaissance. Ce genre de rencontre rend la vie tellement plus palpitante, n'est-ce pas ?

— Et lucrative, ajouta Hussein.

— Bien sûr, mon chéri. Nous sommes tous obligés de gagner notre croûte.

Un quart d'heure plus tard, ils étaient prêts à partir.

Une vieille Mini les attendait sous la pluie devant le garage.

— La clé est sur le démarreur. Bonne chance, dit Darcus, et il rentra dans le cottage en fermant la porte sur lui.

Hussein prit le volant. Khazid retira sa montre, la glissa dans sa poche et se pencha à l'intérieur de la voiture pour dire :

— Excuse-moi, j'ai oublié ma montre dans la salle de bains. J'en ai pour une minute.

Darcus avait dit qu'ils seraient obligés de changer de train à Londres pour aller à Cambridge. Or, Hussein n'avait pas parlé de Cambridge en sa présence. Cela signifiait que Darcus les avait écoutés à leur insu.

Khazid ouvrit doucement la porte de la maison et sortit un Walther muni d'un silencieux Carswell de sa poche. Comme il s'avançait dans le couloir, il entendit Darcus déclarer d'une voix exaltée :

— Bonté divine, Charlie, mon chéri, si tu savais ce qui vient de m'arriver !

Khazid marcha jusqu'au bureau sur la pointe des pieds. Sur le seuil, il sifflota. Darcus se retourna.

— Oh, mon Dieu, dit-il en reposant le téléphone sur sa base.

— C'est vilain, ça, Darcus, dit Khazid. Très vilain...

Il le tua d'une balle entre les yeux et tourna les talons.

Il jeta son sac de voyage sur la banquette arrière de la Mini, s'assit à côté de Hussein et remit sa montre.

— Tu es prêt ? demanda Hussein.

— Tout est en ordre.

La Mini s'élança sur la route.

Ferguson avait ordonné à Lacey et à Parry de se charger du vol de Farley jusqu'à Zion pour la simple raison que les pilotes connaissaient tout le monde. Greta fit les présentations entre les Rashid et Levin et Chomsky. Sara sembla très heureuse de faire leur connaissance. La seule personne qui n'était manifestement pas contente, c'était Molly Rashid.

Dans l'avion, Caspar et Molly occupaient les deux sièges du fond. Ils avaient commencé à parler à voix basse, mais la conversation était de plus en plus tendue.

— Qu'allons-nous devenir ? s'écria tout à coup Molly. Où va-t-on ?

— C'est pour notre bien, répondit Caspar d'un ton apaisant. Tu dois t'en rendre compte. Une semaine, le temps de voir comment évolue la situation.

— Et mon travail ? rétorqua Molly. Je ne peux pas oublier mon travail, tu comprends. Je suis dans la phase la plus importante de ma carrière.

— Oui, fit Caspar en soupirant. Mais les collègues qui te remplacent sont des gens très compétents.

— Ce n'est pas le problème. La petite Bedford, par exemple. Nous avons fait un travail exceptionnel. Révolutionnaire. Je devrais être là-bas, l'observer jour et nuit. Et où suis-je en ce moment ? Dans un avion, partie pour une semaine ! C'est très difficile à accepter.

— La petite Bedford est surveillée par des gens très doués, insista Caspar. Qui s'occupent d'elle comme nous devons nous occuper de notre enfant.

Sara, assise à l'avant, échangea un sourire avec Levin. Elle se redressa sur le siège et se tourna pour dire :

— Vous ne pourriez pas essayer de prendre ce voyage comme des petites vacances à la campagne ? Ça nous permettrait de passer un bon moment tous ensemble. Moi, en tout cas, c'est mon intention.

Sans attendre de réponse, elle se rassit et dit :

— Parlez-moi encore du Kremlin, Igor. Je suis fascinée.

Très embarrassés, ses parents n'osèrent plus dire un mot.

Lacey annonça un peu plus tard :

— Notre petit voyage est déjà terminé, les amis. Là-bas, à gauche, vous voyez la côte du Sussex. Il y a un village qui s'appelle Zion, mais la propriété, Zion Place, est à cinq kilomètres de là. Nous descendons maintenant vers la piste.

L'avion perdit de l'altitude, pour se stabiliser à cent cinquante mètres avant l'atterrissage. Par les hublots, ils découvrirent la propriété : une imposante maison bordée d'élégants jardins et un haut mur d'enceinte surmonté d'une espèce de grillage métallique. Une guérite et un agent de sécurité se trouvaient devant le portail qui donnait sur la route. Les marais bordaient la propriété. Un large fossé hérissé de roseaux les séparait de la piste d'atterrissage.

— C'est de l'herbe ? demanda Sara à Levin. Je vois mal.

— Non, elle est bétonnée. As-tu déjà atterri sur une piste non goudronnée ?

— Oui, à Fuad dans le Quartier Vide. Nous avons dû nous poser sur le sable. Il y avait un problème de joint dans le moteur gauche. L'huile brûlait en produisant une énorme fumée noire. Je vous jure, vous n'avez jamais vu autant de fumée de votre vie. Heureusement, Hussein était aux commandes. C'est un pilote remarquable. Pendant le vol, il m'a demandé de l'aider pour la navigation.

Elle se carra dans le fauteuil juste avant que l'avion ne touche le sol.

— Ici, je crois que je vais bien m'amuser, déclara-t-elle.

Et à cela, il n'y avait pas grand-chose à répondre.

L'avion rebondit sur l'asphalte de la piste. Il n'y avait pas de hangar, juste une cabane en bois près de laquelle attendait un homme en uniforme bleu. Il se tenait très droit et digne, le calot sous le bras. Sa moustache était taillée avec soin. Derrière lui, il y avait une petite camionnette.

Il marcha à leur rencontre quand ils descendirent de l'appareil.

— Capitaine Rodger Bosey. Je suis le responsable de la propriété. Vous êtes les bienvenus, dit-il, puis il s'adressa aux pilotes. Et vous, les gars, que faites-vous ?

— Nous sommes aux ordres du général Ferguson, répondit Lacey. Il veut que nous rentrions immédiatement à Londres. La situation est un peu tendue. Nous décollons immédiatement. À bientôt, tout le monde.

Parry et Lacey remontèrent dans le Hawk.

Une fois les présentations faites, ils s'installèrent dans la camionnette et regardèrent l'avion décoller.

— Et voilà, dit Bosey. En route. Je vous conduis à la maison.

Ils longèrent le fossé qui bordait la piste, puis une petite forêt de sapins qui tremblotaient sous la brise marine. À l'extérieur de la propriété, sur une éminence, ils aperçurent trois personnes assises sur un banc de pierre. Vêtues d'anoraks épais, elles étaient en train de manger des sandwiches.

— Des amateurs d'oiseaux, dit Bosey. Nous en avons beaucoup, par ici.

— Vous créent-ils des ennuis ? demanda Levin.

— Non, jamais. Parfois, quand des oiseaux très rares sont signalés dans la région, il y a un peu plus de monde. C'est tout. De mon point de vue, ils sont complètement inoffensifs. Certains passent deux ou trois jours dans le coin. Ils logent au Bed & Breakfast du village de Zion, ou sur le terrain de camping. Ils sont gentils. Et un peu cinglés, peut-être.

— Pourquoi vous dites cela ? demanda Sara.

— Un jour, au pub, l'un d'eux me racontait par exemple que les corbeaux freux du village venaient de Saint-Pétersbourg en octobre, car l'hiver est trop froid là-bas pour eux. Les étourneaux aussi.

— En quoi cela veut-il dire qu'ils sont cinglés ? insista Sara.

— Eh ben... Ça ne paraît pas très probable.

— Les Russes mettent des bagues aux oiseaux comme nous le faisons en Angleterre. Je suis sûr qu'ils le font à Saint-Pétersbourg. Qu'en pensez-vous, Igor ? demanda Sara.

— Demandez à Greta. Elle vient de là-bas.

— Oui, c'est vrai, dit Greta. Ils surveillent et baguent les corbeaux freux et d'autres espèces. Et les oiseaux quittent effectivement la Russie pour éviter l'hiver. J'ai appris ça quand j'étais petite fille.

— Ah, vous voyez, dit Sara.

Bosey ne sut que répondre. Il arrêta devant l'entrée de la propriété. L'agent de sécurité sortit de la guérite, se pencha pour le regarder, puis ouvrit le portail électronique.

— Bonjour ! dit Sara d'un ton enjoué.

L'agent sourit et fit le salut militaire.

— C'est cool ! s'exclama la jeune fille. J'ai l'impression d'être une princesse. Vos hommes sont bien entraînés, capitaine Bosey.

— Sara, pour l'amour du ciel, protesta sa mère.

Mais Bosey, totalement charmé, rougit de plaisir. Et fut une fois de plus incapable de dire un mot.

Comme si, d'une certaine façon, ils avaient remonté le temps, Sara et son groupe furent accueillis sur les marches du perron par les domestiques. Bosey leur présenta la gouvernante, Mme Bertha Tetley, une femme d'une cinquantaine d'années qui vivait sur place, et ses trois femmes de chambres et cuisinières : Kitty, Ida et Vera.

— Si vous voulez bien me suivre, dit-elle, je vais

vous montrer vos chambres. Le déjeuner sera bientôt servi. Par ici.

Elle les entraîna dans le vaste hall d'entrée et s'engagea dans l'escalier circulaire.

— Retrouvons-nous dans un petit moment pour parler, d'accord ? dit Levin à Bosey qui hocha la tête.

Quand Levin et Chomsky redescendirent, ils trouvèrent le capitaine dans la bibliothèque. Il leur proposa à boire ; ils demandèrent de la vodka.

— Êtes-vous ici depuis longtemps ? demanda Levin.

— Dix ans. Depuis que le général Ferguson m'a proposé ce poste. Je le connais bien. Autrefois, j'ai souvent effectué des missions pour lui.

— Vous étiez sous ses ordres ?

— Indirectement. Je suis de la police militaire.

— Excellente recommandation. Que savez-vous de la famille que nous vous avons amenée ?

— Le général Ferguson m'a dit tout ce que je devais savoir. Nous assurons la sécurité de la famille Rashid, qui est menacée par des terroristes, pendant une semaine. Davantage si nécessaire. Je sais aussi que Mlle Novikova et vous, messieurs, vous appartenez à l'équipe du général. Cela me suffit. Nous avons des armes dans la maison, mais nous ne les portons pas souvent sur nous.

— Tant mieux pour vous. Par contre, ce n'est pas « mademoiselle », mais *commandant* Novikova. Elle est notre supérieure à tous.

À cet instant, Greta entra dans la pièce.

— Tu arrives pile pour prendre un verre, dit Levin.

Il lança un clin d'œil à Bosey qui sourit et saisit la bouteille de vodka.

— Merci capitaine, dit-elle, et elle trinqua avec eux. Je nous souhaite un agréable séjour ici. Et la fin de nos ennuis actuels.

Ils entendirent des voix dans le hall. Sara, Caspar et Molly entrèrent dans la bibliothèque.

— Cette maison est drôlement chouette, dit Sara avec enthousiasme.

Caspar avait l'air préoccupé et sa femme très dépitée.

— Le déjeuner est-il servi ? demanda Caspar.

— Nous devons d'abord régler certains détails, dit Levin. Ordre du général Ferguson. Les téléphones de la maison ne servent qu'aux appels... à l'intérieur de la maison. Vous ne pouvez pas appeler Londres. Pour communiquer avec le monde extérieur, vous devez faire appel au capitaine Bosey, qui a des mobiles sécurisés. Les portables personnels sont interdits dans la propriété.

— De quoi parlez-vous, pour l'amour du ciel ! protesta Molly.

— Les portables peuvent être facilement repérés, expliqua son mari.

— Quelle absurdité ! C'est grotesque.

— Pour le moment, dit Greta d'un ton apaisant, personne ne sait où vous êtes. Nous préférerions que cela ne change pas.

— Alors je n'ai pas le droit de téléphoner à l'hôpital pour savoir comment vont mes patients ?

— Au nom du ciel ! cria Caspar.

Il sortit son portable de sa poche et le posa sur la table.

— Une semaine, Molly ! Rien qu'une semaine !

Elle prit une profonde inspiration, sembla quelques instants au bord de la crise de nerfs, et puis expira bruyamment. Elle ouvrit son sac à main pour en sortir non pas un, mais deux téléphones portables.

— Puisqu'il le faut. Voici le mien et celui de Sara.

— Allons, maman ! Gardons notre bonne humeur. Ici, nous serons très bien. Allons manger.

Après le déjeuner, Molly monta à sa chambre et ouvrit ses bagages. De sa sacoche de travail, elle sortit son stéthoscope, son agenda et divers dossiers qu'elle posa sur le lit. Puis elle saisit au fond du sac le portable de rechange qu'elle gardait là en cas d'urgence. Grâce à cet appareil, elle aurait quand même le moyen d'appeler l'hôpital pour prendre des nouvelles de la petite Bedford. Mais cela pouvait attendre.

14

À Cambridge, Hal Stone possédait un petit cottage dans Chapel Lane – une ancienne grange reconvertie. Son titre de professeur lui donnait le droit de disposer d'un appartement à Corpus Christi, mais il avait besoin de cet endroit à lui, de ce refuge, pour échapper aux incessantes exigences de ses étudiants quand il travaillait à l'écriture d'un livre.

Le cottage comportait trois chambres, un bureau, une cuisine et un charmant salon dont les portes-fenêtres à petits carreaux ouvraient sur la grande fierté du professeur : un jardin bordé de hauts murs en silex. Celui du fond était percé d'une lourde porte en bois qui donnait sur une ruelle.

Il était dans la cuisine en train de préparer du thé, lorsque le téléphone sonna. Il décrocha pour déclarer d'une voix monocorde de robot :

— Désolé, Hal Stone est absent pour le moment.

— Mais non, vieux fada, répliqua Roper d'un ton amusé. Vous venez d'arriver chez vous.

— Ah, Roper ! C'est bien vous ? J'espère que vous n'appelez pas pour me proposer une nouvelle opération. Après l'aventure de Hazar, j'ai besoin de repos. Je ne suis point Indiana Jones, voyez-vous.

— Ne vous tracassez pas, vieux frère. Je veux juste vous mettre au courant des derniers développements de l'affaire. Écoutez-moi...

Roper lui raconta tout : le voyage de Hussein et de Khazid entre Hazar et Majorque, avec l'étape en Algérie et le vol de l'hydravion, puis les images de la caméra de sécurité à Palma de Majorque et l'avion jusqu'à Rennes.

— Hmm..., fit Hal Stone. Je vois le tableau. Ils progressent petit à petit vers l'Angleterre.

— Quelle autre destination envisager ? Ce n'est même pas la peine d'alerter les autorités françaises au sujet de l'avion de Rennes. Hussein n'a sans doute pas lambiné en France.

— Et pourtant..., dit le professeur, songeur. Hussein en Angleterre ? C'est quand même difficile à imaginer. Ce serait du suicide. Sa photo est dans tous les journaux. Il y a forcément quelqu'un, quelque part, qui va le reconnaître. Il n'a pas eu le temps de se faire transformer le visage par un chirurgien.

— Dieu sait si je suis perplexe, moi aussi. Mais la nuit, quand je suis seul devant les ordinateurs et que je lutte contre mes douleurs à coups de whisky, je regarde sa photo sur l'écran et je me dis qu'il est en route.

— Que comptez-vous faire ?

— Nous avons persuadé les Rashid de quitter leur domicile et de se laisser conduire en avion jusque dans le West Sussex, où nous avons une propriété secrète qui s'appelle Zion Place. Ils vont y rester une semaine. Ensuite, nous verrons.

— Intéressant. Racontez-moi ça plus en détail.

Roper lui donna satisfaction – sans oublier les infos que Levin lui avait livrées par téléphone un moment plus tôt.

— Molly Rashid est difficile à gérer, précisa-t-il. Il n'y en a que pour elle et pour son travail. Cette histoire à cause de son téléphone portable, par exemple. Quelle comédie ! C'est trop.

— C'est une chirurgienne remarquable. Les gens de son acabit sont par nature obsessionnels. Ils pensent que leur travail est plus important que tout. Hélas, c'est aussi souvent le cas.

— Peut-être. Bon, maintenant vous êtes au courant de notre plan de bataille, dit Roper. Nous sommes pour ainsi dire entre les mains de Hussein.

— Je pense qu'il ne viendra pas, dit Hal Stone, et il poussa un petit rire. Il a tout de même fait ses études à Harvard. Il sait réfléchir.

— Ouais. Espérons, répliqua Roper avec humour.

— Bonne chance, mon ami. Prenez soin de vous.

— À bientôt.

Hal Stone posa le téléphone en secouant la tête. Quelle folie, cette histoire... Il acheva de préparer le thé.

Au même moment, Hussein et Khazid, arrivés sans le moindre incident à Cambridge par le train de Londres, se trouvaient dans une boutique spécialisée dans les tenues d'étudiants : toges, écharpes aux emblèmes des différents collèges de Cambridge et tout le tintouin. Sur l'ordre de Hussein, Khazid sélectionna deux toges noires classiques. Ils délaissèrent les écharpes aux armes de Corpus Christi.

— Je suis prêt à parier que les portiers de l'établissement se targuent de connaître les visages de tous leurs étudiants, précisa Hussein. Soyons prudents.

Khazid examina la liste des collèges et fixa son choix sur l'écharpe de New Hall. Pour lui-même, il acheta aussi un béret de couleur sombre. Ils s'habillèrent et quittèrent la boutique. L'entrée à Corpus Christi ne posa aucun problème : il y avait énormément d'étudiants qui franchissaient le portail dans les deux sens ou discutaient par petits groupes ici et là.

Ils montèrent un escalier. Khazid, jouant Henri Duval à la perfection, arrêta une étudiante pour lui demander si elle savait où se trouvait le professeur Hal Stone. La jeune femme, visiblement amusée par son fort accent français et par son béret, agita la main en direction du fond du couloir.

— Son bureau est par là. Mais il n'y est presque jamais.

— En ce cas, mademoiselle, où puis-je le trouver, je vous prie ? insista Khazid.

— Aucune idée. Essayez donc l'annuaire, dit-elle avec un haussement d'épaules, avant de s'éloigner.

Khazid sourit à Hussein. Au bout du couloir, ils trouvèrent le bureau du professeur. Sur la porte, un petit écriteau suspendu à une punaise annonçait en lettres capitales : HAL STONE N'EST PAS DISPONIBLE AUJOURD'HUI.

Khazid tourna la clenche ; la porte était verrouillée.

— Bon. Que faisons-nous ?

— C'est évident, répondit Hussein. Nous suivons le conseil de la fille et nous regardons dans l'annuaire.

— Et s'il n'est pas dans l'annuaire ?

— Tu es trop pessimiste, mon ami. Hal Stone est professeur dans l'un des plus grands collèges de l'université de Cambridge. Bien sûr qu'il est dans l'annuaire ! Allons en chercher un.

À Zion Place, Caspar, détendu comme il ne l'avait pas été depuis longtemps, explorait le jardin en compagnie de sa fille.

Les trois Russes les observaient de la terrasse.

— Cette jeune fille est vraiment remarquable, dit Greta. Et tellement touchante. Parfois, c'est une enfant, qui adore des choses très enfantines, et parfois, elle est capable de faire preuve d'une grande maturité. D'être déjà une femme.

— Ouais, dit Levin. J'espère qu'elle est aussi solide qu'elle en a l'air. Quand on pense à tout ce qu'elle a enduré depuis quelques mois... Tant de traumatismes, de morts, de déchirements à un âge si tendre...

Chomsky prit la parole :

— En Tchétchénie, on voyait cent fois par jour chez les enfants une expression que j'ai déjà vue chez Sara. Le visage se ferme, il devient lisse et apparemment privé d'émotions. Il masque tout ce qu'il y a derrière.

— Que Dieu l'aide à surmonter toutes ces épreuves, dit Greta. Et moi, je ferai tout mon possible pour lui donner un coup de pouce.

— La mère, par contre, marmonna Levin. C'est une autre histoire.

— Une grande chirurgienne, dit Greta, fataliste, puis elle exprima à peu près le même point de vue que Hal Stone : C'est une personnalité obsessionnelle. Elle est convaincue que son travail est plus important que tout.

— Tant mieux pour son ego, répliqua Levin. Mais c'est dommage en ce qui concerne ses relations avec sa famille.

À l'étage, Molly était hélas en train de donner raison à ceux qui la critiquaient. Enfermée dans la salle de bains, elle téléphonait à l'hôpital où elle avait opéré la petite Bedford. Elle venait de composer le numéro de portable d'un certain Dr Harry Sampson, qui avait accepté de la remplacer en son absence. Quand il décrocha, il était près d'un malade en salle commune.

— C'est moi. Molly. Comment va-t-elle ?

L'état de la petite Bedford était préoccupant ; il y avait pas mal de choses à raconter. Enfin, Harry finit par demander :

— Et toi, Molly, comment vas-tu ?

— Pas trop mal. Nous avons des problèmes à cause de Sara, comme tu sais. Mais notre séjour à la campagne lui fait du bien. Tout devrait être réglé d'ici une semaine. Mais peu importe mes histoires personnelles. Je me fais du souci pour Lisa Bedford.

— Puis-je avoir ton numéro, au cas où j'aurais besoin de te joindre ?

— Nous ne sommes pas chez nous, Harry. Et... Et ce téléphone n'est pas à moi. Je te rappellerai.

— Non, attends. Ne raccroche pas. Moi aussi, je suis très soucieux pour la patiente. Tu as fait une opération extraordinaire et je veux t'aider à la sauver. Ce serait quand même bien que je puisse te joindre si la situation se dégradait.

Molly se mordit la lèvre inférieure. En définitive, elle était coincée.

— Mince ! Écoute, Harry, tu as pris cet appel, donc tu as le numéro et tu peux me rappeler comme tu veux. Tu le sais très bien. J'ai dit que ce n'était pas mon téléphone, mais... si, c'est le mien. Appelle quand tu veux. Je couperai la sonnerie et je laisserai l'appareil sur vibreur.

— Hé..., fit-il d'un ton inquiet. Tu es sûre que ça va ?

— Oui et non, dit Molly en soupirant, et puis tout à coup elle s'exclama : Oh, je ne sais pas ce que je fiche ici ! Je suis avec Caspar et Sara dans une espèce de maison de campagne, dans le West Sussex, qui s'appelle Zion Place.

Elle regretta aussitôt ses paroles – mais il était trop tard.

— Maison de campagne ? Tu veux dire... Une clinique, en réalité ?

— Seigneur, je ne sais même pas ce que je veux dire. Ne t'en fais pas, Harry. Au revoir.

— Zion Place, murmura le Dr Sampson en posant le portable sur la table pour se remettre à la rédaction de la feuille de soins du malade. Drôle de nom...

Près du lit se tenait une jeune infirmière musulmane dénommée Ayesha, à qui Ali Hassim avait donné l'ordre de faire en sorte de changer d'équipe pour s'occuper de l'enfant Bedford.

— Que dites-vous, docteur Sampson ? demanda-t-elle d'une voix engageante.

Il leva la tête, l'air distrait.

— C'était le Dr Rashid. Elle voulait prendre des nouvelles de la gamine. Elle m'a dit qu'elle était quelque part dans le West Sussex. Une propriété qui s'appelle Zion Place. Elle ne reviendra pas avant la semaine prochaine. Sa fille a des problèmes.

Le haut-parleur de la salle crachota : on appelait le Dr Sampson pour une urgence. Il s'éloigna à grands pas, oubliant son portable sur la table. Ayesha appuya sur un bouton pour faire apparaître la liste des appels reçus, mémorisa le numéro de Molly et alla s'enfermer dans un débarras où elle était certaine de ne pas être dérangée pendant qu'elle téléphonait à Ali Hassim.

— Le Dr Rashid a appelé pour prendre des nouvelles de l'enfant Bedford, expliqua-t-elle. Elle a dit qu'elle était dans le West Sussex. Dans une propriété qui porte le nom de Zion Place. J'ai aussi son numéro de portable.

Ayesha le communiqua à Ali qui répondit avec enthousiasme :

— C'est excellent, ma fille. Tu as très bien travaillé.

— Je n'ai fait que mon devoir. Vous devriez trouver cet endroit sans difficulté sur Internet, n'est-ce pas ?

Elle avait raison. Ali lui dit au revoir et composa aussitôt le numéro d'un membre de la Confrérie qui était spécialiste du Réseau. Il lui expliqua les faits en précisant qu'il avait besoin de son aide de toute urgence. Une heure plus tard, l'homme arriva à la boutique avec son ordinateur portable. Ali l'entraîna dans l'arrière-salle.

— Zion Place. Un endroit bien protégé, mais j'ai trouvé quelques références. Les marais alentour appartiennent au National Trust. La propriété elle-même est citée un certain nombre de fois dans l'histoire officielle des services secrets, qui y entraînaient des agents pendant la Seconde Guerre mondiale. Depuis, elle appartient au ministère de la Défense. Interdite au public, évidemment. Elle possède une piste d'atterrissage. Certains livres sur le West Sussex la mentionnent parce qu'elle est au centre d'une zone naturelle qui attire les touristes et les amateurs d'oiseaux. Le village de Zion est à moins de cinq kilomètres de la maison. Un village anglais classique. Une église médiévale qui s'appelle St Andrew, deux pubs, plusieurs bed & breakfast et un terrain de camping.

— Bravo, dit Ali. Vous êtes très doué.

— Non. En fait, c'est très simple, dit l'homme, et il referma l'ordinateur en tapotant le dessus de l'écran.

Ces machines font tout ce que vous leur demandez. Maintenant je dois retourner au travail.

Il sortit de la pièce. Ali Hassim resta assis en se demandant à qui il devait livrer ces informations en premier.

Hussein et Khazid trouvèrent sans difficulté le cottage de Chapel Lane. Là encore, il y avait un écriteau en lettres majuscules sur la porte : LES ÉTUDIANTS NE SONT ABSOLUMENT PAS LES BIENVENUS ! !

— Cet homme a de l'humour, dit Khazid.

— J'ai connu des professeurs comme lui. C'est un truc d'universitaire. Le problème, c'est que s'il est sérieux nous n'arriverons jamais à entrer. Il y a un interphone vidéo à côté de la porte. Si nous appuyons sur le bouton, il nous verra sur un écran à l'intérieur. Regarde la petite caméra...

— Alors comment faire ?

— Explorons un peu les environs.

Sur le flanc du cottage courait un étroit sentier pavé qui rejoignait l'arrière de la propriété. Ils découvrirent une épaisse porte en bois – verrouillée. Le mur, assez haut, était surmonté d'antiques piques victoriennes.

— Comment veux-tu entrer ? demanda encore Khazid. On escalade ?

— S'il est dans sa cuisine ou dans le salon, il risque de nous voir et de se précipiter sur le téléphone, dit Hussein, et il réfléchit quelques instants avant d'ajouter : L'écriteau est probablement sérieux. Il veut la paix. D'un autre côté... Un jeune étudiant coiffé d'un béret, qui parle l'anglais avec un très fort accent français et qui vient lui demander conseil, ça pourrait l'intriguer. Retournons à l'interphone. Henri Duval a besoin du professeur Stone. Si ça marche, tu le fais prisonnier. Ne le blesse pas. Ensuite, tu me fais entrer par cette porte-ci.

— D'accord. Je vais essayer.

— Non. Tu vas réussir.

Dans le salon dont les portes-fenêtres étaient grandes ouvertes sur le jardin, Hal Stone était en train de lire une thèse, passablement inintéressante, lorsqu'il entendit le bourdonnement de l'interphone. Avec une grimace irritée, il posa le document, marcha jusqu'au vestibule et découvrit Khazid sur le petit écran.

— Qui êtes-vous ?

— Je m'appelle Henri Duval et je suis inscrit à New Hall, professeur Stone. Je suis étudiant en archéologie et anthropologie. J'ai besoin de votre aide.

— Si vous êtes étudiant à Cambridge, vous devez être capable de lire l'anglais. Il y a un écriteau juste devant vous, sur la porte. Fichez le camp.

C'est alors que Khazid se surpassa :

— Je vous supplie de tout cœur de m'accorder un entretien, dit-il en français. Mes examens approchent. Je dois rédiger un mémoire important. J'ai vraiment, vraiment besoin de vos conseils.

Hal Stone hésita, avant de répondre dans la même langue :

— Quel est le sujet de votre mémoire ?

Khazid, très à l'aise dans son rôle, répondit dans l'anglais maladroit de Henri Duval :

— L'influence des mercenaires spartiates sur les guerres médiques.

— Ah ! fit Hal Stone en éclatant de rire. Un sujet difficile, en effet, mais qui ne manque pas de sel. Je suppose que c'est la raison pour laquelle vous l'avez choisi. D'accord, je vous accorde vingt minutes.

La porte s'ouvrit sur un déclic. Khazid entra dans le vestibule, posa son sac de voyage et son trench-coat par terre, mais garda le béret sur la tête. Hal Stone l'accueillit avec un sourire engageant – qui s'évanouit lorsque Khazid leva sur lui le Walther qu'il avait jusque-là caché derrière son dos.

— Ne résistez pas. Sinon je vous loge une balle dans le genou. Pour commencer.

— Nom de Dieu ! Qui êtes-vous ? C'est une blague ?

— Nous avons un compte à régler.

— Nous ? Je ne vous connais pas.

— Moi je vous connais, répliqua Khazid, tellement concentré qu'il en oubliait presque que Hussein l'attendait. À Hazar, je vous regardais parfois avec mes jumelles sur le pont du *Sultan*. J'étais sur la terrasse de la grande maison de Kafkar. Vous et vos gens, vous avez assassiné deux de mes meilleurs amis.

— Seigneur, marmonna Stone. Vous n'êtes pas Hussein. Alors vous êtes l'autre homme. Khazid.

Il secoua la tête, l'air stupéfait, avant d'ajouter :

— Et vous venez vous venger...

— J'en ai bien l'intention. Vous vivez dans un monde de livres, professeur. Mais dans le monde qui est le mien, et dans le seul livre qui compte pour moi, le Coran, un sabre vaut dix mille mots.

— Allez au diable avec votre fichue idéologie ! Que voulez-vous ? répliqua Stone avec aplomb.

— Nous avions prévu de rendre visite à Sara et à ses parents à la maison de Hampstead. Mais Ferguson les a fait disparaître. Nous voulons savoir où ils sont.

— Parce que vous imaginez qu'on me l'a dit ? !

— Vous êtes impliqué dans cette affaire depuis le début. Et vous êtes le cousin de Ferguson. Je suis sûr que vous savez où ils sont.

— À vrai dire, non. Je l'ignore. Et même si je le savais, je ne vous ferais pas ce plaisir.

— Je crois que si. Parce que vous voulez rester en vie. Allons dans le salon.

Stone recula lentement vers le fond du vestibule. Soudain il fit volte-face et prit la fuite en claquant la porte du salon derrière lui. Il se précipita dans le jardin. Khazid le rattrapa alors qu'il atteignait la porte en bois de la ruelle. Il tira deux fois. La première balle atteignit le professeur sous l'épaule gauche et le projeta en avant. Stone réussit à saisir le gros verrou, en haut du battant, pour le tirer de côté. La deuxième balle le toucha dans le bas du dos. Hussein, qui attendait avec impatience derrière la porte, la poussa d'un geste brusque : Hal Stone trébucha en arrière et s'écroula à plat ventre sur le sol.

Son corps fut secoué de spasmes pendant quelques instants, puis se figea.

— Nom de Dieu ! À quoi tu joues ? cria Hussein avec colère.

— Il a essayé de s'enfuir.

— Pourquoi ? Qu'est-ce que tu lui as dit ?

Khazid, qui retrouvait déjà son calme, répliqua :

— Il a dit que j'étais l'autre homme. Il connaissait mon nom. Je lui ai juste demandé où étaient les Rashid. Il a répondu qu'il l'ignorait, et que de toute façon il ne me le dirait jamais.

— Et tu l'as menacé ?

— Que voulais-tu que je fasse ?! Que je lui donne une petite tape sur la tête ? J'ai dit que je commencerais par son genou. Il m'a claqué une porte à la figure et il s'est débiné.

— Tu aurais dû m'attendre.

Hussein s'agenouilla près du corps. Le visage de Hal Stone était tourné vers le mur. Sa chemise était imbibée de sang. Il palpa son cou.

— Il est mort, dit-il d'une voix morose.

— Tu es sûr ? Je lui tire quand même une dernière balle dans le crâne, peut-être ?

— J'étais étudiant en médecine, imbécile, rétorqua Hussein en se levant. Combien de fois as-tu apprécié mes compétences dans ce domaine, depuis que nous nous battons ensemble ? Laissons-le ici et fichons le camp.

Il donna une bourrade à Khazid.

— Dépêche-toi, je te dis. On file à la gare. Il faut retourner tout de suite à Londres.

— Comme tu voudras, mon frère.

Khazid se débarrassa de la toge et de l'écharpe, récupéra son trench-coat et son sac dans le vestibule, puis suivit Hussein. Ils furent bientôt à la gare. Le train partait moins d'un quart d'heure plus tard.

Khazid prit ses aises sur la banquette et poussa un long soupir.

— Et maintenant ?

— Laisse-moi le temps de réfléchir.

Hussein tourna la tête vers la fenêtre. Il se demandait ce qui lui arrivait. Pourquoi avait-il menti à Khazid ? Ce cœur qu'il avait senti battre faiblement... Pourquoi avait-il dit que Hal Stone était mort ? Il n'avait aucune réponse à cette question.

Quant à l'universitaire, c'était maintenant à Allah de décider s'il devait vivre ou mourir.

Ali Hassim avait été très impressionné lorsque Khan lui avait annoncé que Hussein prendrait contact avec lui s'il avait besoin de son aide. Hussein Rashid était un très grand guerrier. Le Marteau de Dieu. Un libérateur désigné par Allah lui-même. Ali se souvenait du choc qu'il avait éprouvé la première fois qu'il avait entendu sa voix à la radio sur une station du Moyen-Orient. Il avait frissonné de plaisir quand, au milieu de son discours en arabe, Hussein avait tout à coup cité en anglais le nom de guerre qu'il s'était donné : Marteau de Dieu ! C'était une glorieuse insulte, un cri de mépris à l'égard de ses ennemis. Et ce nom était maintenant connu par des millions d'Arabes, à travers tout le Moyen-Orient, qui ne connaissaient pourtant pas la langue anglaise.

De fait, quand il s'était demandé à qui parler en

premier de Zion Place, Ali s'était rendu compte qu'il avait trouvé un nouveau maître à servir. Plus important, plus valeureux que le précédent. Mais il fallait tout organiser à la perfection. Il avait donc appelé un autre agent de son réseau : un jeune comptable d'une société financière de la City. Une courte conversation téléphonique avait suffi. Ali n'avait qu'à évoquer la cause de la Confrérie. Le jeune homme avait promis d'arriver dans l'heure.

Ensuite, Ali avait de nouveau convoqué son spécialiste en informatique. Il les attendait tous les deux.

Sam Bolton s'appelait en réalité Selim Bolton. De père anglais et de mère musulmane, il avait été élevé dans la culture britannique jusqu'au moment où il était entré à l'université de Londres pour étudier le commerce et la comptabilité. Son père était alors mort d'un cancer. Conséquence immédiate, sa mère s'était de nouveau tournée vers l'Islam.

Dans la Confrérie, les individus comme Sam étaient très appréciés. Il avait un potentiel considérable : jeune Anglais bien éduqué, propre sur lui, vêtu d'un costume seyant et doté d'un emploi dans une excellente société, il avait ses entrées à peu près partout.

À la boutique, Ali Hassim l'attendait dans l'arrière-salle avec un type qui avait un ordinateur portable ouvert devant lui.

— Écoute notre frère avec attention, ordonna-t-il.

Le spécialiste en informatique lui livra tout ce qu'il

avait découvert au sujet de Zion Place. Bolton, très concentré, demanda ensuite :

— Vous voudriez donc une sorte de carte postale de l'endroit, n'est-ce pas ? Des infos générales, et aussi, par exemple, le sentiment général des gens du village de Zion à l'égard de la propriété ?

— C'est bien cela, répondit Ali. Essayez de découvrir pourquoi cet endroit est si particulier...

— À quoi il sert, vous voulez dire, dit Bolton en se levant. S'il sert à quelque chose, bien sûr. Je pars tout de suite. Je suis déjà passé chez moi. J'ai un petit sac de voyage dans l'Audi.

— Vous acceptez la mission ?

— Bien entendu.

— Vous ne pourriez mieux servir la cause que vous défendez.

— Je vous appelle dès que j'ai du neuf.

L'homme à l'ordinateur quitta la boutique à son tour. Ali hocha la tête avec satisfaction. Il avait pris la bonne décision. Pas de coup de téléphone à Khan. Il avait lancé la machine ; il pouvait se permettre d'attendre que Hussein le contacte.

La femme de ménage de Hal Stone, une veuve qui s'appelait Amy Robinson, ne travaillait en général que le matin. Mais ce jour-là elle avait du linge repassé à déposer au cottage. Elle ouvrit la porte avec sa propre clé et découvrit très vite le professeur dans le jardin. Comme elle avait été autrefois aide-soignante, elle put se rendre compte qu'il vivait encore. Khazid et

Hussein avaient quitté les lieux une heure et demie plus tôt.

Elle se précipita vers le téléphone pour appeler les secours, en précisant que la victime avait été blessée par balles, puis elle trouva une couverture et des coussins afin d'essayer de mettre le professeur plus à l'aise. Agenouillée, elle lui caressait la tête lorsqu'il ouvrit les yeux. Il la regarda d'un air égaré.

— Amy ?

— Ne bougez pas, mon ami. Restez là, bien tranquille. L'ambulance arrive. Qui vous a attaqué ?

— Mon cousin... Le général Ferguson, bafouilla Stone. Mon carnet d'adresses sur le bureau. Son numéro de portable privé. Appelez-le...

— Ne vous énervez pas. Je suis sûre qu'il sera prévenu en temps voulu.

— Vous ne comprenez pas, répliqua Stone en levant une main ensanglantée pour lui agripper le bras. Dites-lui qu'ils sont venus. Tous les deux. Ils sont ici, en Angleterre. C'est l'autre qui m'a tiré dessus.

Il ferma les yeux. Les rouvrit quelques instants plus tard pour ajouter :

— Je n'ai rien dit au sujet de Zion.

Il perdit connaissance. C'est alors qu'une sirène d'ambulance se fit entendre devant la maison.

Amy alla à la porte pour accueillir les brancardiers et les guider jusqu'au jardin. Plusieurs agents de police, arrivés dans deux voitures de patrouille, investirent la maison. Amy Robinson les observait travailler, quelque peu désemparée, lorsqu'un policier en civil, le commissaire Harper, entra à son tour dans le cottage. Il fit rapidement le tour du rez-de-chaussée, puis revint dans le jardin. À ce moment-là, un agent commençait à prendre la déposition d'Amy.

— Quand il est revenu à lui, il a dit quelque chose d'étrange...

Elle leur livra les propos exacts de Stone.

— Le général Ferguson, dites-vous ? s'exclama Harper.

— Oui. C'est le cousin du professeur. Il a un rôle très important dans un ministère, je crois...

— Et comment, si c'est bien l'homme auquel je pense !

— Le professeur a dit que le numéro de portable privé du général était dans son carnet d'adresses sur le bureau.

Harper dénicha le carnet sans perdre une seconde. Ferguson, qui venait d'arriver à Holland Park pour discuter avec Roper, apprit peu après la terrible nouvelle.

Quand le train ne fut plus qu'à vingt minutes de la gare de King's Cross, Hussein appela Ali Hassim à la boutique.

— Nous revenons de Cambridge où nous avons perdu notre temps. Nous venons chez vous immédiatement. Il nous faut un endroit où loger.

— J'attendais votre coup de fil. Je sais où ils ont emmené Caspar Rashid et sa famille.

— D'où tenez-vous l'information ? répliqua Hussein. De Khan, je suppose, qui l'aura probablement obtenue du Courtier.

— Non. Ni Khan ni le Courtier ne sont au courant. C'est à cause de l'épouse Rashid, la chirurgienne. Elle nous a aidés sans le vouloir. Elle se faisait du souci pour une enfant qu'elle a opérée. Elle a téléphoné au médecin qui la remplace à l'hôpital. Une jeune infirmière musulmane qui fait partie de notre réseau était à côté de lui à ce moment-là. Elle a tout entendu.

— C'est extraordinaire ! Sont-ils encore en Angleterre ?

— Dans le West Sussex. La famille est installée dans une propriété qui s'appelle Zion Place. Je pourrai vous la montrer sur l'ordinateur quand vous serez ici, et j'ai déjà envoyé un de nos hommes de confiance sur place pour se renseigner. Tâter le terrain, en quelque sorte. Je lui ai fait comprendre que nous attendions son rapport de toute urgence.

— J'ai du mal à croire que Ferguson autorise les Rashid à passer des coups de fil...

— Elle a probablement ignoré les consignes de sécurité.

— Et elle va le regretter. Je préférerais que l'ennemi ne sache pas que nous sommes ici. Je préférerais même que personne ne soit au courant. Si vous parlez à Khan de votre découverte concernant Zion Place, il informera le Courtier.

— Vous n'avez pas confiance en lui ?

— Il a son utilité, mais... il est mêlé à trop de choses. Attention : le Courtier représente Oussama Ben Laden dans de nombreuses affaires, et ne prenez pas ma méfiance comme une critique envers Oussama, qui est le protégé d'Allah. Mais le Courtier oublie parfois la place qui est la sienne. Il faudrait qu'il réapprenne qu'il sert un homme et une cause plus importants que sa propre personne.

— Est-ce aussi le cas du professeur Khan ?

— Certains individus, je vous dis, ont du mal à rester modestes. Leurs actions leur donnent une trop bonne image d'eux-mêmes.

— Khan n'entendra pas parler de Zion par ma bouche, affirma Ali. J'ai hâte de vous recevoir chez moi.

— Nous arrivons dans un moment.

Il coupa la communication et rangea son téléphone.

— Que se passe-t-il ? demanda Khazid.

— Mon frère, Allah est avec nous. Ali Hassim a découvert où les Rashid ont été emmenés.

Il lui rapporta sa conversation avec Hassim en omettant quelques détails.

— C'est parfait, dit Khazid. Et puisque le professeur est mort, aucun membre de l'organisation de Ferguson ne sait que nous sommes ici.

— C'est juste, acquiesça Hussein.

Son visage s'assombrit ; il se remémorait l'instant où il avait senti le pouls très faible du professeur Stone sous ses doigts. Il prit une profonde inspiration avant d'ajouter :

— Maintenant, il ne peut rien nous arriver de mal.

Quelques minutes plus tard le train entra en gare de King's Cross.

À Holland Park, Ferguson était de nouveau au téléphone avec Harper.

— Commissaire, j'invoque la loi antiterroriste pour faire le secret absolu sur cette affaire. En tout cas pour le moment. Des individus très dangereux sont concernés.

— S'agit-il de terroristes, monsieur ?

— Je vous dirai simplement que j'ai un mandat particulier de Downing Street pour couvrir cet incident. J'ai aussi adressé une requête à votre supérieur pour que vous soyez mon agent de liaison exclusif durant toute la durée de l'enquête.

Le commissaire Harper, flatté, répondit avec enthousiasme :

— Très honoré, général. Je suis heureux de servir sous vos ordres.

— J'ai emprunté un hélicoptère à la police de Londres. Il vient me chercher tout de suite. Il va se poser sur le terrain de football d'une école qui est tout près d'ici.

— Général Ferguson... D'après le chirurgien, la vie du professeur Stone ne tient qu'à un fil. Les radios ont révélé deux balles. Une dans l'épaule gauche, qui semble avoir pulvérisé une bonne partie de la clavicule. Elle a aussi touché une artère importante, ce qui inquiète beaucoup le médecin.

— Et l'autre balle ?

— En bas du dos. Elle a fait de gros dégâts dans la ceinture pelvienne. Je vous livre juste le résultat des radios. Je suppose que l'intervention chirurgicale montrera d'autres problèmes.

— Merci. Je serai bientôt à Cambridge.

Roper prit la parole dès que Ferguson raccrocha :

— Quel enfoiré, ce Hussein !

Dillon et Billy hochèrent la tête d'un air sombre.

— Qu'a-t-il dit à la femme de ménage, déjà ? demanda Billy.

— Il a dit de me prévenir qu'ils étaient ici tous les deux, en Angleterre. Et il a dit : « C'est l'autre qui m'a tiré dessus. Je n'ai rien dit au sujet de Zion. »

— C'est Hussein et Khazid, pas de doute, dit Dillon. C'est forcément eux.

— Et l'« autre », comme a dit Hal, ajouta Billy avec colère, le salopard qui lui a tiré dans le dos, c'est Khazid !

— Cela paraît évident, convint Ferguson.

Ils entendirent le bourdonnement de l'hélicoptère qui passait au-dessus de leurs têtes pour se poser sur le terrain de football voisin de Holland Park.

— Sean... Hal est mon plus proche parent. Le dernier qui me reste, à vrai dire. Voulez-vous m'accompagner ?

C'était un service qui ne pouvait se refuser.

— Bien sûr.

— Bonne chance, dit Roper quand ils quittèrent la pièce.

Le bruit de l'hélicoptère se fit entendre pendant une petite dizaine de minutes. Puis l'appareil décolla et s'éloigna rapidement. Roper saisit la bouteille de scotch.

— Arrêtez ça, protesta Billy. Dans un moment

pareil, un homme ne doit pas boire seul. Il lui faut ses amis. Allons au Dark Man.

— C'est la meilleure idée que vous ayez eue depuis longtemps, jeune Billy, dit Roper.

Il fit démarrer son fauteuil roulant électronique. Billy le suivit dans le couloir.

Sur la route de Zion, Sam Bolton était passé à Guildford, où il avait fait halte dans une boutique de surplus de matériel militaire pour se procurer un anorak, un pull, un pantalon et un chapeau imperméables, ainsi que des bottes en caoutchouc et un grand fourre-tout en toile. Ensuite, il avait trouvé des jumelles correctes dans une boutique de matériel photo, avant d'entrer dans un hôtel pour s'enfermer dans une cabine des toilettes pour hommes.

Après avoir mis tous les vêtements qu'il avait achetés, il avait rangé son élégant costume, sa cravate et ses souliers dans le sac. Il n'avait pas oublié de passer la sangle des jumelles autour de son cou.

— Rien de tel que d'avoir l'uniforme adapté à son rôle, murmura-t-il en se regardant dans le miroir des lavabos. En route ! Mais qu'est-ce que tu connais à la volaille, toi – à part celle que tu peux attirer dans ton lit ?

Il regagna l'Audi, prit le volant et chercha une librairie. Quelques minutes plus tard, il était muni d'un gros livre illustré sur les oiseaux des côtes d'Angleterre. Idéal d'avoir ça sous le bras pour prouver son identité aux curieux. Satisfait, il repartit le long de la côte en direction de Zion.

Il y parvint en milieu d'après-midi. Après avoir baissé la capote de l'Audi, il roula au pas et découvrit un village anglais typique. Il y avait un pub baptisé le Ploughman, un autre un peu plus bas dans la rue qui s'appelait le Zion Arms, quelques cottages, une église. Il se gara et entra dans le Zion Arms : un pub de province classique, avec un plafond à poutres apparentes, une cheminée dans laquelle brûlait un bon feu, un long comptoir en acajou et, contre le miroir du fond, des étagères remplies de bouteilles et de verres. La tenancière qui était au comptoir, une grosse dame d'une soixantaine d'années aux joues couperosées, vêtue d'une robe à fleurs, semblait presque trop parfaite pour être vraie. Dans la salle il n'y avait pas grand monde : une tablée de trois personnes, un couple de jeunes gens qui parlaient à voix basse, et un homme d'âge vénérable assis près de la cheminée sur un banc de bois, une pinte de bière presque vide devant lui.

Sam Bolton s'approcha du bar. Quand il était en mission pour la Confrérie, il n'utilisait presque jamais son véritable prénom, Selim, mais il ne prenait pas pour autant de pseudonyme. Il lui suffisait d'être lui-même : diplômé de l'université de Londres, cadre moyen dans une banque de la City, jeune Britannique respectable qui n'avait jamais commis le moindre forfait et qui ne pouvait intriguer personne, pas même la police. L'image était parfaite. Il avait même des cartes de visite au nom de Sam Bolton.

À l'entrée du village, il s'était rangé sur une petite

aire de stationnement pour lire rapidement le chapitre concernant la région de Zion dans son livre sur les oiseaux. Il avait très bonne mémoire. Désormais, il savait notamment que les marais de Zion dépendaient du National Trust, et que la propriété qui l'intéressait était citée comme inaccessible au public.

— Ah, vous venez pour les oiseaux, dit la tenancière quand il posa le livre sur le comptoir. Beaucoup de gens passent par chez nous pour cette raison.

Sam avait préparé un petit discours.

— Je travaille à Londres dans la finance. Vous savez ce que c'est. Il y a des jours où on se sent piégé au bureau. On a envie d'échapper à tout pendant un petit moment. J'ai rendu visite à des amis qui habitent un peu plus loin sur la côte. À Aldwick Bay, de l'autre côté de Bognor Regis. Là-bas, il y a de bien jolies plages de galets. Je rentre à Londres, je veux prendre mon temps, et j'avais remarqué dans ce bouquin que les marais de Zion étaient assez particuliers.

— C'est l'avis de beaucoup de gens. Je vous sers quelque chose ?

— Une pinte de blonde, je vous prie.

Le vieil homme assis près du feu vida son verre et déclara :

— J'ai eu quatre-vingt-sept ans le mois dernier et j'ai vécu ici chaque jour de ma vie. Je travaillais à la ferme. Quand j'étais gamin, les oiseaux, c'étaient des oiseaux, voilà tout, un truc de la nature qui allait de soi. Maintenant nous avons des ornithologues, comme vous, qui prennent ça très au sérieux et qui débarquent chez nous pour observer les volatiles. L'année dernière, c'est tout un autocar qui s'est pointé pour voir des vanneaux dans les marais. Paraît que c'est un oiseau spécial. Dieu seul sait pourquoi !

— Je vois ce que vous voulez dire. Moi, je ne prends pas ça très au sérieux. Je travaille dur, la plupart du temps enfermé dans mon bureau. Parfois, j'ai besoin de sortir prendre l'air. Mais il me faut une raison. C'est pour ça que j'ai commencé à observer les oiseaux. Je vous offre un verre ? Je vois que vous êtes à sec.

— Une pinte ne me ferait sans doute pas grand mal. C'est d'accord, Annie ?

— Honte à toi, Seth Harker, dit la tenancière en souriant. Tu n'es qu'un vieux pique-assiette.

Elle servit une deuxième pinte, Bolton la paya et saisit les verres. Il s'assit en face du vieux.

— Et les amateurs d'oiseaux, vous posent-ils des problèmes ?

— C'est au National Trust qu'il faudrait poser la question. Mais... Bah non ! Je dirais qu'ils sont inoffensifs. Et leur présence ici, c'est bon pour les affaires. De nos jours, les touristes sont les bienvenus. Ça fait des emplois pour des tas de gens. Il y a le terrain de camping, les bed & breakfast. Tout ça, quoi...

— Et tout ça à cause des oiseaux ? relança Selim d'un air très intéressé.

Harker gloussa.

— Eh oui ! Marrant, hein, quand y on pense...

— En arrivant ici, je suis passé devant une bien belle propriété. Dans mon livre on dit que c'est un endroit fermé au public. Zion Place, c'est ça ?

— Interdiction d'entrer ! La propriété appartient au gouvernement. Depuis toujours. Pendant la guerre, je n'ai pas été autorisé à m'engager dans l'armée. J'étais fermier, vous comprenez, je devais rester aux champs. Alors je suis resté ici. Fallait nourrir le pays, précisa le vieil homme, et il secoua la tête pour ajouter un ton plus bas : Croyez-moi, il s'en passait des choses à Zion Place ! Pendant la guerre, des avions se posaient presque chaque nuit sur la piste. Tout ça, c'était très secret...

— Ah oui ?

Seth Harker hocha la tête.

— Aujourd'hui, c'est toujours le ministère de la Défense qui tient la maison. Et c'est toujours aussi secret ! Sécurité maximale, gardes en uniforme et tout le tralala.

— Des emplois pour le village ?

— Nan. Les agents viennent tous de l'extérieur. La gouvernante, Mme Tetley, vit sur place. Elle a trois jeunes femmes pour l'aider au service. Kitty, Ida et Vera. Elles s'occupent des visiteurs qui logent à la maison. Bien gentilles, mais elles ne sont pas d'ici. Et tout ce petit monde reste entre soi.

— Des visiteurs ? répéta Sam. Vous voulez dire que cette maison est une sorte d'hôtel ?

— Ouais, si vous voulez. Un hôtel dont les clients ne montrent jamais le bout de leur nez. Et ne visitent même pas le village.

— D'accord, mais vous les voyez bien arriver. Et ils viennent tout de même boire un coup ici, non ?

Le pub s'était vidé de ses clients. Annie était passée

dans l'arrière-salle. Seth Harker, qui semblait maintenant presque saoul, répondit en élevant la voix :

— Le truc, c'est qu'ils arrivent toujours en avion ! Il y a une piste bétonnée à côté de la maison. C'était déjà comme ça pendant la guerre.

Son verre était vide. Il lorgna celui de Bolton.

— Vous ne buvez pas.

— Hmm... Je dois penser à la conduite. Je rentre à Londres ce soir. Vous savez comment sont les flics, aujourd'hui.

— Dommage de la perdre.

Bolton poussa le verre vers le vieil homme, qui le saisit avec avidité et but une longue gorgée de bière.

— Moi, j'ai un cottage sur une petite butte qui domine la propriété. Fern End, ça s'appelle. De là-haut, je vois bien la piste. Ça fait des décennies que je prends mes jumelles pour regarder les avions arriver à Zion Place et en repartir. Ce matin, par exemple, un petit appareil s'est posé vers onze heures et demie. Il a déposé deux femmes, trois hommes et une adolescente. Ils ont été accueillis par le capitaine Bosey, le chef de la sécurité de la propriété. Il les a conduits à la maison.

Harker se tapota le nez avec l'index, un sourire malicieux sur les lèvres.

— Y a pas grand-chose qui m'échappe, voyez ! Bon, maintenant, j'ai besoin d'aller au petit coin.

Il agrippa le bras de Sam Bolton pour se mettre debout, puis s'éloigna d'un pas étonnamment sûr. Annie reparut au bout du comptoir.

— Il ne vous ennuie pas, j'espère ?

— Pensez-vous ! C'est un sacré personnage. Est-il capable de rentrer chez lui ? Il m'a parlé de son cottage...

— Pas de souci. Il se débrouillera. Et s'il a besoin de piquer un somme, il sait qu'il peut s'allonger derrière. Quand il fait ça, il y a toujours quelqu'un pour le ramener chez lui. Je vous sers autre chose ?

— Non, ça va. Je pense que je vais bientôt rentrer.

— Si vous décidiez de rester, nous avons quatre chambres pour la nuit. Et puis j'ai aussi des caravanes sur le terrain de camping.

Elle repartit dans l'arrière-salle. Seth Harker revint des toilettes.

— Alors vous partez déjà ? demanda-t-il en se rasseyant.

— Il le faut bien.

Harker, passablement ivre, brandit un doigt au visage de Bolton.

— De quoi parlions-nous ? La sécurité ! Ouais ! En réalité tout ça c'est des conneries. Il y a toujours un moyen de tromper la sécurité. Prenez Zion Place. Les murs, les fils électrifiés, les caméras. Tout ça pour quoi... puisque vous pouvez passer par-dessous ? !

— Par-dessous ? Pour l'amour du ciel, de quoi parlez-vous ?

— En 1943, pendant la guerre, la piste d'atterrissage était gazonnée. Comme je vous disais, il y avait des avions qui atterrissaient et décollaient toutes les nuits, ou presque. Pour la Résistance française. Mais de temps en temps, la pluie ou les inondations des marais la rendaient impraticable. Alors ils ont creusé un tunnel qui démarrait dans les bois, tout à côté de la piste, et qui passait sous le mur d'enceinte pour aller jusqu'à l'intérieur du jardin.

— Un tunnel ? Pourquoi ?

— Ils avaient conçu tout un réseau de petites canalisations en argile qui devaient drainer l'eau jusque dans le tunnel. Et le tunnel devait évacuer tout ça jusqu'aux égouts de la maison, sous les jardins.

— Qui vous a raconté cette histoire ?

— Des gars de la RAF qui étaient en poste à Zion Place à l'époque. Y avait aussi des types du corps des Royal Engineers. Oh, ils étaient discrets, vous pouvez me croire ! Et puis un capitaine de la RAF qui faisait une tournée d'inspection a décrété que l'idée était minable, et il a donné l'ordre de simplement bétonner la piste pour que les avions puissent se poser et décoller même s'il y avait de la flotte.

— Et le tunnel ?

— Ils ont arrêté les travaux et bouché l'entrée du tunnel dans les bois avec une grande plaque d'égout qu'ils ont recouverte de gazon. L'emplacement est au milieu des arbres. Juste à côté, il y a une sorte de vieux pilier en granite avec des inscriptions illisibles.

— Vous avez vu ça de vos propres yeux ?

Harker sourit.

— Pas ce matin, jeune homme. J'y suis allé il y a plus de cinquante ans, un peu après la guerre. Le pilier et la plaque étaient bien là. Dessous, il y avait des échelons en métal pour descendre dans le tunnel. Il y avait aussi un peu d'eau au fond, je me souviens. Fallait patauger. Dieu seul sait ce que c'est devenu, aujourd'hui...

— Et du côté du jardin ?

— Il y avait une autre plaque en fonte, que je n'ai pas réussi à faire bouger. Je ne sais pas de quoi ils l'ont recouverte. Je ne suis jamais redescendu, mais j'ai toujours trouvé ça assez drôle, depuis tout ce temps, avec toutes les améliorations qu'ils ont apportées à la sécurité de la propriété, que personne n'ait pensé à condamner ce tunnel.

— Comment savez-vous qu'il n'a pas été condamné ?

— Faites-moi confiance. Je le sais ! Depuis la guerre, personne n'y a plus pensé. À l'époque, voyez, y avait écrit « top secret » partout. Mais après, plus tard, qui diable allait se soucier de ce fichu tunnel ? Et qui s'en soucierait aujourd'hui ? Le projet de ces canalisations doit avoir disparu depuis belle lurette des dossiers de la RAF.

— Oui. C'est bien possible.

Bolton se leva et tendit la main au vieil homme.

— Vous êtes un monsieur fascinant, Seth.

— Et vous, fiston, ce serait quoi votre nom ?

— Bolton. Sam Bolton.

Un sourire entendu plissa les lèvres de Harker.

— J'espère que vous avez trouvé ce que vous étiez venu chercher.

— Je vous ai rencontré, n'est-ce pas ? répondit Bolton du tac au tac.

Il sortit. Annie reparut avec un plateau de verres qu'elle posa sur le comptoir.

— Il est parti ? demanda-t-elle. Dommage. C'était un charmant jeune homme.

— Et il savait tendre l'oreille, renchérit Seth. Moi, en tout cas, je vais reprendre une pinte.

Bolton suivit la route qui longeait Zion Place. Il passa devant le portail électronique de l'entrée principale. L'agent en uniforme était là, devant sa guérite, la cigarette au bec. Il continua sur sa lancée jusqu'à ce qu'il arrive devant un grand panneau qui annonçait : MARAIS DE ZION – ZONE PROTÉGÉE D'OISEAUX SAUVAGES – National Trust. Derrière il y avait un parking. À cet endroit, les bois bordaient le mur d'enceinte de la propriété en s'étendant en direction des marais et de la piste d'aviation.

La journée était maussade, l'après-midi déjà bien avancé, le parking était désert. Et la pluie recommençait tout à coup à tomber. Les conditions étaient idéales pour explorer discrètement le coin. Selim Bolton se dépêcha de relever la capote de l'Audi, gara la voiture et prit le levier du cric dans le coffre.

La pluie gagna en force au moment où il s'immobilisait à la lisière des bois pour observer la piste bétonnée. De l'endroit où il se tenait, il voyait aussi le jardin et la maison par-dessus le mur d'enceinte. Il prit les jumelles et observa quelques instants la terrasse de derrière. Puis il s'enfonça entre les arbres vers l'emplacement désigné par le vieil homme. Bientôt il trouva la pierre en granite aux inscriptions illisibles, légèrement penchée de côté comme un menhir fatigué.

Tout autour de la pierre, l'herbe était drue. Bolton se pencha en avant et commença à sonder le terrain avec le levier du cric, en reculant à petits pas et en tapant devant lui, puis à droite, puis à gauche, méthodiquement, pour être sûr de bien examiner l'ensemble de la zone. La pluie tombait de plus en plus fort, mais il l'ignorait. Il était au sec dans ses vêtements imperméables. Tout à coup, un bruit métallique se fit entendre sous le levier.

Il s'agenouilla sur le sol détrempé et, tenant le levier à deux mains, l'enfonça dans l'herbe et s'en servit comme d'une pelle jusqu'à ce qu'il réussisse à soulever une large motte de terre. Il creusa alors à mains nues et découvrit bientôt un morceau de plaque de fonte. Il dégagea rapidement la terre, trouva le bord de la plaque et glissa le levier dessous dans l'espoir de la soulever. C'était impossible. Il fallait de bons outils pour réaliser une telle opération. Mais maintenant ce n'était plus son problème. Il regarda autour de lui. Un épais buisson et d'imposantes mauvaises herbes bordaient la plaque, et les arbres étaient tout proches. Personne ne risquait de tomber sur cet endroit dans un proche avenir.

Il retourna vers la voiture à grands pas, exalté par ses découvertes, stupéfié par la chance extraordinaire qui lui avait valu sa rencontre avec Seth Harker. Dès qu'il fut assis dans l'Audi, il appela Ali Hassim sur son portable.

Ali, qui était avec Hussein et Khazid dans l'arrière-salle de sa boutique, répondit immédiatement.

— Où êtes-vous ?

— À Zion, bien sûr. Je rentre. Je serai chez vous d'ici trois heures.

— Pourquoi ne restez-vous pas là-bas cette nuit ?

— Parce que j'ai rempli ma mission. Zion Place est une planque du ministère de la Défense. Sécurité maximale. Les gens qui logent ici arrivent par avion. Il y a une piste d'atterrissage privée. Un avion s'est posé ce matin à onze heures et demie. Deux femmes, une adolescente et trois hommes en sont descendus. J'ignore de qui il s'agit, mais j'ai l'impression que vous, vous le savez.

— C'est incroyable, dit Ali.

— Ce qui est encore plus incroyable, c'est qu'en dépit des systèmes de sécurité très sophistiqués de la propriété, j'ai trouvé le moyen d'y entrer.

— En ce cas, Allah est avec nous !

— Je pensais bien que vous diriez ça, répondit Bolton, et il s'élança sur la route.

Dans la boutique, Ali se tourna vers Hussein et Khazid pour leur rapporter ce qu'il venait d'entendre.

15

Au Dark Man, Harry et Billy étaient assis dans leur box habituel, Roper était à côté dans son fauteuil roulant, et Joe Baxter et Sam Hall parlaient à voix basse adossés au mur. Le sergent Doyle, qui avait amené Roper, était assis dans le monospace devant le pub, un bouquin entre les mains comme bien souvent.

Les hommes étaient troublés. Harry avala une large rasade de scotch, puis apostropha Ruby qui se tenait derrière le bar avec Mary O'Toole :

— Un autre, mon cœur ! Pour moi et le commandant.

— Tout de suite, Harry.

Ruby servit les verres et s'adressa à Mary :

— Je l'ai rarement vu dans un tel état. Une telle rage, c'est insensé. Il me fait presque peur.

— Connaissait-il bien le professeur Stone ?

— Je crois. D'après Billy, ils avaient déjà travaillé ensemble à Hazar. Une mission difficile...

— Ruby, qu'est-ce que t'attends ? grommela Harry.

Mary prit le plateau.

— Je m'en occupe.

Harry saisit son verre en silence, le regard dans le vide. Ferguson venait de téléphoner à Billy pour lui annoncer que le chirurgien de l'hôpital de Cambridge, un certain professeur Vaughan, était très inquiet pour Hal Stone. Il jugeait préférable d'attendre pour commencer l'intervention.

Billy secoua la tête. Une grimace haineuse tordait sa bouche.

— Je me demande où sont ces enculés.

Roper avala son scotch d'un trait.

— Malheureusement, ils sont les seuls à le savoir.

— Ouais ! s'exclama Harry qui sembla tout à coup revenir à la réalité. Mais ils doivent bien avoir des projets. Un plan quelconque. Je veux dire, ce Hussein est un petit malin. Il ne ferait rien sans se couvrir.

— Vous avez raison, dit Roper. Il n'aurait pas osé venir en Angleterre s'il n'était certain d'avoir le soutien inconditionnel de certaines organisations extrémistes.

— Et nous les connaissons, ces organisations. Ces fanatiques qui prêchent la terreur partout où ils peuvent, à la télévision comme dans les rues de Londres, et qui ne sont jamais inquiétés, constata Harry.

— Ouais, fit Billy. Mais tu comprends, faut surtout pas bafouer leurs droits civiques. Nous savons ce qu'ils sont, mais nous n'y pouvons rien du tout.

— Moi, j'y peux peut-être quelque chose, putain ! cria Harry, et il regarda Roper pour ajouter d'une voix plus calme : Ce type qui a un nom bizarre... Le professeur Dreq Khan. Le type de l'Armée de Dieu.

— Il est intouchable. Très protégé.

— Et c'est une putain de honte pour nous tous, protesta Harry avec colère. Pourquoi il ne s'est pas fait dégommer, cet enfoiré ?

— Il travaille pour les Nations unies, donc il a l'immunité diplomatique. Nous savons qu'il est coupable jusqu'au trognon, mais impossible de le prouver devant les tribunaux. Même si Ferguson bâtissait un dossier contre Khan, ses avocats hausseraient les épaules. Comme il bosse pour les Nations unies, de toute façon, il serait probablement autorisé à quitter le pays.

— Ça ne me plaît pas du tout. Et je crois que j'ai envie de discuter avec ce monsieur. Je présume que vous avez son adresse ?

— L'Armée de Dieu est une organisation parfaitement légale, dit Roper. Elle est dans l'annuaire.

— J'avais en tête quelque chose d'un peu plus personnel.

Roper sourit.

— Je devrais répondre : « Êtes-vous sûr de vouloir faire cela ? » Mais vous savez quoi, Harry ? Khan est un homme très nuisible. Comme vous, j'en ai marre.

Il appela Holland Park. Quand il fut en communication vocale directe avec son serveur informatique, il prononça le nom de Khan et sa requête. Une voix robotisée lui apporta la réponse un instant plus tard.

— Huntley Street Mansions, répéta-t-il.

Harry se mit debout. Billy leva la main pour l'arrêter.

— C'est à moi de jouer. Je m'en occupe avec Joe et Sam.

— Tu dois penser à toi, Billy. À ta carrière.

— Tu veux dire... en tant que membre des services de renseignements de Sa Majesté ? Je n'en ai rien à foutre. Moi aussi, comme vous deux, j'en ai ma claque de ces mecs-là, dit-il, puis il regarda Baxter et Hall : Vous êtes partants, les gars ?

— Et comment ! répondit Baxter.

— OK, fit Harry. Je vous attends sur le *Lynda Jones*. Vous, commandant Roper, je crois que vous avez du travail à Holland Park.

— Vous voulez dire que je ne suis pas de taille à assister à la scène ?

— Je ne veux pas que vous soyez impliqué.

— Il a raison, dit Billy en se levant. Allons-y, les gars.

Baxter et Hall le suivirent jusqu'à l'Alfa Romeo qui était garée à côté du monospace.

— Le commandant Roper arrive, lança Billy à Doyle, toujours plongé dans son livre.

Il s'assit au volant de l'Alfa. Quelques secondes plus tard, ils avaient quitté le parking.

Roper sortit du pub, suivi de Harry. Doyle appuya sur un bouton, le hayon arrière du monospace s'ouvrit et la plate-forme s'abaissa. Harry posa une main sur l'épaule de Roper.

— Je vous tiens au courant.

— Évitez de le tuer. Les morts à n'en plus finir, ça aussi j'en ai marre. J'ai eu une putain de vie, Harry. Trop difficile.

— Je sais, vieux frère. J'essaierai de vous donner satisfaction.

Roper avança son fauteuil sur la plate-forme qui se souleva et se rétracta à l'intérieur du véhicule. Doyle ferma le hayon, puis s'assit au volant pour démarrer.

Ruby apparut sur le seuil du pub.

— Tout va bien, Harry ?

— Je vais sur le *Lynda*, ma belle. J'ai quelques affaires à régler. Des coups de téléphone. Je ne veux pas être dérangé. D'accord ?

— Comme tu voudras.

Elle retourna dans le pub. Harry Salter marcha lentement le long du quai.

Khan travaillait dans son bureau, lorsque la sonnerie de l'interphone retentit. Billy avait réfléchi pendant le trajet à la meilleure façon de procéder. Khan était évidemment impliqué dans l'affaire en cours, ce qui signifiait qu'il devait avoir vu des photos de Dillon, de Harry et de lui. Ce fut donc Baxter qui brandit la carte professionnelle de Billy quand ils sonnèrent à la porte.

Khan le fixa sur l'écran de l'interphone.

— Oui ?

— Professeur Khan ? Je suis le sergent Jones, du commissariat de Paddington Green. C'est au sujet d'une jeune femme de confession musulmane qui a subi une agression. Une voiture de patrouille nous l'a amenée. Elle ne parle pas très bien l'anglais. Elle a cité votre nom. Nous aurions besoin de votre aide.

— Je ne demande pas mieux que de prêter main-forte à la police.

Khan appuya sur un bouton et se tourna vers la porte – qui s'ouvrit tout à coup à la volée. Baxter se jeta en avant et lui décocha un coup de poing à l'estomac. Billy et Hall firent irruption dans le couloir. Ils décrochèrent un imperméable du portemanteau, le firent enfiler à Khan *manu militari* et lui fichèrent un chapeau mou de couleur foncée sur la tête.

Baxter et Hall l'encadrèrent pour marcher jusqu'à l'Alfa, où ils l'assirent entre eux sur la banquette arrière. Billy reprit le volant.

Harry était assis sous l'auvent arrière du *Lynda Jones*, un verre de scotch à la main. Les lampes du pont chassaient les ténèbres du crépuscule. Baxter et Hall firent avancer Khan jusqu'à lui. Billy s'adossa au bastingage.

Khan avait réussi à se ressaisir pendant le trajet en voiture. À présent, il reconnaissait Salter et il avait de nouveau la frousse. Mais il fit le bravache :

— Que voulez-vous ?

— Je m'appelle Harry Salter. Vous êtes le professeur Dreq Khan. Je vais vous poser quelques questions. Si vous ne me répondez pas, je vous tuerai et nous vous jetterons dans le fleuve.

Ces paroles terrifièrent si bien Khan qu'il faillit se mettre à vomir.

— Que voulez-vous savoir ?

— Hussein Rashid et son copain Khazid. Nous savons qu'ils étaient en route pour l'Angleterre. Je veux que vous me confirmiez qu'ils sont ici.

— C'est... c'est absurde !

— Ne vous foutez pas de ma gueule. Un très bon ami à moi, le professeur Hal Stone, qui vient de rentrer de Hazar après avoir aidé Sean Dillon et mon neveu Billy ici présent à ramener la petite Sara Rashid chez elle, a été blessé par balles, cet après-midi, dans le jardin de sa maison de Cambridge. Et laissé pour mort. Nous pensons que les agresseurs étaient Hussein et Khazid. À votre avis ?

— J'ignore de quoi vous parlez, répondit Khan, désespéré.

— Nous perdons notre temps. Billy, essaie avec le treuil.

Baxter et Hall débarrassèrent Khan de son pardessus et de sa veste, puis l'obligèrent à s'asseoir par terre. Billy attrapa la corde suspendue au treuil mobile pour la lui attacher autour des chevilles. Baxter et Hall tirèrent ensemble sur la corde pour hisser Khan par les pieds au-dessus du pont.

— La question est simple, dit Billy, accroupi devant Khan dont le sang descendait déjà au visage. Sont-ils en Angleterre, et avez-vous de leurs nouvelles ?

Ils firent pivoter le treuil au-dessus de la Tamise et laissèrent glisser la corde. Khan tomba vers l'eau en poussant un hurlement de terreur. Comme il n'avait pas les mains liées, il agita furieusement les bras pendant quelques secondes. Enfin, quand il cessa de se débattre, Harry hocha la tête. Baxter et Hall le hissèrent.

Khan s'effondra sur le pont du bateau, toussant, bavant, crachant – brisé.

— Je ne plaisante pas, dit Harry. Si nous sommes obligés de vous remettre à la flotte, nous laissons le fleuve vous emporter.

— Non ! De grâce !

Khan se redressa péniblement en position assise, le souffle court, et s'adossa contre le bastingage.

— Ils sont en Angleterre. Oui, c'est vrai. Je n'y suis pour rien. Tout a été organisé par le Courtier, l'homme d'Oussama. Ne me demandez pas son numéro de téléphone. Le Courtier ne vous contacte que lorsqu'il le veut. C'est impossible de l'appeler. Hussein et Khazid sont arrivés par bateau, de nuit, à travers la Manche. Leur coup de téléphone m'a pris totalement au dépourvu. Hussein m'a dit qu'ils étaient dans un cottage qui s'appelle Folly Way, à Peel Strand dans le Dorset. Il ne m'a pas donné le nom de la personne qui l'hébergeait. Je le jure. Il a juste dit que c'était un homme du Courtier.

— Continuez.

— L'Armée de Dieu a un bon réseau d'espions. Des gens normaux, britanniques, qui exercent toutes sortes de métiers. Me croyez-vous ? C'est la vérité. J'ai fait surveiller Caspar Rashid et sa famille par un de mes hommes. Il m'a signalé qu'ils avaient quitté la maison de Gulf Road. Il les a suivis jusqu'à Farley Field, où ils se sont envolés pour une destination inconnue. J'en ai parlé à Hussein...

— Comment a-t-il pris la nouvelle ?

— Il était très mécontent. Il a dit que nous devions

absolument découvrir où la famille Rashid avait été emmenée. Je lui ai dit que c'était impossible.

— Continuez.

— Il a dit que le Courtier lui avait parlé du professeur Stone, le cousin de Ferguson, qui avait participé à l'opération de Hazar. Il a dit qu'il voulait lui rendre visite à Cambridge.

Le silence tomba sur le petit groupe. Harry réfléchissait.

— Menteur, marmonna finalement Billy.

Harry secoua la tête.

— Il est sans doute vrai que Hussein ignore où sont partis les Rashid. Sinon, pourquoi se serait-il donné la peine d'aller à Cambridge ? C'est logique. Il a pensé que Hal Stone saurait quelque chose.

Il tourna les talons, entra dans la cabine principale et se servit un scotch. Billy le suivit ; il referma la porte sur lui.

— Tu crois vraiment cet enfoiré ?

— Tu te souviens de ce qu'a dit Hal. Qu'ils étaient ici, tous les deux. Et c'est « l'autre » qui lui a tiré dessus. Mais il n'a pas craché le morceau au sujet de Zion Place.

— C'est juste. Ferguson a dit qu'il avait parlé de Zion à Hal.

— Ils sont allés chez lui parce qu'ils ignoraient où étaient passés les Rashid. Ils doivent lui avoir dit qu'ils voulaient cette information. Et comme Hal a précisé qu'il n'avait pas parlé de Zion, ils n'ont toujours aucune idée de l'endroit où sont les Rashid.

— Ensuite il a probablement essayé de s'enfuir. Et

c'est là qu'il a pris deux balles dans le dos, dit Billy. Bon... Et ce connard qui est dehors ? On le bute ?

Harry ouvrit la porte et s'avança sur le pont. Baxter et Hall avaient assis Khan sur une chaise. Le grand professeur, ami du terrorisme international, avait l'air totalement désespéré.

— À votre avis, où se trouve Hussein en ce moment ?

— Je l'ignore, dit Khan d'un ton las. Il est fou. Sa photo est dans tous les journaux du pays. Jamais il n'aurait dû venir jusqu'ici. C'est absurde.

— Ouais. C'est sans doute le truc le plus étrange de toute cette affaire, dit Billy. Il aurait dû être arrêté depuis longtemps.

Khan, songeant à sa conversation téléphonique avec Hussein, leur livra soudain une information assez étonnante :

— Quand il m'a appelé de Peel Strand et qu'il a évoqué son voyage à Cambridge, je lui ai fait remarquer qu'il serait obligé de changer de train à Londres. Je lui ai demandé s'il ne prenait pas un risque énorme, dans la mesure où son visage était dans tous les journaux.

— Et ? dit Harry.

— Il m'a affirmé que le problème était réglé, et que personne ne le reconnaîtrait. Il a même dit : « Je ne me reconnais pas moi-même. » Voilà.

— C'est des conneries, répliqua Billy. Il n'a pas eu le temps d'avoir une opération de chirurgie plastique.

— Hmm..., fit Harry, perplexe. Il n'a pas été arrêté.

Donc il a sûrement réussi à changer de tête, d'une façon ou d'une autre.

Il regarda quelques instants Khan droit dans les yeux, avant d'ajouter :

— Professeur Khan, mes hommes vont maintenant vous ramener chez vous. Vous rassemblerez rapidement quelques vêtements, de l'argent, des cartes de crédit, votre passeport et tout ce que vous jugerez utile d'emporter. Ils vous escorteront ensuite jusqu'à Heathrow et ils s'assureront que vous embarquez dans le premier avion en partance.

Khan le considéra d'un air stupéfait. Presque stupide.

— Vous... vous voulez dire que vous n'allez pas me tuer ?

— Pas maintenant. Mais si vous remettez les pieds en Angleterre, je le saurai. Et vous serez mort dans la semaine. Allez-y, les gars.

Baxter prit la veste et l'imperméable du professeur. Hall le fit descendre sur le quai. Khan, hébété, se laissa faire. Jamais il n'avait éprouvé un tel soulagement. Bientôt, il fut assez calme pour se dire, non sans une certaine satisfaction, qu'en mettant le voyage de Hussein à Cambridge sur le dos du Courtier, il avait réussi à éviter de parler d'Ali Hassim.

Sur le bateau, Billy demanda :

— Tu te ramollis, ou quoi ?

— Roper m'a demandé de ne pas le flinguer, répondit Harry. L'essentiel, c'est que nous avons la confirmation que Hussein ignore où sont les Rashid. Allons voir Roper pour lui raconter tout ça.

À Holland Park, Roper écouta leur histoire.

— À votre avis ? conclut Harry. J'ai fait ce qu'il fallait ? Va-t-il se tenir à carreau ?

— La question, c'est plutôt de savoir si les gens avec qui il est de mèche à travers le monde le laisseront se tenir à carreau. Nous savons qu'Al-Qaida a une influence certaine sur l'Armée de Dieu. Que pensera Oussama d'un homme qui a pris la fuite ? Ça, c'est un mystère. Le Courtier ne sera sûrement pas très content, lui non plus. Ces grandes figures du terrorisme n'aiment pas que leurs subordonnés lâchent prise.

— Au diable Oussama et ses gens, dit Harry. Nous devons rassembler nos forces et résister, voilà tout.

— Je suis d'accord. D'autant que les chefs d'Al-Qaida en Irak adoreraient voir un grand feu d'artifice en Angleterre. L'explosion de Big Ben ou de Buckingham Palace, par exemple. Les possibilités sont infinies.

— Ce serait vraiment une mauvaise décision de leur part.

— Peut-être, fit Billy. Mais ils seraient contents si la reine était au palais au moment de l'attentat.

— Les enfoirés, grogna Harry.

— Je pourrais te montrer des rapports des services de renseignement qui prouvent qu'au moins deux cents Britanniques ont déjà servi dans l'armée d'Al-Qaida en Irak, expliqua Billy. Ce sont des choses que le public ignore. Et quand ils prévoient des attentats, ce n'est pas des bombes conventionnelles qu'ils envisagent de faire péter. Ils inventent de vraies saloperies.

— Plusieurs projets d'attentats sur le sol britannique ont été déjoués ces derniers mois, précisa Roper. Nous sommes en guerre. C'est incontestable.

Il y eut un silence. Puis Billy reprit :

— Revenons-en à Hussein. Quelles sont ses intentions ?

— Lui, il n'a jamais été poseur de bombes, dit Roper. Je pense qu'il commettra plutôt des assassinats.

— Vous voulez dire... Le Premier ministre ? Une autre personnalité importante ?

— Pour le moment, il ne peut pas grand-chose en ce qui concerne les Rashid. Il doit donc se trouver de l'occupation. Et nous venons d'apprendre qu'il a changé d'apparence physique. Ça valait le coup de balancer Khan dans la Tamise pour découvrir cela.

Le téléphone sonna. C'était Ferguson. Roper activa le haut-parleur.

— Des nouvelles de votre cousin ?

— Il sort du bloc opératoire. Le professeur Vaughan dit qu'il a été salement touché, et il faudra beaucoup de temps, mais... il se remettra.

Harry et Billy poussèrent des cris de joie.

— Avez-vous pu lui parler ? demanda Roper.

— Seulement quelques mots. Khazid le tenait en joue. Il voulait savoir où étaient les Rashid. Hal a refusé de répondre. Il a essayé de s'enfuir par la porte du jardin. Khazid a tiré au moment où il tirait le verrou. Il est tombé et il a vite perdu connaissance, mais il a eu vaguement conscience de la présence d'un autre homme dont il n'a pas vu le visage.

— Dommage, dit Roper. De notre côté, Harry a sonné les cloches à Khan...

Il raconta au général la scène intéressante qui s'était déroulée sur le *Lynda Jones*.

— Mince, grogna Ferguson. Ce salopard de Hussein a changé de tête ? Alors nous ne savons plus à quoi il ressemble ?

— Et nous ignorons ses intentions. Et l'endroit où il se trouve en ce moment. La seule chose dont nous sommes certains, c'est qu'il ne sait pas où sont Caspar et sa famille.

— Dieu merci.

— Nous avons tout de même une petite info intéressante, reprit Roper. Quand il a téléphoné à Khan, il a dit que Khazid et lui étaient arrivés en Angleterre par bateau, et qu'ils se trouvaient chez un des hommes du Courtier à Peel Strand, dans le Dorset. Un cottage qui s'appelle Folly Way.

— Bien. J'appelle immédiatement le chef de la police du Dorset, dit Ferguson. Autre chose ?

— Les Rashid. Il faut leur dire que Hal a failli être tué.

— Molly et Caspar seraient terrifiés. Et à Zion, ils sont hors d'atteinte. Je crois que nous pouvons les laisser dans l'ignorance pour le moment.

— Et les autres ?

— J'appelle Levin. Greta, Chomsky et lui doivent être prévenus. Nous verrons plus tard s'il est nécessaire que j'aille là-bas demain. Si nous parlons finalement de tout ça aux Rashid, je préférerais le faire de vive voix. Dillon et moi, nous décollons de Cambridge d'ici une demi-heure. À plus tard.

Dans l'arrière-salle de la boutique de Hampstead, Hussein et Khazid étaient assis autour de la table avec Selim Bolton. Ils lui avaient fait répéter dix fois tout ce qu'il avait fait et vu à Zion. Sur l'ordre d'Ali Hassim, le spécialiste des ordinateurs leur avait aussi préparé un CD de données qui contenait tous les renseignements dont ils pouvaient avoir besoin sur le village, la propriété et ses environs. Il y avait même les photos et les noms de quelques oiseaux célèbres de la région. Khazid trouvait ce détail amusant.

— Les oiseaux les plus intelligents sont les corbeaux. Ils communiquent, bien sûr, mais ils savent aussi compter, dit-il après avoir jeté un coup d'œil sur le fichier. Est-ce que j'ai l'air d'un véritable amateur d'oiseaux, maintenant ?

Bolton sourit.

— Ne vous tracassez pas. Soyez vous-même, comme je l'ai fait, et personne ne vous posera de questions, dit-il, puis il se tourna vers Ali. Je vais leur acheter des vêtements de pluie et des bottes. Et pour le véhicule ?

— C'est réglé. Un membre de la Confrérie qui possède un garage nous fournit un petit camping-car. Un Combi Volkswagen bien aménagé, avec deux couchettes et un coin cuisine. C'est un véhicule familial, donc discret. À l'intérieur, précisa Hassim en regardant Hussein, vous trouverez aussi tous les outils dont vous serez susceptibles d'avoir besoin. Il sera ici dans un moment.

Bolton se leva. Hussein dit :

— Une dernière question. Vous dites avoir vu le

jardin et la terrasse par-dessus le mur d'enceinte. Avez-vous aperçu quelqu'un ?

— Non. Il pleuvait des cordes et mes jumelles n'étaient pas très bonnes.

Hussein se tourna vers Ali.

— Pouvez-vous me trouver des jumelles Zeiss de très forte puissance ?

— Bien sûr. Selim, vous savez qui appeler...

— Je m'en occupe, assura Bolton, puis il sourit à Hussein pour ajouter : C'est un privilège de vous servir.

Il sortit.

— J'apprécie beaucoup cet homme, dit Hussein.

— C'est un de mes meilleurs agents. Y a-t-il autre chose pour votre service, dans l'immédiat ?

— Je ne pense pas. Si Khan téléphone, dites simplement que je ne vous ai pas encore contacté. Vous ne savez pas où je suis.

— Comme vous voudrez.

— Je m'occupe du Courtier.

— À votre convenance.

Ali se levait, lorsqu'on frappa à la porte. C'était son employée, la jeune fille voilée, qui lui tendit l'*Evening Standard*. Dans les nouvelles de dernière heure, il lut que la police menait une enquête très active sur l'agression à main armée subie à Cambridge par le professeur Hal Stone. Celui-ci était dans un état stable après l'opération chirurgicale couronnée de succès qu'il venait de subir.

— Vous devriez jeter un œil là-dessus, dit Ali.

Il posa le journal sur la table et quitta la pièce. Khazid lut l'article le premier. Il explosa :

— Tu disais que son cœur ne battait plus ! Tu aurais dû me laisser l'achever !

— Je me suis trompé, répondit Hussein en haussant les épaules.

— Tôt ou tard, il sera en mesure de parler.

— Et alors ? Il ne peut rien dire à mon sujet, parce qu'il ne m'a pas vu. Ils ignorent toujours que j'ai changé de tête. L'autre bonne chose, c'est que Ferguson ne se doute pas que nous savons que les Rashid sont installés à Zion Place. Notre opération va réussir, cousin. Je le sens. Pense un peu à l'extraordinaire coup de chance qui a permis à Selim Bolton de trouver le moyen d'entrer dans la propriété. Comment expliques-tu cela ? C'est la volonté d'Allah.

— Garde quand même les pieds sur terre, répliqua Khazid d'un ton maussade. Nous ne savons pas si les outils nous permettront de soulever cette plaque en fonte. Si nous la soulevons, nous ne savons pas ce qu'il y a dessous. Et que dire de l'autre bout du tunnel ? La plaque est peut-être recouverte de deux mètres de terre, d'un dallage bétonné ou je ne sais quoi encore.

— En ce cas, disons qu'il s'agit d'une mission de reconnaissance. Combien de fois avons-nous fait ce genre de chose, pendant la guerre, au cours des années passées ? Et combien de fois avons-nous réussi à atteindre nos objectifs ? Souviens-toi !

— Mais quel est notre objectif, en l'occurrence ? Imaginons que nous réussissions à atteindre le jardin par ce tunnel. Nous resterons cachés dans les buissons en attendant que Sara sorte se promener, c'est cela ? Et à ce moment-là, que feras-tu ? Tu la tueras ?

— Ne sois pas absurde.

— D'accord. Alors tu espères qu'elle sera seule, que tu pourras l'assommer, la jeter en travers de ton épaule, l'emporter dans le tunnel et ficher le camp. Je me trompe ?

Hussein le regardait fixement. Il ne répondit pas. Khazid reprit :

— Bien sûr, s'il y a des gens avec elle, il faudra les éliminer. Même si ce sont ses parents.

— J'ai solennellement juré au grand-père de Sara de la protéger et de l'honorer de toutes les façons possibles, dit Hussein d'une voix monocorde. J'ai lamentablement échoué. Sur tous les plans. La mort nous a poursuivis à chaque étape. Nos camarades sont tombés entre les mains de Dillon et de Salter. Mon oncle est parti avant son heure, accablé par la honte. Tu as raison, Khazid. Tout ce que tu dis est juste. Je ne sais pas ce que je devrais faire, ni même ce que je devrais *dire*, si je la revoyais. Mais c'est Allah qui m'ordonne d'aller là-bas.

— La vérité, c'est que depuis le début de cette histoire tu n'as aucune idée de ce qu'il faut faire, dit Khazid en se mettant debout. Si nous nous étions concentrés sur les cibles importantes, je veux dire Ferguson et les autres, l'opération aurait eu un sens. Mais maintenant...

— Il y a une signification à toute chose, objecta

Hussein. Allah nous montrera la voie à suivre. Je dois aller à Zion. Je n'ai pas le choix.

Khazid soupira.

— Moi non plus, semble-t-il. Et je dois me résoudre à accepter le fait que depuis deux ans je suis commandé par un fou. Un homme qui a perdu la raison. Tu sais quoi ? Tout à coup, je ne trouve aucun réconfort dans l'idée d'être entre les mains d'Allah.

— Alors tu comptes me quitter ? Déserter ? demanda Hussein, soudain très pâle. C'est là que nous en sommes ?

Khazid esquissa un sourire désabusé.

— Crois-tu vraiment que je sois ce genre d'homme, cousin ? J'irai avec toi jusqu'en enfer, si c'est ce que tu veux.

Ali revint dans la pièce.

— Voilà, nous n'avons plus qu'à attendre. J'ai ordonné à Jamal de s'installer sur le parking public de Farley Field, à l'extérieur de l'aérodrome, avec une camionnette de *British Telecom*. Il ne bougera pas de là-bas, au cas où l'avion Hawk reprenne les airs. Il connaît les visages de la plupart des gens de Ferguson. Il m'appellera dès qu'il verra quelque chose. Et je vous préviendrai immédiatement.

— Bravo, dit Khazid. C'est une bonne idée.

Le portable satellite de Hussein sonna.

— C'est moi, dit le Courtier. Je viens de lire le journal. L'opération de Cambridge a mal tourné.

— Malheureusement. Et nous n'avons rien trouvé. Nous ignorons où Ferguson a emmené les Rashid.

— Oubliez la fille, ordonna le Courtier. Tournez-vous vers des cibles dignes de ce nom. Avez-vous eu Khan au téléphone ?

— Non.

— C'est étrange. Je n'arrive pas à le joindre.

— Désolé, je ne peux rien pour vous.

— Où êtes-vous ?

— Dans une planque. Je ne peux pas vous en dire plus. Au revoir.

Hussein raccrocha et regarda Ali et Khazid.

— Et voilà pour le Courtier. Pouvons-nous avoir du café, maintenant ?

À Zion Place, les Russes prenaient un verre dans la bibliothèque en essayant d'encaisser la mauvaise nouvelle de l'attaque contre Hal Stone. Sara faisait des patiences à une table de bridge au fond de la pièce. Caspar et Molly regardaient un film dans la salle de télévision.

— Les enfoirés ! grogna Levin.

— Deux balles dans le dos, dit Chomsky en secouant la tête. Difficile de s'en remettre. Même avec un grand chirurgien.

— Sara a l'air un peu seule, dit Greta. Je vais bavarder avec elle.

Elle traversa la pièce et s'assit en face de la jeune fille.

— Comment ça va ?

— Je m'ennuie. Comment va le professeur Stone ?

— Pardon ? répliqua Greta, stupéfaite. Comment sais-tu... ?

— C'est mon vilain secret, répondit Sara avec un sourire en coin. J'ai l'ouïe exceptionnellement fine. J'entends les gens parler à travers les murs. Quand vous êtes au téléphone, j'entends votre correspondant sans même avoir à m'approcher de l'appareil. À l'école, certaines filles m'appellent Miss Gestapo. Parce qu'avec moi elles n'ont plus de vie privée. Alors ? Le professeur Stone ? Il a survécu à l'opération. C'est déjà merveilleux.

— En effet.

— Et c'est Khazid qui lui a tiré dessus, ajouta Sara sur le ton de l'affirmation.

— Apparemment, convint Greta.

— Où sont-ils, maintenant ? Hussein et Khazid ?

— Nous n'en savons rien. Par contre, nous sommes sûrs qu'ils ignorent que tes parents et toi vous êtes ici.

— Vraiment ? fit Sara d'un air peu convaincu. Le Marteau de Dieu aurait fait une erreur ? Ce serait une première. À propos de téléphone portable, Greta... Ma mère doit avoir un deuxième appareil. Je l'ai entendue parler au Dr Sampson, à l'hôpital, au sujet de sa patiente. Celle qu'elle appelle la petite Bedford. Elle l'a même appelé plusieurs fois. C'est idiot de sa part, n'est-ce pas ?

Greta se leva brusquement.

— Je dois prévenir le général Ferguson.

— Bien sûr, répondit Sara en se mettant debout à son tour. Maintenant, je vais me coucher. Je ne leur dirai rien. À vous de décider ce qu'il convient de faire.

Elle sortit de la bibliothèque. Greta rejoignit les deux hommes pour leur répéter ce qu'elle venait d'apprendre. Levin appela aussitôt Ferguson, qu'il trouva en compagnie de Roper à Holland Park.

— Quel comportement irresponsable, marmonna le général, et il soupira avant d'ajouter : Mais ne dites rien à Molly. Je m'en occupe. Je viendrai demain matin en avion avec Dillon et Billy. Nous avons d'autres mauvaises nouvelles. Le cottage de Peel Strand, Folly Way – vous vous souvenez ? La police du Dorset est allée là-bas. Elle a retrouvé le cadavre du propriétaire, un certain Darcus Wellington. Tué par balle.

— Seigneur, dit Levin.

— Sa voiture a été retrouvée à la gare de Bournemouth, où Hussein et son complice ont dû prendre le train de Londres. Ils n'ont pas perdu de temps. Vous voyez, Igor, tous les éléments du puzzle se mettent en place.

Ferguson poussa de nouveau un énorme soupir, s'assit dans un fauteuil et rapporta à Roper, Billy et Dillon ce que Levin venait de lui dire. Le silence tomba sur la pièce. Puis Roper leva le verre de scotch qu'il avait à la main.

— À la santé du Dr Molly Rashid, grande chirurgienne et humaniste !

— Le problème, c'est que son travail passe avant tout, dit Dillon. Au point qu'elle oublie d'être prudente.

Ferguson regardait Roper d'un air perplexe.

— Vous avez quelque chose derrière la tête. Parlez, pour l'amour du ciel.

— Eh bien... Si j'étais membre d'Al-Qaida ou de l'Armée de Dieu, je préviendrai mes sympathisants qui travaillent à l'hôpital du Dr Molly Rashid de prêter l'oreille à la moindre nouvelle concernant la chirurgienne. À la plus petite info qui permettrait de savoir où elle est...

— Arrêtez ça, commandant. C'est insensé, répliqua Ferguson, et il secoua la tête. Quoi qu'il en soit, nous décollons à neuf heures demain matin.

Le Combi était très bien équipé. Et renfermait tous les outils dont ils pourraient avoir besoin pour accéder au tunnel. Ali, Hussein et Khazid s'assirent dans l'arrière-salle de la boutique et burent du thé en silence.

— Il est temps d'aller au lit, dit finalement Hussein. Nous prendrons la route à six heures. Avec trois heures de voyage, nous serons là-bas vers neuf heures.

— Il aurait peut-être mieux valu partir un weekend, observa Khazid. Il y aurait davantage d'amateurs d'oiseaux.

— Moins il y en aura, plus nous serons tranquilles, répliqua Hussein en se levant. Ali, mon ami, pouvez-vous nous réveiller ?

Ali Hassim hocha la tête. Hussein monta l'escalier, suivi de Khazid. Ali leur avait donné une petite chambre à chacun. Ils s'immobilisèrent sur le palier, se dévisagèrent quelques instants, puis se séparèrent sans un mot.

Khazid posa son sac de voyage sur le lit. Il en sortit le Walther, le silencieux, les chargeurs, puis le pistolet-mitrailleur Uzi et son chargeur de rechange. Il vérifia les armes et attacha les chargeurs de l'Uzi l'un contre l'autre, avec du gros ruban adhésif, pour disposer rapidement de nouvelles balles en cas d'urgence. Il remit le tout dans le sac et vérifia que la grenade à main qu'il avait emportée sans en parler à Hussein était bien dans sa petite poche intérieure. Il s'allongea sur le lit, ferma les yeux et s'endormit rapidement.

Dans la chambre voisine, Hussein examina son Walther, le chargea, le remit dans le sac, puis s'agenouilla par terre et dit ses prières comme il le faisait depuis toujours. Il se coucha et ferma les yeux. À présent, il en avait la certitude, son sort dépendait de la volonté d'Allah.

16

À Holland Park, Roper somnolait dans son fauteuil, devant les ordinateurs, comme il le faisait souvent la nuit. Il se réveillait en général toutes les heures, scrutait rapidement les écrans, puis replongeait dans un sommeil léger. Il rouvrait les yeux chaque fois que les douleurs devenaient insupportables. La médecine ne pouvait plus grand-chose pour son corps ravagé, mais les cigarettes et ce qu'il appelait ses soupers-whisky l'aidaient à tenir le coup.

Le sergent Doyle, de garde cette nuit-là, jeta un coup d'œil par la lucarne de la porte comme il le faisait régulièrement. Voyant que le commandant était réveillé, il descendit à la cuisine lui préparer des petits sandwiches au bacon et aux œufs.

Il était tout juste cinq heures du matin lorsque Doyle posa l'assiette devant Roper.

— Voilà, commandant. Ils sont comme vous les aimez. Je ne me suis pas fatigué à faire du thé tout de suite. Je sais que vous le laisseriez refroidir. Avez-vous passé une bonne nuit ?

— Asseyez-vous, sergent. Restez donc un moment avec moi.

Roper avala un sandwich en deux bouchées.

— Entre minuit et l'aube, c'est le moment le plus étrange pour être seul avec soi-même. Tout ce qu'on a, c'est le passé. Et on sait qu'on ne peut rien y changer.

— Voudriez-vous y changer quoi que ce soit, commandant ? Je suis soldat depuis plus de vingt ans, et je n'ai jamais connu de meilleur ou de plus courageux serviteur de l'armée que vous.

— Ouais. Penché sur toutes ces vilaines bombes, dans notre bonne vieille Irlande, jusqu'à ce que je fasse cette stupide petite erreur dans cette stupide petite voiture.

— Vous faisiez votre devoir. Vous faisiez ce qu'il fallait faire. Nous acceptons tous les conséquences et les risques du métier de soldat. Ça vient avec l'uniforme et la solde que nous verse la reine.

— Écoutez un peu ça, dit Roper en souriant. Avez-vous été en poste en Irlande, sergent ?

— Six fois.

— Alors vous savez que les membres de l'IRA Provisoire se considéraient comme des soldats. Qu'en pensez-vous ?

— Je n'en pense pas grand-chose de bien. Chaque fois que j'étais en Irlande, j'ai été canardé par des enfoirés qui ne portaient aucun uniforme.

— La Résistance française, pendant la Seconde Guerre mondiale, ne portait pas non plus l'uniforme. Le type qui a fabriqué la bombe qui m'a mis dans ce fauteuil s'appelait Murphy. Quand il s'est retrouvé devant le juge, il a refusé de reconnaître qu'il avait commis un attentat. Il a déclaré qu'il était un soldat et qu'il était en guerre.

— Qu'est-il devenu ?

— Triple condamnation à perpétuité. Enfermé à la prison de Maze. Il est mort d'un cancer.

Doyle fronça les sourcils.

— Où voulez-vous en venir, commandant ?

— Comme je disais, au cœur de la nuit le passé défile dans la tête. Mais on n'y peut rien. Récemment, j'ai vu un reportage, à la télévision, dans lequel un musulman né en Grande-Bretagne jurait fidélité à Al-Qaida. Lui aussi, il affirmait qu'il était un soldat. Et qu'il était en guerre.

— J'ai vu cette émission, dit Doyle. Et après ?

— Je pensais à nos problèmes actuels et à Hussein Rashid. Je suis sûr qu'il dirait la même chose que les autres.

— Qu'il est un soldat ? Moi, je pense que c'est une excuse foireuse. Un prétexte bidon, affirma Doyle en se mettant debout. Vous, commandant, vous portiez l'uniforme quand vous avez été démoli. Pas cet enfoiré de Murphy. Ni ces salopards d'Al-Qaida. Mais c'est peut-être une question sans réponse. Bon, maintenant je vais vous préparer du thé. Qu'en dites-vous ?

— Vous avez raison. Ça me fera du bien.

Doyle se dirigea vers la porte. Il se retourna pour dire :

— J'oubliais. Il s'est mis à pleuvoir et il y a beaucoup de vent. Vous découvrirez peut-être que le Hawk ne pourra pas décoller de Farley à l'heure prévue.

— Je vais regarder la météo.

Roper alluma la télévision. En effet, le temps était très mauvais. Doyle revint bientôt avec une tasse de thé. Roper y ajouta une bonne rasade de whisky dès que le sergent quitta la pièce.

Il fit apparaître la photo de Hussein sur l'écran central. Le jeune homme avait bel et bien de faux airs de Che Guevara.

— Ouais, je sais que tu n'as plus cette tête-là. Mais où diable es-tu passé ?

Hussein n'était pas loin. Beaucoup plus près, en tout cas, que Roper n'aurait pu l'imaginer. Dans la boutique de Hampstead, Ali Hassim frappa à la porte de sa chambre. Il avait une tasse de thé à la main. Il poussa le battant et alluma la lumière. Hussein était déjà réveillé.

— Il est un peu plus tôt que prévu, dit Ali, mais la météo n'est pas bonne du tout.

Il posa la tasse au pied du lit. Les vitres de la fenêtre vibraient sous les assauts du vent.

— Merci, dit Hussein. Je dois commencer par prier. Je serai prêt à prendre la route à l'heure convenue. Veuillez éteindre la lumière.

— Bien.

Ali sortit de la chambre et frappa à la porte de Khazid.

Roper somnola encore un moment. Quand il rouvrit les yeux il était déjà sept heures. Au même instant, le

Combi s'arrêtait devant un restoroute Little Chef près de Guildford. Grâce aux longs imperméables militaires que Bolton leur avait procurés, Hussein et Khazid n'étaient pas gênés par le vent et la pluie battante. Les chapeaux en toile, les cuissardes et les bottes hautes en caoutchouc qui complétaient la tenue leur auraient permis d'affronter la pire des tempêtes.

Il y avait une douzaine de clients dans la salle. Des routiers, pour la plupart, d'après les camions stationnés sur le parking. Hussein et Khazid s'assirent à une table isolée.

— Qu'allons-nous manger ? demanda Khazid.

— Regarde le menu. Je pense qu'il faut faire comme tout le monde. Petit déjeuner anglais complet. Avec du thé.

— Et du bacon ? dit Khazid avec une moue perplexe.

— Vu les circonstances, Allah sera compréhensif. Va au comptoir et passe la commande avec ton meilleur accent français. Pour dire les choses simplement, j'ai faim et nous avons une longue journée devant nous.

Khazid s'éloigna, parla avec la jeune fille de la caisse, et revint quelques instants plus tard.

— Que penses-tu du Combi ? Ce n'est pas le véhicule idéal pour ficher le camp en vitesse en cas de pépin. Dès qu'on pousse un peu trop l'accélérateur, le moteur se met à grogner.

— On pourrait se dire au contraire qu'il est parfait. Même si nous devons prendre la fuite. En général, la police se lance à la poursuite des véhicules qui roulent à toute berzingue. Pas après un vieux camping-car familial.

— Hmm, ça se discute, convint Khazid.

Une serveuse s'approcha avec un plateau. Elle disposa les petits déjeuners et les thés sur la table, puis s'éloigna.

— En Algérie, reprit Hussein, mon instructeur disait toujours : « Marche chaque fois que c'est possible. Ne cours pas. » Maintenant, petit frère, tais-toi et mange rapidement.

Il était huit heures lorsque Dillon et Billy rejoignirent Roper. Lequel n'avait pas de très bonnes nouvelles.

— Je viens d'avoir Lacey au téléphone. Parry et lui sont à Farley. Ça ne se présente pas bien. Il est quasi certain de ne pas pouvoir décoller à neuf heures. Il faudra attendre que la météo s'améliore. J'ai aussi parlé avec Ferguson. Il suggère que vous commenciez le petit déjeuner sans l'attendre. Il sera ici dans une demi-heure.

— D'accord, dit Dillon. Vous venez avec nous ?

— Je ne crois pas. J'ai passé une assez mauvaise nuit. Et maintenant ce sale temps qui nous cause des soucis..., marmonna Roper en secouant la tête. Je crois que je vais voir ce qui se passe à Zion Place. À tout à l'heure.

Dillon et Billy descendirent à la salle à manger. Roper composa le numéro de Levin.

Levin, Chomsky et Greta prenaient le petit déjeuner dans la salle à manger de Zion Place. La pluie fouettait les portes-fenêtres, crépitait sur la terrasse, s'abattait inlassablement sur les jardins et les bois alentour. Une légère brume s'était levée, donnant un caractère un peu mystérieux aux massifs de rhododendrons, aux saules pleureurs, au vieux pavillon d'été que Greta regardait par la fenêtre en sirotant son café.

— Quelle abominable pluie, dit-elle. D'un autre côté, elle ne manque pas de charme.

Sara, qui entrait à cet instant dans la pièce, dit :

— Je vous ai entendue. Vous avez raison, c'est un peu comme dans *Jane Eyre* ou un de ces romans du XIXᵉ siècle. Atmosphère maussade, dépressive, mais bizarrement on s'y sent bien.

— Veux-tu te joindre à nous ? proposa Greta.

— Non, il vaut mieux que je me mette à une table libre. Les parents arrivent. Je vous verrai plus tard.

Elle traversa la pièce en saluant gaiement le capitaine Bosey et deux de ses agents, Fletcher et Smith, attablés près d'une porte-fenêtre. Un petit moment plus tard, Caspar et Molly rejoignirent leur fille. Kitty prit leur commande avant de disparaître à la cuisine.

Le téléphone sécurisé de Levin sonna.

— Est-ce la fête à Zion ? demanda Roper.

— Il pleut et il y a un peu de brouillard. Le jardin a des allures romantiques.

— Et la piste d'atterrissage ?

— D'ici, je ne la vois pas. Attendez. Je sors sur la terrasse.

Levin attrapa un parapluie dans le couloir ; il l'ouvrit au-dessus de sa tête pour marcher jusqu'au bout de la terrasse.

— La pluie n'a pas l'air de vouloir se calmer, c'est sûr, mais je vois clairement la piste. Il y a de la brume là-bas aussi. Et de votre côté, à quoi ressemble le monde ?

— Lacey pense qu'il ne pourra pas décoller à neuf heures. Il veut attendre que ça s'améliore.

— OK. On se tient au courant.

Levin retourna auprès de ses compagnons et leur rapporta sa conversation avec le commandant Roper.

Sur le parking public de Farley Field, Jamal choisit une place d'où il avait une vue dégagée sur l'entrée de l'aérodrome et sur le hangar du Hawk. Lequel était déjà sorti sur le tarmac.

La camionnette jaune portait l'inscription *British Telecom*. Jamal leva le hayon arrière pour s'en faire un toit contre la pluie et s'assit là, à partir de sept heures et demie, entre un gros rouleau de câble et une caisse à outils ouverte à ses pieds. Avec son imperméable jaune orné du sigle « BT » sur le dos, il était parfaitement crédible.

Ali Hassim lui téléphona plusieurs fois de suite.

— Toujours rien ? demanda-t-il à huit heures et demie.

— Hélas non. Pas de panique. Je vous appelle dès que je vois quelque chose.

Il tira le couvercle d'une boîte en plastique, y prit un yaourt qu'il mangea lentement à la cuillère, puis pela une banane sans quitter l'aérodrome des yeux. Le temps ne passait pas vite. Soudain, le monospace qu'il avait suivi à moto le jour du départ de la famille Rashid arriva devant le portail. Jamal l'observa traverser l'aérodrome et s'arrêter près du Hawk. Trois hommes en sortirent ; ils coururent sous la pluie pour se réfugier dans le hangar. L'un d'eux était Ferguson. Jamal le reconnaissait, car Ali Hassim lui avait montré sa photo.

Il prit aussitôt le téléphone.

— Ils viennent d'arriver. À l'instant ! Ferguson et deux autres types. Ils couraient trop vite sous la pluie pour que je voie bien leurs visages.

— Allah soit loué ! Rappelez-moi dès qu'ils décollent.

— Ça risque d'être long. La météo est très mauvaise.

— Nous attendons. Gardez l'œil ouvert.

Dans le hangar, Ferguson demanda à Lacey :

— Votre pronostic ?

— Aucun espoir de décoller à neuf heures. Peut-être vers neuf heures et demie. Le vol prend environ une heure. Un peu plus, selon la force et la direction du vent. Ce qui nous ferait arriver là-bas vers dix heures et demie. Il faut être patient. Je vous suggère de prendre un café, général.

— Bon, d'accord, marmonna Ferguson.

Il prit le téléphone pour appeler Levin :

— Décollage impossible à neuf heures. Mais Lacey

ne perd pas espoir. Je vous tiendrai au courant, dit-il, puis il raccrocha, haussa les épaules et s'adressa à Dillon et à Billy : Nous n'y pouvons rien, n'est-ce pas ? Allons boire un café.

Le Combi était arrivé à Zion vingt minutes plus tôt. Khazid, au volant, avait traversé le village. Suivant les instructions de Bolton, il avait longé le mur d'enceinte de Zion Place en passant devant le portail électronique, sa guérite et son agent de sécurité.

Ils arrivèrent au parking bordé de haies taillées dans lequel Bolton avait garé son Audi la veille, juste en face de la propriété et des bois qui la bordaient de ce côté. Sur ce parking pour le moment désert, il y avait une chose dont Bolton avait oublié de leur parler : un petit bâtiment en brique qui abritait des toilettes publiques.

Khazid arrêta le véhicule et ouvrit la portière en disant :

— J'ai une idée.

Il courut jusqu'aux toilettes, en fit le tour et revint au Combi.

— Je crois que nous pouvons cacher le véhicule derrière ce bâtiment. Il y a juste la place.

— Non, objecta Hussein. Souviens-toi de ce que je t'ai dit. Marche. Ne cours pas. Nous sommes de gentils ornithologistes amateurs qui préfèrent être dehors sous la pluie battante à regarder les zoziaux que pantoufler à la maison. Nous n'avons rien à cacher. Gare-toi ici, devant les bois.

Le téléphone sonna. Ali Hassim voulait les mettre au courant de la situation à Farley.

— Bien, dit Hussein. Rappelez-moi dès que le Hawk aura décollé.

— Où êtes-vous ?

— Là où nous sommes censés être. Maintenant, ne me dérangez que si vous avez quelque chose d'intéressant à dire.

Il raccrocha.

— Que se passe-t-il ? demanda Khazid.

— Le Hawk attend sur le tarmac à Farley Field. Jamal a vu Ferguson arriver avec deux hommes. Probablement Dillon et Billy Salter. Il préviendra Ali dès que le Hawk s'envolera. Je connais bien cet avion. Par beau temps, je pense qu'il couvrirait la distance en une heure. Aujourd'hui, peut-être un peu plus.

— Allah est avec nous ! s'exclama Khazid, ravi. Imagine un peu ça, Hussein. Ferguson en personne sur la terrasse de la maison. Le chef de la sécurité du Premier ministre britannique. Un homme lié au président des États-Unis. Ça change tout ! Notre place au paradis est assurée.

— Ça ne change rien du tout, idiot, rétorqua Hussein. D'abord, nous devons aller dans les bois et nous mettre au travail. Agissons de façon méthodique. Les grandes poches de nos imperméables peuvent contenir sans problème les armes et les munitions. Et même ton Uzi, en repliant la crosse. Laissons les sacs de voyage dans le Combi. Tu embarques la trousse à outils, moi je prends les jumelles Zeiss. En route !

— Promenons-nous dans les bois pour observer les oiseaux, ironisa Khazid.

— Bien sûr. Et si des cinglés se pointent ici malgré la pluie – de vrais ornithologistes, je veux dire –, souviens-toi que tu es français et que tu ne parles pas très bien l'anglais.

Hussein descendit du véhicule et jeta un coup d'œil sur sa montre. Il était neuf heures passées. Ils marchèrent vers les bois et la piste d'atterrissage. À la lisière des arbres, Hussein dit :

— Stop. Je veux jeter un coup d'œil sur la maison.

Il régla les excellentes jumelles que Bolton lui avait fournies, scruta les jardins, puis se concentra sur la terrasse qui courait sur toute la longueur de la maison. À cet instant, une porte-fenêtre s'ouvrit. Sara s'avança sur la terrasse en ouvrant un parapluie au-dessus de sa tête. Caspar se matérialisa dans l'embrasure de la porte-fenêtre, agitant la main : manifestement il exhortait sa fille à revenir à l'intérieur pour éviter la pluie. Elle resta quelques instants immobile près de la balustrade, puis tourna les talons et rentra dans la maison. La porte-fenêtre se referma.

— Je viens de voir Sara, dit Hussein d'une voix rauque. Caspar était derrière elle. Regarde.

Khazid porta les jumelles à ses yeux et observa la maison quelques instants. Hussein ordonna :

— Mettons-nous au travail.

Ils s'enfoncèrent dans les bois. Grâce aux explications de Selim Bolton, ils trouvèrent rapidement la pierre inclinée.

— Parfait, dit Khazid.

Hussein frappa du talon sur l'herbe retournée par Bolton. Khazid ouvrit la trousse à outils en toile. Elle contenait deux pelles en acier à manche court, deux longs pieds-de-biche en acier, un énorme marteau, une torche électrique et une bâche imperméable, vert foncé, qui serait idéale pour masquer le trou dans le sol.

Imitant Bolton, Hussein prit un pied-de-biche, tapa sur le sol à plusieurs reprises – et entendit un claquement métallique sourd.

— Maintenant, les pelles. On s'y met tous les deux. Allez !

Ils creusèrent vigoureusement l'herbe et la terre, soulevant de larges mottes qu'ils lançaient au loin, et mirent bientôt à découvert une sorte de plaque d'égout circulaire. La fonte était érodée, mais on distinguait encore l'inscription du fabricant : WATSON & COMPANY, CANAL STREET, LEEDS.

Ils achevèrent de dégager la terre, puis contemplèrent la plaque en silence.

— Incroyable, dit Khazid. Elle est là depuis toutes ces années, à l'insu de tout le monde.

— Essaie de la soulever, ordonna Hussein.

Au centre de la plaque était encastrée une poignée mobile. Khazid y glissa un pied-de-biche et poussa dessus. Sans résultat.

Le portable de Hussein sonna.

— Jamal vient juste de m'appeler, dit Hassim. Le temps est encore très mauvais, mais le Hawk a décollé. Il est neuf heures et demie. Tout se passe bien ?

— Nous avons trouvé l'entrée du tunnel. Je n'ai pas le temps de bavarder.

Il rempocha le téléphone et glissa le second pied-de-biche dans la poignée pour essayer de lever la plaque avec Khazid. En vain, là encore.

— C'était Ali Hassim. Jamal a signalé que le Hawk vient de décoller. Sors les petits outils qui sont dans la trousse. Les tournevis. Il faut dégager le pourtour.

Ils grattèrent la terre sur toute la circonférence de la plaque en fonte.

— Ils devraient donc être ici vers dix heures et demie. Ajoutons quelques minutes de trajet entre la piste et la maison... Ils y seront à onze heures moins le quart. Et maintenant, petit frère, allons-y de toutes nos forces.

Ils fichèrent les pieds-de-biche sous la plaque d'égout, qui céda tout à coup avec un étrange grognement. Péniblement, ils réussirent à la soulever, puis la firent basculer sur le côté au milieu des mauvaises herbes.

— Tu descends le premier, dit Hussein à Khazid en dépliant la bâche verte. Je te passerai le matériel. Regarde : il y a des échelons dans le mur. Sois prudent.

Khazid prit la torche électrique et descendit dans le puits. Sa voix s'en éleva, caverneuse :

— C'est bon ! Le tunnel fait un mètre cinquante de large. Envoie la trousse.

Hussein obtempéra, puis étendit la bâche par-dessus l'ouverture, descendit quelques échelons et tira la bâche au-dessus de sa tête. Foncée comme elle l'était, perdue au milieu des bois, elle ne risquait pas d'attirer l'attention de l'hypothétique promeneur qui passerait par là.

Le puissant faisceau de la torche perçait le tunnel devant eux. Ses flancs arrondis, bétonnés, étaient humides. Les hommes entendaient l'eau goutter en plusieurs endroits.

— Il y a des fuites, dit Khazid.

Il ouvrit la marche, le dos voûté. Ses bottes en caoutchouc le protégeaient de la boue épaisse dans laquelle ses pieds s'enfonçaient à chaque pas. L'odeur était assez forte, mais pas désagréable. C'était un peu comme s'il se promenait par temps pluvieux dans une forêt bourbeuse.

Hussein, juste derrière lui, avait l'impression de se mouvoir au ralenti. Comme dans un rêve. Il avait été plus ému qu'il n'était prêt à l'admettre de voir Sara sur la terrasse. La retrouver ici après tous les événements qui s'étaient produits, les tueries, l'incroyable voyage de Hazar jusqu'à Zion – c'était presque irréel. Mais elle était ici. Toute proche. Malgré cela... Hussein savait ce que Khazid attendait de lui.

Et Khazid avait raison. Ils étaient *bel et bien* des soldats, des hommes en guerre, une des pires des temps modernes, qui avait coûté la vie à des milliers de ses concitoyens irakiens. Dont ses propres parents. Le pire déshonneur, pour lui, aurait été de les trahir, de leur faire défaut. Même s'il devait y laisser la vie, il n'avait d'autre solution que de remplir sa mission. À présent, c'était très clair dans sa tête. Il était le Marteau de Dieu. Il n'avait jamais échappé à son devoir. Il ne faillirait pas aujourd'hui.

Au bout du tunnel, ils distinguèrent un second puits vertical et des échelons en acier.

— Monte avec un pied-de-biche, dit Hussein. Vois ce que tu peux faire. Je te soutiens.

Khazid posa la torche, grimpa les échelons aussi haut que possible et se mit au travail. Hussein leva les bras pour le tenir. Avec la torche, Khazid repéra une importante fissure dans la paroi, juste au bord de la plaque en fonte. Des fragments de briques en étaient déjà tombés.

— Regarde, il y a une espèce de trou où je peux glisser le bout du pied-de-biche. Je le tiens d'une main et toi tu tapes dessus à coup de marteau. D'accord ?

Hussein prit le marteau, se hissa sur les échelons et frappa sur le pied-de-biche comme le voulait Khazid. Tout à coup, deux ou trois briques se fendirent, se détachèrent du mur, juste sous la plaque, et tombèrent par-dessus leur dos. Hussein frappa encore. D'autres briques tombèrent. La plaque en fonte grinça et commença à basculer. Hussein et Khazid sautèrent au fond du puits et se réfugièrent dans le tunnel tandis qu'une impressionnante masse de terre et d'herbe leur dégringolait sur la tête. La plaque en fonte tomba lourdement et s'enfonça à la verticale dans la boue au fond du puits.

Hussein se débarrassa de la terre qu'il avait sur les épaules et leva les yeux vers l'ouverture. La pluie battante qui s'y engouffrait lui cingla le visage.

— Vas-y. Regarde où nous sommes.

Khazid monta les échelons. Il émergea au milieu de massifs de rhododendrons bordés de saules pleureurs. À côté, il y avait un pavillon d'été bâti dans le style d'une pagode japonaise. Un étroit sentier passait à proximité du trou. Khazid se rendit compte avec soulagement que la végétation le dissimulait de façon satisfaisante. Il se tourna vers la maison, scruta la terrasse et aperçut deux silhouettes derrière l'une des portes-fenêtres. Bien sûr, il ne pouvait pas savoir qu'il s'agissait de Kitty et d'Ida qui étaient en train de préparer les tables pour le déjeuner.

Il redescendit dans le tunnel et décrivit la scène à Hussein, qui monta à son tour les échelons. À cet instant, le bourdonnement d'un avion se fit entendre du côté de la piste d'atterrissage.

— Parfait, dit Hussein en rejoignant Khazid.

Il consulta sa montre. Dix heures vingt. Ils entendirent l'avion se rapprocher, puis se poser.

— Dix minutes d'avance. Je m'étais trompé.

— Nous, par contre, nous arrivons pile au bon moment pour accueillir Ferguson.

— Tu as raison.

Hussein prit son Walther, vérifia le chargeur et le silencieux. Khazid fit de même avec son propre Walther, puis il s'assura qu'il pouvait saisir facilement l'Uzi dans l'autre grande poche de son imperméable. Enfin, il tapota dans sa poche de poitrine la grenade à main qu'il avait prélevée dans la collection de Darcus Wellington sans en parler à Hussein.

— Sara n'est donc plus une priorité ? demanda-t-il. Nous visons Ferguson ?

Hussein hocha la tête.

— Oui. Ferguson. Parce qu'il le faut. Je me rends compte que je faisais fausse route en ce qui concernait Sara. Mon devoir est ailleurs, précisa-t-il en souriant. Parfois, Khazid, tu vois la vérité plus facilement que moi. C'est une leçon difficile, mais je l'accepte.

Hussein l'embrassa sur les deux joues.

— Je te retrouverai au paradis, mon petit frère.

— Et moi aussi.

Des larmes roulèrent sur les joues de Khazid qui étreignit son chef.

— Va à une belle mort ! s'exclama Hussein.

Il attendit que Khazid monte les échelons, puis le suivit.

Le capitaine Bosey se tenait au bout de la piste, un parapluie à la main, prêt à abriter Ferguson. Dillon et Billy suivaient le général qui se tourna vers le commandant Lacey au moment où il ouvrait le hublot du cockpit.

— Nous allons sans doute passer quelques heures ici, lança-t-il. Parry et vous, vous feriez mieux de venir à la maison.

— C'est gentil, monsieur, mais nous avons des choses à faire, répondit Lacey, et il regarda Bosey pour ajouter : Pourriez-vous revenir nous chercher dans une heure ?

— Sans faute, dit le capitaine.

Il ouvrit les portières de la Land Rover pour Ferguson, Billy et Dillon.

— Quelle sale journée, dit Billy.

— Ça me rappelle Belfast les samedis soir, dit Ferguson tandis que la voiture démarrait. Je dois dire que Lacey et Parry s'en sont bien tirés. À certains moments, pendant le vol, j'étais un peu dans mes petits souliers.

Il regarda Bosey.

— Comment ça se passe, à la maison ?

— Tout va comme sur des roulettes. Les Rashid se sont bien installés, et vos gens ont l'air satisfaits.

— Excellent, dit Ferguson. Dommage qu'il pleuve. Enfin ! Je suis sûr que vous nous avez prévu un bon déjeuner ?

— Pour ça, général, vous pouvez compter sur Mme Tetley !

À Zion Place, depuis que le Hawk s'était fait entendre dans le ciel, tout le monde attendait Ferguson, Dillon et Billy avec impatience. Surtout Molly Rashid qui se sentait encore plus déprimée que d'habitude.

— Dieu merci, ils arrivent. Je craignais que leur voyage ne soit annulé à cause de cette fichue pluie. Il faut que je parle avec le général.

Elle était assise sur le canapé du salon avec Caspar et Sara. Les trois Russes bavardaient au fond de la pièce.

— Je monte là-haut quelques minutes, dit Molly en se levant.

— Pourquoi, maman ? Tu vas téléphoner ?

— Oui. Je reviens très vite.

Une expression horrifiée se peignit sur son visage lorsqu'elle prit conscience de son erreur. Les Russes cessèrent de parler. Mortifiée, elle sortit de la pièce en courant.

— Que se passe-t-il, pour l'amour du ciel ? demanda Caspar.

— Pose-lui donc la question, répondit Sara en se levant à son tour. Tu sais que j'aime beaucoup la pluie. Je sors dans le jardin.

— Encore ? Tu vas te faire tremper, protesta son père.

— Non. Je vais emprunter son imperméable à Igor et prendre un parapluie, dit-elle, puis elle se tourna vers les Russes. Je vous chipe votre vêtement, Igor. D'accord ? Je vais me promener un petit moment.

— Veux-tu de la compagnie ? proposa Greta.

— Si vous voulez.

— Je te rejoins dans une minute. Je vais chercher mon trench-coat.

Peu après, elles descendirent les marches de la terrasse et commencèrent à déambuler dans le jardin bras dessus, bras dessous. Dissimulés par les rhododendrons, près de la pagode, Hussein et Khazid les virent apparaître.

— C'est Sara, dit Hussein qui tenait les jumelles. Et une femme.

Au même instant, la Land Rover arriva devant le perron de l'autre côté de la maison.

— Mince, ils arrivent déjà, dit Sara. Je ne suis pas

encore prête à les voir. Éloignons-nous. Au moins quelques minutes, d'accord ?

— Entendu.

Elles pressèrent le pas pour s'enfoncer dans le jardin, entre les saules pleureurs, les rhododendrons et les buissons. À proximité de la pagode, elles se retournèrent et virent Levin et Chomsky sortir sur le perron pour accueillir Ferguson, Dillon et Billy qui venaient de descendre de la Land Rover. Les hommes se saluèrent et commencèrent à bavarder. Ferguson pivota vers le jardin et sembla scruter les arbres et les buissons comme s'il cherchait Greta et Sara.

Dans les fourrés, Khazid ne tenait plus en place.

— C'est Ferguson ! Fantastique ! Allons-y !

Il écarta les buissons pour déboucher sur le sentier – et se retrouva nez à nez avec Sara et Greta.

La jeune fille le regarda fixement.

— Khazid. C'est toi. Je n'arrive pas à y croire.

Hussein sortit à son tour des fourrés et retira son chapeau.

— Bonjour, Sara. Nous sommes bien loin de chez nous, n'est-ce pas ?

Elle écarquilla les yeux, stupéfaite.

— Mon Dieu ! Ton visage, Hussein... Tu as tellement changé.

— Tout change, cousine.

— Je ne sais pas comment tu as fait pour entrer ici, dit la jeune fille d'une voix soudain plus ferme, mais sache que je n'ai aucune intention d'aller où que ce soit avec toi.

— Le Marteau de Dieu est donc tombé si bas dans ton estime ?

Sara lui donna alors une réponse des plus étranges :

— Oh, Hussein, fit-elle en secouant la tête. Tu es un homme tellement bon, en dépit de toi-même.

— Assez de ces bêtises, répliqua Khazid.

Il sortit la grenade de sa poche, la dégoupilla et la lança en lob en direction du perron. Elle rebondit vers les marches, roula vers un massif de fleurs et explosa.

Ce fut alors la confusion générale. Tout le monde se baissa, des armes apparurent dans les mains des uns et des autres. Greta sortit le Walther qu'elle avait dans la poche de son imperméable. Khazid lui agrippa le poignet, mais elle tira deux fois : la première balle entailla l'épaule gauche de Khazid, la seconde toucha Hussein à l'estomac alors qu'il se jetait de côté.

Khazid prit son propre Walther et tira à bout portant sur le ventre de Greta, qui fut projetée en arrière. Il saisit l'Uzi et, comme pris de démence, se mit à courir à travers le jardin en hurlant le nom de Ferguson à pleins poumons. Dillon et Billy le criblèrent de balles.

Sara agita les mains en l'air en hurlant :

— Assez ! Arrêtez !

Ses parents sortirent de la maison. Molly voulut se précipiter vers elle, mais Ferguson la retint et ordonna :

— Cessez le feu !

Sara se pencha vers Greta.

— Venez vous occuper du commandant Novikova ! Mais plus de violence, s'il vous plaît !

Elle se tourna vers Hussein. Son visage, tout à coup,

n'était plus celui d'une adolescente, mais celui d'une femme mûre et réfléchie.

— Et maintenant, cousin ? demanda-t-elle posément.

Il s'adossa à la pagode, la main gauche sur le ventre. Il saignait abondamment.

— Hussein, comment as-tu su que nous étions ici ?

— Ta mère a fait l'erreur de téléphoner à l'hôpital. Une infirmière, une sympathisante de notre cause, a tout entendu. Mais peu importe. C'est notre dernière rencontre, Sara. Puisse Allah te bénir durant toute ta vie. Et maintenant va-t'en. Respecte ma dernière volonté.

— Plus de violence, dit-elle. Ça suffit. Plus de morts, Hussein.

Elle se tourna et s'éloigna tandis que Dillon, Billy et Levin accouraient sur le sentier. Levin s'accroupit auprès de Greta. Sara monta calmement les marches de la terrasse.

— Tu n'as rien ? demanda sa mère en lui prenant la main.

— Je vais bien. Mais ne téléphone plus, maman, s'il te plaît. Tes appels nous coûtent trop cher. Dire au Dr Sampson où tu étais, c'était vraiment une mauvaise idée.

Elle disparut dans la maison. Molly, consciente du drame qu'elle avait provoqué, était ivre de honte.

— Qu'a-t-elle voulu dire ? demanda Caspar.

— Ce qui vient de se passer ici... C'est à cause de moi, balbutia-t-elle. J'ai téléphoné plusieurs fois au Dr Sampson à l'hôpital, avec un portable supplémentaire que je garde dans mon sac. Je n'ai pas pu m'en empêcher.

— Comment as-tu pu faire une chose pareille ? répliqua-t-il en secouant la tête. C'est stupide.

Molly se tourna, l'air abattu, pour entrer dans la maison. Il la suivit en soupirant.

Hussein, près de la pagode, avait de plus en plus de sang sur la main. Penché en avant, il tritura son imperméable. Il tenait son Walther dans la main droite quand il se redressa.

— Monsieur Dillon. Monsieur Salter.

Ils le regardèrent, l'arme au poing. Hussein leva le bras. Ils firent feu deux fois chacun. Il bascula en arrière, mort sur le coup.

Billy ramassa le Walther, l'examina et le tendit à Dillon. Ferguson venait de les rejoindre.

— Il n'y a pas de balle dans le chargeur.

— Pauvre salopard, dit Dillon d'une voix blanche. Il n'avait nulle part où aller.

Il se tourna vers le général.

— Greta ?

— Levin pense qu'elle s'en sortira. L'ambulance arrive.

— Et les cadavres ?

— L'équipe de nettoyage habituelle sera bientôt ici. Je vais donner les ordres nécessaires à Roper. Hussein Rashid et son copain Khazid n'existent déjà plus. Aujourd'hui, il ne s'est rien passé.

Dillon hocha lentement la tête.

— Vous demandez-vous parfois à quoi ça rime, tout ça ?

— Non, répliqua le général. Je n'ai pas de temps pour ça, nom de Dieu. Voilà le monde dans lequel nous vivons, voilà ce que nous devons faire pour survivre face à des ennemis comme le Courtier, Oussama, Khan et leurs amis. Alors pas de jérémiades. Nous rentrons à Londres et nous continuons à travailler.

Il s'éloigna. Une ambulance arriva devant le perron ; trois ambulanciers se précipitèrent vers Greta.

Dillon regarda Billy.

— Bon, eh bien... Tu as entendu le grand homme.

Ils suivirent Ferguson en direction de la maison.

Du même auteur
aux Éditions Albin Michel :

L'AIGLE S'EST ENVOLÉ, 1976.
AVIS DE TEMPÊTE, 1978.
LE JOUR DU JUGEMENT, 1979.
SOLO, 1981.
LUCIANO, 1982.
LES GRIFFES DU DIABLE, 1983.
EXOCET, 1984.
CONFESSIONNAL, 1986.
L'IRLANDAIS, 1987.
LA NUIT DES LOUPS, 1989.
UNE SAISON EN ENFER, 1990.
OPÉRATION CORNOUAILLES, 1991.
L'AIGLE A DISPARU, 1992.
L'ŒIL DU TYPHON, 1993.
L'OPÉRATION VIRGIN, 1994.
TERRAIN DANGEREUX, 1995.
MISSION SABA, 1996.
L'AIGLE DE LA MORT, 1997.
LE FESTIN DU DIABLE, 1998.

LE SECRET DU PRÉSIDENT, 1999.
LE VOL DES AIGLES, 2001.
UNE TAUPE À LA MAISON-BLANCHE, 2001.
LE JOUR OÙ IL FAUDRA PAYER, 2002.
DANGER IMMINENT, 2003.
MIDNIGHT RUNNER, 2004.
L'HOMME DU BUNKER, 2005.
PAS DE PITIÉ, 2006.
LES JUSTICIERS, 2007.
JUSTICE SOMMAIRE, 2010.

Composition réalisée par NORD COMPO

Achevé d'imprimer en mai 2011 en Espagne par
BLACK PRINT CPI IBERICA, S.L.
Sant Andreu de la Barca (Barcelone)
Dépôt légal 1re publication : juin 2011
Librairie Générale Française – 31, rue de Fleurus – 75278 Paris Cedex 06